Das Buch
»Versprich, mich zu beschützen, wenn er mich holen kommt!«
Der Fall einer brutal misshandelten Patientin wird für die Psychiaterin Ellen Roth zum Albtraum: Die Frau behauptet, vom Schwarzen Mann verfolgt zu werden. Kurz darauf verschwindet sie unter mysteriösen Umständen spurlos. Bei ihren Nachforschungen wird auch Ellen zum Ziel des Unbekannten. Er zwingt sie zu einer makaberen Schnitzeljagd – um ihr Leben und um das ihrer Patientin. Für Ellen beginnt ein verzweifelter Kampf, bei dem sie niemandem mehr trauen kann. Wer ist der Schwarze Mann, der alles über sie zu wissen scheint? Was für ein grauenvolles Geheimnis umgibt die namenlose Patientin? Immer tiefer gerät die Psychiaterin in ein Labyrinth aus Angst, Gewalt und Paranoia. Und das Ultimatum läuft …

Zum Autor
Wulf Dorn, Jahrgang 1969, schreibt seit seinem zwölften Lebensjahr. Seine Kurzgeschichten erschienen in Anthologien und Zeitschriften und wurden mehrfach ausgezeichnet. Die Faszination für das Unheimliche und Geheimnisvolle führte ihn zunächst in das Horror-Genre, ehe er die Spannbreite des Thrillers für sich entdeckte. Seit 1994 unterstützt der ausgebildete Fremdsprachenkorrespondent die Patienten einer psychiatrischen Klinik in der beruflichen Rehabilitation. Mit seiner Frau und einer Glückskatze lebt er in der Nähe von Ulm. Weiteres über den Autor erfahren Sie auf www.wulfdorn.de.

Lieferbare Titel:
Kalte Stille – Dunkler Wahn

WULF DORN

TRIGGER

Thriller

WILHELM HEYNE VERLAG
MÜNCHEN

Verlagsgruppe Random House FSC-DEU-0100
Das für dieses Buch verwendete FSC®-zertifizierte Papier
Holmen Book Cream
liefert Holmen Paper, Hallstavik, Schweden.

5. Auflage
Originalausgabe 11/2009
Copyright © 2009 by Wulf Dorn
Copyright © 2009 by Wilhelm Heyne Verlag, München
in der Verlagsgruppe Random House
Printed in Germany 2013
Redaktion: Angela Kuepper
Umschlaggestaltung: Eisele Grafikdesign, München
Satz: Buch-Werkstatt GmbH, Bad Aibling
Druck und Bindung: GGP Media GmbH, Pößneck
ISBN: 978-3-453-43402-8

www.heyne.de

*Für Anita
die drei magischen Zahlen: 6 0 3*

*Und für K.-D.
Wo immer du jetzt auch bist, du fehlst hier.*

Wer hat Angst vorm Schwarzen Mann?
Niemand!
Wenn er aber kommt?
Dann laufen wir davon!

Kinderspiel

Prolog

Es gibt Legenden über Orte, die das Böse anziehen. Orte, an denen sich wiederholt Schlimmes zugetragen hat, als hungerten sie nach solchen Ereignissen.

Die Ruine des alten Sallinger Hofs war ein solcher Ort, davon war Hermann Talbach überzeugt. Alle in seinem Dorf dachten so. Manche behaupteten sogar, jeder, der diesem Ort zu nahe käme, würde sich dort den Wahnsinn holen. So wie einst Sallinger selbst, der in einer Mainacht seinen Hof in Brand gesteckt hatte, um mit seiner Frau und den beiden Kindern den Flammentod zu finden.

Dennoch konnte Talbach diese Ruine jetzt gar nicht schnell genug erreichen. Während er mit seinem Gesellen Paul den Waldweg entlanghastete, betete er darum, nicht zu spät zu kommen. Diesmal lag es an ihnen, Schlimmes zu verhindern.

Noch immer im Blaumann und die Hände mit Öl verschmiert, eilte Talbach an den mit Moos bewachsenen Trümmern des vormaligen Torbogens vorbei. Obwohl der Automechaniker die vierzig schon seit längerem hinter sich gelassen hatte und ihm seit einem Unfall an der Hebebühne seiner Werkstatt ein Hinken geblieben war, konnte der neunzehnjährige Paul kaum mit ihm Schritt halten.

Vielleicht lag dies aber auch an den Pentagrammen, die auf mehrere der Steinhaufen gemalt worden waren, um das Böse zu bannen. Viele der sogenannten Drudenfüße waren im Laufe der Jahrzehnte verblichen, aber sie waren noch gut genug erkennbar, um den Glauben an die dunkle Macht dieses Ortes zu erhalten. Und wie Pauls Benehmen den Anschein erweckte, schien keine Generation davor verschont zu bleiben. Bei der Verteilung guter Eigenschaften hatte Pauls Schöpfer den jungen Mann mit viel Fleiß und Zuverlässigkeit gesegnet, doch Mut und Schlauheit mussten ihm an jenem Tag ausgegangen sein.

Als Talbach den einstigen Innenhof erreicht hatte, blickte er zu Paul zurück, der keuchend auf ihn zulief. Dabei wischte er sich den Schweiß von der Stirn, wovon ihm ein breiter Ölschmierer blieb.

»Es muss irgendwo hier sein«, schnaufte Talbach und sah sich um. »Kannst du was hören?«

Paul schüttelte nur den Kopf.

Die beiden lauschten angestrengt in die leisen Geräusche des Waldes hinein. Vögel zwitscherten wie aus weiter Ferne, ein trockener Zweig gab mit einem Knacken dem Gewicht von Talbachs Sicherheitsschuh nach. Eine Hummel brummte über einen Vogelbeerstrauch hinweg, und das Sirren der Stechmücken schien allgegenwärtig. Talbach nahm kaum wahr, wie ihm die winzigen Blutsauger ihre Stachel in Hals und Arme bohrten. Er war ganz darauf konzentriert, einen menschlichen Laut zu hören, wie schwach er auch sein mochte.

Doch da war nichts. Nur die unheimliche Stille dieses verfluchten Ortes, die wie ein schweres, dunkles Tuch über ihm lag. Trotz der Mittagshitze spürte Talbach eine Gänsehaut.

»Da!«, rief Paul, und Talbach zuckte zusammen.

Er sah zu der Stelle, auf die sein Geselle zeigte, und dann entdeckte auch er das Glitzern. Es stammte von einem Stückchen Stanniolpapier, das der schmale Lichtfleck eines Sonnenstrahls erfasst hatte. Die beiden Männer liefen zu der Stelle und entdeckten niedergedrücktes Gras, Fußabdrücke und ein weiteres glitzerndes Papierstück, das hinter einem moosbewachsenen Baumstumpf lag.

Talbach hob eines der Papierchen auf. Es roch noch nach der Schokolade, die darin eingewickelt gewesen war.

»Sie waren hier, aber wohin ...« Er sprach den Satz nicht zu Ende. Seine ganze Aufmerksamkeit galt der Lichtung, auf der er weitere Spuren zu finden hoffte. Es *musste* einfach Spuren geben.

Dann fiel sein Blick auf das Dickicht, das den zugewachsenen Innenhof umgab. Als er näher darauf zuging, erkannte er umgeknickte Zweige und gleich dahinter überwucherte Steinstufen.

»Da ist es!«

So schnell es ihm auf der von Moos und faulem Laub glitschigen Steintreppe möglich war, eilte Talbach die Stufen hinab, dicht gefolgt von Paul. Gleich darauf erreichten sie den ehemaligen Eiskeller des Bauernhofs. Talbach stieß einen überraschten Laut aus, als er einen Blick auf die weit offen stehende Eichentür mit den rostigen Eisenbeschlägen warf.

Paul erstarrte neben ihm wie ein Jagdhund, der ein Kaninchen erblickt hatte. Doch was er sah, war kein Kaninchen. Was er sah, ließ ihn totenblass werden.

»Was zum Teufel ...«, ächzte Talbach, mehr bekam er nicht heraus.

Entsetzt starrten die beiden Männer auf den Fleck an der linken Wand des kleinen Raums.

Das Blut war noch nicht getrocknet. Im einfallenden Schein der Nachmittagssonne schimmerte es auf den schmierigen Steinen wie purpurrotes Öl.

Teil 1

Die Patientin

*»Scary monsters, super creeps,
keep me running, running scared!«*

»Scary Monsters«
DAVID BOWIE

Kapitel 1

Willkommen in der
WALDKLINIK
Fachkrankenhaus für Psychiatrie,
Psychotherapie und Psychosomatik

Die Geschwindigkeitsbegrenzung für das weitläufige Klinikgelände betrug zwanzig Stundenkilometer, doch das Tachometer von Dr. Ellen Roth zeigte mindestens fünfzig an.

Ellen fuhr in Richtung des Gebäudes, in dem sich Station 9 befand. Zum hundertundersten Mal an diesem Morgen sah sie dabei aufs Armaturenbrett, als hoffe sie, die kleinen Digitalziffern der Uhr würden sich ihr zuliebe etwas mehr Zeit lassen. Stattdessen vermeldeten sie mit gnadenloser Genauigkeit, dass Ellen bereits über eine halbe Stunde zu spät war.

Erneut verfluchte sie die zahlreichen Autobahnbaustellen, die sich auf der Strecke vom Stuttgarter Flughafen bis hin zur Abfahrt Fahlenberg reihten und jegliche realistische Zeitplanung zu einer groben Schätzung werden ließen. Unterwegs war sie von einem Stau in den nächsten geraten, und auf den wenigen freien Strecken hatte sie dann gehofft, dass ihr keine Radarkontrolle auflauerte.

Wäre Chris jetzt bei ihr gewesen, hätte er sie bestimmt darauf hingewiesen, dass diese Raserei nichts brachte. *Wenn man zu spät kommt, kommt man eben zu spät. Daran ändern auch ein paar Minuten nichts,* hätte er gesagt.

Chris, ihr Freund und Kollege, der sich im Augenblick zehntausend Meter über dem Boden befand und den sie schon jetzt vermisste.

Dabei war er an diesem Morgen gar nicht zu Scherzen aufgelegt gewesen. Im Gegenteil, was er ihr gesagt hatte, war ihm überaus ernst gewesen. Sie musste an ihr Versprechen denken, und bei dem Gedanken daran war ihr alles andere als wohl in ihrer Haut. Was, wenn sie scheiterte und Chris enttäuschte? Das wollte sie sich lieber gar nicht erst vorstellen.

Kies spritzte, als Ellen auf dem Personalparkplatz bremste. Sie stellte den Motor ab und atmete tief durch. Ihr Herz hämmerte, als sei sie die sechzig Kilometer vom Flughafen gejoggt und nicht gefahren.

»Ruhig, Ellen, ganz ruhig. Du bist zu spät, und das ist jetzt eben so«, murmelte sie sich selbst zu, während sie einen eiligen Blick in den Rückspiegel warf.

Für einen Moment hatte sie den Eindruck, einer Fremden im Spiegel zu begegnen – einer Frau, die wesentlich älter war als sie. Unter ihren braunen Augen zeichneten sich Ränder ab, und das dunkle, kurzgeschnittene Haar, das ihr sonst einen kessen Ausdruck verlieh, wirkte stumpf und im Zwielicht des Autos beinahe grau.

Ellen seufzte. »Wirf deinen Ausweis weg und lass dich schätzen«, schlug sie ihrem Spiegelbild vor. »Dann kannst du schon mit neunundzwanzig Rente beantragen.«

Höchste Zeit für weniger Stress und mehr Schlaf.

Sie sprang aus ihrem Zweisitzer und schlug die Tür zu, nur um gleich darauf festzustellen, dass sie den Schlüssel hatte stecken lassen. Hastig riss sie die Tür wieder auf und zog den Schlüssel ab, als sich ihr Piepser meldete. Das war nun schon das zweite Mal, seit sie in seinen Empfangsbereich gekommen war.

»Ich weiß!«, fuhr sie das Gerät an und stellte es ab.

Doch als sie auf das Stationsgebäude zulief, meldete es sich schon wieder. Wie sie dieses kleine schwarze Plastikungeheuer hasste. Es war kaum größer als eine Streichholzschachtel und konnte dennoch gewaltig nerven. Zum Beispiel, indem es sich an den unmöglichsten Orten meldete – während der Mittagspause in der Kantine oder auch an dem Ort, *zu dem selbst der Klinikleiter zu Fuß geht,* wie Chris zu sagen pflegte.

An diesem Montagvormittag wurde Ellen durch das kleine Monster daran erinnert, dass sie zum ersten Mal in ihrem Leben zu spät zum Dienst erschien. Und die Tatsache, dass sich *His Master's Voice* – ein anderer Ausdruck aus Chris' scheinbar unerschöpflichem Repertoire – bereits zum dritten Mal innerhalb von zwei Minuten mit seinem nervigen *Biiieeep Biiieeep* meldete, ließ keinen Zweifel zu, dass sie dringend erwartet wurde. Ellen hoffte inständig, es möge nicht das eingetreten sein, was Chris befürchtet hatte.

Kapitel 2

Der Mann hieß Walter Brenner, und das Einzige, was er von sich gab, war ein unverständliches Kauderwelsch, das nur entfernt mit Sprache zu tun hatte. Es hörte sich an wie »Simmmmssssssäääääägnnnnn«.

Den persönlichen Angaben auf dem Überweisungsformular nach war Brenner fünfundsechzig und alleinstehend. Er trug eine abgewetzte braune Cordhose und ein Flanellhemd, das an der Brustseite mit Flecken übersät war. Wie es schien, hatte er eine Schwäche für Gerichte mit viel Bratensoße – oder zumindest für etwas, das in getrocknetem Zustand wie Soßenflecke aussah.

Hingegen schien ihm der Verwendungszweck von Kamm und Rasierer nicht geläufig zu sein. Bartstoppeln standen ihm wie gläserne Nadeln aus dem faltigen, hohlwangigen Gesicht, und seine Frisur – wenn man dieses Wirrwarr überhaupt als eine solche bezeichnen konnte – erinnerte Ellen an das bekannte Foto von Albert Einstein, auf dem er dem Fotografen die Zunge herausstreckt.

Hinzu kam Brenners strenger Geruch, der dem von überreifem Camembert ähnelte. Eine Mischung aus Urin, Schweiß und Talg, die die traurige Gestalt wie eine unsichtbare Wolke umgab.

Heute hätte ich mir mein Calvin-Klein-Parfüm besser unter die Nase gerieben, als es aufs Dekolleté zu sprühen, dachte Ellen, ließ es sich aber nicht anmerken. Stattdessen sagte sie »Guten Tag« und streckte ihm die Hand entgegen.

Brenner nahm sie nicht wahr, sondern glotzte wie hypnotisiert ins Nirgendwo.

»Herr Brenner wurde vorhin von der Notaufnahme des Stadtklinikums zu uns verlegt«, erklärte Schwester Marion und überreichte Ellen die Einweisungspapiere.

Die korpulente Krankenschwester musste die fünfzig schon eine Weile hinter sich gelassen haben. Weder Ellen noch das übrige Personal hatten viel Sympathie für sie übrig. Mit ihrem religiösen Missionarseifer und einer gluckenhaften Fürsorglichkeit schaffte es Marion immer wieder, selbst die geduldigste Person in Rage zu bringen. Dabei war sie schon so lange auf Station 9 tätig, dass böse Zungen behaupteten, man habe ihr bereits vor Jahren eine Inventarnummer eintätowiert.

»Der arme Kerl hat noch kein einziges klares Wort gesprochen«, fügte sie hinzu und tätschelte dabei Brenners Schulter, was dieser jedoch nicht mitzubekommen schien.

»Wissen wir, was zu seiner Einweisung geführt hat?«, wollte Ellen wissen.

»Eine Nachbarin hat ihn in die Notaufnahme gebracht, nachdem sie gesehen hatte, wie er bei sich zu Hause im Treppenhaus herumirrte. Er ist nicht ansprechbar und völlig verwirrt. Außerdem leidet er unter Gleichgewichtsstörungen. Kann kaum gehen, der Arme.«

Wie um dies alles zu bestätigen, ließ Brenner seinem unsinnigen Gebrabbel einen Rülpser folgen. Dabei starrte er unbeirrt weiter auf einen Punkt, der sich irgendwo neben Ellens Stuhl am Boden befinden musste. Der Geruch aus seinem Mund veranlasste die beiden Frauen, sich von ihm abzuwenden.

»Uia«, stieß Marion aus. »Was haben Sie denn nur gegessen, Herr Brenner?«

»Pfummmmm«, lautete die Antwort.

Ellen glaubte deren Übersetzung zu kennen. Zumindest hatte sie einen Verdacht, was die Flecken außer getrockneter Bratensoße noch sein konnten.

»Möglicherweise Tierfutter.«

Die dicke Schwester sah sie erstaunt an.

»Er wäre nicht der erste Rentner, dem keine andere Wahl bleibt«, meinte Ellen und besah sich dann Walter Brenner genauer. »Billiges Hundefutter nährt besser als billiger Konserveneintopf. Habe ich recht, Herr Brenner?«

Brenner reagierte mit einem weiteren Zischlaut aus der Sprache der vollkommen Verwirrten. Ellen überging dies, testete seine Reflexe und erklärte ihm dann, sie werde sich nun seinen Aufnahmebogen durchsehen. Doch Brenner schien sich nach wie vor nur für den Fußboden zu interessieren.

Ellen sah sich das Einweisungsformular nach einem Hinweis auf neurologische Auffälligkeiten durch. Möglicherweise hatte der Patient einen Schlaganfall gehabt, der die Ausfälle von Sprachvermögen und Gleichgewichtssinn verursacht hatte. Es konnte sich jedoch ebenso gut um eine ausgeprägte Altersdemenz handeln, was erklären würde, weshalb eine gewisse Frau Dr. März es für sinnvoll gehalten hatte, ihn in die Psychiatrie zu überweisen.

Aber in diesem Fall hätte sich Brenner schon länger auffällig verhalten und wäre nicht in der Lage gewesen, sich allein in seiner Wohnung zu versorgen. Tierfutter hin oder her, er hätte es nicht einmal fertig gebracht, sich eigenständig welches zu *kaufen*.

Also keine Demenz. Warum aber dann in die Psychiatrie? Ganz gleich, wie sie es auch drehte und wendete, diese Verordnung ergab für Ellen keinen Sinn.

Sie blätterte zum Befund ihrer Kollegin. Was sie hinter dem Wort *Diagnose* zu lesen bekam, ließ sie staunen. Sie sah noch einmal Brenner an, dann wieder den Aufnahmebogen.

Diagnose: F20.0 war dort zu lesen. Der Code, mit dem die medizinischen Fachdienste untereinander korrespondierten, entstammte der durch die WHO weltweit anerkannten Klassifikationsliste für Krankheiten. F20.0 gehörte zu den am häufigsten gestellten Diagnosen, mit denen Ellen in ihrem Alltag zu tun hatte. Es war der Code für *paranoide Schizophrenie.*

Ellen schaute noch genauer hin, um sehen zu können, ob es sich nur um eine schlampig geschriebene Zahl handelte. Die Lesbarkeit dieser Handschrift ließ in der Tat einiges zu wünschen übrig – *sieht hingerotzt aus,* hätte der ordnungsliebende Chris gesagt –, aber dennoch war kein Irrtum möglich. Frau Dr. März hatte *F20.0* eingetragen. Weshalb sonst hätte sie Walter Brenner in die benachbarte Fachklinik für Psychiatrie bringen lassen sollen, wenn sie nicht der Ansicht gewesen wäre, er sei schizophren?

»Waren Sie schon einmal bei uns, Herr Brenner?«, erkundigte sich Ellen, und da sie ohnehin keine Antwort erwartete, befragte sie den Stationscomputer. Brenners Name ergab ein Suchergebnis. Der Aktenvermerk stammte von ihrem Kollegen Mark Behrendt. Was Mark dort in kurzen Sätzen festgehalten hatte, verschlug ihr die Sprache.

Sie wandte sich wieder Herrn Brenner zu und griff nach seiner Hand, die sich wie die einer Mumie anfühlte. Dafür erntete sie zum ersten Mal Brenners Aufmerksamkeit. Seinem Blick fehlte jedoch jegliches Anzeichen für ein Erkennen seines Gegenübers, etwa im Sinne von »Aha, das ist eine Frau, die einen weißen Kittel trägt«. Stattdessen sagte die Art, mit der er sie ansah, genau das, was er auch artikulierte: »Agnnnngallll.«

Nun kniff Ellen in die lederartige Haut im Handrücken des Mannes. Wie ein Stück Knetmasse blieb die Falte stehen.

»Unglaublich!« Als sie den fragenden Ausdruck auf Schwester Marions Gesicht sah, fügte Ellen hinzu: »Geben

Sie ihm Kochsalzinfusionen, so schnell wie möglich. Ich denke, dann werden wir in nur wenigen Stunden einen ganz anderen Herrn Brenner vor uns haben.«

Die Schwester legte die Stirn in Falten, was sie wie einen Mops aussehen ließ. »Wie bitte?«

»Nicht nur Gott kann kleine Wunder vollbringen. Nicht wahr, Herr Brenner?«

»Garrrrrsssssslll«, machte der Alte. Dann furzte er, und Ellen war heilfroh, den Raum verlassen zu können.

Sie eilte über den Gang, stürmte in ihr Büro und ließ die Tür ins Schloss fallen.

Es dauerte eine Weile, bis es der Schwester in der Notaufnahme des Stadtklinikums gelang, Frau Dr. März ans Telefon zu holen. Ellen wartete ungeduldig. Sie legte den Hörer neben sich und rief in ihrem Laptop noch einmal die Datei mit Herrn Brenners Vorgeschichte auf, während aus dem Hörer eine Synthesizer-Melodie dudelte, bei der es sich offenbar um eine Sequenz aus Mozarts *Kleiner Nachtmusik* handeln sollte. Mit jeder Wiederholung dieser Melodie schwoll Ellens Wut noch ein Stück weiter an.

Schließlich knackte es in der Leitung, dann meldete sich eine Frauenstimme mit einem hektischen »März!«.

»Dr. Roth, Waldklinik. Es geht um Herrn Brenner, den Sie zu uns überwiesen haben.«

»Hören Sie, Frau Kollegin, hat das nicht Zeit? Ich weiß im Moment nicht, wo mir der Kopf steht. Meine Patienten …«

»Genau *darum* geht es. Um einen *Ihrer* Patienten. Sagen Ihnen die Begriffe Exsikkose und Dehydration etwas? Falls nicht, will ich es Ihnen leichter machen: Sie wissen doch, dass ältere Menschen gerne mal das Trinken vergessen.«

»Bitte?«

»Sie wissen bestimmt auch, dass Verwirrtheit, Ausfall des Sprechvermögens und die simple Tatsache, dass sich ausgetrocknete Haut aufstellen lässt, ohne sich wieder zusammenzuziehen, erste Anzeichen des *Verdurstens* sind. Und genau *das,* liebe Frau Kollegin, trifft auf Herrn Brenner zu, den Sie mir gerade haben bringen lassen. Den angeblich *schizophrenen* Herrn Brenner, um es deutlicher zu sagen.«

Ellen holte tief Luft und bot Dr. März Gelegenheit für einen Kommentar.

»Aha«, kam es aus dem Hörer. »Sind Sie denn mit seiner Vorgeschichte vertraut?«

»Was genau meinen Sie?«

»Die Nachbarin von Herrn Brenner hat mir berichtet, dass er schon einmal in Ihrer Klinik war. Damals hat ihn die Polizei zu Ihnen gebracht, nachdem er am helllichten Tag aus seinem Küchenfenster uriniert und wirres Zeug geredet hatte. Den vorbeigehenden Leuten hatte er zugerufen, sie sollten aus seiner Toilette verschwinden.«

»Meine liebe Frau März, das mag ja alles richtig sein. Allerdings hätten Sie besser nicht so vorschnell auf die Aussagen einer *Nachbarin* reagieren, sondern kurz mit *uns* Kontakt aufnehmen sollen. Dann hätten Sie erfahren, dass Herr Brenner auch damals dehydriert und deshalb verwirrt war. Es mag ja sein, dass sein Verhältnis zur Flüssigkeitsaufnahme gelegentlich gestört ist, *schizophren* ist er deswegen noch lange nicht. Sie können dazu auch gern Herrn Dr. Behrendt fragen, der Herrn Brenner damals behandelt hat.«

Für ein paar Sekunden herrschte Schweigen in der Leitung, dann fragte Dr. März: »Wollen Sie mir da gerade etwas unterstellen?«

»Ich *unter*stelle Ihnen nichts, ich stelle etwas *fest*. Durch Ihre Nachlässigkeit haben Sie Herrn Brenner einer lebensgefährlichen Situation ausgesetzt. Abgesehen davon trägt er nun auch noch die Diagnose *Schizophrenie* in seiner Krankengeschichte mit sich herum. Ich muss Ihnen ja wohl nicht erklären, was eine solche Eintragung bedeutet, ganz gleich, ob es sich dabei um eine Fehldiagnose handelt oder nicht.«

»Jetzt reicht's!«, fauchte Dr. März in den Hörer. »Sie werfen mir vor, ich sei …«

»Inkompetent. In diesem Fall, ja.«

Die Antwort war Ellen schneller über die Lippen gegangen, als ihr Zeit geblieben war, sich einen diplomatischeren Ausdruck zu überlegen. Kaum hatte sie ausgeredet, als auch schon das Freizeichen ertönte. Konsterniert sah sie den Hörer an.

Hast du etwas anderes erwartet? Ein Dankeschön und einen Blumenstrauß? Standing Ovations vom Dr.-Ellen-Roth-ist-die-Größte-Fanclub?

Natürlich war sie ganz schön hart mit ihrer Kollegin ins Gericht gegangen, aber sie fühlte sich dennoch im Recht. Zwar hatte Ellen nicht vor, den Vorfall an die große Glocke zu hängen und ihre Kollegin – ganz gleich, ob fremde Klinik oder nicht – dadurch in ernste Schwierigkeiten zu bringen, aber sie hätte wenigstens hören wollen, dass Dr. März dieser Fehler leidtat. Das wäre sie Herrn Brenner schuldig gewesen. Dem armen Kerl, der höchstwahrscheinlich seine alten Tage mutterseelenallein in einer winzigen Wohnung verbrachte und sich ab der Monatsmitte dazu gezwungen sah, Nudeln aus dem Sonderangebot mit Hundefutter zu vermischen, während er sich einredete: *Wenn alles drin ist, was gut für den Hund ist, dann wird auch alles drin sein, was gut für den Menschen ist.*

Hätte es sich um einen jungen, gut verdienenden Patienten gehandelt, der sich einen kompetenten Rechtsschutz leisten konnte, hätte Frau Dr. März vielleicht tatsächlich mit allem ihr zur Verfügung stehenden Charme um Entschuldigung gebeten. Aber es waren Leute wie der alte Brenner, bei denen man sich auf Zeitdruck herausredete und dann wieder zum Tagesgeschäft überging.

Die Welt ist ungerecht, hart und brutal, dachte Ellen.

Das Wort *brutal* hallte noch eine ganze Weile in ihrem Kopf nach, während sie die nächste Stunde mit Patientengesprächen zubrachte. Danach war sie froh, in die Stille ihres kleinen Büros zurückkehren zu können, wo sie sich den Unterlagen widmete, die ihr Chris am vergangenen Abend nach Dienstschluss hinterlassen hatte.

Sie musste schmunzeln, als sie den gelben Haftzettel sah, eine der vielen kleinen Aufmerksamkeiten, mit denen er sie gern überraschte. Diesmal hatte er einen Smiley darauf gemalt. Darunter stand in seiner unverkennbar gleichmäßigen Schrift:

Lass dich nicht stressen, Süße.

»Wenn du wüsstest«, murmelte sie und klebte den Zettel an die Wand über ihrem Schreibtisch.

Sie fühlte sich durchaus gestresst, müde und ausgelaugt. Die letzte Woche war äußerst arbeitsintensiv und anstrengend für sie gewesen, am Wochenende hatte sie dann noch Chris bei den Renovierungsarbeiten an seinem Haus geholfen, und die letzte Nacht hatte sie wegen der Fahrt zum Flughafen kaum Schlaf gehabt.

Gegen ihre Müdigkeit hatte auch der Energy-Drink nichts geholfen, den sie sich wider besseres Wissen am Flughafenkiosk gekauft hatte. Davon war sie nur *aufgewühlt*, aber nicht wirklich *wacher* geworden. *Ein Espresso und eine Banane wären eindeutig die bessere Wahl gewesen,* hatte die Ärztin in ihr sie geschulmeistert, aber da war die leere Dose schon auf dem Beifahrersitz ihres Sportwagens hin und her gekullert.

Alles in allem keine gute Startposition für eine Arbeitswoche, die gerade erst begonnen hatte. Ellen war fest davon überzeugt, in ihrem jetzigen Zustand bei einem Schlafmarathon ohne große Mühe den ersten Preis schaffen zu können.

Sie legte zwei Formulare für die Krankenkasse beiseite – bürokratische Quälgeister, die von Jahr zu Jahr mehr wurden –, überflog den Brief eines Betreuers und fand darunter schließlich das, was sie gesucht hatte.

Der Aufnahmebogen weckte ein Bild in ihr: Chris, wie er angespannt auf dem Beifahrersitz saß, neben ihm die Lichter des nahen Flughafens.

»Vielleicht sollte ich die Reise doch nicht machen«, hörte sie ihn in ihrer Erinnerung sagen. »Es ist zu wichtig, als dass ich jetzt einfach so …«

Sie hatte ihn unterbrochen und ihm zum hundertsten Mal an diesem Morgen versichert, sie werde sich um den Fall kümmern, er brauche sich keine Sorgen zu machen.

Daraufhin hatte Chris sie mit ernstem Blick angesehen und gesagt: »Ich will einfach keinen weiteren Fall Margitta Stein erleben müssen.«

Ellen hatte bei diesem Namen eine Gänsehaut bekommen, aber sie hatte es sich nicht anmerken lassen.

»Dazu wird es nicht kommen«, hatte sie ihm versprochen. »Egal, was passiert, ich werde mich um sie kümmern.«

Nun hielt sie das Formular zu dem neuen Fall in der Hand, und die Erinnerung an ihre Unterhaltung vor wenigen Stunden war derart stark, dass es ihr vorkam, als säße Chris noch immer neben ihr. Sie konnte den sorgenvollen und gleichzeitig eindringlichen Blick seiner blauen Augen beinahe spüren und widerstand dem irrigen Drang, sich umzusehen, ob er wirklich hier bei ihr im Raum war. Dann wurde ihr klar, dass es nicht Chris' Blick war, der auf ihr lastete; vielmehr war es die Sorge, ihm ein Versprechen gegeben zu haben, von dem sie nicht sicher war, ob sie es tatsächlich halten konnte.

Sie schüttelte den Anflug von Selbstzweifel ab und konzentrierte sich auf das Formular. Normalerweise wurde es bei der Neuaufnahme eines Patienten ausgefüllt und dann der Akte beigelegt. Doch Chris hatte den Bogen ganz bewusst auf den BEARBEITEN-Stapel gelegt, um sie noch einmal daran zu erinnern, dass dieser Fall für ihn – und somit nun für sie – höchste Priorität hatte.

Sie las die oberste Spalte, in der Name und Vorname des Patienten eingetragen wurden.

Unbekannt.

»Ich kam in der kurzen Zeit, die mir blieb, nicht an sie heran«, hatte ihr Chris erklärt.

Auch die Angaben zu Wohnort und Herkunft trugen den Vermerk *unbekannt*. Darunter stand: *Aufnahme erfolgte über Notfallambulanz des Stadtklinikums.*

Ebenso wie der dehydrierte Herr Brenner, dachte Ellen. Nur, dass der Fall dieser unbekannten Patientin keinen Zweifel am Befund offenließ. Das bestätigte auch Chris' Eintrag in der Rubrik *Beobachtungen:*

Weist Misshandlungsspuren auf. Reagiert mit Rückzug auf Kontaktaufnahme. Keine Angaben zur Person. Alter ca. 30 bis 35 Jahre. Vorläufige Diagnose: Posttraumatische Belastungsstörung.

Wer immer diese Frau auch sein mochte, sie musste Schlimmes erlebt haben. Und die von Chris erwähnten Misshandlungsspuren ließen Ellen nicht lange raten, was dieses schlimme Erlebnis gewesen sein mochte.

Sie seufzte. Vergewaltigung und eheliche Gewalt nahmen in den letzten Jahren immer mehr überhand. Man brauchte nicht viel Vorstellungskraft, um einen Bezug zu der hohen Arbeitslosigkeit, mangelnden Integration und dem steigenden Alkoholmissbrauch herzustellen. Was für eine verrückte Welt.

Dann sah Ellen die drei Buchstaben, die Chris in die untere Ecke des Aufnahmebogens geschrieben hatte:

BIF

Ein *Besonders Interessanter Fall.* Chris hatte schon häufiger diese Abkürzung verwendet, die nur Ellen und er kannten, aber er hatte sie noch nie unterstrichen. Schon gar nicht doppelt.

In die Spalte für zusätzliche Bemerkungen hatte er notiert: *Patientin gibt an, in Gefahr zu sein. Ich glaube ihr.*

»Also gut«, sagte Ellen zu dem Bogen, dann atmete sie tief durch. »Zeit, dich persönlich kennenzulernen.«

Kapitel 3

Zimmer 7 lag am Ende des Stationsflurs. Es handelte sich um eines von drei Einzelzimmern der Station 9, die mit besonders schwierigen Fällen belegt wurden. Zwar kam es gelegentlich vor, dass man aus Bettenmangel auch zwei Patienten darin unterbrachte, aber momentan beherbergte Nummer 7 nur einen einzigen Gast.

Jemand hatte die Vorhänge zugezogen. Die wenigen Sonnenstrahlen, die an den Rändern ihren Weg ins Zimmer fanden, sorgten für gespenstisches Halbdunkel. Obwohl es im Freien an die zwanzig Grad haben musste und sämtliche Zimmer klimatisiert waren, kam es Ellen in diesem Raum deutlich kühler vor. Am schlimmsten war jedoch der Gestank, der beinahe greifbar in der Luft hing.

Dagegen waren die Körperausdünstungen von Herrn Brenner regelrecht harmlos, dachte Ellen und musste ein Würgen unterdrücken.

Der Gestank in diesem Raum zeugte zwar ebenfalls von körperlicher Verwahrlosung, mischte sich jedoch mit etwas, das nur schwer zu beschreiben und noch schwerer zu ertragen war. Es war beinahe so, als könnte dieser Gestank zu bleibenden Schäden führen, wenn man sich ihm zu lange aussetzte.

Angst, schoss es Ellen durch den Kopf. *Es ist der Geruch der Angst.*

So unprofessionell dies auch war, ihr fiel kein passenderer Vergleich ein. Und als ob ihr Körper ihn bestätigen wollte, fühlte sie, wie sich die Härchen auf ihren Unterarmen aufstellten.

Dann erkannte sie die Gestalt, die am Boden zwischen Bett und Wand kauerte. Ihre Größe war in der Dunkelheit nur schwer abschätzbar. Sie hatte die Beine umschlungen und den Kopf auf die Knie gelegt. Langes dunkles Haar hing strähnig über die Trainingshose. Ein Knäuel Elend.

»Guten Tag«, sagte Ellen.

Zuerst zeigte die Gestalt keine Reaktion; nach einer Weile hob sie den Kopf, langsam wie in einer Zeitlupenaufnahme, doch es war zu dunkel, um ihr Gesicht erkennen zu können.

»Ich bin Dr. Ellen Roth. Und wer sind Sie?«

Keine Antwort.

»Darf ich näher kommen?«

Schweigen.

Vorsichtig ging Ellen auf die Frau zu, die sich nun dichter gegen den Heizkörper an der Wand drückte. Ellen hielt Abstand und setzte sich auf das Bett. Es sah noch unbenutzt aus. Hatte die Frau etwa die ganze Nacht in dieser Ecke zugebracht?

Der Körpergeruch der Patientin war aus der geringen Entfernung noch beißender, doch Ellen widerstand der Versuchung, das Fenster zu öffnen. Was immer dieser Frau auch zugestoßen sein mochte, im Augenblick war ihr der Schutz des geschlossenen und abgedunkelten Raums wichtig. Ellen zweifelte keine Sekunde daran, dass die Frau selbst das Fenster geschlossen und die Vorhänge zugezogen hatte. Ein gekipptes Fenster würde sie möglicherweise verunsichern oder aufregen und damit jegliche Grundlage für ein Gespräch zunichtemachen. Zumindest vorerst.

Okay, Frau Doktor, jetzt heißt es professionell vorgehen, auch wenn dir danach zumute ist, die Nase zuzuhalten und aus dem Raum zu laufen. Jetzt heißt es: Vertrauen aufbauen und durch den Mund atmen. Und ist erst mal Vertrauen da, werden wir dieses Zimmer auf Durchzug stellen.

Sie musterte die Frau, die sich noch weiter in die Ecke drückte, als wolle sie rücklings in die Wand kriechen. Nun fiel ein wenig Licht auf ihr Gesicht. Es wirkte aufgeschwemmt, was durch die Schwellungen an Kinn, Wangen und Schläfen noch zusätzlich betont wurde. Die zahllosen Blutergüsse auf ihren Unterarmen und im Gesicht sahen im Halbdunkel wie Rußspuren aus, so als hätte die Frau mit bloßen Händen in einem Kohlenhaufen gewühlt und sich danach den Schweiß aus dem Gesicht gewischt.

Wer auch immer sie verprügelt haben mochte, hatte ganze Arbeit geleistet. Wahrscheinlich handelte es sich um keine Prostituierte, vermutete Ellen. Zuhälter schlugen selten ins Gesicht. Sie suchten sich weniger auffällige Stellen, so dass die Frauen wenigstens noch *mündlich* Einnahmen erzielen konnten.

Bei dem traurigen Anblick verstand Ellen, warum Chris dieser BIF so am Herzen lag und was er gemeint hatte, als er sagte: »Vielleicht ist es sogar besser, wenn *du* dich um sie kümmerst.«

Dass er als Mann zu dieser Frau keinen Zugang bekommen hatte, war nicht weiter verwunderlich. Nicht bei einem Misshandlungsopfer, das sich mit einem schweren Schock in die Ecke eines abgedunkelten Raumes verkrochen hatte. In solchen Fällen war es schon für eine *Ärztin* schwer genug, ein Gespräch von Frau zu Frau zu führen. Häufig verhielt sich das Opfer nicht nur wegen des Schocks, sondern auch aus Scham verschlossen und ablehnend gegen jegliche Hilfsangebote.

Es konnte jedoch noch einen dritten und wesentlich einfacheren Grund geben, warum die Frau auf ihre Fragen nicht reagierte: die Sprache.

In letzter Zeit hatte Ellen häufiger mit Osteuropäerinnen zu tun gehabt, die ihren Männern als Ventil für angestaute Aggressionen herhalten mussten. Die zunehmenden sozialen Brennpunkte selbst kleinerer Städte wie Fahlenberg waren der beste Nährboden für Gewalt. Meist traf diese Gewalt schwache und wehrlose Frauen, die schon allein wegen der Sprachbarriere nicht in der Lage waren, sich Hilfe zu holen. Möglich, dass es sich bei dieser Patientin um eine Osteuropäerin handelte. Ihr Aussehen, das dunkle Haar und die fast ebenso dunklen Augen sprachen dafür.

Andererseits hast du selbst dunkle Haare und braune Augen und stammst auch nicht aus Kasachstan oder Kroatien oder der Türkei.

»Sprechen Sie deutsch? Können Sie mich verstehen?«

Zwar erhielt Ellen auch diesmal keine direkte Antwort, aber zumindest zeigte die Frau eine Reaktion, wenngleich auch nur eine schwache – sie nickte, was ihr offensichtlich Schmerzen bereitete. Dabei erkannte Ellen einen weiteren Fleck auf der Wange der Patientin, der jedoch nicht von einem Bluterguss herrührte. Er sah vielmehr aus, als habe sie sich mit Schokolade bekleckert.

»Sie sind hier in Sicherheit. Niemand kann Ihnen etwas antun. Ich bin hier, um Ihnen zu helfen.«

Die Frau legte die Stirn leicht in Falten. Auch das schien ihr wehzutun.

»Mann.«

Es war nicht mehr als ein Flüstern.

»Hat Ihnen das ein Mann angetan?«

Ein zaghaftes Nicken, dann ein kaum hörbares »Ja«.

»Wollen Sie mir davon erzählen?«

Die Frau schwieg und legte den Kopf schief. Durch die fettigen Strähnen, die ihr ins Gesicht hingen, sah sie auf die nackte Wand gegenüber und wirkte dabei seltsam entrückt.

»Ist es Ihr Mann gewesen? Ihr Lebensgefährte?«

Ellen musste behutsam mit ihren Fragen vorgehen, keinesfalls durfte sie die Frau zum Reden drängen. Andererseits wollte sie so dicht wie möglich am Thema bleiben, solange die Patientin keine Anzeichen zeigte, dass es ihr zu viel wurde.

»Jeder hat so einen Mann.«

Die Stimme der Frau klang merkwürdig hoch, fast verstellt, wie bei jemandem, der versucht, die Sprache eines Kindes zu imitieren.

»Wollen Sie mir das genauer erklären?«

Ein ungutes Gefühl beschlich Ellen. Ein Mann, den jeder hatte, musste nicht zwangsläufig ein Ehemann sein. Womöglich meinte diese Frau eine öffentliche Person. Vielleicht einen Postboten, einen Polizisten oder einen Priester? In den vier Jahren, die sie nun schon als Fachärztin für Psychiatrie arbeitete, hatte Ellen vor allem eines gelernt: Nichts war unmöglich. Wirklich *nichts*.

Langsam, wie bei einer elektronischen Puppe, deren Batterien schwach geworden waren, drehte ihr die Frau den Kopf zu. Ihre Augen waren vor Angst weit geöffnet.

»Musst mich vor ihm beschützen, ja?«

Wieder dachte Ellen unwillkürlich an ein verängstigtes Kind. Ihr fiel der ausgeprägte Dialekt der Frau auf. Ihre Worte hatten einen leichten Singsang, wie man ihn in manchen Teilen Württembergs und dem badischen Raum zu hören bekam. Zweifellos kam sie nicht aus dieser Gegend. In der Region rund um Fahlenberg dominierte ein härter klingender, schwäbischer Dialekt.

»Natürlich werden wir Sie hier beschützen. Aber dazu muss ich wissen, wen Sie meinen.«

»Schwarzer Mann.«

»Ein schwarzer Mann? Meinen Sie einen Dunkelhäutigen? Vielleicht einen Afrikaner?«

»Der Schwarze Mann, der Schwarze Mann. Wer hat Angst vorm Schwarzen Mann?«, sang die Frau mit ihrer kindlichen Stimme. Dann stieß sie ein irres Kichern aus und entblößte eine Reihe verfärbter Zähne.

»Der Mann aus dem Kinderreim?«

Die Frau riss die Augen noch weiter auf. »Wenn er aber kommt, dann laufen wir davon!« Sie sah Ellen verzweifelt an. »Aber man kann nicht vor ihm davonlaufen. Geht nicht. Er ist zu schlau.«

Er wolle keinen weiteren Fall Margitta Stein erleben müssen, hatte Chris gesagt, und auch Ellen musste nun an die ehemalige Patientin denken. Vor zwei Jahren war sie auf die Privatstation aufgenommen worden, nachdem sie von ihrem Mann, einem angesehenen und mindestens ebenso gewalttätigen Großunternehmer, brutal verprügelt worden war. Völlig verstört war sie nachts aus dem Haus geflüchtet und einer Polizeistreife aufgefallen, die sie in die Waldklinik gebracht hatte.

Margitta Stein war genauso verängstigt gewesen wie diese unbekannte Frau. Dennoch hatte Chris ziemlich schnell Zugang zu ihr bekommen und bald schon erste Therapieerfolge gesehen. Zumindest hatte er das geglaubt. Tatsächlich hatte sich Margitta Stein zu einem drastischen Schritt entschieden. Am Tag vor ihrer Entlassung hatte sie beim Mittagessen ein Messer mitgehen lassen und sich mit der stumpfen Klinge die Halsschlagader durchtrennt. Als man sie fand, kam jede Hilfe zu spät. Kurz vor ihrem Tod hatte Margitta Stein mit ihrem eigenen Blut fünf Worte auf den Linoleumboden geschrieben:

ICH WERDE IHM NIE ENTKOMMEN

Es gab missbrauchte Frauen, die stark genug waren, um selbst den Absprung zu schaffen, die Scheidung einzureichen oder in Frauenhäusern Zuflucht zu suchen. Aber es gab auch die anderen, die diese Kraft nicht fanden. Diejenigen, die ein schnelles Ende mit Schrecken einem Schrecken ohne Ende vorzogen. Chris fürchtete, die namenlose Patientin könnte sich dasselbe antun wie Margitta Stein.

Eine innere Stimme, die sich ganz wie die von Chris anhörte, schien Ellen das zu bestätigen. *Dieses Mal trägst du die Verantwortung für ein Menschenleben.*

»Hier wird er Sie nicht finden«, versicherte sie. »Hier sind Sie in Sicherheit.«

Im gleichen Moment meldete sich ihr Piepser. Die Frau in der Ecke und auch Ellen fuhren erschocken zusammen.

Dieses verdammte Mistding!

Die Klinikvorschriften erlaubten ihr nicht, den Piepser abzustellen, solange sie im Dienst war. Selbst während Patientengesprächen musste sie in Notfällen für Kollegen und das Pflegepersonal erreichbar sein. Ein weiterer Grund, weshalb sie dieses Plastikmonster so hasste.

Ellen griff sofort nach dem Ausschalter, während die Frau eine Reihe kurzer spitzer Schreie ausstieß.

»Alles in Ordnung«, versicherte ihr Ellen schnell. »Es ist alles in Ordnung. Sie brauchen sich nicht zu fürchten. Das bedeutet nur, dass ich kurz gehen muss. Ich komme aber gleich wieder zu Ihnen zurück.«

»Nein, nicht gehen! Lass mich nicht allein. Bitte!«

»Es ist wirklich nur für kurz.«

»Aber dann kommt er durch die Tür!«

»Der Schwarze Mann?«

»Ja.«

»Nein, das wird er bestimmt nicht. Er kann hier nicht herein. Und ich bin gleich zurück, ganz sicher.«

Die Frau verstummte und drückte sich noch enger an die Wand, als Ellen sich vorsichtig erhob. Sie mied jede schnelle Bewegung, die sonst möglicherweise als eine Bedrohung hätte missverstanden werden können.

Vom Flur drangen Stimmengewirr und das Durcheinander von Schritten bis in das Zimmer. Was, um alles in der Welt, war da nur los?

»Es dauert wirklich nicht lange.«

Die Frau reagierte nicht, sondern sah zu Ellen auf, wobei ihre Pupillen derart geweitet waren, dass sie wie schwarze Glasmurmeln aussahen.

Sie erinnerten Ellen an Kinderpuppen, die einen mit großen Kulleraugen anstarrten und denen manchmal eine Plastikträne auf die Wange geklebt war. Ein Anblick, der bei den meisten Menschen eine Art Beschützerinstinkt auslöst. Darin bestand das Geheimnis des Verkaufserfolgs dieser Puppen. Der Kunde erlag dem Drang, sie mitzunehmen – heim, in die eigenen vier Wände, wo sie vor der bösen Welt in Sicherheit waren. Und genau diesen Instinkt fühlte Ellen nun in sich geweckt, auch wenn es sich weder um eine Puppe noch um Tränen aus glasähnlichem Plastik handelte.

Aber da stand noch etwas in diesem Blick. Ellen deutete es als den Ausdruck, den Menschen im Gesicht haben, wenn sie dem sicheren Tod mit knapper Not entronnen sind.

Es fiel ihr schwer, dieses verängstigte Wesen mit der kindlichen Stimme, das die Hölle hinter sich gebracht haben musste, allein in dem dunklen Raum zurückzulassen. Doch als der Lärm auf dem Gang lauter wurde und sie das kleine schwarze Plastikungeheuer durch sein erneutes *Biiiep Biiieeep* an ihre ärztliche Pflicht erinnerte, gelang es ihr, sich von diesem Blick zu lösen.

Ellen war gerade bis zur Tür gekommen, als sie hinter sich ein Rascheln hörte. Sie sah sich um und wurde im nächsten Moment gegen die Wand geschmettert.

Ellen schlug mit der Schulter gegen einen Bilderrahmen. Das Bild – es zeigte einen Schutzengel, der wohlwollend auf ein betendes Kind mit blonden Locken herabsah – fiel zu Boden. Für einen Sekundenbruchteil erwartete Ellen, Glas splittern zu hören, aber die Bilder auf geschlossenen Stationen waren nicht hinter Glas gefasst. Die Gefahr, dass sich jemand mit einem Splitter selbst verletzen könnte, war zu groß.

Das Gesicht der Frau war nur wenige Zentimeter von Ellens entfernt. Ellen spürte eine gewaltige Kraft in den Händen, die ihre Oberarme umklammert hielten. Es war der Griff eines vor Angst völlig verzweifelten Menschen, und er tat höllisch weh.

»Wenn er kommt, musst du davonlaufen«, zischte ihr die Frau zu. Ihr Mundgeruch war übelkeiterregend. Ellen musste an Maden in einem verwesenden Hundemaul denken – *was für eine absurde Assoziation* – und all ihre Selbstbeherrschung aufwenden, sich nicht zu übergeben. Vor allem aber musste sie sich beherrschen, nicht laut loszuschreien. Zumindest noch nicht gleich.

»Versprich, mich zu beschützen, wenn er mich holen kommt!«

Die Stimme der Frau war eindringlich, aber noch immer gedämpft, so als habe sie Angst, ihr Peiniger könne sie hören. Sie sah Ellen furchtsam an, drängte sich noch fester gegen sie und wartete auf ihre Antwort.

Ellen zögerte. Heute Morgen auf dem Weg zum Flughafen war ihr dieses Versprechen leichter über die Lippen gegangen. Da hatte sie in erster Linie an Chris und sein Wohlergehen gedacht. Jetzt wurde ihr die Tragweite dieses Versprechens wirklich bewusst.

»Bitte! Versprich es mir.«

»Ich ... verspreche es«, keuchte Ellen.

»Ehrlich?«

»Ja, ehrlich.« Ellen schluckte. Das konnte helfen, wenn man kurz davor war, sich zu übergeben. Und noch half es.

»Ehrlich«, wiederholte sie, diesmal eindringlicher.

O Mann, Chris, da hast du mir was eingebrockt!

Die Frau ließ von ihr ab und zog sich wieder in ihre Ecke zurück.

»Er ist ganz, ganz arg böse«, murmelte sie. »Und er ist schlau. Oh, er ist so verdammt schlau.« Dann begann sie die Melodie des Kinderreims vom Schwarzen Mann vor sich hin zu summen.

Ja, du bist wirklich ein BIF, dachte Ellen und rieb sich die schmerzende Schulter.

Wieder meldete sich ihr Piepser, und diesmal folgte Ellen endgültig *His Master's Voice*.

Kapitel 4

Auf dem Stationsflur herrschte ein wahrer Menschenauflauf. Patienten drängten sich im Halbkreis um etwas, das Ellen von ihrer Position aus nicht sehen konnte, während das Pflegepersonal damit beschäftigt war, die kleine Versammlung aufzulösen. Etwas Spektakuläres musste geschehen sein, weshalb sich die meisten Patienten energisch gegen die Eingriffe der Pfleger zur Wehr setzten.

Unter den Pflegern erkannte Ellen auch einige unbekannte Gesichter. Jemand hatte Verstärkung angefordert, und man musste über keine hellseherischen Kräfte verfügen, um zu erraten, wer dieser Jemand gewesen war. Wie eine überproportionierte Statue stand Schwester Marion inmitten des Aufruhrs, das Telefon in der einen Hand und die andere wie bei einem Herzanfall auf die Brust gepresst.

Ellen glaubte ihren Augen nicht zu trauen. Etwas Derartiges hatte sie noch nie auf ihrer Station erlebt. Jenseits der Schaulustigen hörte sie vom anderen Ende des Ganges die Schreie eines Mannes.

»Ich werde sie nicht essen«, gefolgt von einem hysterischen »NIEEEMAAAALS!«.

Beinahe gleichzeitig kam auch schon Schwester Marion auf sie zugestürmt.

»Frau Dr. Roth! Endlich! Ich habe Sie überall gesucht.«

»Nur nicht in Zimmer 7. Was ist denn hier los?«

»Herr Böck.« Marion nestelte aufgeregt an ihrem Kittel, und Ellen fiel auf, dass die massige Brust der Schwester mit irgendetwas wässrig Rotem bekleckert war. War das neben Marions Namensschild nicht ein Apfelkern? Es sah zumindest danach aus.

»Herr Böck? *Der* Herr Böck?«

Marion nickte.

»Aber er war doch vorhin noch völlig katatonisch?«

»Ja, schon. Er gab keinen Mucks von sich, wie immer. Bis ich …« Marion beendete den Satz nicht, sondern wandte sich um zum Ende des Flurs.

»Bis Sie *was*?«

»Der Herr sei mein Zeuge, ich weiß es nicht«, wimmerte die Schwester.

»Marion, jetzt reißen Sie sich mal zusammen! Was ist hier passiert?«

»Herrje, ich weiß es doch nicht!«

Ellen beschloss, dass diese Unterhaltung nichts brachte und ließ die hysterische Schwester einfach stehen. Sie schob sich an einem älteren Mann vorbei, der unablässig »Jessasmariaundjosef« vor sich hin murmelte und dabei hektisch von einem Bein aufs andere trat. Solche Unruhe war bei chronischen Psychotikern keine Seltenheit, aber nun, in all dem Gedränge, glich sein Trippeln fast schon einer Fred-Astaire-Nummer. Eine der Schwestern, die von der offenen Station zur Verstärkung angerückt waren, nahm ihn am Arm und führte ihn auf sein Zimmer zurück.

Was war hier nur geschehen, dass man sogar Personal zur Unterstützung holen musste? Ellen drängte sich durch die Versammlung und traf dann auf eine weitere Leihgabe aus dem ersten Stock. Ihr Kollege Mark Behrendt stand vor der Tür zum Gemeinschaftsbadezimmer, aus dem Herrn Böcks Schreie drangen.

Marks Haltung verhieß nichts Gutes. Er hatte eine Hand in die Hüfte gestemmt, wodurch ein schwarzes T-Shirt mit dem Aufdruck *Who killed Laura Palmer?* unter seinem Kittel zum Vorschein kam, und durchwühlte mit der anderen Hand sein dunkles Haar. Sein Blick war starr auf die geschlossene Badezimmertür gerichtet.

»Herr Böck, bitte, machen Sie auf«, sagte er in bestimmtem Tonfall. Doch Herr Böck schien wenig beeindruckt. Stattdessen brüllte er zurück: »Kannibalen! Gottlose KANNIBALEN! Ja, das seid ihr!«

»Mark, was zum Kuckuck …«

Mark warf ihr einen flüchtigen Blick zu, einen Blick, der sagte: *Es ist ernst, verdammt ernst!* Dann widmete er sich wieder der Tür, so als könne er durch das blassgrüne Türblatt wie durch Glas sehen. »Verflixt, wo hast du gesteckt?«

»Patientengespräch. Was ist mit Böck los?«

»Keine Ahnung. Er scheint beim Mittagessen urplötzlich durchgedreht zu sein. Hat zuerst Marion angefallen und sich dann hier im Badezimmer verbarrikadiert.«

Wie alle Patientenräume hatte auch die Badtür kein Schloss, dennoch schien sie durch irgendetwas von innen blockiert zu werden. Marks wiederholter Versuch, sie zu öffnen, scheiterte nach nur wenigen Zentimetern.

»Lasst mich in Ruhe! Haut ab!«

Ellen war erstaunt, wie tief Böcks Stimme doch war. Sie hatte sie sich seinem zierlichen Erscheinungsbild nach um einiges höher vorgestellt. Tatsächlich hatten jedoch weder sie noch irgendjemand sonst auf Station 9 Herrn Böck bisher reden hören. Als er eingeliefert worden war, hatte er sich steif und mit starrem Blick auf sein Zimmer führen lassen und auf keinen Kontaktversuch reagiert. Dass sich dieser Zustand nun so abrupt verändert hatte, war einerseits erstaunlich, andererseits auf alle Fälle besorgniserregend.

»Wir können nicht so einfach weggehen, Herr Böck, und das wissen Sie«, rief Mark durch den schmalen Türspalt. »Lassen Sie mich zu Ihnen herein, und wir können reden.«

»Reden? REDEN? Ha! Ihr wollt, dass ich sie esse. Ihr wollt, dass ich MEINE FRAU AUFESSE! Aber das werde ich nicht tun. NIEMALS!«

»Was redet der da?«, fragte Ellen im Flüsterton. »Böck hatte einen Schock, aber er schien mir nicht wahnhaft.«

»Ob wahnhaft oder nicht, im Moment hat er auf jeden Fall keine Lust, seine Frau zu essen.« Mark rief wieder durch den Türspalt: »Herr Böck, Frau Dr. Roth ist jetzt bei mir. Sie erinnern sich doch noch an Frau Dr. Roth?«

»Sie soll verschwinden! Sie beide sollen verschwinden! Ich tu es sonst!«

»Was tun Sie sonst?«

»Das geht euch einen Scheißdreck an!«

Mark wechselte einen kurzen Blick mit Ellen. Beide schienen in diesem Augenblick dasselbe zu denken: *Suizid*.

Möglich, dass Böcks Drohung nur eine leere Phrase war, es war aber genauso möglich, dass Böck im Badezimmer etwas entdeckt hatte, womit er seine Drohung in die Tat umsetzen konnte. Nassrasieren war den Patienten zwar untersagt, aber wie leicht ließ sich eine Rasierklinge einschmuggeln. Ebenso waren ein Gürtel oder der Gurt eines Bademantels zusammen mit dem Gestänge für den Duschvorhang eine gefährliche Kombination.

»Herr Böck«, rief Ellen. »Wir wollen nur mit Ihnen reden, mehr nicht. Ich will Ihnen dabei in die Augen sehen können. Deshalb werden Dr. Behrendt und ich jetzt zu Ihnen hereinkommen.«

»Und wie, zum Teufel, gedenkst du die Tür aufzukriegen?«, fauchte Mark.

»Du bist doch stark, oder?«, flüsterte sie.

»Herrgott, das ist eine Metalltür, und ich bin nicht Bruce Willis!«

»Bleibt ja weg!«, kreischte Böck.

Ellen hörte Wasser rauschen. Eine Badewanne wurde eingelassen. Was immer Böck auch vorhatte, viel Zeit blieb ihnen nicht, es zu verhindern.

»Also gut, Herr Böck. Wir werden jetzt zu Ihnen kommen!«, rief Mark und winkte Schwester Marion zu. »Bringen Sie mir ein Kissen. Schnell!«

»NEEEEIIIIN!« Böck heulte. Dann platschte etwas ins Wasser. Sekunden später noch einmal.

»Was macht der bloß?«

Ellen sah sich nach etwas um, mit dem man die Tür hätte aufhebeln können – einen herrenlosen Infusionsständer oder etwas in der Art –, fand jedoch nichts.

Endlich kam Marion zurück. Mark riss ihr das Kissen aus der Hand, hielt es an seine Schulter und rannte mit einigem Anlauf gegen die Badezimmertür. Der junge Arzt war nicht gerade ein Schwergewicht, und die Blockade hielt seinem Aufprall stand.

»GEEEHT WEEEEEG!«, hallte Böcks Stimme von hinter der Tür zu ihnen.

»Noch mal!«, rief Ellen.

Mark unternahm einen zweiten Anlauf. Diesmal gab die Tür nach. Sie ging weit genug auf, dass Mark hindurchschlüpfen konnte.

Kaum war er im Badezimmer, hörte Ellen seinen Aufschrei: »Nein! Tun Sie das nicht!«

Ellen folgte ihrem Kollegen. Böck hatte die Tür von innen mit einem rutschfesten Duschstuhl für gehbehinderte Patienten blockiert, der sich selbst durch Marks heftige Stöße gegen die Tür kaum über den Fliesenboden bewegen ließ. Nun stand der zierliche Mann, nur mit Pyjama und Bademantel bekleidet, in der rechten von drei Badewannen.

Hinter ihm lief noch immer Wasser ein. Der Saum seines Bademantels schwamm bereits auf Höhe seiner zitternden Waden. Böcks spärliches Haar stand ihm wirr vom Kopf ab, und seine sonst winzig anmutenden Knopfaugen waren so weit aufgerissen, dass man fürchten musste, sie würden ihm jeden Moment aus dem Kopf kullern.

Was sowohl Ellen als auch Mark das Blut in den Adern gefrieren ließ, war der Fön, den Böck in seiner linken Hand hielt. Das Gerät war eingesteckt und das Kabel lang genug.

Verdammt, fuhr es Ellen durch den Kopf, *wie ist er nur an diesen Fön gekommen?*

Sie sah zur Steckdose, überlegte für einen Sekundenbruchteil, loszulaufen und den Stecker zu ziehen, und entschied sich dann dagegen. Sie benötigte mindestens drei

Schritte bis zur Wand. Böck hingegen fehlten nur noch zwei Schritte zum sicheren Tod: einschalten und loslassen. Wenn sie jetzt übereilt handelte, lief sie Gefahr, eine Affektreaktion zu provozieren. Böck drohte nicht nur – es war ihm ernst, wie sie deutlich sehen konnte.

Wie um dies zu unterstreichen, hatte seine Stimme einen gefährlich ruhigen Tonfall angenommen.

»Ich werde es jetzt tun. Schauen Sie lieber weg.«

Ja, dachte Ellen. *Er wird es tatsächlich tun, und jeder Versuch, ihn davon abzuhalten, wird zur Mitfahrgelegenheit im Zug nach nirgendwo.*

Böck zitterte wie Espenlaub. Die Knöchel seiner Hand, mit der er den Fön krampfhaft umklammert hielt, traten weiß unter seiner blassen Haut hervor.

»Ihr könnt mir drohen, womit ihr wollt, aber ich werde meine Margot nicht essen.«

»Geht klar«, erwiderte Mark. »Ich werde das mit unserem Koch klären. Auf was hätten Sie denn Appetit?«

Diese Frage war so unfreiwillig komisch, dass Ellen für eine Sekunde völlig konsterniert war. Dann wurde ihr klar, dass Mark ihn provozieren wollte. Solange Böck wütend war und sich zur Wehr setzte, würde er sein tödliches Vorhaben nicht in die Tat umsetzen.

»Hör auf, mich zu verarschen, Junge! Nur weil du studiert hast, musst du noch lange nicht denken, ich wär völlig irre. Glaubst du denn, ich hab nicht durchschaut, dass ihr meine Margot zerstückelt habt, ihr Unmenschen?«

»Wieso glauben Sie denn, wir hätten das getan?« Mark klang ernsthaft interessiert, ruhig und sachlich.

Ja, dachte Ellen. *Mach so weiter, halt ihn am Reden. Wir brauchen Zeit. Zeit und eine Idee.*

»Ich ... ich ...« Nun begann Cornelius Böck zu weinen.

»Warum wollen Sie das tun, Herr Böck?«, fragte Mark. »Warum wollen Sie sterben?«

Er sei schuld am Tod seiner Frau, schluchzte Böck. Dabei habe er sie doch über alles geliebt. Wenn er nur seine Klappe gehalten und nicht nach ihr gerufen hätte, dann wäre das alles nicht geschehen.

Dann schaltete er den Fön ein.

»Und jetzt hauen Sie endlich ab! Ich muss für meine Dummheit bezahlen.«

»Eine Frage hätte ich noch«, tönte Mark gegen das Heulen des Föns an. »Ohne Ihre Hilfe bekomme ich sonst ernsthafte Schwierigkeiten.«

»Was?« Böck sah ihn verblüfft an.

»Bitte, Herr Böck!« Mark flehte ihn nahezu an, und diese Taktik schien zu wirken.

»Von mir aus, fragen Sie.«

»Was soll ich meinem Chef sagen? Man wird mir die Schuld geben, wenn Sie sich jetzt töten.«

»Ich ... ja, ich weiß nicht ... ich ... Ist das nicht egal?«

»Nein, ist es nicht. Nicht für mich. Und Sie sind mir eine gute Antwort schuldig. Also?«

Großartig, dachte Ellen. *Jetzt hast du ihn!*

Sie trat langsam zurück und schob sich hinaus auf den Gang. Dort war dank des eifrigen Pflegepersonals Ruhe eingekehrt. Die meisten Patienten befanden sich wieder auf ihren Zimmern, wenngleich es sich kaum einer nehmen ließ, den Kopf aus der Tür zu strecken und das Geschehen zu beobachten.

Ellen rannte zurück zum Stationszimmer. Ein junger Patient mit bleichem Gesicht, schwarzem Make-up und einer Frisur, die seine Haare wie eine überdimensionale schwarze Krone aussehen ließ, folgte ihr dicht auf den Fersen.

»Ey, ich konnt doch nich' wissen, dass sich so'n Arsch gleich mit mei'm Fön umbringt, nur wenn ich den mal im Bad liegen lass«, rief er ihr zu. »Scheiße, ich wusst' ja nich' mal, dass man hier kein' Fön haben darf.«

Ellen ignorierte ihn und hielt auf Schwester Marion zu.

»Haben wir einen Sicherungskasten?«

»Sicherungskasten?«

»Ja! Gibt es hier einen?«

Ellen sah sich suchend um, riss Notausgangspläne und einige Poster von den Wänden, die schon seit ihrer Anfangszeit auf Station 9 dort hingen. Doch nirgends war ein Sicherungskasten.

»Es gibt hier keinen«, sagte Marion. »Nicht, dass ich ...«

Ellen griff hastig das Mobilteil des Stationstelefons und wählte die Zentrale an. »Den technischen Dienst. Schnell!«

Sie ging zurück auf den Gang. Zwar glaubte auch sie nicht, dass es dort einen Sicherungskasten gab – die Verlockung, ein wenig Elektriker zu spielen, wäre für den einen oder anderen Patienten sicherlich groß gewesen –, trotzdem hielt sie das nicht davon ab, einen prüfenden Blick umherschweifen zu lassen. Wenn es in diesem wieder und wieder renovierten Altbau Steckdosen gab, die nahe genug an Badewannen montiert waren, um sich mit einem Fön einen tödlichen Stromschlag zu holen, waren durchaus auch Sicherungskästen auf dem Flur der geschlossenen Psychiatriestation denkbar. Doch es gab wirklich keinen.

Endlich meldete sich ein Techniker. Seiner undeutlichen Aussprache nach war er gerade beim Essen.

Mittagszeit, dachte Ellen, *auch das noch!*

»Wo befindet sich der Sicherungskasten für Station 9?«, fragte sie, ohne sich mit einer langen Begrüßung aufzuhalten.

»Wer will das wissen?«

»Himmelherrgott, hier ist Dr. Ellen Roth. Also, wo ist er?«

Wieder schrie Böck im Hintergrund. Lange würde Mark ihn nicht mehr hinhalten können.

Selbst die bestgefüllte Therapeutentrickkiste ging irgendwann zur Neige.

»Hören Sie mal, Frau Doktor. Ich kann Sie nicht einfach an den Sicherungskasten lassen. Das ist gef…«

»Es geht um Leben und Tod!«

Das schien den Techniker zu überzeugen. »Im Keller. Bin gleich bei Ihnen.«

Dafür würde die Zeit nicht reichen. Das Büro des Technischen Dienstes befand sich am anderen Ende des Klinikgeländes.

Ellen wies ihn an, sie sofort auf ihrem Handy anzurufen, da das Stationstelefon nur einen begrenzten Empfang hatte.

»Und gnade Ihnen Gott, wenn Sie es nicht tun!«

Sie warf Marion das Telefon zu, doch die war viel zu verdutzt, um es rechtzeitig aufzufangen, woraufhin es scheppernd zu Boden fiel.

In ihrer Hektik vertippte sich Ellen zweimal am Zahlenschloss der Sicherheitstür, ehe sie den richtigen Code eingegeben hatte, um die Station verlassen zu können.

Als sie ins Treppenhaus hinauseilte, hörte sie Böcks Ruf hinter sich: »Jetzt reicht's, ich mache Ernst!«

Während Ellen die Treppe zum Keller hinunterhastete, läutete ihr Handy. Es war der Techniker.

»Also, passen Sie mal auf, Frau Doktor«, begann er und erklärte ihr den Weg.

Der Sicherungskasten war abgeschlossen. Wütend schlug Ellen dagegen. Natürlich, dies war eine psychiatrische Klinik, hier war alles abgesperrt, was für Patienten nicht erreichbar sein sollte. Alles, bis auf Föns in Badezimmern.

Ellen zog ihren Hausschlüssel aus der Hosentasche. Es war der flachste Gegenstand, den sie bei sich trug, um damit die Abdeckung aufhebeln zu können. Der Techniker, der inzwischen unterwegs zum Stationsgebäude 9 war, aber auf keinen Fall rechtzeitig genug eintreffen würde, gab ihr genaue Instruktionen, wie sie den Aufbruch bewerkstelligen musste. Sie solle das Plastiktürchen an der Seite mit den Scharnieren aufhebeln, wiederholte er. Direkt am Schloss hätte sie *keine Sonne,* wie er es nannte.

Gerade als Ellen glaubte, nicht viel mehr zu erreichen, als ihren Hausschlüssel zu verbiegen, barst das Hartplastik. Sie packte die Abdeckung und riss sie ab.

»Welche Sicherung gehört zum Badezimmer?«

»Himmel, Frau Doktor, das kann ich Ihnen so nicht sagen! Suchen Sie den Hauptschalter!«

Ellen griff nach dem größten Schalter, den sie sah, und legte ihn um. Augenblicklich ging im Keller das Licht aus.

Keine Sekunde später sprang die Notbeleuchtung an.

Kapitel 5

Mark betrat Ellens Büro mit zwei Kaffeebechern, stieß mit der Ferse die Tür zu und stellte einen Becher vor Ellen ab.

»Hier. Trink das, dann geht es dir gleich besser. Ist Zucker drin. Gut für die Nerven.«

»Danke.«

Sie belohnte seine Fürsorglichkeit mit einem Lächeln, wagte jedoch nicht, nach dem Becher zu greifen. Ihre Hände zitterten noch viel zu sehr.

Mark schuf Platz auf einem Besucherstuhl, auf dem mehrere Ordner lagen, und setzte sich.

»Geht's wieder? Du bist kreidebleich.«

»Ja, es wird schon.« Sie ballte die Hände zu Fäusten, um ihrem Zittern Herr zu werden.

Mark legte den Kopf schief und hob eine Braue. »Klingt nicht sehr überzeugend.«

Ellen seufzte. »Ich habe schon öfter über Leute gelesen, die in Extremsituationen völlig rational und selbstsicher reagiert und deren Knie sich danach in Pudding verwandelt haben. Jetzt erlebe ich das wohl am eigenen Leib.«

»Verständlich«, sagte Mark und nippte an seinem Kaffee. Auch er machte einen mitgenommenen Eindruck. »War verdammt knapp vorhin. Hast es gerade noch rechtzeitig geschafft.«

»Wie geht es Herrn Böck jetzt?«

»Schwebt im pharmazeutischen Traumland. Ich habe ihm Tavor verabreicht.«

Ellen nickte nur, wollte nach ihrem Kaffee greifen und ließ es dann bleiben.

Solange ich das Zittern nicht besser in den Griff bekomme, sollte ich allenfalls mit einem Strohhalm trinken.

Mark schien dies nicht entgangen zu sein. »Ellen, dir geht es nicht gut. Warum nimmst du dir nicht den Rest des Tages frei? Ich könnte Professor Fleischer vorschlagen, dass ich dich heute vertrete. Auf meiner Station ist im Moment alles im Lot, da wäre eine zusätzliche ...«

»Das ist nett gemeint«, unterbrach sie ihn. »Aber ich schaffe das schon. Der Chef sollte besser nichts von dem Vorfall erfahren. Am Ende müsste ich mir noch anhören, ich wäre mit Chris' Vertretung überfordert.«

»Wie du willst.« Mark zuckte mit den Schultern. »Obwohl ich denke, dass Fleischer dafür Verständnis hätte. Solche Vorfälle können jedem von uns passieren, und man müsste schon ziemlich abgestumpft sein, wenn sie einem nicht zu schaffen machten.« Er kramte ein Päckchen Zigaretten aus seinem Kittel. »Darf ich?«

»Wenn dich der Sicherheitsbeauftragte erwischt, wird er uns beide lynchen«, antwortete Ellen und bemühte sich, dass ihr Scherz locker klang. »Aber wenn du jetzt eine brauchst, mache ich eine Ausnahme.«

Mark lächelte dankbar und verstieß gleich darauf mit einer Camel gegen das allgemeine Rauchverbot in der Klinik.

»O ja, die brauche ich jetzt wirklich, und ich werde alle Schuld für den Qualm auf mich nehmen, versprochen.«

Dann verschwand sein Lächeln, und seine Stimme wurde leiser. »Weißt du, seit ich hier arbeite, habe ich zwei Patienten durch Selbstmord verloren. Wenige Wochen nachdem ich angefangen hatte, warf sich einer meiner Patienten vor einen ICE. Das war in dem Jahr, bevor du an die Klinik gekommen bist. Letzten Winter dann die Frau, die in die Donau gesprungen ist.«

Mark vermied es, Namen auszusprechen. Er schien mit der Erinnerung noch immer nicht klarzukommen. Ellen erinnerte sich an Maren Weiß. Eine hochdepressive Patientin, die eine rapide Verbesserung vorgetäuscht hatte, um ihren ersten Ausgang für den Sprung ins eisige Wasser zu nutzen.

Ihre Leiche war erst anderthalb Wochen später im Rechen eines Stauwerks gefunden worden. Nach ihrer Identifizierung hatte Mark eine Woche Urlaub gebraucht.

»In beiden Fällen war ich überzeugt, alles Menschenmögliche für die Patienten getan zu haben«, fuhr Mark fort. Er versuchte seine Aufgewühltheit zu verbergen, aber der Unterton seiner Stimme verriet ihn. Während er sprach, betrachtete er den Rauch, der vom Luftzug des gekippten Fensters verwirbelt wurde. »Ich habe mir klargemacht, dass man Menschen, die sich zum Suizid entschließen, nicht aufhalten kann. Wenn sich jemand wirklich dazu entschieden hat, sich aus dem Leben zu verabschieden, kündigt er es nicht an. Er tut es einfach.

Aber vorhin im Bad war es anders. Zum ersten Mal hatte ich die Chance, rechtzeitig die Fäden in die Hand zu nehmen. Natürlich nicht alle, aber genug, um Böcks Leben zu retten. Trotzdem war da diese Scheißangst, dass er die Nummer drei auf der Liste werden würde.«

»Zuerst habe ich ja daran gedacht, einfach den Stecker zu ziehen«, sagte Ellen, »aber ich war zu weit von ihm entfernt. Wäre ich einfach auf die Steckdose zugelaufen, hätte ich womöglich Böcks Entschluss nur noch beschleunigt, sich in gewässertes Roastbeef zu verwandeln.«

Mark grinste. »Gewässertes Roastbeef. Echt gut. Du hörst dich schon fast so an wie Chris.«

»Findest du?«

Mark löschte die Zigarette in seinem Kaffeebecher. »Ja, finde ich. Was treibt er eigentlich, dein Herr Heimwerker? Immer noch am Hausrenovieren?«

Ellen schüttelte den Kopf. Eigentlich hatte Chris seinen Urlaub nutzen wollen, um sich um die Böden des Hauses zu kümmern, Parkett und Fliesen zu verlegen, und falls noch Zeit blieb, Angebote für eine neue Haustür einzuholen.

Aber dann war alles anders gekommen.

»Er ist heute Morgen nach Australien geflogen.«

»Australien?« Mark sah sie erstaunt an. »Davon hat er gar nichts erzählt. Er fliegt nach Australien, einfach so, und nimmt dich nicht mit?«

»Er begleitet seinen Freund Axel. Axels Freundin hat sich vor ein paar Tagen von ihm getrennt, kam recht überraschend, und die Tickets waren ein Sondertarif ohne Rücktrittsmöglichkeit, irgendetwas in der Art. Also hat er Chris gefragt.«

»Und jetzt vergnügt sich der Herr Doktor mit seinem Kumpel am anderen Ende der Welt, während du brav zur Arbeit gehen darfst. Alle Achtung.«

Ellen verstand seine Anspielung, ging aber nicht darauf ein. Mark hatte noch nie einen Hehl daraus gemacht, dass er Chris nicht sonderlich mochte. Sie unterschieden sich wie Tag und Nacht. Chris war der Meinung, Mark möge vielleicht fachlich gut sein, aber seine laxe Art – überhaupt sein ganzes Auftreten – sei für jemanden seines Berufsstands völlig deplatziert. Wie, um alles in der Welt, könne man nur ein Marilyn-Manson-T-Shirt unter seinem Arztkittel tragen?

Dabei hielt Mark seinen Kollegen für einen perfektionistischen Spießer, dem es keiner recht machen konnte – wahrscheinlich nicht einmal er selbst. Das hatte er ihm vor versammelter Mannschaft an den Kopf geworfen, als sie sich bei einer Stationsbesprechung in die Haare geraten waren.

Was Chris und Mark betraf, war sich Ellen sicher: Von wem auch immer die Redensart stammen mochte, Gegensätze zögen sich an, er konnte die beiden nicht gekannt haben.

»Wird sich noch zeigen, ob es wirklich ein Vergnügen für ihn wird«, überging sie Marks Bemerkung mit einem spitzbübischen Lächeln. »Zum einen ist ein beziehungsgeschädigter Freund nicht gerade der Traumpartner für eine gemeinsame Urlaubsreise, und zum anderen sind die beiden auf einer ziemlich kleinen Insel vor der australischen Küste. Hinchinbrook Island. Dort gibt es nicht viel, außer Natur pur. Kein Fernsehen, kein Telefon, kein Handy, keine Zivilisation. Dafür jede Menge Urwald und Alligatoren.«

»Trotzdem hätte ich dich an seiner Stelle mitgenommen. Du hättest dir ebenfalls mal eine Auszeit verdient. Schon hart, dich allein mit seinen ganzen Fällen zurückzulassen. Dass da ein paar heftige darunter sind, hat unser lieber Herr Böck ja gerade bestens unter Beweis gestellt.«

»Jetzt hör schon auf, Mark. Ich bin doch keine Anfängerin mehr. Ich werde mich darum kümmern, das habe ich Chris versprochen. Ich denke, es tut ihm ganz gut, mal für sich zu sein. Und wenn ich ehrlich sein soll, mir auch. Chris hat die letzte Zeit nur noch gearbeitet, und das kann für beide Seiten manchmal recht belastend sein. Außerdem weiß man ja nie, ob er in den nächsten Jahren noch einmal Gelegenheit zu so einem Abenteuerurlaub haben wird.«

»Aha«, machte Mark. »Ihr plant schon über das gemeinsame Haus hinaus?«

»Wer weiß? Ich finde es auf jeden Fall gut, dass er Axels Angebot angenommen hat. War schwer genug, ihn dazu zu überreden, das kannst du mir glauben. Ein wenig Abstand zu allem wird ihm nur guttun. Chris hat den Tod seines Vaters noch nicht richtig verarbeitet, und nun auch noch das geerbte Haus zu renovieren fällt ihm nicht so leicht, wie er vorgibt.«

»Das ist typisch du«, meinte Mark und zeigte mit seinem Becher auf sie, »immer ganz die Therapeutin. Warum verkauft er die Hütte nicht einfach, und ihr sucht euch was anderes? Etwas in der Nähe der Klinik, damit ihr euch dieses enge Apartment im Wohnheim ersparen könnt.«

»Weil er daran hängt, und weil wir später einmal eine Praxis eröffnen wollen. Platz genug bietet das Haus, und die Infrastruktur ist auch nicht ohne.«

»Auf der Schwäbischen Alb?«

»Warum nicht auf der Schwäbischen Alb?« Ellen betrachtete ihre Schreibtischlampe, das Kabel und wie es zur Steckdosenleiste an der Wand verlief. Sie dachte an das Kabel des Föns und spürte, wie ihr Zittern wieder stärker wurde. »Schon verrückt, das vorhin. Ich frage mich, was bei Herrn Böck diesen Ausraster verursacht hat. Bisher hatte er auf keinerlei Therapieversuche reagiert, weder von Chris noch von mir.«

»Was genau war denn der Grund für seine bisherige Starrheit?«

»Ein Schock, verursacht durch den Tod seiner Frau«, erklärte Ellen. »Eine ziemlich traurige Geschichte.«

Sie reichte ihm Böcks Akte, die vor ihr auf dem Schreibtisch lag und mit bürokratischer Beharrlichkeit auf einen Bericht über den Vorfall im Badezimmer wartete.

Mark schlug die Akte auf und begann zu lesen. Auch wenn die darin enthaltenen Protokolle und Berichte in sachlichem Ton verfasst waren, stand das menschliche Drama deutlich lesbar zwischen den Zeilen. Ellen war tief davon berührt gewesen, als sie zum ersten Mal von Böcks Fall erfahren hatte, und nun erkannte sie in Marks Gesicht, dass es ihm ebenso ergehen musste.

Bis vor sechs Wochen hatten der pensionierte Stadtarchivar Cornelius Böck und seine Frau Margot ein ruhiges und beschauliches Leben geführt. Das Ehepaar wohnte in einer Eigentumswohnung mit drei Zimmern im siebten Stock eines am Fahlenberger Stadtrand gelegenen Hochhauses. Eine nette Wohngegend, die Ellen von ihren Joggingtouren entlang des Donauufers kannte.

Es war vor gut sechs Wochen passiert. Dem Polizeibericht zufolge war Böck auf seiner üblichen Donnerstags-Einkaufsrunde unterwegs gewesen, während seine Frau Margot die Abwesenheit ihres Gatten für den Wohnungsputz genutzt hatte.

Ein Nachbar hatte Böck gesehen, wie er bei seiner Rückkehr auf das Hochhaus zuging und dann plötzlich erstarrte. Ein Polizeibeamter zitierte den Zeugen mit den Worten: »Er stand da, mit seinen zwei Einkaufstaschen, und glotzte, als habe er ein UFO gesehen.«

Doch Böck hatte kein UFO, sondern seine Frau gesehen. Sie stand mit einem Bein auf dem Fensterbrett und mit dem anderen auf gleicher Höhe im Inneren des Wohnzimmers. Angeblich hatte sie den äußeren Rollokasten über dem großen Fenster abgewischt.

Bei diesem Anblick musste Böck derart erschrocken sein, dass er den schlimmsten Fehler beging, den man in dieser Situation machen konnte: Er rief seiner Frau zu. Den Angaben des Nachbars zufolge, hallte Böcks »Margot, nein!« zwischen den beiden Hochhäusern wie ein verirrtes Echo hin und her.

Mark ließ kurz die Akte sinken und schüttelte betreten den Kopf.

»Er hat ihr zugerufen. Er war erschrocken und hat ihren Namen gerufen. Das erklärt, was er vorhin im Badezimmer gemeint hat mit: *Hätte ich doch nur meine gottverdammte Klappe gehalten.*«

Wie schon beim ersten Mal, als sie bei Böcks Aufnahme den Bericht gelesen hatte, konnte Ellen das Bild des erschrockenen Mannes vor sich sehen.

Es war, als liefe der Inhalt der Zeugenaussagen wie ein Film vor ihrem geistigen Auge ab – in Zeitlupe und mit erschreckender Deutlichkeit. Wie in diesen Fernsehsendungen, die vor Unfallgefahren warnten. Sendungen, die zeigten, wie ein unbeaufsichtigter Christbaum oder eine vergessene Herdplatte eine Wohnung in Brand stecken konnten, wie Leute sich beim Steigen auf Drehstühle mit Rollen alles nur Erdenkliche brachen oder dass ein Fön in der Nähe von Wasser eine tödliche Gefahr darstellte. Sendungen, die man für gewöhnlich mit einem »So dumm ist doch kein Mensch« kommentierte und dann nach der Fernbedienung griff.

Doch was den Böcks zugestoßen war, war keine Szene

aus einer Fernsehsendung im Vorabendprogramm gewesen. In ihrer Vorstellung sah Ellen, wie Margot Böck auf den Schrei ihres Mannes reagierte und sich mit einer schnellen Bewegung weiter nach vorn reckte, obwohl ihr hätte bewusst sein müssen, dass sie im siebten Stockwerk mit einem Bein auf der Fensterbank stand. Aller Wahrscheinlichkeit nach musste es sich hierbei um eine Art Pawlow'schen Reflex unter Eheleuten gehandelt haben.

Vielleicht wäre Frau Böck nicht gestürzt, wenn sie ein paar Jahre jünger und ihr Reaktionsvermögen besser gewesen wäre. Vielleicht hätte sie sich, wenn auch nur knapp, noch rechtzeitig an irgendetwas festhalten können – etwas anderem als dem Fensterflügel, der mit einem Ruck zufiel und keinerlei Halt für sie bot.

Ellen stellte sich Cornelius Böck vor. Stellte sich vor, wie er seine Frau fallen und sie für einen Sekundenbruchteil mit den Armen rudern sah, als hoffe sie, sie würden sich dadurch in Flügel verwandeln und ihr Sturz würde im letzten Moment in einen sanften Gleitflug übergehen.

Margot Böck war auf der Betonfläche neben dem Unterstand für Fahrräder und Mülltonnen aufgeschlagen. Ihr Sturz hatte keine ganze Sekunde gedauert.

»Mannomann«, stieß Mark hervor und schlug die Akte zu. »Kein Wunder, dass er einen solchen Schock hatte.«

Ellen nickte.

Sie war einige Tage nach dem Vorfall wieder an dem Hochhaus vorbeigejoggt, in dem die Böcks gewohnt hatten. Aus irgendeinem Grund, den sie nicht genau benennen konnte – am ehesten vielleicht eine Mischung aus Empathie und morbider Neugier –, hatte sie ihren Lauf unterbrochen und war zu der kleinen Rasenfläche an der

Rückseite des Gebäudes gegangen, wo man Böck gefunden hatte.

Sie hatte das Schild mit der Aufschrift

Werte Hundebesitzer,
DIES IST KEIN HUNDEKLO!
Die Hausverwaltung

gesehen, neben dem Böck gesessen und, laut der Schilderung eines Sanitäters, mit leerem Blick auf ein Zierkirschbäumchen gestarrt hatte.

Als sie dies Mark erzählte, fügte sie hinzu: »In diesem Moment verstand ich, warum er den Rückzug in sich selbst der Realität vorzog. Ich meine, es muss doch unerträglich sein, wenn man den Tod eines Menschen miterlebt und dabei auch noch überzeugt ist, man habe ihn selbst verschuldet.«

»Und seither war Herr Böck nicht mehr ansprechbar?«

Ellen schüttelte den Kopf. »Er schien sich nach dem schrecklichen Unfall in eine ferne Welt geflüchtet zu haben, die sich irgendwo hinter seiner Stirn befand. Sein Bettnachbar nannte ihn deshalb sogar *Herrn Niemanddaheim.*«

Sie nahm nun doch einen Schluck von ihrem Kaffee und verzog das Gesicht. Zu kalt, zu stark, zu süß. Aber wenigstens hatte das Zittern ihrer Hände nachgelassen.

»Ich glaube, ich weiß, warum er vorhin so heftig reagiert hat«, meinte Mark und legte die Akte auf den Tisch zurück. »Jetzt, da ich seine Geschichte kenne und sie mit dem zusammenbringe, was er mir in seiner Aufregung erzählt hat, ergibt das alles einen Sinn.«

Ellen hob neugierig die Brauen. »Ein weiterer Schock?«

»Etwas in der Art, ja. Ich denke, Herr Böck hat uns das demonstriert, was man als die Folge eines sogenannten *Trigger*-Effekts bezeichnet. Dieser Auslösereiz nach posttraumatischen Belastungsstörungen war Teil meiner Dissertation. Darauf hätte ich eigentlich schon vorhin im Badezimmer kommen müssen. Und ich Idiot habe ihn auch noch provoziert, damit er seine Emotionen auf mich konzentriert. Das hätte verdammt ins Auge gehen können.«

Ellen winkte ab. »Jetzt hör aber auf. Du konntest es nicht wissen. Wenn vorhin wirklich etwas Schlimmes passiert wäre, hätte allein ich daran Schuld gehabt. Zum einen, weil ich nichts von seinem Ausrasten mitbekommen hatte, und dann bin ich auch noch zu spät dazugekommen. Außerdem war Böcks spontane Überreaktion keinesfalls vorhersehbar. Was auch immer da mit Marion vorgefallen sein mag, ich hätte nie damit gerechnet, dass Böck derart ausrastet.«

»Da magst du Recht haben«, sagte Mark, wirkte aber nicht wirklich überzeugt.

»Natürlich habe ich das.« Ellen grinste ihn an. »Frauen haben immer Recht, wusstest du das nicht?«

Er hüstelte. »Na ja, da fehlt es mir wohl an Erfahrung. Aber mal im Ernst, genau diese Unvorhersehbarkeit ist für mich das Faszinierende an diesem Thema. Der Betroffene verdrängt ein schlimmes Erlebnis, und das geht manchmal so weit, dass er all seine Kraft dafür aufwenden muss und deshalb auf sein Umfeld wie erstarrt wirkt. Während meiner Doktorarbeit hatte ich mit Mädchen und Frauen aus dem Kosovo zu tun, die die Hölle durchgemacht hatten. Krieg, Tod, Folter, die ganze Palette. Einiges von dem, was ich damals zu hören bekam, geistert mir noch heute durch die Träume.«

»Das glaube ich dir gern. Aber wie musste es dann erst diesen Frauen gehen.«

»Viele waren wie leblose Puppen. Als ob sich ihr Bewusstsein auf eine Reise mit ungewisser Wiederkehr verabschiedet hätte. Andere erfanden sich ihre völlig eigene Realität. Sie waren fest davon überzeugt, ein Picknick mit Freunden gemacht zu haben oder mit der Familie bei der Feldarbeit gewesen zu sein. Eine Vergewaltigung oder den Tod ihrer Angehörigen gab es für sie nicht.« Mark griff ganz beiläufig nach einer weiteren Zigarette. Erst als er bemerkte, dass er im Begriff war, sie sich anzustecken, sah er sie abwägend an und schob sie dann in das Päckchen zurück. »Aber gerade bei denen, die wie erstarrt wirkten, machte ich mir die meisten Sorgen. In ihnen hat es gewaltig gearbeitet, das war geradezu spürbar. Wie in einem Dampfdrucktopf, der irgendwann explodiert, wenn man den Dampf nicht vorsichtig ablässt. Und ebenso scheint es Herrn Böck ergangen zu sein. Er stand seit dem Vorfall unter immensem psychischen Druck. Sein innerer Schutzmechanismus arbeitete auf Hochtouren, während er nach außen hin teilnahmslos und abwesend erschien.«

»Aber was war deiner Meinung nach der Auslöser für diesen Ausraster? Was hat Marion getan?«

»Böck hat mir in seiner Hysterie gewissermaßen die Erklärung geliefert. Erinnerst du dich, was er gerufen hat?«

»Natürlich. Er war davon überzeugt, wir würden ihn zwingen, seine Frau zu essen.«

»Exakt. Vielleicht hat er es tatsächlich geschafft, das Bild des zerschmetterten Körpers seiner Frau aus der Erinnerung zu verbannen, aber an dessen Stelle rückte nun ein anderes. Gewissermaßen eine Assoziation. Und die muss Marion bei ihm angesprochen haben.«

»Und welche?«

»Es ist zur Essenszeit passiert, und es muss auch mit Essen zu tun haben, sonst hätte Böck nicht diesen absurden Gedanken gehabt. Hat Marion ihn gefüttert?«

»Ich denke schon. Aus eigenem Antrieb hat er ja nicht gegessen, und meistens war es Marion, die ihn gefüttert hat. Worauf willst du hinaus?«

»Als gute Beobachterin hast du bestimmt die Spritzer auf Marions Kittel gesehen.«

Nun erinnerte sich Ellen an die Flecken auf der massigen Brust der Schwester. Ein wässriges Rot. Daneben der Kern, den sie zunächst für einen Apfelkern gehalten hatte.

»Melonen?«

»So makaber es klingen mag, Cornelius Böck muss an den klassischen Vergleich gedacht haben, als er den Kopf seiner toten Frau sah. Zumindest hat er ihn bei unserem … nun ja … unserem *Gespräch* vorhin gebraucht. *Wie eine geplatzte Melone*. Optisch gibt es da zwar einen gewaltigen Unterschied, aber sein Unterbewusstsein muss diesen Begriff an die Stelle des geplatzten Schädels gesetzt haben, so dass Böck nicht mehr an seine tote Frau, sondern an eine Melone dachte. Ein Bild, das bei Weitem nicht so schlimm ist und das ihm die Erinnerung erleichterte. Doch als die gute Marion von ihm wollte, dass er seine Melonenstücke zum Nachtisch isst, konnte sein Verstand nicht mehr differenzieren.«

»Also dachte er, Marion will ihn zwingen, seine tote Frau zu essen«, schlussfolgerte Ellen.

»Genau. Durch das anhaltende Trauma war Böck nicht in der Lage, seine Assoziation verstandesmäßig aufzuschlüsseln. Er hörte *Melone* und dachte *Gehirn*.«

Ellen lehnte sich zurück und ließ Marks Erklärung auf sich wirken. Sie hatte schon viel Verrücktes gehört und erlebt. Schizophrene, die sich von Dämonen verfolgt fühlten. Andere, die davon überzeugt waren, ihr Nachbar steuere ihr Denken und Handeln mittels telepathischer Sender unterhalb der Tapete oder dass ihnen Jesus aus dem Siphon das Ende der Welt prophezeit habe. Eine von Ellens ersten Patientinnen hatte fliegende Pizzen halluziniert, eine andere Frau hatte jedes Mal lachen müssen, wenn sie neben einem Schrank stand, weil sich in ihrer Vorstellung jemand darin befand, der ihr unaufhaltsam Witze erzählte. Und noch vieles mehr.

Hätte sie eine Liste der zehn verrücktesten Fälle ihrer Karriere geführt, würde der Fall Cornelius Böck auf den vorderen Rängen rangieren. Schätzungsweise Platz drei, vielleicht auch Platz zwei.

Böcks Fall hört sich ganz nach einem BIF an, dachte sie. Erst als Mark darauf reagierte, merkte sie, dass sie ihren letzten Gedanken laut ausgesprochen hatte.

»Nach einem *was* hört es sich an?«

»Nach einem BIF, einem *Besonders Interessanten Fall*«, sagte sie und schmunzelte. »Chris nennt es so.«

»Chris«, seufzte Mark. »Der große Dr. Christoph Lorch, der dich allein zurücklässt, um den australischen Dschungel zu durchqueren.«

»Genau der. Und jetzt muss ich zurück zum Dienst. Danke für den Kaffee und den Vortrag, Herr Kollege.«

»Gern geschehen.« Mark stand ebenfalls auf und ging

zur Tür. Er sah sich noch einmal zu Ellen um und wirkte nun gar nicht mehr so selbstsicher wie gerade eben bei seinen Ausführungen.

»Sag mal«, er räusperte sich, »hättest du vielleicht Lust auf ein gemeinsames Abendessen nach Dienstschluss? Ich meine, jetzt, da du Strohwitwe bist.«

»Vielleicht ein andermal. Heute gibt es nur noch eine Verlockung, der ich erliegen werde – mein Bett.«

»Kann ich verstehen.« Eine gewisse Enttäuschung lag dennoch in seiner Stimme. »Erhol dich von dem Schreck. Du siehst immer noch ein bisschen mitgenommen aus.«

»Na ja, das liegt wohl auch an deiner These über Verdrängung. Ist schon etwas unheimlich, diese Vorstellung. Wenn du Recht hast, dann könnte im Grunde genommen jeder von uns etwas verdrängen, ohne davon zu wissen.«

»Es gibt etwas, das noch unheimlicher ist«, entgegnete Mark. »Die Tatsache, dass es sich bei alldem um *keine* These handelt. Die Idee stammt ja nicht einmal von mir. Über dieses Thema haben sich schon viel schlauere Köpfe Gedanken gemacht. Zugegeben, nicht jeder unserer Kollegen glaubt an die Macht der Verdrängung. Manche halten sie auch nur für ein Hirngespinst.«

»Aber du glaubst daran?«

Er nickte. »Genau so, wie ich daran glaube, dass ein kleiner Auslöser eine große Reaktion verursachen kann. So wie bei unserem Herrn Böck.«

Er war schon aus der Tür, als er noch einmal den Kopf zu ihr hereinstreckte.

»Ach, Ellen …«

»Ja?«

»Es … nun ja, es tut mir leid wegen vorhin. Du weißt

schon, wegen Chris und so. Ich finde toll, dass du so viel Verständnis für ihn hast, und ich hoffe sehr, er weiß das zu schätzen. Er ist ein echter Glückspilz. Das meine ich ernst.«

»Das bin ich auch«, sagte Ellen und musste an Chris denken. »Ja, das bin ich auch.«

Kapitel 6

Dunkelheit, Stille und übler Geruch – und wieder dieses seltsame Gefühl, das sie schaudern ließ.

Hätte Ellen es nicht besser gewusst, sie hätte für einen Augenblick schwören mögen, allein in dem kleinen Patientenzimmer am Ende des Ganges zu sein.

»Hallo?«

Grabesstille.

Sie hätte die Frau gern beim Namen genannt, aber da ihr dies nicht möglich war, beschränkte sie sich auf ein zweites kurzes »Hallo« und trat ein.

Langsam ging sie zum Bett, sah die leere Stelle, an der vor Kurzem noch das schreckhafte Häuflein Elend gekauert hatte, und schaute sogar unter das Bett. Auch dort war niemand.

»Wo sind Sie?«

Viele Möglichkeiten, sich in dem nur spärlich möblierten Zimmer zu verstecken, gab es nicht. Andererseits wäre die Frau ohne Namen in ihrem verängstigten Zustand sicherlich nicht einfach auf den Flur hinausgegangen.

Vorsichtig näherte sich Ellen dem Wandschrank mit den zwei Türen und der Reihe Schubladen, in denen die Patienten für gewöhnlich frische Socken und Unterwäsche verstauten. Beides wäre auch für diese Patientin dringend notwendig gewesen. Überhaupt benötigte sie frische Kleidung – mehr als diesen schäbigen, teils zerrissenen Trainingsanzug schien sie nicht bei sich zu haben – und eine ausgiebige Dusche. Oder, noch besser, ein langes Bad mit jeder Menge Badesalz. Aber es würde noch viel Überzeugungsarbeit nötig sein, diese Frau dazu zu bringen, sich zu entkleiden und in eine Badewanne zu steigen. Dort fehlte ihr jegliche Fluchtmöglichkeit, und wer konnte zudem schon sagen, was ihr vielleicht alles im unbekleideten oder nur teilweise bekleideten Zustand widerfahren war.

Also gut, Überzeugungsarbeit, Vertrauensaufbau und eine Unmenge Geduld, und dann ein Bad und frische Kleider.

Doch zunächst einmal galt es, die Frau ohne Namen zu finden.

Ellen fasste den Griff einer Schranktür, achtete darauf, in einem sicheren Winkel zu stehen – gesetzt den Fall, die Patientin käme wieder auf den Gedanken, sie anzufallen –, und dann öffnete sie die Tür. Abgesehen vom muffigen Geruch nach altem Holz und antibakteriellem Putzmittel sprang sie nichts an. Bis auf drei Kleiderbügel, die durch den Ruck an der Querstange hin und her schwangen, war der Schrank leer.

Nun gab es nur noch eine Möglichkeit. Ellen ging zu der kleinen Tür neben dem Ausgang zum Flur, hinter der sich die Toilettenkabine befand. Durch den schmalen Türspalt drang ein kaum hörbares Geräusch. Das Reiben von Wollsocken auf Linoleumboden.

Behutsam öffnete Ellen die Tür. Die Kabine war nicht viel größer als eine Telefonzelle.

Dennoch war es der unbekannten Frau gelungen, sich unterhalb des Waschbeckens zusammenzukauern. Im Dunkeln, eingekeilt zwischen Toilettenschüssel und Siphonrohr, wirkte sie wie ein eingerollter Igel. Ellen erkannte ein zerknäultes Handtuch, das die Frau an sich gedrückt hielt, als sei es ein Kuscheltier.

»Hier sind Sie also«, sagte Ellen mit sanfter Stimme. »Ich will Sie nicht stören, aber ich dachte mir, wir könnten unsere Unterhaltung von vorhin weiterführen. Natürlich nur, wenn es Ihnen recht ist. *Ist* es Ihnen recht?«

Die unbekannte Frau schüttelte zaghaft den Kopf. »Ich komm hier nicht mehr raus, sonst holt er mich.«

Diesmal klang ihre kindliche Tonlage noch überzeugender. Hätte Ellen nur ihre Stimme gehört, ohne zu wissen, zu wem sie gehörte, wäre sie sicher gewesen, ein etwa sechs- bis achtjähriges Mädchen vor sich zu haben.

»Wollen Sie mir sagen, wer er ist?«

»Dich holt er auch, sobald er von dir weiß.«

»Warum sollte er mich holen wollen?«

»Weil er mit dir spielen will.«

Ellen musste an das denken, was Mark ihr erzählt hatte. Verdrängung zum Schutz vor schlimmen Erinnerungen. Hatte sie es hier mit einem ähnlichen Fall zu tun? Die weit aufgerissenen Augen, die zu einem Schmollmund geformten Lippen und nun das Handtuch, das die Frau hielt wie ein Kind seine Lieblingspuppe oder seinen Teddybären, legten die Vermutung nahe. Ebenso die hohe, verstellte Stimme und die Art, wie sich die Frau ausdrückte. Bei ihrem Anblick musste Ellen unweigerlich an die kleine Tochter einer Bekannten denken, die sich bei Gewitter stets unter der Treppe versteckte.

War diese traumatisierte Frau in ihre eigene Kindheit geflüchtet, weil es einfacher für sie war, das Erlebte mit kindlichen Worten und Gedanken auszudrücken? *Spielen* klang beileibe nicht so schlimm wie *verprügeln* oder *vergewaltigen*, auch wenn es für diese Frau dasselbe bedeuten mochte.

Immerhin war das ein Anfang. Besser, als wenn sie sich hinter einer Mauer des Schweigens verbarrikadierte.

Wenn du Zugang zu ihr bekommen willst, solltest du dich zunächst auf ihr Verhalten einlassen. Vergiss das Gerede von wegen therapeutischer Distanz und dass man seine Patienten siezen soll. Wenn sie sich für ein Kind hält, dann rede zu ihr wie zu einem Kind.

»Verrätst du mir deinen Namen?«

Die Frau schüttelte energisch den Kopf und presste das Handtuch noch fester an sich.

»Du kannst ihn mir ruhig verraten. Hier kann dir nichts geschehen«, versicherte Ellen.

»Nein!«

»Warum nicht?«

»Weil er mich dann hört und mich holen kommt. Und dich auch!«

Wieder diese Andeutung, dass der Unbekannte auch vor Ellen nicht haltmachen würde.

Was mochte die Frau nur durchgemacht haben? Hatte es vor ihr auch andere Opfer gegeben und wusste sie davon?

»Weißt du denn, wo er gerade ist?«

Wieder schüttelte die Frau den Kopf. Diesmal drückte

sie dabei beide Hände auf die Ohren und presste Augen und Mund fest zu.

»Bitte«, versuchte Ellen zu ihr durchzudringen, »du kannst mir vertrauen. Ich werde dich vor ihm beschützen, aber das kann ich nur, wenn ich weiß, wer er ist. Und wenn ich weiß, wer *du* bist.«

Weiter den Kopf schüttelnd, begann die Frau mit verstellter Stimme zu singen. »Wenn er aber kommt, dann laufen wir davon.«

Es hörte sich auch so schon unheimlich an, aber in der kleinen, dunklen Toilettenkabine klang es noch viel unheimlicher.

Als höre man eine Kinderstimme durch einen geschlossenen Sargdeckel, dachte Ellen.

Zurück in ihrem Büro, machte sie sich daran, den Patientenbericht über diese Frau auf ihrem Notebook zu schreiben, und ergänzte Chris' Notizen mit ihren eigenen Beobachtungen. Dabei ging sie wie immer sehr detailliert vor. Das half ihr dabei, das Beobachtete in den richtigen Kontext zu setzen.

Ja, dies war wirklich ein *Besonders Interessanter Fall,* und es würde eine Menge Arbeit erfordern, Zugang zur Patientin zu bekommen. Es gab jedoch eine Person, die ihr dabei helfen konnte. Jemanden, der Erfahrungen mit Traumaopfern hatte.

Sie griff zum Telefon, und als Mark sich nach dem zweiten Läuten meldete, fragte sie: »Was hältst du von Sushi?«

Kapitel 7

»Der Schwarze Mann.«

Nachdenklich schaute Mark auf den kleinen Teller vor sich. Er hatte seine Sushihäppchen noch nicht angerührt.

Ellen hingegen hatte während ihres Berichts unentwegt gefuttert und sich immer wieder am gemächlich vorbeilaufenden Band bedient. Nun war sie neugierig, wie Mark über den Fall der unbekannten Frau dachte.

Er ließ sich mit seiner Antwort Zeit und betrachtete die in Algenblätter gerollten Reishäufchen, als wolle er sie hypnotisieren, während um ihn herum der allabendliche Trubel des *A Dong – Running Sushi* toste.

Ellen bedauerte fast, ihn in ihr Lieblingsrestaurant geführt zu haben. Mark schien weder von der japanischen Küche noch vom Ambiente des Lokals angetan zu sein.

»Mark? Alles okay bei dir?«

Er schreckte hoch. »Wie? Äh, ja, natürlich. Ich habe nur über diese Frau nachgedacht.«

Sie zeigte auf seinen Teller. »Schmeckt es dir nicht?«

»O doch. Das ...«, er warf einen hastigen Blick auf die Karte, »das *Hosomaki* ist echt nicht schlecht.«

Sie belohnte die Notlüge mit einem Lächeln.

»Ich könnte sterben für dieses Zeug«, sagte sie und schob sich einen letzten Rest *Sasazushi* in den Mund. »Aber als tolerante Frau lasse ich auch all diejenigen am Leben, die Currywurst und Pommes den Vorzug geben.«

Mark hüstelte. »Du hast vergessen, deinem Befund eine ausführliche Anamnese vorauszuschicken.«

»Ach ja?«

»Und ob! Dort würde dann stehen, dass Herr Dr. Behrendt nicht nur die gesamte italienische Chefkochelite im Bücherregal seiner Küche zu Gast hat, sondern auch für sein Ragù alla Bolognese berühmt ist. Ganz zu schweigen von den selbst gemachten Fettuccine, die der Maestro dazu reicht. Ich empfehle dir, gelegentlich mal eine ausführliche Vor-Ort-Recherche anzustellen.«

Er prostete ihr mit seinem Bier zu.

»Ist das eine Einladung zum Essen?«

Marks Gesichtsfarbe wechselte in ein tiefes Rot. Er machte den Eindruck, als habe er sich bei einem peinlichen Versprecher ertappt. »Nun ja, eigentlich schon«, sagte er dann. »Wenn du möchtest. Ich ... ich koche gern für ... nette Leute.«

Er sah irgendwie süß aus, wenn er verlegen war, fand Ellen.

»Ich werde darüber nachdenken«, versprach sie, und als sie merkte, dass sie ihn damit nur noch verlegener machte, beschloss sie, auf den eigentlichen Grund ihres Treffens zurückzukommen. Sie schob ihren Teller von sich und beugte sich vor. »Also, was meinst du? Wie könnte man an diese Frau herankommen?«

Der Themenwechsel erzielte die gewünschte Wirkung. Mark nahm wieder eine entspanntere Haltung an. Er legte die Stirn in Falten und rieb sich nachdenklich die Nase.

»Wird nicht einfach sein. Du hast vorhin diesen Kinderreim erwähnt, und ich musste kurz darüber nachdenken, ob vielleicht ein Kind mit der Misshandlung zu tun haben könnte. Also eine zweite Person, um die wir uns ebenfalls Sorgen machen müssten.«

Ellen fuhr zusammen. »Himmel, daran hatte ich noch

gar nicht gedacht! Aber es wäre durchaus möglich. Der Mistkerl könnte nicht nur sie, sondern vielleicht auch ihr Kind misshandelt haben.«

Mark nickte und winkte gleichzeitig ab. »Das wäre nicht selten, aber ich glaube, es ist in ihrem Fall nicht zutreffend. Da sie vom *Schwarzen Mann* gesprochen und sich selbst wie ein Kind benommen hat, denke ich, es handelt sich nur um sie selbst.«

Diese Erklärung stellte Ellen nicht wirklich zufrieden. »Und warum?«

»Weil es sich um einen Kinderreim aus *unserer* Jugend handelt und du gesagt hast, die Frau müsse etwa in unserem Alter sein, vielleicht auch ein bisschen älter.«

»Ja, schon, aber ich verstehe nicht ganz, worauf du hinauswillst?«

»Ganz einfach. Die *political correctness*. Heutzutage versuchen wir den Kindern beizubringen, dass der Schwarze Mann eine Diskriminierung darstellt. Genau so, wie man nicht mehr *Mohrenköpfe,* sondern *Schokoküsse* isst. Der Nachbar aus Afrika ist allerhöchstens ein *Dunkelhäutiger,* und der Schwarze Mann ist zum *Wilden* Mann oder vielleicht auch zum *Bösen* Mann geworden, ganz gleich, ob mit *schwarz* ursprünglich wirklich die Hautfarbe gemeint war. Das mag sich zwar noch nicht überall durchgesetzt haben, aber ich denke trotzdem nicht, dass deine Patientin ihr Kind zitiert hat. Nein, sie greift auf etwas zurück, an das sie sich selbst erinnert.«

»Glaubst du?«

»Ja, glaube ich. Abgesehen davon sind solche Kinderreime im Zeitalter der Videospiele und der Jugendsprache nicht mehr sonderlich populär. Würde sie unterschwellig auf ihr Kind aufmerksam machen wollen, würde sie etwas Zeitgemäßes wählen. Eine Acht- oder Zehnjährige in der heutigen Zeit wäre eher auf der Flucht vor dem Kettensägen-Psycho, vor Freddy Krueger oder sonst einer Horrorfilmfigur. Falls du mir nicht glaubst, dann hospitiere mal ein paar Tage in der Jugendpsychiatrie. Nein, wenn du mich fragst, dann hat sich diese Frau aus Angst in ihre eigene Kindheit geflüchtet, in eine Zeit, in der man sich verletzlich und ängstlich zeigen durfte. Ganz so, wie du es selbst schon vermutet hast.«

»So wie diese Frauen aus dem Kosovo, von denen du mir erzählt hast? Hattest du da einen ähnlichen Fall?«

Mark nahm einen Schluck Bier und nickte. »Nicht nur einen. An eine Frau erinnere ich mich jedoch besonders gut. Sie muss ungefähr zwanzig gewesen sein. Ihr Heimatdorf war von Freischärlern überfallen und zerstört worden. Sie selbst war angeschossen worden, während der Rest ihrer Familie im Kugelhagel ums Leben kam. Wie ich später erfuhr, hatte sie sich für etliche Stunden unter der Leiche ihrer Mutter versteckt und tot gestellt. Währenddessen saßen die Mörder am Esstisch und aßen das Mittagessen, das die Mutter kurz vor dem Überfall aufgetischt hatte. Als ich diese junge Frau das erste Mal sah, hatte sie an diese Ereignisse keinerlei Erinnerung. Sie behauptete, mit ihrem kleinen Bruder auf einer Wiese gespielt zu haben, und als ich sie nach dem aktuellen Datum fragte, gab sie an, es sei zehn Jahre früher.«

»Konntest du ihr helfen?«

Er zuckte mit den Schultern. »Nun ja, so gut man ihr eben helfen konnte. Irgendwann fand sie in die Gegenwart zurück, aber bis dahin war es ein steiniger Weg, wie man so schön sagt. Leider habe ich nicht mehr erfahren, was später aus ihr wurde.«

Ein Kellner kam an den Tisch, räumte mit ausdrucksloser Miene die Teller ab und fragte, ob er ihnen noch etwas bringen könne. Mark bestellte ein weiteres Bier, Ellen lehnte jedoch dankend ab. Ihr Heißhunger von vorhin war ihr bei diesem Thema vergangen. Sie spürte ein leichtes Stechen in den Schläfen und hoffte, dass es sich nicht zu einem ihrer gelegentlichen Migräneanfälle entwickeln würde.

»Wenn du möchtest, sehe ich mir deine Patientin gern einmal an«, schlug Mark vor. »Wäre effektiver, als dir mit Ferndiagnosen zu helfen. Was hältst du davon, wenn ich morgen vor Dienstbeginn bei dir auf der Station vorbeischaue?«

»Dafür wäre ich dir sehr dankbar.«

Er erwiderte ihr Lächeln, doch nur für einen kurzen Moment. »Etwas anderes macht mir allerdings noch ein wenig Sorgen, Frau Kollegin. Und das bist du.«

»Ich?«

»Ja, du. Ich erzähle dir sicher nichts Neues, wenn ich sage, dass es Fälle gibt, an denen man sich die Zähne ausbeißen kann. Fälle, die so schwerwiegend sind, dass selbst der beste Psychiater nicht helfen, sondern allenfalls lindern kann.«

»Mark, ich …«

»Warum werde ich dieses ungute Gefühl nicht los, du könntest dich bei diesem Fall in etwas verrennen?« Er beugte sich noch ein Stückchen weiter über den Tisch, und seine Worte klangen ernsthaft besorgt. »Ich will dir ja nicht zu nahetreten, aber heute ist erst Montag, und du siehst schon ganz schön mitgenommen aus. Letzte Woche muss auch ziemlich stressig für dich gewesen sein, so gereizt wie du neulich in der Kantine auf mich gewirkt hast.«

Sie wollte etwas entgegnen, doch er ließ sie nicht zu Wort kommen.

»Ellen, du solltest diesen Fall nicht zu sehr an dich heranlassen. Was du jetzt brauchst, wäre etwas zum Ausgleich. Wann warst du das letzte Mal in deinem Lieblingscafé auf dem Marktplatz oder beim Joggen an der Donau, hm?«

Sie wich seinem Blick aus und starrte auf ihre Tasse. Der letzte Rest Jasmintee darin musste inzwischen bitter geworden sein.

»Ich werde mich nicht verrennen, Mark. Wenn du morgen ihr Gesicht siehst, all diese Blutergüsse und Schwellungen, und ihre Angst spürst, dann wirst du mich verstehen. Wenn sich jemand, ganz gleich, aus welchem Grund, an einer schwächeren Person vergeht, ist das für mich das schlimmste aller Verbrechen.«

Mit einem tiefen Seufzer lehnte sich Mark zurück. Er nippte an seinem Bier und nickte. »Ich weiß schon, manchmal gibt es so einen – wie hast du es heute genannt – so einen BIF, der einen stärker belastet als all die anderen Fälle, mit denen man sonst zu tun hat. Aber gerade dann sollte man auf die nötige emotionale Distanz achten.«

Ellen rieb sich die Schläfen. Natürlich hatte er Recht. Aber manchmal war es eben nicht einfach, Professionalität und Mitgefühl voneinander zu trennen.

»Mark, was ich will, sind zwei Dinge. Ich will dieser Frau helfen, ihr Trauma zu überwinden. Und ich will, dass man denjenigen erwischt, der an ihrem Zustand Schuld trägt. Das habe ich Chris und vor allem ihr versprochen.«

Sie sah sich in dem vollen Lokal um, betrachtete die Gäste. Es waren Menschen wie du und ich, wie man so sagte. Höchstwahrscheinlich war auch dieser Täter ein Mensch wie du und ich – einer von der Sorte, von dem die Nachbarn später in den Medien berichten würden, sie hätten ihm so etwas nie zugetraut, er sei doch immer so nett und unauffällig gewesen.

Für einen kurzen Augenblick beschlich sie das unheimliche Gefühl, der Schwarze Mann könnte vielleicht sogar einer dieser Gäste sein.

Was, wenn er unmittelbar am Nebentisch saß, getarnt mit einer Was-ist-er-doch-für-ein-netter-Kerl-Maske?

Allein die Vorstellung verursachte ihr eine Gänsehaut. Ihr kamen die Worte der unbekannten Patientin in den Sinn: *Versprich, mich zu beschützen, wenn er mich holen kommt!*

Ein lautes Lachen hinter ihr ließ sie zusammenfahren. Ellen sah sich um. Ihr Blick traf den eines Mannes im Anzug, der sich mit einem anderen Anzugträger unterhielt. Der Mann musterte sie von oben bis unten und bedachte sie dann mit einem anzüglichen Grinsen. Gleichzeitig hallte eine Kinderstimme in ihrem Kopf wider.

Dich holt er auch, sobald er von dir weiß.

Gegen halb zehn setzte sie Mark vor seiner Wohnung ab. Er fragte nicht, ob sie noch auf einen Kaffee mit hereinkommen wolle, und Ellen war froh darüber. Stattdessen versicherte er ihr nochmals, er werde ihr bei diesem BIF helfen, ehe er sich aus dem tief liegenden Schalensitz ihres Sportwagens ins Freie wuchtete und nach einem kurzen Blick zurück zur Haustür ging.

Als Ellen keine zwanzig Minuten später durch das Gelände der Waldklinik fuhr und das silberne Licht des Halbmondes vom sternenklaren Himmel auf die zahlreichen Linden, Ulmen und Eichen fiel, wurde ihr wieder einmal bewusst, wie zutreffend der Name des Krankenhauses war. Ein junger Kollege aus Hamburg, der vor gut einem halben Jahr auf Ellens Station hospitiert hatte, hatte die Klinik als eine »idyllische kleine Stadt mitten im Wald« bezeichnet, und tatsächlich hätte er sie nicht besser beschreiben können.

Die meisten der Fassaden standen unter Denkmalschutz. Sie stammten noch aus Anfangstagen zu Beginn des zwanzigsten Jahrhunderts, als die Klinik die amtliche Bezeichnung *Kreisirrenanstalt* trug.

Im Lauf der folgenden Jahrzehnte war die Klinik weiter gewachsen, und die neu hinzugekommenen Gebäude waren, dem jeweiligen Zeitgeist entsprechend, sehr unterschiedlich ausgefallen. So gab es schmucklos hochgezogene Bauten, die während des Wirtschaftswunders entstanden sein mussten, sowie Flachbauten im typischen Stil der Siebziger – einer Zeit, in der man, wie Zyniker behaupteten, am liebsten auch noch die zugehörigen Möbel aus Beton gegossen hätte.

Am markantesten war sicherlich das Versorgungszentrum, ein gewaltiger Komplex aus dem Jahr 1980, der auf den ersten Blick einem Fabrikgebäude ähnelte. Darin befanden sich eine gigantische Heizungsanlage, die Großküche, die Wäscherei, eine Apotheke und viele weitere Funktionsbereiche, welche die Klinik autark von ihrem Umfeld machten. Dahinter erstreckte sich das Areal der klinikeigenen Gärtnerei, die – abgesehen von ihrem eigentlichen

Zweck, die Küche mit frischem Gemüse zu beliefern – auch als Teil der Arbeitstherapie für Patienten genutzt wurde.

Geeint wurde dieser architektonische Mischmasch durch den waldähnlichen Klinikpark, in dem sich neben einigen Anpflanzungen auch ein Minigolfplatz und eine Sportanlage befanden.

In dieser Nacht erschien Ellen das Klinikgelände jedoch keineswegs wie eine idyllische kleine Stadt mitten im Wald. Während sie mit offenem Verdeck in Richtung Wohnheim fuhr, hatte sie vielmehr den Eindruck, sich in einer Art Geisterbahn zu befinden.

Über ihrem Kopf rauschte das düstere Geäst der Bäume wie das Flüstern zahlloser Stimmen. Die Lichter der Straßenlampen warfen langgezogene Schatten auf den Asphalt. Manche glichen deformierten Köpfen, von denen Ellen zwar wusste, dass es sich um die Schatten der Wegbepflanzungen handelte, die ihr aber dennoch ein mulmiges Gefühl verursachten.

Weiter entfernt hörte sie ein dumpfes Grollen, das sie an ein knurrendes Tier erinnerte und das aller Wahrscheinlichkeit nach von nichts anderem als einem hoch über ihr dahinziehenden Flugzeug stammte.

Doch all die rationalen Erklärungen halfen ihr nicht wirklich über die Beklemmung hinweg, die sich in ihr ausbreitete. Denn für ein Gefühl fand sie keine Erklärung: Irgendwie war ihr, als werde sie von jemandem aus der Dunkelheit beobachtet.

Das ist ausgemachter Unsinn, schalt sie sich. Trotzdem wünschte sie sich, sie hätte das Verdeck an diesem Abend nicht geöffnet.

Als sie die Abbiegung zum östlichen Rand des Geländes entlangfuhr, erschrak sie derart, dass sie eine Vollbremsung hinlegte. Ungefähr hundert Meter vor ihr schien eine hochgewachsene Gestalt neben einem Baum zu stehen. Ein großer, schlanker Mann.

Ein schwarzer Mann.

Ellen schaltete das Fernlicht ein, und sofort musste sie vor Erleichterung lachen.

»O Mann, ich bin wirklich reif fürs Bett«, sagte sie zu sich selbst und fuhr an dem neuen Wegweiser zur Abteilung für Neurochirurgie vorbei.

Die Erleichterung über die kleine optische Täuschung hielt jedoch nicht lange an. Ihr Eindruck, beobachtet und verfolgt zu werden, wollte sich nicht abschütteln lassen.

Endlich kam sie auf dem Parkplatz vor dem Personalwohnheim an. Hastig schloss sie das Verdeck ihres Wagens und lief zur Eingangstür, wo sie bereits sehnsüchtig erwartet wurde.

Als Sigmund sie kommen sah, erhob er sich würdevoll und begrüßte sie mit einem krächzenden Miauen.

Ellen sah sich noch einmal um und ließ den Blick über das Gelände schweifen. Es war zu dunkel, um etwas Genaueres zu erkennen, daran änderten auch die Wegleuchten nichts.

»Da ist niemand«, beschwichtigte sie sich selbst. »Das bilde ich mir nur ein. Mark hat Recht, ich sollte mich ausruhen.«

Wie um ihr dies zu bestätigen, stupste sie Sigmund mit dem Kopf gegen das Schienbein. Der alte Streuner hatte vor einigen Monaten mit ihr Freundschaft geschlossen, als er eines frostigen Winterabends vor ihrer Terrassentür gestanden und Ellen ihm Unterkunft und eine Schüssel

Milch angeboten hatte. Seither ließ er sich in unregelmäßigen Abständen bei ihr blicken, die in den letzten Wochen allerdings immer dichter beieinanderlagen.

Die Wahl seines Namens verdankte er seinem weisen und mindestens ebenso arroganten Blick, der Ellen auf Anhieb an ein Foto von Freud erinnert hatte. Der Kater schien damit zufrieden. Zumindest reagierte er prompt, wenn sie ihn mit diesem Namen ansprach.

»Hallo, Süßer.« Sie kraulte ihn am Kopf, Sigmunds bevorzugtes Begrüßungsritual, und sah noch einmal in den Park.

Da war niemand.

Natürlich nicht.

»Na, mein Dicker, was hältst du von frischem Fisch und einer Runde Kuscheln?«

Sie hielt ihm die Plastikdose unter die Nase, die ihr die Besitzerin des *A Dong* wie immer mit Küchenresten gefüllt hatte.

Sigmund war offensichtlich einverstanden. Er drängte sich an ihr vorbei ins Parterre und folgte Ellen mit einer Selbstverständlichkeit in ihr Apartment, als sei es ihm absolut neu, dass Haustiere im Personalwohnheim nicht zugelassen waren.

Dort verzehrte er mit großem Appetit die Fischstückchen, während Ellen eine CD mit Schuberts *Wanderer-Fantasie* einlegte und dann mit einem Glas *Ripasso* in der Hand durch die Scheibe der Terrassentür sah. Im Dunkel des Vorgartens schimmerten die Lichter der nahen Stadt durch die Äste zweier Rotbuchen.

Ellen dachte an Chris. Sie vermisste ihn. Ob er wohl auch gerade an sie dachte? Bestimmt würde er sie noch anrufen oder ihr wenigstens eine SMS zukommen lassen, ehe er von Sydney aus zu dieser Insel aufbrach. Den längsten Teil des Fluges musste er bereits hinter sich haben, und bald schon würde ihn am anderen Ende der Welt ein sonniger Tag erwarten.

Hier in Fahlenberg hingegen herrschte die Nacht, und irgendwo da draußen, verborgen in der Dunkelheit, befand sich ein Mann, den ihre Patientin als den *Schwarzen Mann* bezeichnete.

Ein Mann, der keine Skrupel davor hatte, eine Frau zu misshandeln, bis sie sich in das Kind zurückflüchtete, das sie einst gewesen war.

Ellen schauderte und wünschte sich, Chris wäre jetzt hier bei ihr und würde sie in den Arm nehmen.

Du solltest diesen Fall nicht zu sehr an dich heranlassen, hallten Marks Worte in ihren Gedanken nach, und sie war überzeugt, dass auch Chris ihr jetzt diesen Rat gegeben hätte. *Man muss jeden seiner Patienten ernst nehmen*, hätte Chris hinzugefügt, *aber keinesfalls sollte man sich zu tief davon berühren lassen.*

Sie seufzte und fühlte sich wie jemand, der gefährlich nahe am Rand eines Strudels schwamm. Jetzt lag es an ihr, die richtigen Züge zu machen, um nicht hineingesogen zu werden. Doch im Moment war sie viel zu müde, um sich über ihre weiteren Züge Gedanken zu machen. Im Augenblick wollte sie nur noch auf Schuberts Klängen dahintreiben und zur Ruhe finden.

Als Sigmund mit einem dumpfen Rülpsgeräusch in Richtung Schlafzimmer trottete und sie mit einem beiläufigen Maunzen an den zweiten Teil ihres Versprechens erinnerte, folgte ihm Ellen wenig später ins Bett. Zwar war es noch relativ früh für sie, aber ihre Lider waren schwer, als sei schon späte Nacht.

Mit einem Schnurren, das an eine uralte Maschine erinnerte, die dringend geschmiert werden musste, rollte sich der Kater zu ihren Füßen zusammen.

»Schlaf gut, du pelzige Wärmflasche«, murmelte Ellen und knipste das Licht aus.

Sie sah noch, wie die Anzeige ihres Radioweckers von 22:04 auf 22:05 wechselte, dann war sie auch schon tief und fest eingeschlafen.

Aber es sollte keine gute Nacht für sie werden, denn ...

... wenig später fand sie sich in einem Traum wieder, der sich plastischer anfühlte als jeder, den sie je zuvor geträumt hatte. Er war irgendwie ... real.

Wie Alice, die das Wunderland betreten hat, und dennoch weiß, dass es dieses Land eigentlich gar nicht gibt.

Richtig, sagte eine vertraute Stimme neben ihr.

Zu ihrem Erstaunen stand dort ihr ehemaliger Doktorvater, Professor Bormann. Spätestens jetzt konnte Ellen zu hundert Prozent sicher sein, dass dies nur ein Traum war. Kein Zweifel möglich. Bormann war vor zwei Jahren an Darmkrebs gestorben.

Allerdings ist das hier nicht das Wunderland, und Sie sind auch nicht Alice, meine Beste.

Bormann machte eine allumfassende Geste. Sie standen inmitten eines kalten und düsteren Betonraumes, aus dem zu beiden Seiten tunnelartige Gänge führten, deren Enden sich irgendwo im Dunkeln verloren. Im Licht der spärlichen Neonröhren wirkte Bormanns Teint ungesund und bleich.

Wo sind wir?

Das, meine liebe Ellen, gilt es für Sie herauszufinden, sagte Bormann mit einem Zwinkern, das ihn schon zu seinen Lebzeiten sympathisch gemacht hatte.

Ich befinde mich in einem Luzidtraum, nicht wahr?

Zufrieden nickte der Professor. *Sie waren stets meine Beste, Ellen, und sind es immer noch. Ja, dies ist ein Luzidtraum, ein Traum, den Sie bewusst erleben und beeinflussen können. Sie können seinen Ablauf steuern. Sie können hier alles steuern, nur eines nicht: Ihr Erwachen. Also, machen Sie das Beste daraus.*

Er wandte sich zum Gehen.

Nein, bitte bleiben Sie, bat Ellen. *Lassen Sie mich nicht allein.*

Das kann ich nicht, entgegnete Bormann. *Ich bin nur der Prolog, wenn Sie so wollen. Es ist Ihr Traum, nicht meiner. Irgendwann erlebt jeder von uns den Moment, in dem er das Gelernte zum ersten Mal auf sich allein gestellt einsetzen muss. Dann ist es für den Lehrer an der Zeit zu gehen.*

Kaum hatte er ausgesprochen – hatte er dabei überhaupt die Lippen bewegt? –, wurde Bormanns Gestalt undeutlich und immer transparenter, bis sie schließlich ganz verschwunden war.

Verunsichert sah Ellen sich um. Also gut, es war ihr Traum.

Dann wollen wir mal sehen.

Ihr boten sich zwei Möglichkeiten. Welchen Gang sollte sie nehmen, den rechten oder den linken?

Sie fror, und als sie an sich herabsah, stellte sie erschrocken fest, dass sie splitterfasernackt war.

Ein weiterer Indikator dafür, dass dies hier ein Traum sein muss, dachte die Analytikerin in ihr. *Die symbolisierte Peinlichkeit, sich im Angesicht einer bestimmten Situation nackt und verlassen zu fühlen.*

Aber in welcher Situation? War da nur die Wahl zwischen rechts und links, oder gab es da noch mehr?

Gut, dieser kalte, hässliche Raum war nur der Ausgangspunkt. Wenn es weitergehen – *losgehen* – sollte, musste sie sich jetzt entscheiden. Aber beide Gänge sahen genau gleich aus, was die Wahl nicht unbedingt leichter machte.

Also, was tun? Knobeln? Analysieren?

Nackt, zitternd und ratlos schlang sie die Arme um den Oberkörper. Was sollten dieser Raum und die beiden Gänge darstellen? Boden und Wände bestanden aus dunklem, teilweise schlüpfrigem Waschbeton, der nach feuchtem Moos und Schimmel roch.

Ellen musste an den Keller in Chris' Elternhaus denken. Das Haus, das zu ihrer beider Heim geworden war, wenn auch zunächst nur an den Wochenenden. Das Haus, in dem sie sich noch nicht so recht zu Hause fühlte; ein Umstand, der sicherlich eine Weile andauern würde.

Sollte ihr der Traumraum aufzeigen, dass sie insgeheim noch nicht wusste, ob sie überhaupt mit Chris zusammen in dessen Elternhaus leben wollte?

Die Kälte in diesem Traum kam ihr seltsam echt vor. Ja, sie spürte deutlich, wie kalt ihre Füße waren. Wie Eisblöcke. So, als stünde sie tatsächlich auf dem kalten schlüpfrigen Betonboden, statt die Füße von ihrer Federdecke und Sigmunds Körper gewärmt zu bekommen.

Na schön, irgendwie zieht es mich mehr zum rechten Gang hin. Es mag zwar nicht stimmen, aber ich habe den Eindruck, als führe er vorwärts und der linke zurück. Keine Ahnung, ob das tatsächlich so ist, aber dies ist mein *Traum, also* führt *er ganz einfach nach* vorn. *Punktum.*

So betrat sie den rechten Gang, wo es trotz der Neonröhren unter rostigen Drahtkäfigen kaum heller war. Auch hier fühlte sich der Boden unter ihren nackten Füßen unangenehm glitschig an. Bewegte sie den Fuß vor und zurück, so schob sie das schmierige Grün aus Moos und Schimmel – vielleicht auch Algen – zu kleinen, fettig glänzenden Häufchen zusammen, die die Umrisse von Ferse und Zehen annahmen.

Je weiter sie ging, desto feuchter wurde es um sie herum. Sie musste einigen Pfützen auf dem Boden ausweichen.

Die Decke scheint undicht zu sein, dachte sie. Überall fielen Tropfen von Wänden und Decke und patschten in die Pfützen vor und hinter ihr.

Ellen zitterte immer mehr. Ihr war nicht nur kalt, da war auch noch ein zweites Gefühl. Ihr war unheimlich zumute.

Sag es doch frei heraus, Ellen Roth, wir sind unter uns: Du hast Angst. Hundert Prozent reine Angst. Garantiert echt, garantiert ohne emotionale Zusatzstoffe.

Ja, verdammt, sie hatte Angst. Obwohl dies nur ein Traum war und sie genau wusste, dass es nur ein Traum war, hatte sie *gewaltige* Angst. Und als sie sich dies eingestand, wurde sie von einer plötzlichen Erkenntnis getroffen – von einem Wissen, das wie ein Blitz in ihrem Kopf aufflammte:

Irgendjemand oder irgendetwas lauert hinter mir im Dunkeln. Hinter meinem Rücken. Es beobachtet mich!

Erschrocken sah sie sich um. Der Raum, von dem aus sie losgegangen war, konnte noch nicht allzu weit hinter ihr liegen. Doch nun war er nicht mehr zu sehen. Er befand sich irgendwo in der immer dunkler werdenden Röhre des Ganges, die das blasse Licht der Leuchtröhren regelrecht zu schlucken schien, je weiter der Gang zurückreichte.

Dann hörte sie es. Zuerst war es nur ein leises *Titsch-Titsch,* das kaum lauter, aber deutlich schneller als das Geräusch der Wassertropfen war. Gleich darauf klang es schon näher, wurde lauter. Etwas rannte auf sie zu.

Noch konnte sie es nicht sehen, noch verbarg es die Dunkelheit, aber Ellen war alles andere als erpicht darauf, den Verursacher des Geräuschs zu sehen – nicht in diesem Moment. Tief in ihr warnte sie etwas, dass dieser Jemand, der da auf sie zurannte – *dieses Etwas –*, kein Freund – *kein angenehmer Mitmensch,* wie Chris gesagt hätte –, sondern eine Bedrohung war.

Und das rasche *Titsch-Titsch* wurde lauter und lauter.

Ellen rannte los.

Ich muss es steuern, irgendwie. Aber wie? Was soll ich tun, damit mein Verfolger verschwindet? Ihn wegwünschen? Hokuspokus rufen? Bitte, bitte, liebes Unterbewusstsein, lass mich jetzt aufwachen. Du hast deinen Spaß gehabt, aber ich will jetzt nicht mehr. Mach bitte, dass ich aufwache!

Aber ihr Unterbewusstsein, ihre Synapsen oder was auch immer in ihrem Gehirn für den Traum zuständig sein mochte, war wohl gerade zu beschäftigt, als dass es Zeit gehabt hätte, auf sie zu hören; vielleicht hatte es auch einfach keine Lust, ihr zu helfen, oder es war der Meinung, sie würde schon rechtzeitig genug aufwachen, wenn sie in diesem Traum, der sich so erschreckend echt anfühlte, nur lange genug rannte.

Und so rannte sie – *schlitterte* war eigentlich der bessere Ausdruck – über den schlüpfrigen Betonboden in entgegengesetzter Richtung des Geräuschs, das inzwischen zu einem *Tatsch-Tatsch-Tatsch* angeschwollen war.

Es war, als flüchtete sie barfuß über einen zugefrorenen See. Der kalte Boden schmerzte an ihren Fußsohlen, und immer wieder musste sie achtgeben, nicht auszurutschen und zu fallen. Ihrem Verfolger hingegen schien der schlüpfrig-glatte Untergrund nichts anhaben zu können. Das *Tatsch-Tatsch-Tatsch* kam näher und näher und vermischte sich mit einem unheimlichen Keuchen.

So hilf mir doch jemand! Es ist mein Traum, und ich kann ihn steuern, also komm endlich jemand und hilf mir!

Doch außer dem schaurigen Echo ihrer Stimme und den Patschgeräuschen ihrer nackten Füße erhielt sie keine Antwort.

Als der Tunnel eine Biegung nach links machte, geschah das Unvermeidliche: Ellen glitt aus und fiel. Der Schmerz in ihren Knien ließ sie aufschreien. Sie spürte, wie ihre Haut aufschürfte, als sie über den Boden rutschte und gegen die Wand prallte.

Panisch rappelte sie sich auf, glitt wieder aus, fiel nochmals hin, warf einen Blick zurück zu ihrem Verfolger. Als sie sah, *was* da hinter ihr her war, blieb ihr fast das Herz stehen.

Ein schwarzer Hund, so groß wie ein Kalb, hetzte durch den Tunnel auf sie zu. Sein zottiges Fell starrte vor Dreck. Er fixierte Ellen mit Augen, die im Halbdunkel des Ganges zu glühen schienen, und stieß dabei ein tiefes, bedrohliches Knurren aus, das einem Donnergrollen gleichkam. Schleimige Speichelfäden wehten neben seinen Lefzen, und der faulige Atem stob in Wolken durch die gefletschten Zähne, während er mit kraftvollen Sprüngen immer näher und näher kam.

In seinen glühenden Augen lag etwas derart Bösartiges, dass Ellen auf einmal wusste, warum es in Wirklichkeit so kalt in diesem Tunnel war. Es lag nicht an der Kälte der Betonwände, nicht an der Feuchtigkeit, die von Wänden und Decke troff, es lag allein an diesem monströsen Hund. Und er war nur noch wenige Sprünge von ihr entfernt.

Patsch. Patsch. Patsch.

Gleich wird er mich fressen. Er wird seine langen gelben Zähne in meine Kehle bohren, wird mir den Kopf von den Schultern reißen und mich zerfleischen. Wie ein Monster aus einem gottverdammten Horrorfilm. Genau so.

Sie hatte diesen Gedanken kaum zu Ende gedacht, als sie hinter sich ein Geräusch vernahm. Ellen wirbelte herum und sah – die Frau ohne Namen. Im Gegensatz zum heutigen Nachmittag lag keine Spur von Furcht mehr in ihren braunen Augen. Nein, sie lächelte sogar.

Schnell, sagte die Frau ohne Namen und deutete auf Ellens Hände. Ellen schaute auf ein seltsames Gebilde, das sie plötzlich in Händen hielt. Es war nicht viel breiter als ein Schreibtischlineal und fühlte sich irgendwie steinern an. Sie hatte keine Ahnung, was dieses Etwas war, geschweige denn, was sie damit tun sollte, also tat sie das Erstbeste, das ihr in den Sinn kam.

Mit einer einzigen schnellen Bewegung warf Ellen das steinerne Etwas nach dem nahenden Hund. Doch es schien zu schwer zu sein und fiel nur knapp vor ihr zu Boden. Dort begann es mit irrwitziger Geschwindigkeit zu wachsen und wurde zu einer Mauer. Sie versperrte die gesamte Breite des Ganges und reichte am Ende fast bis zu Ellens Kinn.

Im letzten Moment, knapp bevor er gegen die Mauer prallte, kam der Hund zum Stehen. Hechelnd fixierte er Ellen und die Frau ohne Namen hinter ihr mit seinen tiefschwarzen Augen. Dann hob er den Kopf noch weiter, so dass der graue Pelz an seinem gestreckten Hals zu sehen war, und schnüffelte.

Doch es war nicht das Schnüffeln, das man sonst von Hunden kannte. Vielmehr sog er ihrer beider Geruch ein, wie ein Mensch, der sich nicht sicher ist, ob es sich bei dem, was er riecht, um einen Wohlgeruch oder um Gestank handelt.

Dann senkte das riesige Tier den Kopf. Es sah die beiden Frauen an, so als wolle es sagen: *Für euch beide ist die Zeit noch nicht gekommen. Aber wir sehen uns wieder.*

Dann machte der Hund kehrt und trottete mit gesenktem Schwanz davon. Ellen sah ihm nach, bis ihn die Dunkelheit des Tunnels verschluckte. Sie wandte sich wieder der Frau ohne Namen zu.

War das wirklich nur ein Hund?

Nein, entgegnete die Frau ohne Namen. *Du weißt vielleicht noch nicht, wer es war. Aber irgendwann weißt du es ganz bestimmt. Denk an dein Versprechen!*

»Aber wer bist du, und warum verfolgst du mich bis in meinen Traum?«

Der Klang ihrer eigenen Stimme ließ sie aus dem Schlaf schrecken, und statt der namenlosen Frau sah sie nun Sigmunds rundes Pelzgesicht vor sich – so dicht, dass sie seinen fischigen Atem riechen konnte.

Du siehst schrecklich aus, schien der Blick des Katers zu sagen.

»Und genau so fühle ich mich auch.«

Kapitel 8

Ellen mochte den Frühdienst. Ihr gefiel der kleine Spaziergang vom Wohnheim zur Station, vor allem im Frühjahr, wenn der Klinikpark nach Harz und Blumen roch und Vogelgezwitscher die unvergleichliche Stimmung der Morgendämmerung untermalte. Bis Mitte Oktober, wenn die Tage allmählich kürzer und die Dunkelheit immer hartnäckiger wurden, war dies Ellens liebste Arbeitszeit. Doch nicht an diesem Dienstag.

An diesem Morgen fiel ihr nicht einmal auf, dass sich der Wetterbericht getäuscht hatte und der klare Himmel einen sonnigen Tag versprach.

Noch immer machte ihr der Traum zu schaffen. Verrücktes Zeug, das sich nicht wie sonst, wenn sie einen seltsamen Traum hatte, einfach wegschieben ließ. Ihre Begegnung mit dem seligen Professor Bormann – wie lange hatte sie nicht mehr an ihn gedacht? Monate? Jahre? – und der unheimliche, riesige Hund, den sie nicht nur hatte sehen, sondern seinen Gestank regelrecht riechen können, gingen ihr nicht aus dem Kopf. Ebenso die Patientin ohne Namen, die sich in ihre Traumwelt eingeschlichen hatte.

Ellen träumte so gut wie nie von der Arbeit.

Sie schaffte es immer irgendwie, die Vorfälle auf der Station mit ihrem Kittel bei Dienstschluss zurückzulassen. Und selbst wenn sie und Chris zu Hause gelegentlich über die besonders interessanten Fälle diskutierten, hatte es noch keiner dieser BIFs geschafft, sie bis in ihre Träume zu verfolgen.

Mark hatte sie gewarnt, sich nicht in den Fall zu verrennen, und sie hatte seine Warnung ignoriert. Das tat sie immer noch. Möglich, dass ihr dieser Fall näher ging als jeder andere zuvor, aber deswegen verrannte sie sich noch lange nicht. Vielleicht dachte er als Mann anders, aber sie konnte nur zu gut mit der Patientin fühlen, für die der Albtraum aller Frauen Wirklichkeit geworden war. Und nicht zuletzt war es auch ihre *ärztliche* Pflicht, sich dieser Patientin anzunehmen, ihr zu helfen, so gut es nur ging.

Wenn Chris sich doch nur endlich melden würde. Natürlich würde sie nicht mit ihm über den Fall sprechen, er sollte sich erholen und nicht an die Arbeit denken, aber sie hätte jetzt einfach gern seine Stimme gehört oder ein paar Worte von ihm gelesen. Das hätte ihr nach einer schlimmen Nacht wie der vorigen gutgetan. Doch ihr Handy meldete noch immer keine neuen Nachrichten.

Als sie Station 9 erreichte, stand Mark bereits im Eingangsbereich und unterhielt sich mit einem Techniker, der am Türmechanismus herumschraubte.

»Hoffnungslos veraltet.« Sie erkannte die Stimme wieder, die sie tags zuvor per Handy zum Sicherungskasten gelotst hatte. »Wahrscheinlich findet man irgendwo noch 'nen Stempel mit dem Reichsadler auf einer der Schaltungen. Wundern würd's mich nicht. Die sparen an der falschen Stelle, wissen Sie. Diesen Schrott zu warten kostet auf die Dauer mehr als eine neue Schließanlage.«

Mark nickte verständnisvoll. »Sehen Sie es so: Solange wir uns aufgrund der Sparmaßnahmen keine neue Schließanlage leisten können, ist Ihr Job hier sicher.«

»Hm«, machte der Techniker, ohne von seiner Arbeit aufzusehen. »Da haben Sie auch wieder Recht.«

Ellen musste schmunzeln. »Guten Morgen, die Herren. Gibt es Probleme?«

»Nur der übliche Fehlalarm«, erwiderte Mark. »Du bist ziemlich blass. Geht es dir gut?«

»Nichts, was eine Kanne starker Kaffee nicht wieder geradebiegen könnte. Schön, dass du da bist.«

Er hob eine Braue. »Wir sind verabredet, schon vergessen?«

»Natürlich nicht.«

Die Art, wie er sie musterte, gefiel Ellen nicht. »Was ist? Warum siehst du mich so an?«

»Nicht hier«, lautete die knappe Antwort.

»Sagen Sie mal«, unterbrach sie der Techniker, »wäre es möglich, dass Sie diesen … diesen Typen da drin von der Tür wegscheuchen? Der macht mich nervös.«

Erst jetzt fiel Ellen der Patient auf – Rüdiger Maler, ein etwa Zwanzigjähriger mit kahlgeschorenem Kopf und dicken Brillengläsern. Er drückte sich nur wenige Zentimeter von dem Techniker entfernt an der Glastür die Nase platt und leckte dabei über die Scheibe, wobei seine Zunge wie ein dicker Blutegel aussah.

»Mach ich. Wenn Sie uns dafür hineinlassen.«

Der Techniker werkelte kurz in dem offenen Schaltkasten herum, ehe der Summton der Schließanlage zu hören war.

Rüdiger Maler wich mit verdutztem Blick von der Scheibe zurück, und Ellen und Mark betraten die Station.

»Hallo, Herr Maler, nicht beim Frühstück?«, fragte Ellen.

»Warum macht der Mann da draußen die Tür kaputt?«, kam die Gegenfrage. Obwohl der junge Mann mit seinen knappen eins neunzig eine imposante Erscheinung darstellte, war sein Denken nicht sehr viel weiter entwickelt als das eines kleinen Kindes. Dazu passte auch seine Stimme, die sich in einer Höhenlage bewegte, als würde es noch Jahre bis zum Stimmbruch dauern.

»Er macht sie nicht kaputt«, erklärte Ellen. »Er repariert sie gerade.«

»Aha«, machte Maler, dann verzog er das Gesicht zu einem Grinsen. »Hab mir einen runtergeholt.« Stolz zeigte er auf den Fleck im Schritt seiner Jeans. »Willste mal sehen?«

Noch bevor Ellen dieses Angebot ausschlagen konnte, kam Carola, die neue Nachtschwester, aus dem Zimmer geeilt, das sich Maler mit Herrn Brenner teilte.

»Rüdiger, komm sofort her!«

Nun erst sah sie Ellen und Mark und lief rot an. Zuerst dachte Ellen, ihre plötzliche Verlegenheit liege daran, dass die Schwester wusste, welch großen Wert Ellen auf einen respektvollen Umgangston mit den Patienten legte. Ein unprofessionelles *Du* oder die Anrede beim Vornamen waren für Ellen ein Tabu, ganz gleich, was der Betreffende auch ausgefressen haben mochte.

Aber dann wurde ihr klar, dass Carolas Verlegenheit mit etwas anderem zu tun haben musste. Mit etwas, das sie hinter ihrem zierlichen Rücken zu verstecken versuchte.

»Was ist denn los?«, fragte Ellen.

»Wenn ich gewusst hätte, wie es hier zugeht, hätte ich mich nicht von der Intensivstation hierher versetzen lassen, das können Sie mir glauben«, maulte die Schwester. »Die ganze Nacht wird man von diesen Gestörten auf Trab gehalten, muss ihren Dreck aufwischen, schauen, dass sie so schnell wie möglich ihr Frühstück kriegen, sich mit drei

Fehlalarmen herumschlagen – und dann auch noch *das* hier!«

Mit einer raschen Bewegung zog sie die Hände hinter dem Rücken hervor und hielt Ellen zwei Pornomagazine vors Gesicht.

»Ups«, entwich es Mark, den dies sichtlich amüsierte. »Und das am frühen Morgen.«

Ellen bedachte ihn mit einem kurzen Seitenblick, der seine Wirkung nicht verfehlte.

Diese Station ist mein Verantwortungsbereich, mein Lieber, sagte sie mit diesem Blick, *und wenn sich das Pflegepersonal von HEISSE STUDENTINNEN und MONSTERTITTEN EXTRA abgestoßen fühlt, dann nehme ich so etwas ernst.*

Mark verstummte augenblicklich.

Dass sich Schwester Carola davon abgestoßen fühlte, zeigte sie mehr als deutlich – so deutlich, dass es in der Tat etwas Belustigendes hatte. Sie hielt die beiden Magazine jeweils zwischen Daumen und Zeigefinger, als handele es sich um etwas Hochinfektiöses, und schien förmlich darauf zu *brennen,* sie im nächstbesten Mülleimer zu entsorgen. Ellen wollte lieber nicht daran denken, was geschehen wäre, wenn nicht Schwester Carola, sondern ihre von Natur aus hysterische Kollegin Marion diesen Fund gemacht hätte. Dagegen hätte ein Bombenalarm in einem ausverkauften Fußballstadion wahrscheinlich wie ein entspanntes Kaffeekränzchen gewirkt.

»Vor einer halben Stunde habe ich Herrn Brenners Bett frisch bezogen und den Boden wischen müssen«, polterte die Schwester. »Weil alles vollgekotzt war. Voll-ge-kotzt! Alles! Er muss gestern noch die ganzen Reste aus dem Essenswagen in sich hineingestopft haben. Und als sei das nicht genug, liegt jetzt noch dieser Dreck offen im Zimmer herum!« Sie wedelte mit den Heften, als wolle sie sagen: *Nun nehmen Sie mir das hier doch endlich ab!*

»Werfen Sie den Schund einfach weg, okay?«, sagte Ellen. »Und was Herrn Brenner betrifft: Er wird in den nächsten Tagen entlassen. Wenn er sich bis dahin bei uns satt essen möchte, sollten wir ihm das gönnen. Reden Sie ihm doch einfach ein wenig zu, damit er es nicht übertreibt.«

Die Schwester setzte zu einem weiteren Kommentar an, doch Ellen und Mark ließen ihr dazu keine Gelegenheit mehr. Mark musste in einer knappen Viertelstunde seinen Dienst antreten und sollte bis dahin genug Zeit gehabt haben, sich einen ersten Eindruck von der Frau ohne Namen zu verschaffen.

»Scheint, als gebe es jemanden auf dem Gelände, der mit diesen Heften handelt«, meinte Mark. »Allerdings sehen es die Pfleger auf meiner Station etwas gelassener.«

»Vielleicht, weil sie Männer sind.«

»Eins zu null für dich. Aber Pornos sind das Geringste, worüber wir uns im Augenblick Gedanken machen sollten.« Er blieb stehen und bedachte Ellen erneut mit diesem seltsamen Blick, der am ehesten als eine Mischung aus Besorgnis, Verwunderung und Skepsis zu interpretieren war.

»Also gut, Mark, was ist los? Was sollen diese Andeutungen?«

»Tja, also …« Er fuhr sich durchs Haar und seufzte. »Es geht um diese namenlose Patientin, von der du mir erzählt hast.«

»Ja, und weiter?«

»Also, ich war gestern nach unserem Treffen noch einmal

in der Klinik. Ich war noch nicht müde und dachte mir, ich sehe mal nach, ob sie ebenfalls noch wach ist.«

»Du bist abends um zehn zu meiner Patientin gefahren?«

Er nickte. »Da sie dir so wichtig war, wollte ich dich heute Morgen mit einer ersten Einschätzung überraschen.«

Ellen war einerseits verwundert, zum anderen aber auch angetan von Marks Einsatz. Er war ein netter Kerl, und sie wusste Kollegen wie ihn zu schätzen. Das war immerhin keine Selbstverständlichkeit.

»Und? Wie war dein erster Eindruck?«

Er wich ihrem fragenden Blick aus und deutete stattdessen mit dem Kopf zu Zimmer 7. »Sieh selbst nach.«

»Wieso? Was ist denn?«

»Bitte, Ellen, sieh einfach selbst nach.«

An Zimmer 7 war noch kein Namensschild angebracht worden. *Wie auch,* dachte Ellen, *»Frau X« sähe doch etwas unpassend aus.* Sie klopfte an, und wie erwartet kam keine Antwort.

Behutsam öffnete Ellen die Tür – und erstarrte.

Als Ellen in das helle Zimmer mit den weit geöffneten Vorhängen und dem gekippten Fenster trat, traute sie ihren Augen nicht. Aber ihre Augen waren vollkommen in Ordnung, ebenso wie ihre Nase, die ihr nichts als den dezenten Geruch eines antibakteriellen Reinigungsmittels vermeldete.

Ellen fuhr zu Mark herum. »Was geht hier vor? Wo ist die Frau?«

»Nicht da.« Er zuckte mit den Schultern. »Und sie war auch gestern Abend nicht hier.«

Ellen spürte, wie sich ihr Magen zusammenkrampfte. Als ob sie sich in einem Aufzug befände, der mitten in der Abwärtsfahrt abrupt stoppte. »Das kann nicht sein. Ich habe gestern Nachmittag noch mit ihr gesprochen.«

»Ich weiß nicht, mit wem du gestern in diesem Raum gesprochen hast, aber es kann keine Patientin dieser Station gewesen sein. Zumindest keine, die in diesem Zimmer untergebracht ist.«

»Was redest du denn da?« Ellen spürte, wie sie am ganzen Leib zu zittern begann.

»Ellen, diese Frau ist nirgends aufgelistet, und auch vom Personal weiß niemand von ihr. Ich habe das gestern überprüft.«

»Das ist Unsinn.« Sie ließ Mark stehen und lief zum Stationszimmer, wo sich Schwester Carola soeben mit übertriebener Sorgfalt die Hände wusch.

»Was ist mit der Patientin aus Zimmer sieben geschehen?«

Carola drückte erneut den Seifenspender, ehe sie sich zu Ellen umsah. Ihre Augen waren gerötet, das Gesicht tränenverschmiert, und ein alles dominierender Gedanke schien ihr groß und breit auf die Stirn geschrieben zu sein: BITTE SCHICKT MICH ZURÜCK AUF DIE INTENSIVSTATION.

»Zimmer sieben? Aber das habe ich doch gestern schon zu Herrn Dr. Behrendt gesagt. Ich weiß nichts von einer Patientin auf Zimmer sieben.« Vor lauter Seifenschaum waren die Hände der Schwester kaum noch zu sehen. »Das Zimmer ist nicht belegt.«

»Unmöglich!«

Ellen riss den Belegungsplan von der Pinnwand. Die

beiden herzförmigen Magneten, die ihn dort gehalten hatten, schepperten zu Boden.

Tatsächlich: Wenn man dem Plan glauben wollte, stand Zimmer 7 leer.

»Ellen?« Mark trat neben sie und wechselte einen kurzen Blick mit der konsterniert blickenden Schwester. »Können wir unter vier Augen sprechen?«

»Was geht hier vor, Mark? Wo ist die Frau aus Zimmer sieben? Wieso ist sie nicht im Belegungsplan aufgeführt? Ich meine, auch wenn ihr Name nicht bekannt war, man hätte zumindest das Zimmer als *belegt* ankreuzen müssen.«

»Und wenn außer Chris und dir niemand von ihrer Aufnahme gewusst hat?«

»Mark, die Frau ist seit drei Tagen hier auf Station. Man kann sie doch nicht so einfach übersehen haben. Sie musste etwas essen und … Moment mal.« Ellen schnappte sich die Bestellliste für die Klinikküche vom Schreibtisch. »Seit Freitag sind dreimal täglich zwölf Mahlzeiten geliefert worden. Zwölf! Mit der Bestellung für Zimmer sieben hätten es *dreizehn* sein müssen.«

»Wenn ich es doch sage, Zimmer sieben ist nicht belegt.« Es war erstaunlich, wie schnell Schwester Carola wieder zu ihrem trotzigen Tonfall zurückfinden konnte. »Ich habe bei meinen Kontrollgängen bestimmt zweimal in dem Zimmer nachgeschaut. Und ich kontrolliere gründlich, da kann man mir nichts nachsagen. Wenn jemand drin gewesen wäre, hätte ich ihn gesehen.«

Das musste Ellen akzeptieren. Nicht selten kam es vor, dass Patienten ein leerstehendes Zimmer für ein nächtliches Schäferstündchen nutzten. Schließlich gab es für *so et-*

was in der Klinik keinen offiziellen Platz, auch wenn man schon oft über das Thema diskutiert hatte. Das Personal der Nachtschicht war dazu angehalten, regelmäßig in allen Räumen nachzusehen – ganz gleich, ob sie als belegt gekennzeichnet waren oder nicht.

Und da auch der Abstellraum für das Reinigungspersonal sowie der Erste-Hilfe-Raum und das Badezimmer zu diesem Rundgang gehörten, wagte Ellen nicht, die überflüssige Frage zu stellen, ob Carola dort ebenfalls nachgesehen hatte. Dann kam ihr eine andere Idee. Eine Idee, die ihr einen Stich versetzte.

»Der Fehlalarm! Was, wenn es gar keiner gewesen ist?«

»Was denken Sie wohl, wo ich jedes Mal sofort gewesen bin, wenn der Alarm losging?« Wäre die Nachtschwester eine Figur in einem Comicstrip gewesen, hätte über ihr eine dicke Gewitterwolke mit Blitzen gehangen. »Dreimal ging dieses Mistding los, aber jedes Mal war die Tür fest geschlossen. Und ich glaube ja wohl nicht, dass Sie dieser Patientin Ihren Zahlencode verraten haben, Frau Doktor.«

An jedem anderen Tag hätte Ellen diese Unverschämtheit nicht so einfach auf sich sitzen lassen, aber im Augenblick war sie viel zu durcheinander, um den Sarkasmus dieser Aussage weiter zu beachten. Denn mit einem hatte die Schwester zweifelsohne Recht: Ohne den passenden Schlüssel und den richtigen Code konnte man die Tür nicht öffnen.

Bisher war es jedes Mal ein defektes Relais gewesen, das den Alarm ausgelöst hatte, aber nicht für den Schließmechanismus der Sicherheitstür verantwortlich war. Und diesmal?

Ellen rannte zur Tür, gab hastig ihren Code ein und erwischte den Techniker gerade noch, ehe er das Gebäude verlassen konnte.

»Ja, wieder das gleiche Teil«, beantwortete er ihre Frage. »Und ich will meinen Allerwertesten drauf verwetten, dass es sich bald wieder meldet. Man müsste das ganze Schaltgehäuse auswechseln. Aber erzählen Sie das mal dem Verwaltungsleiter. Der wirft Sie aus dem Büro, ehe Sie *Kostenvoranschlag* auch nur ausgesprochen haben.«

»Und Sie sind sich ganz sicher, dass dieses Relais nichts mit dem Türöffner zu tun hat?«

»Absolut. Es löst nur den Alarm aus, aber die Tür bleibt zu. Deswegen unternimmt die Verwaltung ja auch nichts. Ich muss weiter. Also dann, bis zum nächsten Alarm.«

Er sah sich noch einmal nach Rüdiger Maler um, der ihm durch die Glastür nachwinkte, dann stapfte er davon.

»Eine ziemlich seltsame Geschichte.«

Mark saß im Besucherstuhl in Ellens kleinem Büro und zog die Stirn in Falten. »Vor allem, dass niemand außer dir von dieser ominösen Patientin weiß. So etwas ist mir noch nie untergekommen. Drei ganze Tage. In dieser Zeit muss sie doch jemandem aufgefallen sein, oder?«

Ellen, die neben ihm auf und ab getigert war, blieb abrupt stehen.

»Mark, so wahr ich hier stehe, die Frau *war* auf Zimmer sieben. Ich habe mich mit ihr *unterhalten*. Das weißt du doch!«

»Du hast mir von ihr erzählt, ja.«

»Ich finde es ja auch unvorstellbar, dass man sie drei Tage in dem Zimmer ... Stopp! Was soll das heißen – ich habe dir von ihr erzählt?«

»Was ich gesagt habe. Du hast mir von ihr *erzählt. Gesehen* habe ich sie nicht.«

»Aber du glaubst mir doch?«

Einen Augenblick lang zögerte Mark mit seiner Antwort, und das war für Ellen ein Augenblick zu viel.

»Ich fasse es nicht!«

»Ellen, hör mir doch erst mal zu. Der Raum war leer, und nichts deutet darauf hin, dass sich jemand darin aufgehalten hat. Ich meine, so wie du mir ihren Gestank beschrieben hast, hätte man doch zumindest noch etwas davon riechen müssen. Aber da ist nichts. Und dann noch der Umstand, dass niemand die Frau gesehen haben will. Da würdest du dich sicherlich auch fragen, ob es nicht vielleicht noch eine andere …«

»O nein, mein Lieber, *Chris* hat sie gesehen!«

Mark machte eine ratlose Geste. »Wird im Moment schwierig sein, ihn zu fragen.«

Nun platzte Ellen endgültig der Kragen. »Ich glaube es einfach nicht! Du redest gerade so, als hätte ich mir das alles nur eingebildet. Keine Ahnung, warum du das tust, aber ich kann dir beweisen, dass auch Chris sie gesehen hat.«

Sie riss die oberste Schublade des Aktenschranks auf, in dem die Anmeldeformulare und alle weiteren Patientenunterlagen einsortiert waren. Hastig durchblätterte sie die braunen Hängeregister, die unter dem Buchstaben B einsortiert waren. Da der Name der Frau unbekannt war, hatte sie eine Akte namens BIF angelegt.

»Bader, Biehler … na also, BIF! Hier ist sie, und das hier ist der Anmeldebogen von Chris …«

Doch die Hängemappe war leer.

Die Art, wie Mark sie nun musterte, gefiel Ellen überhaupt nicht. Offensichtlich schien er ihr kein Wort zu glauben.

»Mark, ich weiß nicht, was hier gespielt wird, aber ich schwöre dir, die Akte *war da*! Sie muss da drin sein. Ich habe sie doch eigenhändig hineingelegt!«

Klar hast du das. Und wenn du lange genug hineinstarrst, dann wird sie – Hokuspokus – auch wieder darin erscheinen, höhnte eine Stimme in ihr.

»Es war gestern ein ziemlich anstrengender Tag für dich«, sagte Mark. »Das hast du selbst gesagt. Wenig Schlaf, die lange Fahrt vom Flughafen hierher, der Vorfall mit Böcks Beinahe-Elektroshow. Ein ganz schöner Berg Stress, finde ich. Wäre es da nicht möglich, dass du …«

»Mark!« Ellen bemühte sich, ruhig und überzeugend zu klingen, was ihr erstaunlicherweise sogar gelang – zumindest, was das Ruhige betraf. »Man kann sich einen Menschen doch nicht so einfach einbilden. Und selbst wenn man es könnte, ich habe mit der Patientin gesprochen. Genau so, wie Chris mit ihr gesprochen hat.«

»Nach dem, was du mir erzählt hast, war es gestern dunkel in dem Raum, oder? Und hatte nicht auch Chris diese mysteriöse Patientin nur kurz gesehen?«

»Worauf willst du hinaus?«

»Gesetzt den Fall, unser allseits beliebter Scherzkeks hat sich einen Spaß mit euch erlaubt, was wäre dann?«

»Du meinst Rüdiger Maler?«

Mark nickte. »Was, wenn er dich hinters Licht geführt hat? Er hat doch schon so gut wie jeden hier veralbert.«

Nun musste Ellen lachen. Ein kurzes, bitteres Lachen. »Glaubst du etwa, ich kann Maler nicht von einer Frau unterscheiden?«

»Ellen, du hast unter Stress gestanden, vergiss das nicht. Chris sicherlich auch, so kurz vor seinem plötzlichen Abenteuerurlaub. Und Wahrnehmung unter Stress hat ihre eigenen Regeln.«

»Nun hör mir mal gut zu, du Meisteranalytiker. Dein Problem mit Chris ist deine höchsteigene Sache, aber wenn du mir weismachen willst, ich sei gestern nicht ganz zurechnungsfähig gewesen, dann versichere ich dir hiermit das Gegenteil. Ich war im Stress, okay. Aber das ist man hier den ganzen Tag. Das brauche ich dir ja wohl nicht zu erzählen, oder? Also versuch nicht, mir einzureden, ich sei paranoid oder sonst was.«

»Ich sage doch nicht, dass du paranoid bist. Ich sage nur, dass du die Frau bei keiner eurer Begegnungen deutlich gesehen hast. Wäre es da nicht doch möglich, dass Maler oder sonst ein Spaßvogel ...«

»Mir langt's, ich hab genug, Mark. Schönen Dank auch für deine Hilfe.«

»Ellen, bitte, niemand verschwindet einfach so von dieser Station. Ich meine ...«

»Vergiss es, Mark. Ich weiß jetzt, wie du von mir denkst, das musst du nicht noch genauer sagen.«

»Schon gut, schon gut. Ich muss sowieso längst zum Dienst.« Mark seufzte und ging zur Tür. »Ist nicht einfach, diese ganze Sache zu glauben, Ellen. Vielleicht versetzt du dich ja mal bei Gelegenheit in meine Lage.«

»Und wie verhält es sich umgekehrt?«

Mark senkte kurz den Blick und schien zu überlegen, ehe er fragte: »Nimmst du eigentlich irgendetwas? Gegen die Anspannung, meine ich.«

»Das ist jetzt nicht dein Ernst, oder?«

»Tun wir doch alle, hin und wieder.«
»Wolltest du nicht zu deinem Dienst?«
Mit einem Schulterzucken verschwand er aus ihrem Büro.

Für eine oder zwei Sekunden glaubte Ellen, sie würde in Tränen ausbrechen, aber dann nahm sie sich zusammen.
Heulen bringt nichts. Versuch es lieber mit Nachdenken.
Langsam drehte sie sich mit ihrem Stuhl im Kreis und rief sich das Gespräch mit der namenlosen Frau ins Gedächtnis zurück.

Lange, strähnige Haare, zeigte die Leinwand vor ihrem geistigen Auge. Maler hatte sich mit Sicherheit keine Perücke aufgesetzt, dafür war er nicht clever genug. Und selbst wenn, die Frau hatte völlig anders ausgesehen. Sie hatte …
Moment mal!
Aus dem Augenwinkel hatte Ellen etwas entdeckt, von dem nun ihr Wahrnehmungssinn meldete, dass es wichtig sein könnte. Sie drehte sich mit dem Stuhl ein wenig zurück – und sah es wieder.

Vorhin, als sie vor Wut und Aufregung nur so geschäumt hatte – *Stress, das war Stress, beste Ellen; auch Wut ist ein Stresszustand!* –, war ihr dieses kleine Detail entgangen. Nun aber schrie es sie regelrecht an.

Langsam und beinahe so, als könne sich dieses Detail jeden Augenblick wieder verflüchtigen, wenn sie sich zu schnell bewegte, erhob sie sich aus ihrem Stuhl und ging auf den Aktenschrank zu.

Warum war er vorhin nicht verschlossen gewesen? *Das ist Vorschrift, und du hältst dich doch immer an die Vorschriften.*

Diese Frage kam ihr erst jetzt in den Sinn, da ihr die

Antwort darauf vor Augen stand. Ihr Finger hinterließ eine feine Spur aus kaltem Schweiß, als sie den Kratzer auf der grauen Lackschicht des Metalls entlangfuhr. Der Kratzer befand sich unmittelbar neben der Stelle, an welcher der Riegel des Schlosses die Schublade von innen blockierte. Jemand hatte dort mit einem schmalen länglichen Gegenstand herumgestochert, bis es ihm oder ihr gelungen war, den Riegel zu öffnen. Als sei sie erst jetzt wieder die vollkommene Herrin ihrer Wahrnehmung, sah Ellen den Brieföffner, der auf dem Aktenschrank neben einer Ausgabe des *Pschyrembel* und der *Roten Liste* lag.

»Du bist eingebrochen und hast die Akte mitgenommen«, murmelte Ellen vor sich hin, ohne zu wissen, wen sie damit meinte.

Die Frau ohne Namen? Wäre sie wirklich das Risiko eingegangen, einen nichtssagenden Anmeldebogen mitgehen zu lassen und dabei vielleicht entdeckt zu werden, während sie nach einer Möglichkeit gesucht hatte, die Station so unauffällig wie nur möglich zu verlassen? Hätten dazu nicht Insiderwissen und ein klarer Verstand jenseits aller Beeinträchtigung durch Angst und Schock gehört?

Nein, jemand, der sich nachmittags noch mit einem Trauma in der Toilettenkabine versteckt und das Lied vom Schwarzen Mann vor sich hin gesungen hatte, war zu so etwas nicht in der Lage.

Aber wer dann?

Vielleicht der Schwarze Mann selbst?

Ellen schauderte. Was, wenn der Kerl herausgefunden hatte, wo sie sich aufhielt? Unmöglich war das nicht. Es gab nicht viele Orte, an die man eine Frau in dieser Verfassung bringen würde, sobald sie irgendwo in der Öffentlichkeit auffiel. *Dass* sie aufgefallen sein musste, war schließlich nicht schwer zu erraten.

»Ja, du hast dich durchgefragt und sie gefunden«, murmelte Ellen. »Vielleicht hast du dich als besorgter Angehöriger ausgegeben, der du wahrscheinlich auch bist. Nur ist deine Besorgnis von anderer Art. Du wolltest nicht belastet werden.«

Das war auch eine Erklärung, weshalb es gleich drei Fehlalarme in dieser Nacht gegeben hatte. Er hatte es nicht auf Anhieb geschafft, die Tür aufzubekommen, aber mit ein wenig technischem Wissen und Fingerspitzengefühl war es ihm dann schließlich doch geglückt.

Falls es tatsächlich so gewesen war, stellte sich die Frage, was der Kerl mit der Frau anstellen würde. Sicherlich würde er sie nicht zu Kerzenlicht und einem romantischen Abendessen mit nach Hause nehmen.

Er wird dich verprügeln und dir ein für alle Mal einbläuen, wer der Herr im Haus ist – und was mit denjenigen passiert, die diese Regeln missachten.

Ellen griff nach dem Telefon, ließ dann aber wieder davon ab. Wen sollte sie informieren? Mark? Der glaubte ihr ebenso wenig wie die Nachtschwester oder der Techniker, der fest davon überzeugt gewesen war, es habe sich mal wieder um das Relais gehandelt.

Natürlich konnte sie Mark von ihren Vermutungen erzählen, aber ihr Stolz hinderte sie daran. Nicht, nachdem er sie vor wenigen Minuten noch wie eine durchgeknallte hysterische Kuh hingestellt hatte.

Die Polizei? Was sollte sie denen erzählen? Sie wusste so gut wie nichts über diese Patientin. Und überhaupt, wenn ihr nicht einmal ihr Kollege und das Personal Glauben schenkten, dass es die Patientin wirklich gegeben hatte, wieso sollte ihr dann die Polizei glauben?

Nein, die Antwort darauf war so offensichtlich wie die Tatsache, dass sie sich dies alles nicht nur eingebildet hatte.

Sie musste selbst herausfinden, was passiert war. Und sie wusste auch schon, wo sie mit der Suche beginnen würde.

Kapitel 9

Als Ellen durch die Glastür trat, schlug ihr der unangenehme Kampfergeruch von Desinfektionsmitteln entgegen, der typisch für allgemeinmedizinische Bereiche war und an den sie sich wohl nie würde gewöhnen können.

Sie spürte, wie sich ihr Magen, in erster Linie wegen dieses Geruchs, aber auch, weil sie den ganzen Tag noch nichts gegessen hatte, verkrampfte. Doch im Augenblick spielte Essen für sie eine Nebenrolle. Sie hungerte nach Wahrheit, nach den Informationen, die sie nur hier finden würde. Hier, in dieser Notaufnahme, war die Frau ohne Namen angekommen, und von hier aus hatte man sie auf Station 9 der Waldklinik überwiesen, wie Chris in dem nun verschwundenen – *gestohlenen!* - Anmeldebogen vermerkt hatte. Demnach musste es hier auch Unterlagen geben.

Das Problem war nur, dass das Stadtklinikum ein eigenständiges Krankenhaus war und Ellen den Arztbericht über ihren Intranet-Zugang zur Klinikdatenbank nicht abfragen konnte. Auch war es schwierig, schriftlich oder per E-Mail einen Arztbericht für eine Patientin anzufordern, deren Name unbekannt war. Also blieb Ellen nur, auf dem traditionellen Dienstweg persönlich nachzufragen.

Trotz aller Umständlichkeit war ihr das nicht ganz unrecht gewesen. Von ihrer Station bis zur Notaufnahme waren es fast zehn Gehminuten durch den Klinikpark, und die Bewegung hatte ihr gutgetan. Das Laufen hatte ihre Wut über Marks Zweifel und die der Schwester ein wenig kleiner werden lassen, ebenso wie den Zorn auf ihre eigene Hilflosigkeit, nicht das Gegenteil beweisen zu können und wie eine Idiotin dazustehen.

Doch die Spannung war geblieben. Kein Wunder, war doch der schlimmstmögliche Fall eingetreten, der hatte passieren können: Die Frau, die Chris ihr anvertraut hatte, war verschwunden, wenn nicht gar entführt worden.

Patientin gibt an, in Gefahr zu sein, hatte Chris notiert. *Ich glaube ihr.*

Ellen schauderte bei diesem Gedanken. Dieses eine Wort – *Gefahr* – erschien ihr wie ein gigantisches Ungeheuer. Wie ein großer schwarzer Hund ...

Wie sie schon befürchtet hatte, war Ellen nicht die einzige Hilfesuchende in der Notaufnahme. Die junge Schwester hinter dem Anmeldepult wurde von einer kleinen Menschenansammlung bedrängt, die aufgeregt in deutsch-türkischem Kauderwelsch auf sie einredete. Nach dem, was Ellen davon verstand, war der kleine Junge, der neben seinem Vater im Rollstuhl saß und heulte, beim Spielen von irgendwo heruntergesprungen und hatte sich dabei das Fußgelenk gebrochen.

Das kann dauern, dachte Ellen genervt und sah sich nach

weiterem Klinikpersonal um. Eine zweite Schwester kam eiligen Schrittes den Flur entlang. Doch noch bevor sich Ellen an der Familie vorbeigedrängt hatte, um die Schwester anzusprechen, schob diese bereits den Jungen durch eine Flügeltür, auf deren Milchglasscheibe die Worte *NOTFALLAMBULANZ* und *KEIN ZUTRITT!* zu lesen waren.

Die Familie schien dies mit Ausnahme des Vaters, der sich eine Zigarette in den Mund steckte und vor die Tür hinaustrat, gar nicht mitbekommen zu haben. Die Schwester am Schalter gab den noch immer hysterisch durcheinanderredenden Frauen unter Zuhilfenahme ausladender Handgesten zu verstehen, man möge sich doch bitte in den Wartebereich begeben, »gleich dort drüben, sehen Sie?«. Es dauerte zwar noch ein oder zwei Minuten, ehe ihre Bitte erhört wurde, aber dann war das Pult frei, und Ellen konnte endlich ihr Anliegen vortragen.

»Ich bin leider nicht befugt, Ihnen Zugang zu unseren Patientenakten zu gewähren«, sagte die Schwester. Im Gegensatz zum Pflegepersonal der Waldklinik war ihr vollständiger Name auf dem Schild an ihrem Kittel angegeben: Lucia Hagmeyer. »Hat denn dem Überweisungsformular kein Arztbericht beigelegen?«

Ellen vermied es, die verschwundene Akte zu erwähnen, der außer der kurzen Zusammenfassung von Chris keine weiteren Formulare beigefügt gewesen waren. Sie gab an, es hätte ein klinikinternes Softwareproblem gegeben.

Klinikinternes Softwareproblem ist immer gut, dachte sie. *Wenn etwas schiefläuft, schieb es auf die Computer, dafür hat jeder Verständnis.* Und aus ihrem mitfühlenden Nicken zu schließen, waren auch bei Lucia Hagmeyer *klinikinterne Softwareprobleme* keine Seltenheit.

»Ich werde mit der Stationsärztin sprechen, sobald sie mit der Behandlung fertig ist. Nehmen Sie doch bitte kurz im Wartebereich Platz. Gleich dort drüben, sehen Sie?«

Natürlich sah Ellen die Tür. Sie sah aber auch die Uhr darüber, die ihr signalisierte, dass Wartebereiche hinsichtlich des Zeitverständnisses des Personals ihre eigenen Gesetzmäßigkeiten hatten. *Kurz Platz nehmen* konnte unter Umständen mehrere Stunden für sich in Anspruch nehmen. Und sie hatte keine Zeit. Vor allem hatte die unbekannte Frau keine Zeit – nicht, wenn sie tatsächlich entführt worden war.

Also betonte Ellen nochmals die Dringlichkeit ihres Anliegens, woraufhin Lucia Hagmeyer mit einem »Ich werde sehen, was ich für Sie tun kann« ein GLEICH-ZURÜCK-Schild an ihrem Platz aufstellte und im Gang hinter dem Schalter verschwand.

Kurz darauf kam sie in Begleitung einer hochgewachsenen Blondine zurück. Etwas an der Art, wie die blonde Frau sie anlächelte, gefiel Ellen nicht, und als sie das Namensschild der Ärztin erkennen konnte, wusste sie auch, was ihr an diesem Lächeln missfiel. Vor ihr stand Frau Dr. Anna März.

»Soso«, sagte Dr. März und streifte sich mit einer übertrieben abfälligen Geste die Latexhandschuhe ab. »Sie sind also Kollegin Roth.«

Auch wenn Ellen sich wegen ihrer Reaktion auf den Vorfall mit dem dehydrierten Herrn Brenner keine Sekunde im Unrecht gefühlt hatte – und sie fühlte sich auch jetzt noch im Recht –, war ihr dennoch klar, dass sie mit dem Wörtchen *inkompetent* nicht nur in ein Fettnäpfchen getreten war, sondern nun bis zum Hals darin stand.

Trotzdem versuchte sie, die angespannte Atmosphäre zu entschärfen, erklärte sachlich und unter erneuter Zuhilfenahme des Prügelknaben namens EDV ihr Anliegen und bat freundlichst um Dr. Anna März' kollegiale Hilfe. Diese Freundlichkeit kostete Ellen alle nur erdenkliche Mühe. Ihre Kollegin sonnte sich sichtlich in ihrem Vorteil und sah aufgrund ihrer Körpergröße mit gönnerhaftem Nicken auf Ellen herab.

Als Ellen ihr Anliegen vorgebracht hatte, schien Anna März für ein paar Sekunden angestrengt nachzudenken. Dann folgte die Antwort, die Ellen bereits befürchtet hatte: »Es tut mir außerordentlich leid, Frau Dr. Roth, aber ich fürchte, ich kann Ihnen nicht helfen, wenn Sie mir den Namen der Patientin nicht nennen können. Sind Ihnen denn die Namen Ihrer Patienten nicht bekannt?«

»In diesem *besonderen* Fall nicht. Deshalb wäre ich Ihnen sehr dankbar, wenn Sie einen Blick in Ihre Patientendatei werfen könnten. Die Frau ist um die dreißig, hat in etwa meine Größe und ist dunkelhaarig. Sie weist starke Misshandlungsspuren an Gesicht und Körper auf.«

Wieder schien Anna März zu überlegen. »Können Sie mir sagen, wann diese Frau bei uns behandelt worden sein soll?«

»Die Tageszeit weiß ich nicht, aber es war am Freitag.«

Sie glaubte, ein kurzes Blitzen in Dr. März' Augen zu sehen. *Treffer!*

Doch die Ärztin blieb weiterhin stur. »Tja, da müsste ich nachschauen, aber im Moment habe ich leider zu viel zu tun. Natürlich werde ich das später gern für Sie prüfen. Sie können ja hier warten oder noch einmal wiederkommen.«

Ellen spürte Wut in sich aufsteigen, wie Lava in einem

Vulkan, der kurz vor dem Ausbruch stand. »Ich bitte Sie nochmals um Ihre Mithilfe, Frau Kollegin. Mir ist klar, dass Sie viel um die Ohren haben, aber vielleicht besteht ja die Möglichkeit, mir Zugang zu Ihrer Datei zu geben?«

Anna März schüttelte den Kopf, und das Bedauern in ihrem Blick war eindeutig gespielt. »Tut mir leid, das geht nicht. Zum einen verbieten das die datenschutzrechtlichen Vorschriften, und zum anderen ...«, sie grinste schelmisch, »... zum anderen, selbst wenn ich für Sie eine Ausnahme machen würde, was ich, selbst beim besten Willen bei klinikexternen Kollegen einfach nicht darf, sind Sie nicht mit unserem Informationssystem vertraut.«

»Was meinen Sie damit?«, fragte Ellen, obwohl sie bereits ahnte, was nun kommen würde.

Das Grinsen von Dr. Anna März verwandelte sich in ein süffisantes Lächeln. »Wer weiß, vielleicht ist die Ursache für Ihren Systemausfall gar kein Softwareproblem, sondern *inkompetente* Handhabung?«

Nun stand der Vulkan kurz vor dem Ausbruch. Dieses gekränkte Weibsbild revanchierte sich mit all der ihr zur Verfügung stehenden Boshaftigkeit, und Ellen konnte nichts, aber auch gar nichts dagegen tun. Zwar hätte sie die Dringlichkeit des Falles unterstreichen können, indem sie ihr von der möglichen Entführung der Patientin erzählte, aber gleichzeitig hätte sie ihr damit auch die nötige Vorlage für einen nächsten Seitenhieb in der Art von *Vernachlässigung der Aufsichtspflicht* auf dem Silbertablett präsentiert. Und solange Ellen nicht hieb- und stichfest beweisen konnte, dass es sich bei dem Verschwinden der Frau um ein Verbrechen handelte, wollte sie sich nicht weiter von dieser Zicke vorführen lassen.

Ellen setzte noch einmal an, um die Dringlichkeit ihres Anliegens zu betonen, als die Eingangstür der Notaufnahme aufgestoßen wurde. Eine Frau mit kreidebleichem Gesicht platzte zur Tür herein.

Sie zeigte auf einen Caravan, der vor dem Eingang stand, und hielt mit der anderen Hand einen durchsichtigen Plastikbeutel hoch. Ellen sah darin etwas Blutverklebtes, das wie Hobel- und Sägespäne aussah. Dazwischen lagen die Kuppen von drei Fingern.

»Mein Mann«, keuchte die Frau und schien völlig außer sich. »Kreissäge. Unfall. Draußen im Auto.«

Kaum hatte sie die Worte herausgepresst, als ein Mann in grüner Latzhose die Beifahrertür des Caravans öffnete. Er stieg aus und hielt dabei seine Hand, zu der die Finger in der Tüte gehörten. Ellen sah kaum Blut an den Stummeln.

Er steht noch unter Schock.

»Wenn Sie mich jetzt entschuldigen würden, Frau Kollegin«, sagte Dr. März mit übertriebener Freundlichkeit. »Wir melden uns bei Ihnen. Zu gegebener Zeit.«

Dann eilte sie zusammen mit Schwester Lucia davon, um den Verletzten in Empfang zu nehmen.

»Kann man die wieder dranmachen?« Die Frau hielt Ellen den Plastikbeutel mit den Fingerkuppen ihres Gatten vors Gesicht. Ellen sah daran vorbei und beobachtete durch die Glastür, wie Dr. März und die Schwester den Verletzten in ihre Mitte nahmen und zum Eingang führten.

Sie konnte diese Chance jetzt nutzen, doch dazu musste sie ein ziemliches Risiko eingehen. Ein Risiko, das ihr nicht nur ein Disziplinarverfahren einbringen, sondern sie schlimmstenfalls den Job kosten konnte.

Doch da war dieses Bild der misshandelten, vollkommen verängstigten Frau, das sie nicht mehr aus dem Kopf bekam. Da war das Versprechen, das sie Chris gegeben hatte. Und da war die tote Margitta Stein.

»Die kann man doch wieder dranmachen, oder?«

»Vielleicht«, meinte Ellen und sah sich noch einmal nach Dr. März um, die nur noch zwei Schritte von der Eingangstür entfernt war. Dann huschte sie durch die Flügeltür.

»So, jetzt werden wir ein Röntgenbild machen«, hörte sie eine Männerstimme sagen. »Dann kannst du dir mal ansehen, wie der Knochen in deinem Fuß aussieht.«

Sie spähte in den zweiten Behandlungsraum und sah einen Arzt, der mit dem Rücken zu ihr vor dem türkischen Jungen stand. Als sie sicher sein konnte, dass die beiden abgelenkt waren, lief sie weiter zum Arztzimmer von Anna März.

Die Tür stand offen. Ellen sah sich noch einmal nach beiden Seiten um, dann huschte sie hinein und schloss lautlos die Tür.

Das Arztzimmer war um einiges größer als ihr eigenes, und es war erfüllt von Anna März' blumigem Parfüm. Ellen setzte sich an den Schreibtisch, auf dem sich unzählige Aktenmappen und Formulare stapelten. Der Computermonitor zeigte einen Bildschirmschoner mit fliegenden Toastern.

Ihr blieb nicht viel Zeit. Entweder sie hatte Glück und der Computer war nicht mit einem Kennwort geschützt, oder aber …

Dann machst du, dass du wegkommst, und versuchst es bei diesem kinderfreundlichen Arzt.

Doch Ellen hatte Glück. Sogar mehr, als sie erhofft hatte. Das Krankenhausinformationssystem, kurz KIS, war dieselbe Software, die auch in ihrer eigenen Klinik verwendet wurde.

Ellen öffnete die Suchmaske und gab das Datum des vergangenen Freitags ein. Nach einem kurzen *Bitte warten* erschien eine Liste mit Namen, neben denen die Uhrzeit der Aufnahme und eine fortlaufende Folge von Aktennummern zu lesen war. Die Liste war erstaunlich lang. Freitags schien hier einiges los zu sein, vor allem abends und nachts. Kein Wunder, immerhin wurde der meiste Alkohol am Wochenende getrunken, da waren Unfälle jeglicher Art geradezu vorprogrammiert.

Ellen rief erneut die Suchmaske auf und sortierte die weiblichen Patienten heraus. Noch immer umfasste die Liste an die zwanzig Namen. Da sie jedoch das Geburtsjahr ihrer Patientin nicht wusste, blieb ihr nichts anderes übrig, als jeden Namen einzeln aufzurufen.

Mist!

Von irgendwoher auf dem Gang war die weinerliche Stimme eines Mannes zu hören. »Aber ich brauch sie doch!«

Ellen warf einen flüchtigen Blick auf die Uhr neben dem Wandregal. Ihr blieben noch achtzehn Minuten. Wenn sie dann nicht zurück auf ihrer Station war, würde sie Ärger bekommen – allerdings wäre der nicht zu vergleichen mit dem, den sie kriegen würde, wenn man sie hier erwischte.

Hektisch ging sie die Liste durch. Schnittwunden, eine Handgelenksfraktur, eine ausgerenkte Schulter, ein ... *Da!*

Die Frau hieß Silvia Janov, und so wie es aussah, handelte es sich hier um einen Treffer.

Geboren: 20.01.1974, las Ellen. Das passte. Von Beruf war Frau Janov *Hausfrau.*

Der behandelnde Arzt, dessen Name mit B. Drexler angegeben war, hatte bei ihr *mehrere Hämatome auf beiden Gesichtshälften* festgestellt sowie *weitere im Brustbereich und an den Armen.* Einige davon waren aus seiner Sicht *nicht auf den aktuellen Unfall zurückzuführen,* was im Klartext bedeutete, er vermutete, sie sei in letzter Zeit häufiger verprügelt worden. Dennoch wurde B. Drexler nicht konkreter, sondern kommentierte die Art des Unfalls mit: *Gibt an, eine Treppe hinabgestürzt zu sein.*

Ellen las weiter. Frau Janov stand bei ihrer Einlieferung unter Schock. Trotz der heftigen Schläge, die sie bezogen haben musste, konnte der Notarzt *keine Frakturen oder innere Verletzungen* feststellen. Unter »Weitere Auffälligkeiten« war vermerkt: *Starker Alkoholkonsum, mangelnde Körperhygiene, daraus resultierende Pilzinfektionen im Achsel- und Schambereich.*

Obwohl sie selbst schon genügend Patienten- und Unfallberichte verfasst hatte, kam Ellen die nüchterne Sachlichkeit dieses Berichts ekelerregend vor. Das Schicksal dieser Frau stand so offen zwischen den Zeilen, und dennoch schien Silvia Janov für diesen B. Drexler nicht mehr als ein versifftes, alkoholisiertes Subjekt zu sein. Eine der unzähligen Frauen aus sogenannten *Problemfamilien,* die von ihrem Gatten geprügelt wurden und es vielleicht *nicht besser verdient* hatten.

»Mit der würdest du bestimmt nicht im selben Lokal sitzen wollen, lieber Herr Drexler«, murmelte Ellen und klickte auf *Datei drucken.*

Sie war überzeugt, dass es sich bei dieser Silvia Janov um

die Frau ohne Namen handelte, das sagte ihr eine innere Stimme. Dennoch wollte sie auch noch die anderen Namen durchsehen. Doch dazu kam sie nicht mehr.

Gerade als Ellen die nächste Datei öffnete, ging die Tür auf. Herein kam Dr. Anna März.

Kapitel 10

Betrat man das Büro des ärztlichen Direktors der Waldklinik, fiel einem als Erstes der gewaltige Eichenholzschreibtisch auf. Wie ein Altar stand er inmitten des Raumes.

Doch wenn Professor Dr. Raimund Fleischer dahinter saß, schien der Tisch zu schrumpfen. Fleischer war ein hünenhafter Mann um die fünfzig, athletisch gebaut und mit markanten Gesichtszügen. Sein volles, grau meliertes Haar versuchte er mit Pomade zu bändigen, was ihn wie einen Leinwandstar aus den Fünfzigerjahren aussehen ließ.

Diese Frisur und sein stets übertrieben gepflegtes Äußeres trugen Schuld daran, dass ihn manche Klinikmitarbeiter hinter vorgehaltener Hand *den Schönling* nannten. Allerdings wagte keiner, diesen Namen laut auszusprechen, selbst dann nicht, wenn man ihm eine Stange Geld dafür geboten hätte.

Neben der Klinikleitung fungierte Fleischer auch noch als Forscher und Universitätsdozent. Er war dafür bekannt, kaum eine freie Minute in seinem Tagesplan zu haben. Doch seit Ellens unbefugtem Eindringen in das Arztzimmer der Nachbarklinik war kaum eine halbe Stunde vergangen, ehe er sie zu sich zitiert hatte.

Ellen hatte erwartet, dass er sie anfahren und ihr eine ordentliche Abmahnung verpassen würde. Stattdessen verhielt sich der für sein Temperament berüchtigte Klinikleiter erstaunlich ruhig. Fast schon zu ruhig, wie sie fand. Er bot ihr sogar Tee an. Dabei fielen ihr seine zarten, langgliedrigen Finger auf, die überhaupt nicht zu seinem kräftigen Erscheinungsbild passen wollten.

»Meine liebe Frau Dr. Roth«, begann Fleischer, und der ungewohnt ruhige Tonfall seiner Stimme verursachte ihr eine Gänsehaut. »Ich denke, ich muss Ihnen nicht erklären, warum wir hier zusammensitzen. Ich frage auch nicht nach dem Grund für das, was Sie getan haben. Wir sind beide lange genug in der Psychiatrie tätig, um zu wissen, dass es immer einen Grund für eine Handlung gibt, ganz gleich, ob dieser für unser Umfeld sinnvoll scheint oder nicht.«

»Ich würde mich trotzdem gern zu diesem Sachverhalt ...«, setzte Ellen an, doch Fleischer unterbrach sie mit einer abwehrenden Geste.

Er wird mich feuern. Deshalb ist er so ruhig. Er will nicht, dass ich mich hier lautstark rechtfertige, sondern genauso ruhig bleibe wie er, auch nachdem er mich gefeuert hat, dachte Ellen.

»Frau Dr. Roth, die Waldklinik ist ein alteingesessenes, renommiertes Fachkrankenhaus für Psychiatrie mit achtzehn Stationen, dem sich jährlich mehr als zwölftausend Patienten anvertrauen. Wir beschäftigen nahezu sechshundert Mitarbeiter. Jeder Einzelne davon ist hervorragend qualifiziert, und sieht man einmal von unserem wunderbaren Parkgelände ab, fußt der gute Ruf unserer Klinik insbesondere auf unserem fachkundigen und kompetenten Service. Wir sind ein hervorragendes Team, von der Reinigungskraft bis zu den Chef- und Oberärzten, und Sie, Ellen, sind mir stets positiv aufgefallen, seit Sie vor vier Jahren zu uns kamen.«

Mit fast schon theatralischer Langsamkeit nippte Fleischer an seinem Tee und stellte die Tasse auf dem Untersetzer ab. »Aber ein Team funktioniert nur, wenn keiner aus der Reihe tanzt. Und Ihre Aktion von vorhin war schon … nun ja, sagen wir, ein Solotanz jenseits aller Regeln.«

»Eine Patientin ist mitsamt ihrer Akte von meiner Station verschwunden«, platzte Ellen heraus. »Alles, was ich will, ist …«

»Ich weiß, was Sie wollen«, warf Fleischer ein. »Ich habe mich über den Vorfall in Kenntnis setzen lassen. Ich weiß auch von der enormen psychischen Belastung, der Sie gestern bei diesem Beinahe-Suizid ausgesetzt waren.«

Ellen spürte, wie sie krebsrot anlief. Was sollte das heißen? Hatte Mark sich doch mit Fleischer in Verbindung gesetzt, obwohl sie ihn ausdrücklich gebeten hatte, es nicht zu tun? Glaubte Fleischer nun ebenfalls, sie sei überspannt?

Ellen verkniff sich eine Bemerkung und ließ Fleischer weiterreden. *Na los, bringen wir es hinter uns. Schmeiß mich schon raus, das willst du mir doch sagen, oder?*

»Ich kann mir vorstellen, dass dieses Ereignis nicht spurlos an Ihnen vorübergegangen ist«, sagte Fleischer und sah sie dabei eindringlich an. »Dafür haben Sie mein vollstes Verständnis. Dennoch kann ich Ihnen Ihr Handeln von vorhin nicht so einfach durchgehen lassen. Ich habe Konsequenzen zu ziehen. Andererseits will ich eine so gute Kraft wie Sie auch nicht verlieren, Ellen. Deshalb möchte ich, dass Sie sich eine Woche freinehmen. Sie haben sicherlich noch ein paar Urlaubstage übrig. Wenn Sie meinem Vorschlag zustimmen, werde ich von einer Abmahnung und einer Eintragung in Ihre Personalakte absehen. Ja, ich werde sogar den Leiter unserer Nachbarklinik davon zu überzeugen versuchen, keine rechtlichen Schritte gegen Sie einzuleiten.«

»Aber ich habe …«

»Was Sie haben oder nicht haben, tut nichts zur Sache. Akzeptieren Sie meinen Vorschlag?«

Ellen blieb keine andere Wahl, als Fleischers Angebot anzunehmen. Eine Abmahnung oder gar eine Kündigung konnten fatale Auswirkungen auf ihre weitere Karriere haben.

»Sehr gut.« Fleischer war sichtlich zufrieden. »Ich wusste doch, dass wir uns einigen würden. Sie werden sehen, dieser kleine Urlaub wird Ihnen guttun. Und danach geht es wieder frisch und erholt an die Arbeit. Manchmal muss man die Leute zu ihrem Glück zwingen. Da haben Sie viel mit Ihrem Lebensgefährten gemeinsam, wenn ich das mal so frei sagen darf. Kollege Lorch hat seine drei Wochen auch nur auf meinen Druck hin genommen, und dabei handelte es sich noch um Resturlaub.«

Fleischer erhob sich aus seinem Ledersessel und bedachte Ellen mit einem gönnerhaften Lächeln. »Nun erholen Sie beide sich erst einmal. Betrachten wir die Sache als erledigt.«

Auch Ellen stand auf, wollte sich aber keineswegs so schnell abspeisen lassen. »Eines würde ich gern noch wissen.«

»Und das wäre?«

»Einerseits loben Sie meine Kompetenz, aber Sie glauben mir ebenfalls nicht, dass es diese Frau gibt und dass sie von der Station verschwunden ist.«

»Doch, Frau Kollegin, ich glaube Ihnen. Zugegeben, es kommt mir etwas merkwürdig vor, dass niemand außer Ihnen von dieser Patientin wusste, aber ...«, er machte eine hilflose Geste, »nun ja, auch das beste Team ist nicht gegen Fehler gefeit.«

»Ein Fehler? Mehr ist dieser Fall für Sie nicht?«

»Ellen, ich bitte Sie. Versuchen Sie es doch einmal von meiner Warte aus zu betrachten. Es gibt immer wieder Patienten, die aus geschlossenen Stationen entweichen. Deshalb sehe ich jedoch keinen Grund, weshalb meine Ärzte Sherlock Holmes spielen müssten. Das ist Aufgabe der Polizei.«

»Erinnern Sie sich an den verwirrten Obdachlosen ohne Papiere, der uns vor zwei Jahren bei einer Brandschutzübung weggelaufen ist? Obwohl die Polizei eine Fahndung einleitete, weiß man bis heute nicht, was aus dem Mann geworden ist. Glauben Sie, die werden sich mehr Mühe mit dieser Patientin geben, von der wir ebenfalls nichts wissen?«

Nun wurde Fleischer ungeduldig. Er sah auf seine Armbanduhr und dann zu seinem Terminkalender. »Solche Fälle sind bedauerlich, aber wir werden damit leben müssen. Vor allem *Sie* werden damit leben müssen, Ellen. Sie nehmen sich jetzt eine Woche Erholungsurlaub. In dieser Zeit haben Sie im Klinikbetrieb nichts verloren. Alle weiteren Entscheidungen zur Vorgehensweise in diesem Fall überlassen Sie mir. Habe ich mich klar ausgedrückt?«

»O ja, das haben Sie.«

»Dann ist gut.« Er kam hinter seinem Schreibtisch hervor und ging zur Tür. »Und jetzt entschuldigen Sie mich, ich muss zu einer Besprechung.«

Als Ellen das Verwaltungsgebäude verließ, standen für sie zwei Dinge fest: Sie würde sich umgehend nach einer neuen Stelle umsehen, aber vorher würde sie Silvia Janov einen Besuch abstatten.

Irgendetwas stimmte nicht mit diesem Fall. Und sie wollte herausfinden, was es war. Jetzt erst recht!

Kapitel 11

Sicherlich wusste kaum ein Bewohner der Immanuel-Kant-Straße, wer ihr Namensgeber gewesen war. Die Straße gehörte zu einem Wohnviertel, das als sogenannter *sozialer Brennpunkt* traurige Berühmtheit erlangt hatte.

Auf eine Reihe schmutzig-grauer Mehrfamilienhausfassaden folgten die heruntergekommenen kleinen Schnellbauten einer Wohnsiedlung aus den frühen Fünfzigern. Ursprünglich hatten dort die Arbeiter eines großen Elektrokonzerns mit ihren Familien gelebt, bis vor gut fünfzehn Jahren das Werk stillgelegt worden war.

Allmählich hatte sich die ehemalige Arbeitersiedlung in einen Abschiebeort für Arbeitslose und Sozialhilfeempfänger verwandelt. An den einstmals weißen Fassaden mit den blühenden Geranienkästen prangten nun Graffiti jeglicher

Art und Größe – von *NAZIS RAUS* über FUCK! bis hin zu NO FUTURE.

Auch die Doppelhaushälfte mit der Nummer 27b, in der Silvia Janov lebte, befand sich in einem erbärmlichen Zustand. Das Dach wirkte schon von Weitem undicht und gehörte längst neu gedeckt, und der graubraune Rauputz war an unzähligen Stellen abgebröckelt. Dagegen nahmen sich die neuwertige Satellitenschüssel und der signalrot lackierte Briefkasten wie verirrte Fremdkörper aus. Offensichtlich schienen die Bewohner der Immanuel-Kant-Straße 27b mehr Wert auf ein breit gefächertes Fernsehprogramm als auf ein dichtes Dach oder die Pflege des Vorgartens zu legen.

Ellen parkte neben einer umgekippten Mülltonne, in der ein ausgemergelter Kater nach etwas Fressbarem stöberte. An der gegenüberliegenden Hauswand übten sich vier junge Männer in übergroßen Trainingsanzügen in einem Spiel, das wohl *Wer-kann-am-höchsten-die-Wand-hinaufpinkeln* hieß. Als sie Ellen bemerkten, drehte sich der größte von ihnen zu ihr um und deutete demonstrativ auf sein Prachtstück, wofür er den grölenden Applaus seiner Kumpels erntete.

Ellen ignorierte die Halbstarken so gut es ging und atmete tief durch. Begleitet von höhnischem Gelächter, öffnete sie das quietschende Gartentürchen und ging durch den verwilderten Vorgarten auf das Haus der Janovs zu.

Sie war kaum bei der Haustür angelangt, als ein kräftiger Mann Mitte vierzig heraustrat. Sein Äußeres ließ Ellen vermuten, dass ihr Gegenüber schon vor einer guten Weile sein Rasierzeug gegen eine Flasche Jägermeister eingetauscht hatte. Über den ausgeblichenen Batikhosen wölbte sich ein stattlicher Bauch, für den das T-Shirt mit dem

Aufdruck BIERKÖNIG eindeutig zu eng geworden war, und die zahllosen geplatzten Äderchen in seinem Gesicht verrieten, dass er dieses Shirt nicht zu Unrecht trug. Aus dem Mundwinkel des bulligen Kerls ragte wie festgewachsen eine Selbstgedrehte.

»Was gibt's?«

Ellen spürte, wie sich ihre Muskeln verkrampften. Wenn sich ihr Verdacht bestätigte und Silvia Janov wirklich die Frau ohne Namen war, stand sie nun dem Schwarzen Mann gegenüber.

»Guten Tag.« Ellen tat ihr Bestes, um sich ihre Anspannung nicht anmerken zu lassen. »Mein Name ist Ellen Roth. Ich möchte zu Frau Silvia Janov.«

»Warum?«

»Das würde ich gerne mit Frau Janov persönlich besprechen.«

»Is' nich' da.«

Hinter ihm im Halbdunkel des Flurs bewegte sich jemand, und eine Frauenstimme zischte: »Eddi, was'n los?«

Die Stimme war zu leise, als dass Ellen sie hätte wiedererkennen können. Möglich, dass sie zu der Frau aus Zimmer 7 gehörte, vielleicht aber auch nicht.

»Halt's Maul! Da is' 'ne Tussi, die dich sprechen will.« Wieder an Ellen gewandt, fragte er: »Was woll'n Sie überhaupt?«

»Ich bin Ärztin und hätte Ihrer Frau gern ein paar Fragen gestellt.«

Wieder die Stimme der Frau. »Was will die denn?« Wieder zu leise.

»Hier is' niemand krank. Und jetzt verpiss dich, oder ich ruf die Bullen!«

Es lag auf der Hand, dass dieser Eddi sich eher gewaschen hätte, als die Polizei zu rufen, aber es war für Ellen mindestens ebenso offensichtlich, dass er sie nicht mit seiner Frau würde sprechen lassen. Ihr war aber auch bewusst, dass sie sich mit diesem Zweizentnerkerl besser nicht auf einen Streit einlassen sollte.

»Also gut, dann gehe ich eben wieder«, sagte sie mit gespielter Gleichgültigkeit. »Aber auf das Geld müssen Sie dann verzichten.«

Nun kam etwas Leben in den Blick des Mannes. Er spuckte die Zigarette aus. »Was 'n für Geld?«

»Die zwanzig Euro, die ich Ihnen gegeben hätte, wenn Sie mich kurz mit Ihrer Frau sprechen lassen.«

»Du verscheißerst mich doch?«

»Würde ich mich nie trauen.«

»'nen Fuffi, und die Sache ist geritzt.«

»Ich sagte zwanzig.«

»Und ich 'nen Fuffi. Also?«

»Also gut, dann eben fünfzig.«

»Bar auf die Kralle.«

Er hielt ihr die offene Hand hin, und Ellen tat einen Schritt zurück.

Ihr schoss der Gedanke durch den Kopf, dass es diese Hand gewesen sein musste, die ihre Patientin geschlagen hatte. Diese riesige Hand mit den abgebrochenen Nägeln und den kurzen dicken Fingern, die aussahen, als könnten sie mit Leichtigkeit einen zierlichen Frauenarm zerquetschen.

Ellen musste sich zusammennehmen, um ihr Zittern vor ihm zu verbergen, als sie einen Fünfziger aus ihrem Geldbeutel nahm. Sie hielt ihm den Schein hin und achtete sorgsam darauf, dass Janov sie nicht berührte, als er ihn sich schnappte.

Er hielt den Geldschein prüfend gegen das Licht, dann bedachte er Ellen mit einem argwöhnischen Blick.

»Warum isses dir 'nen Fuffi wert, mit meiner Alten zu quatschen?«

»Sie kann mir vielleicht in einer persönlichen Angelegenheit helfen.«

»Soso.«

»Bitte, Sie haben das Geld, nun halten Sie sich an unsere Vereinbarung.«

»Und du bist wirklich nich' von irgend so 'nem Amt?«

Ellen versicherte ihm, von keiner Behörde zu kommen, woraufhin er sie in den Flur winkte. Eigentlich hatte sie gehofft, Silvia Janov würde zu ihr herauskommen, doch das tat sie nicht.

Es kostete Ellen alle nur erdenkliche Überwindung, das Haus zu betreten. Der Flur war nicht beleuchtet. In einem der anderen Zimmer plärrte ein Fernseher. Dem Ton nach handelte es sich um die Übertragung eines Fußballspiels. Es roch nach Schweißfüßen, abgestandenem Bier und kaltem Rauch. Alte Zeitungen und Abfälle lagen über den welligen Teppichboden verstreut. Neben der Tür zu einer völlig verwahrlosten Küche kniete eine Frau. Sie griff zitternd nach einem umgekippten Papierkorb und begann, den verstreuten Müll einzusammeln.

»Trödelt nich' so lange rum«, knurrte der Mann. »In fünf Minuten haste die Scheiße wieder aufgehoben, kapiert?«

Er kratzte sich am Gesäß und schlurfte in den Raum, aus dem die Stimme des Sportmoderators zu hören war. Erst als das Knarren ausgeleierter Couchfedern zu hören war, hob Silvia Janov den Kopf. Ellen musste sich auf die Lippe beißen, um nicht vor Schreck zu schreien.

Die Frau sah schlimm aus. Jahrelanger Alkoholmissbrauch hatte ihr Gesicht gerötet und ein Netz feiner Äderchen auf ihrem Nasenrücken hervortreten lassen. Über der rechten Braue leuchtete eine weiße Narbe, eine weitere auf ihrem Kinn. Die Nase musste schon mehrmals gebrochen worden sein, und ein mehrere Tage alter Bluterguss, der sich über Wange und Hals bis hinunter zur knochigen Schulter zog, schillerte in allen Regenbogenfarben. Spuren einer traurigen Vergangenheit und einer Gegenwart ohne Hoffnung.

Doch trotz all dieser Entstellungen erkannte Ellen sofort, dass Silvia Janov nicht die Frau war, mit der sie tags zuvor auf Station 9 gesprochen hatte.

»Was woll'n Sie von mir? Ich hab keinen Arzt gerufen.« Silvia Janov sprach im Flüsterton, dabei wanderte ihr Blick immer wieder zu der Tür, durch die ihr Mann verschwunden war.

»Ich bin auf der Suche nach einer Patientin«, erklärte Ellen.

»Nach mir?«

»Nein, ich muss mich in der Adresse geirrt haben. Aber wo ich gerade hier bin, könnte ich mir doch Ihre Verletzung …«

»Sie geh'n besser wieder«, zischte Frau Janov. »Ich brauch keine Hilfe. Auch keine Bullen, kapiert?«

Ellen nickte. Doch bevor sie wieder ging, hob sie einen der herumliegenden Papierfetzen auf, der Teil einer Telefonrechnung gewesen war. Auf der Rückseite notierte sie die Nummer des sozialen Notdienstes der Waldklinik. Sie hielt Silvia Janov den Zettel hin. Die Frau zögerte, dann schnappte sie das Stück Papier mit einer Schnelligkeit, als befürchte sie, Ellen werde es gleich wieder zurücknehmen.

»Jederzeit«, sagte Ellen.

Silvia Janov entgegnete nichts, doch ihr Blick verriet Ellen, dass sie das Angebot niemals annehmen würde.

Kapitel 12

»Na, dann kommen Sie mal rein.«

Polizeihauptmeister Kröger öffnete die Tür neben dem Empfangsschalter. Mit seinem stattlichen Kugelbauch weckte der Mittfünfziger den Eindruck, als wäre er kurz davor, durch das Zurweltbringen von Zwillingen Medizingeschichte zu schreiben. Hinzu kam ein ausgesprochen schlechter Geschmack, was die Wahl seines Aftershaves betraf.

Er führte Ellen zu einem Schreibtisch, der ein Relikt der frühen Achtzigerjahre sein musste, wie auch das restliche Interieur der Polizeiwache. Ohne die Computertastaturen und Flachbildmonitore auf den beiden Schreibtischen hätte man glauben können, einen Zeitsprung um zwanzig Jahre zurück in die Vergangenheit gemacht zu haben.

Nicht nur die Kliniken sind knapp bei Kasse, dachte Ellen und setzte sich auf den angebotenen Stuhl.

Krögers breites Lächeln galt nur zu einem Teil Ellen. Der Rest kam seinem Kollegen zu, der am zweiten Schreibtisch saß und Kröger hinter Ellens Rücken mit einer anerkennenden Geste etwas in der Art von »Nette Titten!« zu verstehen gab – wobei er übersah, dass er sich im gegenüberliegenden Fenster spiegelte.

Ellen versuchte diese Beobachtung zu ignorieren, während sie Kröger den Grund ihres Besuchs schilderte. Sie versprach sich nicht viel davon, und noch immer machte ihr die Befürchtung zu schaffen, dass man ihr nicht glauben würde, aber ihr blieb keine andere Wahl mehr – jetzt, da sie wusste, dass die unbekannte Frau nicht Silvia Janov war.

Kröger zog einen Notizblock zu sich heran und hörte aufmerksam zu.

»Fassen wir zusammen«, sagte er in wichtigem Tonfall, als sie mit ihrem Bericht geendet hatte. »Sie sind also Psychologin und Ihnen ist eine Patientin abge… abhandengekommen. Eine Frau, die von ihrem Partner oder wem auch immer verprügelt worden ist.«

»So in etwa. Ich bin Psychiaterin, und die Frau könnte möglicherweise von diesem Mann entführt worden sein.«

»Aha.« Kröger notierte sich weitere Stichwörter. »Und wer ist diese Frau? Ich meine, wie ist ihr Name? Wissen Sie, wo sie wohnt?«

»Genau das ist der Punkt. Ich weiß so gut wie nichts über sie.«

»Das ist schlecht.« Kröger malte ein Fragezeichen neben seine Notizen. »Ich meine, das erleichtert uns nicht gerade die Suche. Was genau fehlt dieser Frau?«

Ellen glaubte ihren Ohren nicht zu trauen. »Hören Sie mir nicht zu? Sie ist *schwer misshandelt* worden und steht unter Schock.«

»Doch, das habe ich schon verstanden.« Kröger sah sie

skeptisch an. »Aber erklären Sie mir doch mal, wie diese Frau von einer geschlossenen Station fliehen konnte? Also, ich bin ja kein Fachmann, aber jemand, der unter Schock steht, handelt in der Regel nicht unbedingt überlegt und schleicht sich heimlich davon, oder?«

»Natürlich nicht. Sie war viel zu verängstigt, um einen Fluchtplan schmieden zu können, und selbst wenn, hätte sie nicht auch noch daran gedacht, ihre Akte aus dem Schrank zu holen. Genau deshalb bin ich fest davon überzeugt, dass die Frau entführt worden ist.«

Mit nachdenklicher Miene lehnte sich Kröger zurück. Sein Stuhl ächzte bedenklich. »Ist es denn so einfach, auf Ihre Station zu gelangen? Keine Überwachung oder sonstige Sicherheitsmaßnahmen?«

»Wir sind kein Gefängnis. Die meisten unserer Patienten leiden an Schizophrenie, viele davon an der paranoiden Form. Diese Leute fühlen sich beobachtet, fremdgesteuert oder verfolgt. Würden wir Überwachungskameras anbringen, wäre das gewissermaßen so, als liefe ich Ihnen hinterher und würde dabei erklären, dass Sie von niemandem verfolgt werden.«

»Mhm, das sehe ich ein.«

»Selbstverständlich gibt es Sicherheitsmaßnahmen. Es ist eigentlich nicht möglich, so ohne Weiteres auf die Station zu gelangen, geschweige denn, sie zu verlassen. Man benötigt dafür einen Schlüssel sowie den nötigen Zugangscode für das Schloss, und dieser Code wird alle vier Wochen geändert.«

»Also hätte der Entführer sowohl einen passenden Schlüssel haben als auch den aktuellen Code wissen müssen, um auf die Station zu gelangen?«

»Richtig. Andernfalls hätte er klingeln müssen, damit ihm jemand vom Pflegepersonal öffnet. Die Nachtschwester hat jedoch niemanden gesehen.«

»Diese Nachtschwester«, begann Kröger und beugte sich wieder über die Tischplatte, ehe er mit gesenkter Stimme fortfuhr, »ist sie zuverlässig? Man hört ja da immer wieder so Geschichten ... Sie wissen schon, ein netter Arzt, eine einsame Schwester ...«

»Wir sprechen von einer psychiatrischen Akutstation, nicht von einer Folge aus irgendeiner Vorabendserie.«

Ellen glaubte, hinter sich ein unterdrücktes Prusten zu hören. Mit rotem Kopf und strengem Blick sah ihr Kröger über die Schulter.

»Selbstverständlich. Nur habe ich ein ziemliches Problem mit dieser Geschichte. So wie Sie es darstellen, ist es eigentlich unmöglich, dass die Frau geflohen ist, und es kann ebenfalls nicht sein, dass sie entführt wurde. Nach dem, was Sie mir eingangs erzählt haben, waren die drei Alarmmeldungen in dieser Nacht auf einen Fehler in der Technik zurückzuführen und hatten keinerlei Auswirkung auf den Schließmechanismus der Tür, richtig?«

»So hat es der Techniker gesagt.«

Nun zuckte Kröger mit den Schultern. »Hört sich wie ein Zaubertrick von diesem Chesterfield an.«

»Copperfield.«

»Hm?«

»Werden Sie mir helfen?«

»Nennen Sie mir einfach Namen und Anschrift dieser Frau, und wir werden mal bei ihr zu Hause vorbeischauen. Das können Sie doch mit Ihrer Schweigepflicht vereinbaren, oder?«

Ellen seufzte. »Ich habe es Ihnen doch schon gesagt. Mein Problem ist, dass ich weder den Namen noch die Adresse dieser Frau kenne.«

»Vielleicht hat sie ihren Namen ja einem Ihrer Kollegen genannt?«

»Selbst wenn, sie war viel zu kurz bei uns, als dass ihre Daten bereits in unserer Patientendatei erfasst worden wären.«

»Und wenn Sie Ihre Kollegen ganz einfach fragen? Geht manchmal schneller als mit diesen Kisten.« Er machte eine Kopfbewegung zu dem Monitor neben sich.

Ellen hatte das Gefühl, die Raumtemperatur sei von einer Sekunde zur nächsten rapide angestiegen. Sie zögerte etwas zu lang mit ihrer Antwort.

»Ich kann mich des Eindrucks nicht erwehren, dass Sie mir eine wichtige Information vorenthalten«, sagte Kröger, und seinem Tonfall ließ sich entnehmen, dass er diese Formulierung häufig und gern gebrauchte. Er hörte sich dabei wie einer der Fernsehkommissare an, wenn sie kurz davor waren, den Täter zu überführen.

»Also gut. Ja, es gibt da noch ein Problem.«

»Ich höre.«

»Außer mir hat niemand auf Station diese Frau gesehen.«

Sichtlich erstaunt hob Polizeihauptmeister Kröger die Brauen. »Niemand außer Ihnen?« Es klang wie: *Ist das eine Berufskrankheit?* oder *Kann man sich mit Schizophrenie anstecken?*

»Nun ja, einer schon. Der Arzt, der sie aufgenommen hat. Aber der befindet sich im Moment in Australien und ist nicht erreichbar.«

»In Australien. Soso.«

»Glauben Sie mir etwa nicht?«

Kröger bedachte Ellen mit einem vielsagenden Blick. »Wissen Sie, das alles klingt in der Tat ein wenig seltsam, aber selbst wenn es so passiert ist – und davon scheinen Sie ja überzeugt zu sein –, wüsste ich nicht, wie ich Ihnen helfen könnte.«

»Sie könnten die Vermisstenmeldungen durchgehen. Vielleicht ist sie ja auch jemandem aufgefallen, ehe sie in die Klinik eingeliefert wurde? Und was ist mit Meldungen über Missbrauch und Vergewaltigung? Vielleicht gab es ja Zeugen.«

»Und wo soll ich anfangen?« Kröger klang nun nicht mehr wie ein Fernsehkommissar, sondern eher wie ein gereizter Polizeibeamter. »Wissen Sie eigentlich, wie viele Personen jedes Jahr als vermisst gemeldet werden? Soll ich aufs Geratewohl all diese Meldungen durchgehen und meine anderen Fälle liegen lassen? Wir wissen ohnehin nicht mehr, wo uns der Kopf steht.«

»Aber irgendetwas *müssen* Sie doch tun. Diese Frau ist in Gefahr!«

»Ohne ihren Namen zu kennen? Soll ich eine Nadel im Heuhaufen suchen, obwohl Sie mir nicht einmal bestätigen können, dass überhaupt ein Verbrechen stattgefunden hat? Ich will Sie ja nicht mit Statistiken behelligen, aber was Vergewaltigungen betrifft, so gab es allein im letzten Jahr bundesweit über neuntausend Fälle. *Registrierte* Fälle, wohlgemerkt. Sie können sich bestimmt denken, dass die Dunkelziffer um ein Vielfaches höher liegt. Aber was noch viel wichtiger ist: *Selbst wenn* die Frau wirklich vergewaltigt worden ist, können wir nichts gegen den Mann unternehmen, solange Ihre Patientin keine Anzeige gegen ihn erstattet. Dazu müsste sie sich jedoch erst einmal bei uns melden. Tut mir ehrlich leid, Frau Doktor, aber so ist nun mal die Gesetzeslage.«

Wütend sprang Ellen von ihrem Stuhl auf. »Von mir aus stecken Sie sich Ihre Gesetze sonst wohin! Diese Frau ist vollkommen verstört.

Sie hat die Hölle durchgemacht, und es ist sowohl meine als auch Ihre Pflicht, ihr zu helfen und zu verhindern, dass ihr weitere Gewalt angetan wird!«

Nun stand auch Kröger von seinem Platz auf. Dabei machte sein Stuhl ein erleichtertes Geräusch. Die Spannung zwischen Ellen und dem übergewichtigen Polizeihauptmeister hätte ausgereicht, um eine Flutlichtanlage betreiben zu können.

»Genau«, sagte Kröger ruhig, wobei ihm anzusehen war, dass er sich zusammenreißen musste. »Es ist auch *Ihre* Pflicht. Über Ihre Beleidigung sehe ich einmal hinweg, denn ich verstehe Ihre Wut nur zu gut. Es ist ein hässliches Gefühl, wenn einem die Hände gebunden sind. Trotzdem kann ich Ihnen nicht helfen. Zumindest im Moment.«

Er hielt ihr seine Visitenkarte hin.

»Finden Sie heraus, wer diese Frau ist, und rufen Sie mich an. Wenn sie uns den Namen des Kerls nennt, der ihr das angetan hat, dann sorge ich persönlich dafür, dass wir ihn uns vornehmen. Mehr kann ich momentan nicht tun.«

Kapitel 13

Rufen Sie mich an.

Als Ellen wieder in ihrem Wagen saß, hielt sie noch immer Krögers Visitenkarte in der Hand.

Hatte sie nicht genauso auf Silvia Janov reagiert? Manchmal war es leicht, sich aus der Affäre zu ziehen, indem man einfach nur eine Telefonnummer hinterließ. Gewissermaßen spielte man damit den Ball zurück. Ganz gleich, ob mit einer Visitenkarte oder einer Notiz auf einer zerrissenen Telefonrechnung, im Grunde sagte man immer das Gleiche: *Ich bin nicht bereit, mich für dich in die Nesseln zu setzen. Sieh zu, dass du es allein schaffst. Aber zur Erleichterung meines Gewissens gebe ich dir einfach mal meine Nummer.*

Nur wenige Meter von Ellen entfernt schob sich die Blechlawine des Nachmittagsverkehrs dahin. Menschen auf dem Nachhauseweg. Auf dem Weg zu anderen Menschen, die ihnen wichtig waren. Aber wem waren Silvia Janov und die Frau ohne Namen wichtig? Gab es überhaupt jemanden, den ihr Schicksal interessierte?

Es war noch nicht allzu lange her, höchstens ein oder zwei Jahre, da hatte Ellen von einem Mann gelesen, der auf einer belebten Einkaufsstraße mitten in New York einen Herzanfall erlitten hatte. Der Mann war um die vierzig gewesen und hatte, dem Artikel zufolge, der sogenannten *unteren Gesellschaftsschicht* angehört. Beim Lesen hatte Ellen gedacht, dass dies eine sehr freundliche Umschreibung für jemanden war, den man im alltäglichen Sprachgebrauch einen *Penner* nennen würde.

Der Mann war vor einem gut besuchten Warenhaus zusammengebrochen. Es war zur Weihnachtszeit gewesen, und zahllose Menschen mussten sich auf der alljährlichen Jagd nach den passenden Geschenken an ihm vorbeigeschoben haben, während er sterbend auf dem Asphalt gelegen hatte.

Der Verfasser des Artikels hatte nicht erwähnt, ob man diesem Mann noch hätte helfen können, wenn man sich rechtzeitig um ihn gekümmert hätte, oder wie lange sein Todeskampf gedauert hatte.

Für Ellen war das wirklich Schockierende an diesem Bericht gewesen, dass es vier Tage gedauert hatte, bis sich Passanten über die Ratten beschwerten, die angefangen hatten, sich an der Leiche gütlich zu tun. Und als sei dies die Pointe zu einem wirklich boshaften Witz, endete der Bericht mit der Erwähnung eines Geldbetrags: sieben Dollar und neunzig Cent.

Das war die Summe des Kleingelds, das man neben dem Toten gefunden hatte. Münzen, die ihm Passanten hingeworfen hatten. Sieben Dollar und neunzig Cent für die Erleichterung ihres Gewissens.

Beim Anblick von Kösters Visitenkarte musste sie daran denken, wie sie Chris von diesem Artikel erzählt hatte. Chris hatte gemeint, so sei das eben in Millionenstädten und vielleicht besonders in den USA, und sie hatte nur zu gern zugestimmt. *Hier bei uns ist das natürlich anders,* hatte sie damals gedacht. *Hier bei uns kümmern wir uns um unsere Mitmenschen.*

Doch es waren die Visitenkarte in ihrer Hand und der Zettel, den sie Silvia Janov hinterlassen hatte, die sie nun Lügen straften.

Also was ist?, schien das Stück Karton in ihrer Hand zu

sagen. *Lässt du es bei* deinem *Beitrag zu den sieben Dollar und neunzehn Cent bewenden?*
Natürlich nicht!

Ellen warf die Karte auf den Beifahrersitz und startete den Motor. Zunächst einmal würde sie zurück zum Wohnheim fahren. Was sie jetzt brauchte, war dreierlei: Ruhe zum Nachdenken, eine Kopfschmerztablette – vielleicht auch zwei – gegen ihre Migräne, die sich wie ein anschleichendes Raubtier ankündigte, und einen Plan, wie sie die Frau ohne Namen ausfindig machen konnte.

Während sie an der Ausfahrt der Polizeiwache darauf wartete, auf die Hauptstraße abbiegen zu können, fiel ihr auf der gegenüberliegenden Straßenseite ein alter VW-Kleinbus auf, der an einer Bushaltestelle parkte. Irgendetwas an diesem Wagen alarmierte sie.

Zunächst konnte sich Ellen ihre Beunruhigung nicht erklären. Es war ein VW-Kleinbus, ein gewöhnlicher orangefarbener VW-Kleinbus, etwas alt zwar und ziemlich rostig – wahrscheinlich würde ihn die nächste TÜV-Untersuchung im wortwörtlichen Sinn aus dem Verkehr ziehen –, aber dennoch war auf den ersten Blick nichts erkennbar, das ihr merkwürdiges Gefühl rechtfertigte.

Doch ein anderer Teil ihrer Wahrnehmung – jener Teil, der immer wachsam bleibt – forderte sie auf, noch einmal genauer hinzusehen.

Zuerst fiel ihr auf, dass er an einer Bushaltestelle parkte, an der absolutes Halteverbot herrschte – noch dazu genau gegenüber der Polizeistation. Wenn man ihn erwischte, würde es einen saftigen Strafzettel geben, sozusagen mit besten Grüßen aus der hungrigen Gemeindekasse. Dabei erweckte das Fahrzeug eher den Eindruck, als könne sich sein Besitzer gerade mal den nötigen Sprit dafür leisten. Noch dazu stand der Kleinbus entgegengesetzt zur Fahrtrichtung, und Ellen fragte sich, wie der Fahrer dieses Kunststück auf der stark befahrenen Straße hinbekommen hatte.

Und da war noch etwas – eine Art Instinkt oder Gefühl, das sie sich nicht erklären konnte und das sie schrecklich nervös werden ließ. So verrückt es auch sein mochte, aber es kam ihr so vor, als würde dieser Kleinbus irgendwie … nun ja, irgendwie *lauern*.

Natürlich, spottete eine Stimme in ihr, *heutzutage lauern solche Rostlauben an jeder Ecke. Und wenn man zu dicht daran vorbeifährt, dann fallen sie einen an. Hey Mädchen, wird wirklich Zeit, dass du eine lange Dusche nimmst und wieder klar im Kopf wirst, bevor du auch noch glaubst, dass …*

Bevor sie was glaubte?

Dass der VW-Bus da drüben auf dich *lauert,* antwortete die Stimme.

»So ein Quatsch!«

Sie trat aufs Gaspedal und scherte zwischen zwei Autos in den Verkehr ein. Dabei musste ein Mercedes-Fahrer hinter ihr heftig auf die Bremse treten, um sie nicht zu rammen. Ellen sah ihn im Rückspiegel mit der Faust drohen und ihr den Mittelfinger zeigen und dachte zuerst, er wäre auch derjenige, der das Hupkonzert veranstaltete. Doch dann sah sie, wem das Hupen wirklich galt.

Beinahe gleichzeitig mit Ellen war der Kleinbus losgefahren. Er jagte quer über die Fahrbahn und zwang einen entgegenkommenden Mini Cooper zu einem Ausweichmanöver, das um Haaresbreite zu einem Frontalaufprall mit einem Lastwagen geführt hätte. Der Mini reagierte jedoch in Sekundenbruchteilen, schwenkte in seine Spur zurück und war gleich darauf im Nachmittagsverkehr verschwunden.

Der Kleinbus reihte sich ungerührt hinter dem Mercedes ein und war somit knapp hinter Ellen. All das hätte sie vielleicht noch als einen typischen Vorfall im Feierabendverkehr deuten können, wenn Leute, die nach einem harten Tag nur noch nach Hause wollten, die Geduld verloren und die waghalsigsten Manöver dafür in Kauf nahmen – aber als sie zum zweiten Mal in eine Seitenstraße abbog und der Kleinbus weiter dicht hinter ihr blieb, war ihr endgültig klar, dass er *tatsächlich* auf sie gelauert hatte. Ihre Hände umklammerten das Lenkrad so fest, dass die Knöchel ihrer Finger weiß hervortraten. Sie sah kurz in den Rückspiegel und überlegte hektisch, wie sie ihren Verfolger abschütteln konnte.

Bald schon wusste Ellen nicht mehr, wo sie sich befand. In diesem Viertel war sie noch nie gewesen. Schmucke Einfamilienhäuser, von denen eines wie das andere aussah, reihten sich aneinander. Die gepflegten Vorgärten wurden durch Jägerzäune voneinander getrennt, hinter denen mal eine Hundehütte, mal eine Wäschespinne oder eine Kinderrutsche standen. Eine herrlich ruhige Wohngegend für junge Familien, die mit einer Geschwindigkeitsbegrenzung auf dreißig Stundenkilometer versehen war.

Ellen jagte mit fast siebzig Sachen durch die langgezogene Straße, den orangefarbenen VW-Bus dicht hinter sich, und hoffte inständig, dass ihr niemand vor die Motorhaube lief. Der Kleinbus fuhr immer dichter auf, rammte sie fast, und Ellen riss in letzter Sekunde das Lenkrad herum.

Ihr kleiner Sportwagen schlitterte in eine Seitenstraße, die zu Ellens Entsetzen noch enger war als die vorherige. Mit dem Heck rammte sie einen Laternenmast, der sie davor bewahrte, durch einen der Jägerzäune zu brechen.

Sie trat aufs Gas und sah im Rückspiegel den VW, der über die Abzweigung hinausgeschossen war. Er setzte zurück und folgte ihr, doch der Abstand zwischen ihnen hatte sich vergrößert.

Ellen blieb jedoch kaum Zeit für ein Aufatmen, denn als sie wieder nach vorn sah, blieb ihr beinahe das Herz stehen.

Kurz bevor die kleine Seitenstraße in eine Querstraße mündete, stand ein Lieferwagen mit offenen Hecktüren, aus dem zwei Männer eine Doppelbettmatratze heraushievten. Die Matratze zwischen sich haltend, starrten sie wie versteinert in Ellens Richtung. Ellen blieben nur zwei Möglichkeiten. Entweder sie trat auf die Bremse, oder …

Der Motor ihres Zweisitzers protestierte laut, als sie mit Vollgas an den beiden Männern vorbeischoss. Aus dem Augenwinkel sah sie die beiden wie in einer Slapstick-Nummer auseinanderspringen, ehe sie mit quietschenden Reifen um die Ecke bog und weiterraste. Erst als sie die Hauptstraße wieder erreicht hatte, wagte sie einen Blick in den Rückspiegel. Der Kleinbus war verschwunden.

Ellen reihte sich in den Nachmittagsverkehr ein. Sie zitterte und wischte sich den Schweiß aus dem Gesicht. Am liebsten hätte sie einfach angehalten und gewartet, bis sie sich wieder einigermaßen beruhigt hatte, aber das traute sie sich nicht. Stattdessen sah sie zu, dass sie so schnell wie irgend möglich die Waldklinik erreichte.

Gerade als sie durch die Pforte fuhr, meldete sich ihr Handy.

»Hallo? Chris?«

Doch es war nicht Chris.

»Alle Achtung, aber wir sind noch nicht miteinander fertig!«

Die Stimme am anderen Ende ließ ihr das Blut in den Adern gefrieren. Sie klang verzerrt, als würde kein Mensch, sondern irgendeine Maschine mit ihr sprechen. Dennoch war sich Ellen sicher, dass sie es mit einem Mann zu tun hatte.

Ellen bremste neben der Laderampe des Versorgungszentrums. Ihr Herz raste.

»Verdammt noch mal, was wollen Sie von mir?«, schrie sie in das Telefon. »Woher haben Sie überhaupt diese Nummer?«

»Eins nach dem anderen«, sagte die Maschinenstimme und stieß ein verzerrtes Kichern aus. »War doch ein ziemlicher Spaß gerade, oder nicht?«

»Ich habe mir Ihr Kennzeichen gemerkt«, log Ellen. »Das gibt eine Anzeige, die sich gewaschen hat.«

»Ach ja?« Der Anrufer klang nur wenig beeindruckt. »Willst du denn gar nicht wissen, was aus deiner Patientin geworden ist?«

Ellen erschauderte. »Wer sind Sie?«

»Wer hat Angst vorm Schwarzen Mann«, sang die Maschinenstimme. »Schon vergessen?«

»Was ... was haben Sie mit ihr gemacht?«

Ein verzerrtes Seufzen, dann: »Das ist nicht so einfach zu erklären. Wir sollten uns persönlich darüber unterhalten, meinst du nicht?«

Für einen Augenblick hielt Ellen das Telefon von sich, als sei es ein kleines, aber überaus gefährliches Tier.

Unbekannter Anrufer, meldete das Display.

Dieser Kerl war offensichtlich gestört, und er hatte die Frau ohne Namen in seiner Gewalt – vielleicht hatte er sie auch schon ...

Umgebracht? Meinst du das?

»Haaallooo?«, quäkte die Stimme.

Ellens Hand zitterte, als sie das Handy wieder ans Ohr legte.

»Hat es dir die Sprache verschlagen? Du schaust so skeptisch.«

Ellen zuckte zusammen. *Er* beobachtet *mich*! Erschrocken blickte sie sich nach allen Seiten um, konnte aber niemanden erkennen. Um diese Nachmittagszeit war kaum jemand auf dem Klinikgelände unterwegs.

»Immer mit der Ruhe. Ich beobachte dich schon eine ganze Weile. Bist ja auch ein echter Blickfang.« Wieder das blecherne Kichern. »Also, was ist? Triffst du dich mit mir oder nicht?«

Ein säuerlicher Geschmack breitete sich in Ellens Mund aus. Vor Aufregung wurde ihr übel. *Was soll ich tun, was soll ich nur tun? Ich kann doch nicht ...*

»He, was ist los?«, kam es aus dem Hörer. »Bist du plötzlich stumm geworden?«

Ellen schluckte und spürte neue Schweißperlen, die ihr übers Gesicht liefen. »Was, wenn ich Nein sage?«

»Dann verschwinde ich. Allerdings würde ich vorher noch jemandem sehr wehtun müssen. Du weißt schon, wen ich meine.« Er legte eine kurze Pause ein, in der sich Ellen wie gelähmt fühlte. »Also, wie sieht's aus?«

Ein Schweißtropfen kroch über ihren Nasenrücken und fiel auf ihre Brust. Ein zweiter folgte, dann ein dritter.

»Also gut. Zeigen Sie sich.«

»Doch nicht hier, Süße.« Er klang beinahe schon belustigt. »In fünfzehn Minuten auf dem Waldparkplatz. Dort, wo du immer zum Joggen gehst.«

Wieder durchfuhr es Ellen eiskalt. Der Kerl schien sie in- und auswendig zu kennen.

»Ach ja, und noch etwas«, fügte er hinzu, und diesmal klang die verzerrte Stimme eiskalt. »Mach nicht den Fehler, mich zu unterschätzen. Wenn ich auch nur den Hauch eines Gefühls bekommen sollte, dass du nicht allein bist, siehst du deine Patientin nie wieder. Das Gleiche gilt, wenn du die Bullen anrufst. Hast du verstanden?«

Was blieb Ellen anderes übrig, als Ja zu sagen? Wen hätte sie auch um Unterstützung bitten sollen?

»Und vergiss nicht: Falls du es dir doch noch anders überlegen solltest, hast du deine kleine Freundin auf dem Gewissen. Also, sieh zu, dass du kommst.«

Ein Knacken, und die Verbindung war unterbrochen.

Verzweiflung und Wut stiegen in Ellen hoch – Wut über ihre Angst und ihre Hilflosigkeit.

Sie dachte an Chris. Himmel, wenn sie ihn nur wenigstens erreichen könnte! Ihr Finger schwebte über der Kurzwahltaste für seine Nummer, aber sie wagte es nicht, sie zu drücken. Wenn dieser Psychopath sie wirklich beobachtete, war es jetzt besser, nicht zu telefonieren.

Die Uhr auf ihrem Armaturenbrett zeigte, dass bereits eine Minute seit dem Anruf vergangen war.

Ihr blieben noch vierzehn Minuten.

Sie musste sich entscheiden.

Kapitel 14

An Tagen, wenn sie nach der Arbeit einen Ausgleich von schreienden oder ganz einfach nervigen Patienten, nörgelnden Pflegern oder besserwisserischen Kollegen suchte, oder auch an Tagen, an denen sie sich ohne einen wirklich ersichtlichen Grund niedergeschlagen und abgespannt fühlte, war der Jogging-Pfad am nahe gelegenen Wald genau der richtige Ort, um sich zu entspannen.

Hier war es still, Ellen war eins mit der Natur und konnte entweder gemächlich vor sich hin laufen oder sich richtig auspowern. Letzteres tat sie meist nur dann, wenn Chris sie begleitete. Ihm gefielen Zeitläufe, auch wenn sie dabei nicht selten besser abschnitt als er. Wenn sie jedoch allein joggte, war es ihr wichtig, etwas für ihre Kondition zu tun und in gemächlicherem Trab am Waldrand entlang der Donau zu laufen – die Laute des Waldes zu ihrer Linken, während rechts der Strom beruhigend neben ihr her floss.

Es gab noch einen zweiten Pfad, der unmittelbar durch den Wald führte und der von den meisten Joggern bevorzugt wurde, doch Ellen war ihn noch nie gelaufen. Sie mochte den Wald nicht sonderlich, mit seinem Laubdach, das ihr das Licht des endlosen Himmels raubte. Ebenso, wie sie Autos mit geschlossenen Dächern nicht mochte.

Außer Ellens rotem MX-5 parkte kein weiteres Auto auf dem gekiesten Parkplatz. Weit und breit war keine Menschenseele zu sehen. Andererseits sah sie auch nirgends einen rostigen Kleinbus, der auf sie lauerte.

War sie dem Kerl mit der verstellten Stimme zuvorgekommen? Es war aber auch gut möglich, dass er sie von irgendwo aus beobachtete, nur um sicherzugehen, dass sie auch wirklich allein gekommen war.

Schon diese Vorstellung machte ihr eine Heidenangst. Sie redete sich ein, dass sie sich auf vertrautem Territorium befand – an einem Ort, den sie beinahe täglich aufsuchte und von dem sie jederzeit flüchten konnte, wenn es nötig wurde. Außerdem, so versuchte sie sich weiter zu beruhigen, blieb man hier nur selten lange allein. Irgendwann traf man immer auf andere Sportler oder Erholungssuchende.

Trotzdem ... wirklich besser fühlte sie sich deswegen nicht. Ihr Puls raste noch immer, und ihre körperliche Anspannung bereitete ihr beinahe Schmerzen. Sie war im Begriff, sich mit einem Gewalttäter zu treffen – mit einem offenbar verrückten Sadisten –, und vielleicht beging sie gerade den verhängnisvollsten Fehler ihres Lebens. Aber was hätte sie sonst tun sollen?

Versprich, dass du mich beschützen wirst, wenn er mich holen kommt, hallten die Worte der namenlosen Frau in ihrem Kopf, gefolgt von ihren eigenen Worten: *Ich verspreche es.*

Noch kannst du gehen ...

Ellen öffnete die Mittelkonsole zwischen den beiden Sitzen. Unter ihrer Sonnenbrille, einem Päckchen Kaugummi und einigen Münzen fand sie eine Dose Pfefferspray, ihr ständiger Begleiter beim Laufen – für den Fall, dass sich einer der zahllosen Hundebesitzer irrte, wenn er rief: *Der tut nichts, der will nur spielen!*

Sie zog die Kappe ab, schob die Spraydose in die Jackentasche und überprüfte dann den Empfang ihres Handys. Das Display zeigte einen Strich von vier möglichen. Sobald sie ein Stück auf den Wald zugehen würde, wäre sie in einem Funkloch, das hatte sie schon oft genug getestet.

Es kostete sie einige Überwindung, aus dem Wagen zu klettern. Das Idyll aus Stille und Natur, das sie sonst so sehr an diesem Ort schätzte, wirkte nun unheimlich und bedrohlich.

Sie kam sich vor wie eine dieser Idiotinnen aus einem Horrorfilm, die mit der Kerze in der Hand auf den Dachboden steigen, um nachzusehen, woher das unheimliche Geräusch stammt. Aber blieb ihr denn eine andere Wahl?

Natürlich. Sie konnte immer noch wegfahren, die Polizei rufen oder beides, aber was wäre dann mit der entführten Frau?

Irgendwo hämmerte ein Specht, Vögel zwitscherten. Eine Hummel summte dicht neben Ellens Kopf vorbei und steuerte einen großen Hagebuttenstrauch an, der das Hinweisschild

JOGGING-PFAD
7,5 km
NUTZUNG AUF EIGENE GEFAHR!

fast verdeckte.

Ellen sah sich um. Sie schien wirklich allein zu sein. Mutterseelenallein. Und dennoch …

Falls der Kerl sie tatsächlich mit einem Fernglas beobachtete, wollte sie ihm unmissverständlich zu verstehen geben, dass sie keine leichte Beute war. Sie öffnete den Kofferraum und zog den Schraubenschlüssel aus der Halterung über dem Reserverad.

Ellen wiegte das kalte Stück Metall in der Hand, von

dem ein trügerisches Gefühl der Sicherheit ausging. Ja, man konnte sich damit wehren, aber dazu musste man den Gegner ziemlich nah an sich herankommen lassen. Dasselbe galt für die Pfefferspraydose. Sie betrachtete ihre Hand, die leicht zitterte, und zwang sich, tief durchzuatmen. Vor Aufregung war ihr speiübel.

Während ihres Praktikums hatte sie vier Monate in einer Klinik für geisteskranke Straftäter gearbeitet. Dort hatte sie mit Gewalttätern und mehreren Mördern zu tun gehabt und sich manchmal für eine halbe Stunde oder länger allein mit ihnen in einem Raum aufgehalten. Während dieser Zeit hatte sie gelernt, dass man zwar Angst *haben,* sie aber keinesfalls *zeigen* durfte. Zeigte man seinem Gegenüber, dass er oder sie – es waren auch einige ziemlich gefährliche Frauen unter diesen Patienten gewesen – einem Angst einjagte, hatte man verloren. Dann war es besser, das Feld für einen kompetenteren Kollegen zu räumen.

Also reiß dich zusammen! Zeig keine Angst!

Nur war es hier im Wald doch noch ein Stückchen anders. Bisher war sie solchen Leuten in geschlossenen Anstalten gegenübergetreten. Dort gab es Wächter, die man im Notfall rufen konnte. Hier durfte sie allenfalls darauf hoffen, dass ein Jogger des Weges kam.

Ihr blieb also nichts anderes übrig, als sich auf ihre Wachsamkeit, den Schraubenschlüssel und eine unbenutzte Dose Pfefferspray zu verlassen, von der sie noch nicht einmal sicher wusste, ob sie überhaupt funktionierte.

Zeig. Keine. Angst!

Ellen sog nochmals tief Luft ein, klappte den Kofferraumdeckel zu, drehte sich um – und fuhr zusammen.

Vor Schreck hätte sie fast geschrien, hätte ihr nicht der

ruhigere Teil ihres Verstandes signalisiert, dass es dafür keinen Grund gab.

Es ist einfach nur ein Mädchen. Ein kleines, nicht einmal zehn Jahre altes Mädchen in einem bunten Sommerkleid, mit einem sehr ernsten Gesicht.

»Hast du mich aber erschreckt«, sagte Ellen und lachte. Ein unsicheres Lachen. Fast automatisch verbarg sie den Schraubenschlüssel hinter ihrem Rücken. »Bist du allein?«

Die Kleine schüttelte den Kopf.

»Komm, er wartet schon auf dich.«

Sie machte kehrt und rannte zurück in den Wald, aus dem sie gekommen war.

Im ersten Augenblick war Ellen viel zu überrascht, um reagieren zu können. Sie sah der Kleinen nach, wie sie, ohne sich noch einmal nach Ellen umzusehen, in den Wald hineinlief. Dabei sprang sie geschickt über Gehölz und Farnbüschel und ließ den Schotterweg völlig außer Acht, so als gäbe es ihn gar nicht.

Für Ellen bestand keine Sekunde lang ein Zweifel daran, dass das Kind mit *er* den Schwarzen Mann meinte. Genauso wenig zweifelte sie daran, dass dieses Mädchen zu ihm gehörte. Vielleicht war sie sogar seine Tochter?

Auf einmal schien alles einen Sinn zu ergeben. Dieser Kerl, der *Schwarze Mann* – wie auch immer er heißen mochte – hatte das Mädchen nach ihr geschickt, um sich die nötige Zeit zu verschaffen, die er von der Klinik bis zu dem Ort benötigte, an dem er sich *tatsächlich* mit Ellen treffen wollte.

Sie war sich zudem sicher, dass an diesem Ort auch die Frau ohne Namen sein würde. *Seine Frau.* Die Frau, die er grün und blau geschlagen hatte, aus welchem Grund auch immer.

Ellen lief los. Ihr Herz raste wie wild, und sie umklammerte den Schraubenschlüssel noch fester.

Die Kleine hatte inzwischen einen beachtlichen Vorsprung. Hätte das Blumenmuster ihres Kleides nicht so grell durch das Grün des Waldes geschimmert, hätte Ellen sie um ein Haar aus den Augen verloren.

Ein seltsames Kleid, dachte Ellen. In Schnitt und Farbe war es längst aus der Mode gekommen. Vielleicht stammte es von einem Flohmarkt, aus der Altkleidersammlung oder aus einem Second-Hand-Laden – ähnlich wie der Trainingsanzug, den die Frau ohne Namen getragen hatte.

Immer weiter folgte Ellen dem Mädchen. Dabei sah sie sich ständig nach allen Seiten um und hielt den Schraubenschlüssel zum Schlag bereit. Solange sie in Bewegung blieb, würde es ein Angreifer nicht leicht mit ihr haben. Sie konnte ihren Schwung für ihre Abwehr einsetzen, und das würde ihm nicht gut bekommen.

Trotzdem fühlte sie sich deswegen nicht besser. Der Weg führte immer tiefer in den Wald hinein. Was war, wenn dieser Kerl irgendwo saß und sie ins Fadenkreuz eines Zielfernrohrs nahm? Er musste einfach nur abdrücken und …

Wohin läufst du nur? Der Wald wird immer dichter, und da kommt ewig nichts anderes als Wald, keine Häuser und erst recht kein Ort.

Obwohl Ellen schon nach wenigen Schritten in ihre übliche Laufroutine verfallen war, schien der Abstand zwischen ihr und dem Mädchen nicht geringer zu werden. Die Kleine war unglaublich flink. Ellen hatte vor einiger Zeit an einem lokalen Halbmarathon teilgenommen und war die Strecke in knapp eindreiviertel Stunden gelaufen. Das war nicht sonderlich gut, bedachte man, dass Spitzenläuferinnen für diese Distanz nur etwas mehr als eine Stunde benötigten. Trotzdem hätte es ihr gelingen müssen, dieses Kind einzuholen, dafür war sie trainiert genug, Vorsprung hin oder her. Doch sie schaffte es nicht.

Sie wich Wurzeln, Baumstümpfen und Büschen aus, sprang über mehrere schmale Gräben, die das Regenwasser im Lauf der Jahre wie ein Aderngewirr in den Waldboden gegraben hatte, aber das Mädchen im bunten Kleid war immer seltener zwischen den Bäumen zu sehen. Jedes Mal ein Stückchen weiter und noch weiter, und noch weiter, und schließlich gar nicht mehr.

»Scheiße!«

Keuchend blieb Ellen stehen. »Das gibt es doch gar ...«

Whump!

Etwas schlug mit unglaublicher Wucht gegen ihren Rücken und schleuderte sie zu Boden. Ellen konnte gerade noch schützend die Hände hochreißen, um nicht mit dem Gesicht auf eine knorrige Wurzel zu stürzen.

Keine Handbreit von der Wurzel entfernt prallte sie auf den Boden, und das große, schwere Etwas landete auf ihrem Rücken. Das Gewicht presste ihr die Luft aus den Lungen. Sie hörte ein knackendes Geräusch, von dem sie sich nicht sicher war, ob es von ihren Rippen, den trockenen Ästen am Boden oder gar beidem herrührte.

Sie wollte nach Luft schnappen, doch es ging nicht. Der Angreifer auf ihrem Rücken war zu schwer. Panisch versuchte sie ihn abzuwerfen, doch er hielt ihre Arme mit eisernem Griff fest und drückte sie auf das kalte Moos.

Ellen röchelte. Versuchte erneut einzuatmen. Röchelte wieder. Bekam Luft. Nicht viel, aber genug, um in ihrer Panik zu begreifen, was passiert war. Irgendjemand, zweifelsohne ein Mann, hatte sie von hinten angesprungen und mit seinem Gewicht zu Boden geschmettert. Nun kniete er auf ihrem Rücken, hielt ihre Arme zu Boden gedrückt und schnaufte in ihren Nacken. Himmel, seine Knie auf ihren Rippen schmerzten höllisch! Jeder Atemzug war eine Qual.

Sie strampelte mit den Beinen, womit sie genauso wenig erreichte wie ein Käfer, der rücklings auf seinen Panzer gefallen war, nur dass sie selbst bäuchlings lag.

»Ruhig, gaaaanz ruhig«, flüsterte der Kerl auf ihrem Rücken. »Je mehr du dich wehrst, desto mehr wird es wehtun.« Wie um es ihr zu beweisen, verlagerte er das Gewicht stärker auf seine Knie.

Ellen schrie vor Schmerz, worauf er mit einem kurzen Hüpfen reagierte und ihr wieder die Luft aus den Lungen presste. Augenblicklich ging ihr Schrei in ein erneutes Röcheln über.

»Wirst du jetzt ruhig sein?«, fragte er sie in unheimlichem Flüsterton.

Ellen versuchte zu antworten, was ihr nur unter großer Kraftanstrengung gelang. Ihr »Ja« war kaum mehr als ein Hauchen. Vor ihren Augen flackerten kleine weiße Punkte. Dennoch konnte sie etwa einen halben Meter vor sich den Schraubenschlüssel erkennen. Er lag in einem Bett aus Moos und war dort genauso nutzlos wie das Pfefferspray in ihrer Jackentasche.

»Du warst ein böses Mädchen.«

Diese Stimme. Diese flüsternde Stimme. Sie klingt so merkwürdig ... vertraut?

Der Griff um ihre Handgelenke wurde noch fester. Ellen

konnte den warmen Hauch seines Atems an ihrer Schläfe spüren. Er roch nach Pfefferminze, Küchendunst und Zigarettenrauch.

Wahrscheinlich hast du noch in aller Seelenruhe eine gequalmt, während du hier auf mich gewartet hast, dachte sie, und so unpassend es auch schien, stieg eine Erinnerung in ihr auf: eine Abbildung aus einem Buch über das viktorianische England. Sie zeigte eine Figur, die als der *sprunggewaltige Jack* bekannt wurde. Ein Kerl, der Frauen angefallen hatte, die nachts allein auf der Straße unterwegs gewesen waren. Nun sagte der irrationale Teil in ihr – der Teil ihres Verstandes, der sich stets in den unpassendsten Augenblicken zu Wort meldete –, dass sie jetzt einer ähnlichen Figur begegnet sei. Nicht dem *sprunggewaltigen Jack,* sondern dem *sprunggewaltigen Marlboromann,* der sich hervorragend darauf verstand, Frauen im Wald von hinten anzuspringen und ihnen seinen mit Pfefferminz getarnten Raucheratem ins Gesicht zu hauchen.

»Weißt du, was ich von dir will?«, hauchte er.

»Nein.«

»Doch, das weißt du.«

»Nein! Bitte. Es. Tut. Weh.«

»Du bissst ein bösssesss, *neugierigesss* Mädchen«, zischte er wie eine Schlange. »Und du hast etwasss sssehr, sssehr Schlimmesss getan.«

Ellen glaubte ersticken zu müssen, während sich seine Knie wie spitze Holzpflöcke in ihren Rücken bohrten. Es war kaum auszuhalten. Sie drehte die Augen in den Höhlen, so weit es nur ging, aber sie konnte den Kerl auf ihrem Rücken nicht erkennen. Nach ihren Schmerzen und der Kraft in seinen Armen und Händen zu urteilen, schien er mindestens zwei Tonnen zu wiegen. Eines wusste sie jedoch mit Sicherheit über ihn: Er war durch und durch verrückt.

»Was. Wollen. Sie?«, presste sie mühsam hervor.

»Du hast wirklich keinen Schimmer, oder?«, flüsterte er. »Also gut, ich erkläre es dir. Dies hier ist zwar nur ein Wald, aber irgendwo gibt es auch den Märchenwald. Magst du Märchen, kleine Ellen?«

Sie wollte etwas wie *Lass mich los, verpiss dich* oder dergleichen antworten, aber die Schmerzen waren zu heftig, und sie brauchte alle Kraft, die sie noch hatte, um wenigstens ansatzweise atmen zu können und nicht das Bewusstsein zu verlieren.

Wenn du jetzt ohnmächtig wirst, hat er freie Hand, warnte sie die Stimme in ihrem Kopf, die nach der Kämpferin, der stets Wachsamen klang. *Dann kann er mit dir machen, was immer ihm durch sein krankes Hirn zuckt. Und er wird dich sicherlich nicht liebevoll mit seiner Jacke zudecken und dich in deinem Moosbett schlafen lassen. Denk an die Frau ohne Namen!*

»Und wie im Märchen«, fuhr er mit kaum hörbarer Stimme fort, »gibt es einen, der dir ein Rätsel aufgibt, das es zu lösen gilt.« Er kicherte wie ein kleiner Junge, der sich über einen gelungenen Streich freut. »Lös das Rätsel, das ich dir aufgebe. Wenn nicht ...«

Er verlagerte sein Gewicht erneut auf die Knie.

Für den Bruchteil einer Sekunde drohte Ellen in ein tiefes Schwarz zu kippen. Das Bild des Schraubenschlüssels vor ihr auf dem Waldboden flackerte wie die atmosphärische Störung bei einer Fernsehübertragung. Dann wurde es wieder klar, und auch ihr Verstand klarte auf – rechtzeitig genug, um die leisen Worte des sprunggewaltigen

Marlboromannes zu hören: »Wenn nicht, töte ich deine stinkende Freundin. Und dann wirst du mich nicht mehr los. Kapiert?«

Erneut brachte Ellen nur ein Röcheln zustande. Atmen und sprechen mit einem Gewicht auf dem Rücken, das einem wie Tonnen vorkam, war verteufelt schwer. »Was. Soll. Das?«

»Ich werde dir doch nicht den Spaß verderben, indem ich dir das jetzt schon verrate.« Diesmal sang er fast mit seiner Flüsterstimme. »Also, wer bin ich? Heute back ich, morgen brau ich ... Bis übermorgen will ich dir Zeit lassen. Zur Mittagsstunde musst du's wissen. Wenn nicht, wird dich der böse Wolf holen.« Er stieß ein keuchendes Geräusch aus. »Jaaa, dann töte ich euch beide, dich und diese verrückte Stinkerin. Aber vorher ...«

Er näherte sich ihrem Ohr, leckte daran. Ellen versuchte, den Kopf zu bewegen, schaffte es aber nicht weit genug, um ihm auszuweichen. Sie spürte seine Zunge, die gegen die Windungen ihrer Ohrmuschel drückte, hörte sein Hecheln, das in warmen, übelriechenden Stößen über ihre Wange wehte. Speichel lief über ihr Ohrläppchen, als seine Zunge zu ihrer Schläfe emporkroch.

Ellen wollte schreien, sich ihre Angst und ihre Wut aus dem Leib brüllen, aber sie konnte nicht. Sie bekam kaum genug Luft zum Atmen und musste sein ekelhaftes Spiel über sich ergehen lassen.

Seine Zähne gruben sich in ihr schweißnasses Haar, verbissen sich darin und zerrten daran, während er mit einem Geräusch, das halb Zischen, halb Stöhnen war, seinen Oberkörper an ihren gestreckten Schultern rieb. Dann wandte sich sein Kopf mit einer Bewegung, die ihr wieder ein paar Rippen zu brechen schien, von ihr ab. Zumindest fühlte es sich so an.

»Damit es losgehen kann, gebe ich dir einen kleinen Tipp«, sagte er keuchend. »Hörst du mir zu?«

»Ja«, wimmerte sie.

»Ich kann dich nicht hören.«

»JA!«

»So ist es brav. Also, pass genau auf. Hier kommt mein Tipp. Er lautet, tataa, der erste Gedanke ist immer der beste. Kapiert?«

»Ja.«

»Na also, dann kann's ja losgehen!«

Er vollführte einen abrupten Satz auf ihrem Rücken. Diesmal glaubte Ellen, er würde mit den Knien ihren Brustkorb durchbrechen und ihre Lungenflügel plattdrücken. Der Schmerz tobte durch sie wie ein Orkan. Gleich darauf ließ der Kerl von ihr ab, machte kehrt und lief in die Richtung davon, aus der Ellen zuvor gekommen war.

Ellen keuchte. Ihr Brustkorb schmerzte, und sie hatte das Gefühl, von einer Stahlpresse gequetscht worden zu sein. Doch die Kämpferin in ihr schrie sie an, sie solle sich gefälligst nicht so anstellen.

Bring das Schwein zur Strecke!, brüllte sie in Ellens Kopf. *Mach es fertig!*

Immer noch benommen drehte sich Ellen herum, setzte sich auf und sah den Mann davonrennen. Er war kleiner, als Ellen gedacht hatte, und auch nicht von wesentlich kräftigerer Statur als ein durchschnittlicher Mann seiner Größe. Er trug schwarze Jeans und eine schwarze Stoffjacke mit einem *Batman*-Emblem, deren Kapuze seinen Kopf verdeckte.

Nun mach schon!, schrie die Kämpferin in ihr erneut.

Unter Aufgebot all ihrer Kräfte kroch Ellen zu dem Schraubenschlüssel, packte ihn und stemmte sich auf die Beine.

Nun lauf schon! Lauf!

Sie stolperte vorwärts, schaffte es tatsächlich, wieder zu laufen, und folgte ihrem Angreifer.

Gut so, lobte die Kämpferin. *Weiter, weiter!*

Aber es war nicht gut. Ganz und gar nicht. Ellen fand kaum genug Atem, um gehen zu können, von laufen ganz zu schweigen.

Trotzdem verfolgte sie ihn beharrlich weiter. Sie dachte an den Halbmarathon, bei dem sie ein paar Mal kurz vor dem Aufgeben gewesen war, während die Kämpferin in ihr sie weiter getrieben hatte. Und so war es auch jetzt. Gierig nach Luft schnappend, stolperte Ellen über Wurzeln, wäre ein paar Mal fast hingefallen – *wenn ich hinfalle, bleibe ich einfach liegen und schlafe, schlafe hundert Jahre oder mehr, wie im Märchen* –, hielt sich jedoch auf den Beinen und folgte weiter der schwarzen Stoffjacke, ehe sie zwischen den Bäumen verschwand.

Erst knapp vor dem Parkplatz verließen sie ihre Kräfte endgültig.

Los, weiter!, schrie die Kämpferin, doch Muskeln und Lungen widersprachen mit einem entschiedenen *Nein!*, und dabei blieb es.

Ellen lehnte sich gegen einen Baumstamm, der sich angenehm kühl und irgendwie tröstend anfühlte, und versuchte, zu einer ruhigen, gleichmäßigen Atmung zurückzufinden. Sie sah ihren kleinen Sportwagen, dessen Rot lockend zwischen den Baumstämmen hindurchschimmerte. Obwohl sie das Nummernschild bereits ohne Probleme erkennen konnte, hatte sie den Eindruck, als sei er noch viele, viele Kilometer von ihr entfernt. Unerreichbar.

Dann erst nahm sie das zweite Fahrzeug wahr, das unweit neben dem ihren parkte. Im gleichen Moment, als der Fahrer Gas gab und durch den aufspritzenden Kies davonfuhr, erkannte sie das Auto.

Hätte Ellen noch genug Energie für einen erschrocken Aufschrei gehabt, dann hätte sie geschrien. So aber stand sie nur erstarrt da, den Stamm der Fichte umklammernd, und wollte nicht glauben, was sie gesehen hatte. Sie hatte den Wagen erkannt. Es war kein Zweifel möglich. In dem Auto, das vor wenigen Sekunden davongerast war, hatte sie selbst schon gesessen – vor etwa zwei Jahren, auf dem Weg zu einer Fortbildung.

Sie erinnerte sich an den sogenannten Lufterfrischer Marke *Wunderbaum*, der vom Rückspiegel gehangen und von dessen Vanillegeruch ihr schlecht geworden war. Sie hatte dem Fahrer gesagt, sie fände sogar den kalten Rauch in seinem Auto angenehmer als dieses *stinkige Ding*.

Damals hatte Mark gelacht.

Kapitel 15

Die Luft war erfüllt von Harzgeruch und den Geräuschen des Waldes. Ellen hockte zitternd am Boden, den Kopf gegen den Fichtenstamm gelehnt, und versuchte, das

Geschehene zu verarbeiten. Ihr ganzer Körper schmerzte, doch sie war überzeugt, sich nichts gebrochen zu haben. Wie es schien, hielt sie dank des vielen Sports, den sie in ihrer Freizeit trieb, eine ganze Menge aus. Etwas weniger Muskelmasse, und die Sache wäre anders ausgegangen. Höchstwahrscheinlich würde sie in ein paar Tagen, wenn die Blutergüsse vollends zum Vorschein gekommen waren, jeden neuseeländischen Maori-Krieger in voller Tätowierpracht vor Neid erblassen lassen.

Schlimmer als die Schmerzen jedoch war der Schock über das, was sie gerade gesehen hatte – und noch immer nicht glauben wollte. Konnte es wirklich Mark gewesen sein? Auf alle Fälle hatte sie sein Auto gesehen. Und es wäre eine Erklärung, wie die Frau aus der Klinik hatte verschwinden können. Für jemanden mit Schlüssel und Code war das kein Problem.

Diese Stimme … *Glaubst du an Märchen, kleine Ellen?* Sie war viel zu verstellt und leise gewesen, als dass sie sie hätte erkennen können. Trotzdem hatte sie vertraut geklungen. Es hätte durchaus Marks Stimme sein können.

Aber warum sollte er das alles tun?

Warum mimte er einen Irren?

Warum sollte er ihr Schmerzen zufügen?

WARUM?

Weit über ihr zog ein Flugzeug seinen weißen Kondensstreifen über das Blau des Himmels, und ganz allmählich näherte sich das nervenzehrende *Teck-teck-teck* von Gehstöcken. Nordic Walking. Seit diese Sportart eine förmliche Lawine der Begeisterung ausgelöst hatte, waren die Läufer überall zu sehen. Und wie bei allen Modeerscheinungen galt auch hier der Spruch: *Jeder tut es, kaum einer kann es.* Vor allem hier, auf Ellens Joggingstrecke, traf man die nordischen Geher zuhauf an und musste immer wieder aufpassen, beim Vorbeilaufen nicht über einen der Stöcke zu stolpern.

Ellen sah die beiden Frauen auf sich zukommen. Die eine war überaus korpulent, die andere erinnerte in Aussehen und Bewegungen an ein Huhn, das schon lange kein Futter mehr gefunden hatte.

»Brauchen Sie Hilfe?«, rief ihr das Huhn zu und reckte den Hals.

»Nein danke, alles in Ordnung.«

»Wirklich?« Sie kam etwas näher auf Ellen zu und beäugte sie eingehend. »Sind Sie hingefallen?«

»Ja, aber es geht schon wieder.«

»Sie sollten auf dem Weg bleiben. Die Wurzeln da im Wald sind gefährlich. Am Ende brechen Sie sich noch was.«

»Ja, da haben Sie Recht. Danke, dass Sie mir helfen wollten.«

Das Huhn nickte und wollte schon weitergehen, als Ellen etwas einfiel. »Sind Sie von hier?«

»Ja«, japste die Dicke, sichtlich erfreut, gegenüber ihrer Begleiterin einen Grund gefunden zu haben, um eine kurze Verschnaufpause einzulegen. »Warum?«

Ellen deutete in den Wald hinein. »Gibt es dort hinten irgendein Dorf oder wenigstens ein Haus?«

»Nö«, kam es von der Dicken, und das Huhn fügte hinzu: »Da ist bloß Wald, mehr nicht. Bis zum nächsten Ort sind es bestimmt zehn Kilometer«, was die Dicke mit einem »Wenn nicht mehr« bekräftigte.

»Haben Sie unterwegs ein Mädchen in einem Kleid gesehen, etwa zehn Jahre alt?«

»Nö«, grunzte die Dicke. »Ich ...«

»Ihre Tochter?«, fiel ihr das Huhn ins Wort. »Hat sie sich verlaufen?«

Ellen stand auf, wobei sie sich am Baumstamm entlang hochschob. »Nein, ich dachte nur, ich hätte hier vorhin ein Mädchen gesehen.«

Das Huhn kicherte. »Ja, ja, wenn man allein im Wald ist, kann man hin und wieder die verrücktesten Sachen sehen. Zumindest glaubt man, dass man sie gesehen hat. Und dann war's doch nur ein Baum oder ein Reh. Aber jetzt müssen wir weiter, ehe die Muskulatur auskühlt.«

Wo du Recht hast, hast du Recht, dachte Ellen und sah dem ungleichen Paar hinterher. Allerdings war sie sich nicht sicher, womit sie dem Huhn mehr Recht gab: mit der auskühlenden Muskulatur oder mit den seltsamen Erscheinungen, die man im Wald haben konnte. Dann wurde ihr schlagartig übel, und sie erbrach sich neben dem Baum, an den sie sich gestützt hielt.

Als Ellen auf dem Personalparkplatz der Waldklinik angekommen war, bereute sie erstmals, diesen niedrigen Zweisitzer zu fahren, von dem manche Beifahrer – allen voran Chris – schon gelästert hatten, man brauche einen Schuhlöffel, um überhaupt einsteigen zu können.

In der Tat wäre ihr nun ein übergroßer Schuhlöffel, ein Kran oder dergleichen sehr willkommen gewesen, um einigermaßen schmerzfrei aussteigen zu können. Trotzdem schaffte sie es.

Mark fuhr einen schwarzen Volvo V70. In dessen Laderaum hatte sowohl Ellens Gepäck als auch das der beiden anderen Kollegen locker Platz gehabt, als sie damals zu der

Fortbildung über Antipsychotika gefahren waren. Es war eine lustige Fahrt gewesen, sie hatten viel gelacht, besonders über den *Vanille-Stinker* an Marks Rückspiegel, der irgendwann einen Freiflug aus dem offenen Fenster bekommen hatte.

Doch nun sah sie den schwarzen Kombi aus einem anderen Blickwinkel. Wie er so unter einer der Linden stand, die den Parkplatz säumten, wirkte er dunkel und unheimlich. Jetzt passten in den Laderaum nicht mehr nur eine Menge Koffer, er bot auch genügend Raum für eine Frau. Wenn man sie betäubte und unter der ausziehbaren Abdeckung verbarg, war es kein Problem, sie dort verschwinden zu lassen.

Noch immer wehrte sich alles in Ellen gegen diese Vorstellung. Vor allem, weil sie keinen Grund sah, warum Mark ihr – und besonders dieser Frau – so etwas antun sollte. Aber ein Griff auf die noch warme Motorhaube und der Staub und die Tannennadeln in den Radkästen sprachen eine eindeutige Sprache.

Ellen durchsuchte ihre Jackentaschen und fand ein Päckchen Pfefferminzbonbons. Sie zitterte so sehr, dass das erste Bonbon auf den Boden fiel. Mit dem zweiten hatte sie Erfolg. Sie fühlte sich am Ende, zitterte wie eine Hundertjährige, war körperlich lädiert und von oben bis unten verdreckt. Noch dazu gab es irgendwo da draußen eine Frau, die um ihr Leben fürchten musste. Und so, wie es aussah, war Mark – ihr freundlicher Kollege Mark – für all das verantwortlich.

Zeit zu reden, Freundchen!

Der Pfleger musterte Ellens vor Schmutz starrende Kleidung mit verwundertem Gesicht. Sie überging dies mit der Frage, ob sie Dr. Behrendt sprechen könne.

»Tut mir leid. Er ist gerade in einem Patientengespräch. Wird wohl noch eine Weile dauern. Kann ich ihm etwas ausrichten?«

»Dann werde ich eben hier auf ihn warten.«

Ellen wollte sich schon an dem Pfleger vorbei ins Stationszimmer schieben, als dieser sie zurückhielt. Dabei fuhr sie vor Schmerzen zusammen.

»Sind Sie hingefallen?«

»Kann man wohl sagen. Haben Sie einen Kaffee, solange ich auf Dr. Behrendt warte?«

Der Pfleger, ein bulliger Typ, der unter seinem Kittel ein T-Shirt mit dem Aufdruck CHAMPION trug, sah sie betreten an. »Na ja, Frau Dr. Roth, das ist mir eigentlich nicht so recht. Ich meine, klar können Sie einen Kaffee haben, aber eigentlich ... Ich will sagen ...« Er lief tiefrot an, was bei so einem Kleiderschrank wie ihm irgendwie albern aussah.

»*Was* wollen Sie sagen?«

»Na ja, es heißt, Sie seien ... na, beurlaubt eben.«

Sie spürte einen kalten Schauer über ihren Rücken laufen. »Deswegen bin ich trotzdem immer noch Ärztin an dieser Klinik. Was soll das?«

Wieder druckste der Pfleger verlegen herum, bis er schließlich mit der Sprache herausrückte. Vor etwa einer Stunde sei ein Polizeibeamter auf der Station gewesen. Köhler oder Körner oder so ähnlich habe er geheißen.

»War sein Name Kröger?«

»Ja, genau. Kröger.«

»Und was wollte er?«

»Das weiß ich nicht. Professor Fleischer hat sich persönlich darum gekümmert. War ziemlich verärgert deswegen.

Ich habe nur mitbekommen, wie er zu diesem Polizisten gesagt hat, dass er sich noch einmal eingehend informiert habe und dass es hier keinen solchen Fall gebe. Ich ...« Er unterbrach sich und starrte auf seine Schuhspitzen.

»Was? Hat er noch etwas gesagt?«

»Nun ja, ich meine, ich habe ja nur zugehört ...«

»Jetzt reden Sie schon!«

»Also gut.« Er sah betreten drein. »Der Professor hat zu diesem Kröger gesagt, dass dies eine *sichere* Klinik sei, die einen Ruf zu verlieren hätte. Er sagte, dass Sie überarbeitet seien und Ihnen ein Fehler unterlaufen sei, der sich inzwischen geklärt habe. Und dann haben wir die Anweisung erhalten, Sie wegzuschicken, falls Sie sich auf Station melden sollten.«

»Wir?«

»Ähem, ja, das Pflegepersonal eben.«

Ellen glaubte, ihren Ohren nicht zu trauen. Sie hatte es tatsächlich geschafft, bei Kröger so etwas wie Pflichtgefühl auszulösen. Das war einerseits erfreulich, hatte sich aber nun zu einem Eigentor entwickelt.

Kröger hatte den Chef mit einbezogen, und dieser hatte sich wiederum auf Station 9 nach der namenlosen Frau erkundigt. Dort musste man ihm versichert haben, dass es diese Patientin nicht gab und auch nie gegeben hatte. Und da es keinen Beweis für ihre Anwesenheit gab, würde er sich auch nicht vom Gegenteil überzeugen lassen. Schon gar nicht, weil es ohne diese Patientin keinen Grund gab, sich um den Ruf dieser *sicheren* Klinik Sorgen machen zu müssen.

Ellen musste sich einen Wutausbruch verkneifen. Wie gerne hätte sie jetzt irgendetwas gegen die Wand geworfen – am besten etwas, das in tausend Teile zerspringen konnte. Nun war ihre Glaubwürdigkeit bei der Polizei endgültig in Misskredit geraten.

»Deswegen bitte ich Sie, jetzt zu gehen.« Dem Pfleger war anzusehen, dass er in diesem Augenblick am liebsten im Erdboden versunken wäre.

Ellen sah ihm tief in die Augen, was ihn noch verlegener machte. »Ich biete Ihnen einen Deal an. Ich verschwinde von hier und bin auch nie da gewesen, wenn Sie mir im Gegenzug verraten, ob Herr Dr. Behrendt in den letzten Stunden auf Station gewesen ist. Abgemacht?«

Mit gerunzelter Stirn antwortete der Pfleger, Mark sei die ganze Zeit über auf Station gewesen. »Nur vorhin, da war er mal für eine Stunde oder so weg.«

»Hat er gesagt, wohin er wollte?«

»Nein, aber ich denke mal, er hat sich in der Kantine was zu essen geholt.«

Oder er war im Wald, um seiner Kollegin Angst einzujagen.

Ellen verließ zur sichtlichen Erleichterung des Pflegers die Station. Sie war müde. Alles tat ihr weh, und ihre Migräne war stärker geworden, stach mit feinen Nadeln in die Rückseiten ihrer Augäpfel. Ehe sie etwas Weiteres unternahm, musste sie sich ausruhen.

Jetzt wusste sie mit ziemlicher Sicherheit, dass Mark der Kerl war, den sie suchte. Er würde ihr nicht davonlaufen. Und solange er sich an seinem Arbeitsplatz befand, konnte er auch der entführten Frau nichts antun.

Also blieb ihr etwas Zeit, sich für die zweite Runde zu wappnen.

Kapitel 16

Die beiden gegenüberliegenden Betonblöcke des Personalwohnheims mit ihren jeweils sechs Stockwerken wirkten auf den ersten Blick alles andere als einladend. Dennoch empfand Ellen ihr Zweizimmerapartment als ein wirkliches Zuhause. Wenn man in einem katholischen Mädcheninternat aufgewachsen war, in dem es noch Schlaf- und Esssäle gegeben hatte, empfand man wohl jeden in sich abgeschlossenen Bereich, den man für sich allein hatte, als ein Zuhause.

Ursprünglich war das Apartment nur als Übergang gedacht gewesen, bis sie eine passende Wohnung in der Umgebung gefunden hatte, aber dann hatte sie die ruhige Lage und die Nähe zum Arbeitsplatz schätzen gelernt und war geblieben.

Es hatte lange gedauert, ehe sie auf Chris' Vorschlag eingegangen war, mit ihm zusammenzuziehen. Bis dahin hatte er die Woche über in einer billigen Pension gewohnt und die Wochenenden häufig bei seinem schwer kranken Vater im weiter entfernten Ulfingen verbracht.

Nach dem Tod des Vaters beschloss Chris, das geerbte Haus zu behalten. Ellen willigte ein, mit ihm dort einzuziehen und es nach ihrer gemeinsamen Vorstellung zu renovieren.

Sie entschieden sich, Ellens Apartment weiterhin zu mieten. Es war zweckmäßig, da die beiden unter der Woche die Fahrtkosten für die Strecke von ihrem Haus auf der Schwäbischen Alb bis nach Fahlenberg sparten.

Bei jeder dieser Entscheidungen hatte Ellen eine ganze

Weile gezögert. Nicht etwa, weil sie daran gezweifelt hätte, dass es mit ihnen beiden etwas Ernstes war, sondern weil ein gemeinsames Leben in diesem Apartment mit der kleinen Küche, dem kaum größeren Schlafbereich und einem einigermaßen geräumigen Wohnzimmer eine Einschränkung ihrer persönlichen Freiheit darstellte.

Seit dem Internat hatte sie mit niemandem mehr in einem Raum geschlafen, zumindest nicht jede Nacht, hatte mit niemandem mehr das Bad oder die Toilette geteilt. Selbst während ihres Studiums hatte sie alles dafür getan, um sich ein möbliertes Zimmer mit Nasszelle leisten zu können. Sie war deshalb in den Abendstunden kellnern gegangen und hatte jeden Samstag in aller Herrgottsfrühe und bei jeder Witterung Obst- und Gemüsekisten für einen Wochenmarkthändler geschleppt – nur um nicht wie einst mit mehreren anderen in einem Raum nächtigen zu müssen.

Freiheit war für Ellen ein Gut, das sie sich hart und teuer erkämpft hatte, nicht selten im wortwörtlichen Schweiße ihres Angesichts. Dies wurde ihr nun wieder bewusst, während sie unter der Dusche stand und das wohltuende warme Wasser auf ihrem schmerzenden Körper spürte. Sie ließ sich mit dem Duschen Zeit und versuchte dabei, ihre Gedanken zu ordnen. Immer wieder spürte sie den Drang einfach loszuheulen, bis sie ihm schließlich nachgab.

Als sie aus der Dusche trat, fühlte sie sich besser – nicht viel, aber ein wenig. Das Weinen hatte ihr gutgetan, hatte sie in gewissem Sinne befreit.

Während sie mit einem Handtuch das Kondenswasser vom Spiegel wischte, dachte sie an Chris. Sie war einerseits traurig, dass er nicht bei ihr war, andererseits auch wieder froh, dass er fort war. Wäre er jetzt hier gewesen, hätte sie sich wahrscheinlich nicht so gehen lassen, sondern der Kämpferin den Vortritt gegeben.

Wenn du Schwäche zeigst, fressen dich die anderen, war eine alte Internatsweisheit, die sich zu tief in ihr verwurzelt hatte, als dass sie sich hätte darüber erheben können. Das machte die Beziehung zu Chris nicht immer leicht, aber sie hoffte, dass sich dies eines Tages, wenn sie nur lange genug zusammen waren, ändern würde.

Dann würde auch der Tag kommen, an dem sie in der Lage war, sich fallen zu lassen und die Selbstbeherrschung zu vergessen. Anfänglich vielleicht nur für einen kurzen Moment, aber sie war bereit, daran zu arbeiten, und Chris hatte Geduld ...

Was sie im Spiegel sah, erschreckte sie. Sie hatte zwar nicht erwartet, eine vor Vitalität sprühende Ellen mit ihrem schlanken und vom vielen Sport durchtrainierten Körper zu sehen, aber die blauen Flecken auf Brust und Armen waren nach so kurzer Zeit schon ziemlich ausgeprägt. Kein gutes Zeichen. Wie würden die erst am nächsten Tag aussehen! Vor allem der Fleck auf der Brust. Er sah aus wie aus einem Rorschachtest, bei dem man Assoziationen nennen sollte, die einem zu bestimmten Tintenklecksmustern in den Sinn kamen. Das blutunterlaufene Muster auf ihrer Brust hätte man vermutlich als Adler mit gespreizten Flügeln oder etwas in dieser Art interpretieren können. Es sah übel aus.

Was für ein Glück, dass ich im Hinterkopf keine Augen habe, dachte sie, während sie die Flecken mit einer Salbe gegen Prellungen einrieb, die sie zusammen mit etlichen anderen Medikamenten, die man benötigte, wenn man viel lief und gelegentlich eben auch stürzte, in ihrem Spiegelkasten aufbewahrte.

Ich will gar nicht erst wissen, wie mein Rücken aussieht. Dieses Arschloch war verdammt schwer und hatte verteufelt spitze Knie.

Andererseits, entgegnete ihr Verstand, *würdest du jetzt sicher wissen, ob das Arschloch mit den spitzen Knien tatsächlich Mark gewesen ist, wenn du Augen im Hinterkopf gehabt hättest. Es könnte doch nur ein Zufall gewesen sein, dass er gerade auf dem Parkplatz gewesen ist, oder? Immerhin hast du ihn noch nie in so einer Kapuzenjacke gesehen, wo er doch nicht mal im tiefsten Winter eine Kappe oder Mütze trägt.*

»Natürlich«, höhnte Ellen, wobei sie diesmal laut sprach. »Es war bestimmt nur ein Zufall, dass der kettenrauchende Herr Unsportlich auf dem Parkplatz am Jogging-Pfad herumlungert, wo er sich sonst nie blicken lässt. Und es war bestimmt auch nur ein Zufall, dass er ausgerechnet dann wegfährt, nachdem der Kerl, der mir mein Ohr ausgeleckt und mich fast umgebracht hat, *zufällig* zur *selben* Zeit auf den Parkplatz gerannt ist. Klar war das ein Zufall. Genauso wie es zufällig donnert, nachdem es geblitzt hat.«

Andererseits konnte es auch wirklich nur Zufall gewesen sein. Wie oft war sie ihm schon an den verschiedensten Orten begegnet, an denen sie ihn nie erwartet hätte. In der Bibliothek, in ihrem Lieblingscafé oder im Schwimmbad.

Oder waren auch dies gar keine zufälligen Begegnungen gewesen? Hatte er sie dort etwa *absichtlich* getroffen? Vielleicht, weil er seinen Plan schon seit längerer Zeit vorbereitete – was auch immer dieser Plan bezwecken sollte.

Sie zog sich an und ging in die Küche. Während sie sich

eine Tasse Tee zubereitete, beobachtete sie den Sekundenzeiger ihrer Küchenuhr. Noch eine Dreiviertelstunde, bis Mark Dienstschluss hatte.

»Und dann wirst du mir Rede und Antwort stehen, Freundchen«, murmelte sie vor sich hin.

Sie nippte an ihrem Tee, verbrühte sich leicht die Oberlippe, fluchte und setzte sich an den Tisch neben dem Sofa, der zugleich Ess- und Couchtisch war.

Noch immer war ihr das *Warum* nicht klar. Warum, um alles in der Welt, tat Mark ihr das an? Was war mit der Frau, und wer war das kleine Mädchen in dem altmodischen Sommerkleid gewesen? Das ergab doch alles überhaupt keinen Sinn!

Mark war ein netter und aufmerksamer Kollege, ein begnadeter Analytiker und ... *Moment mal!*

Erst jetzt fiel Ellen der kleine Gegenstand auf dem Couch-Esstisch auf, der auf einem von Chris' *Men's Health*-Magazinen lag. Und beinahe im selben Augenblick war ihre Angst wieder da.

Wenn man lange genug mit einer Person unter einem Dach lebte, kannte man ihre Gewohnheiten ebenso gut wie das, was diese Person besaß, und selbstverständlich auch ihre Handschrift. Chris und sie lebten nun schon mehr als zwei Jahre zusammen. Für manch anderen mochte das nicht besonders viel Zeit sein, aber es war lange genug, um zu wissen, dass der kleine Schlüssel auf dem Magazin mit dem sportlich trainierten Coverboy und dem Titelthema *Die besten Workouts!* nicht Chris gehören konnte. Und Ellen gehörte der Schlüssel erst recht nicht.

Chris hätte niemals einen Schlüssel in der Wohnung herumliegen lassen. Er selbst bezeichnete sich als ordnungsliebend, wohingegen Ellen auch ab und zu den Begriff *überpenibel* gebrauchte. Das Erste, was er bei seinem Einzug an die Wand gehängt hatte, war ein Schlüsselbord gewesen, da er es abgrundtief hasste, wenn man die Schlüssel in Jacken- oder Hosentaschen oder auf irgendwelchen Ablagemöglichkeiten suchen musste. Was Schlüssel betraf, pflegte Chris einen dezent ausgeprägten Hang zur Zwanghaftigkeit an den Tag zu legen, während Ellen hingegen oft am Morgen in mehreren Taschen nach ihrem Autoschlüssel wühlen musste.

Auch hätte Ellen nicht sagen können, zu was für einer Art Schloss dieser Schlüssel gehörte. Für ein gewöhnliches Türschloss war er definitiv zu klein.

Doch letztlich war das alles nebensächlich. Entscheidend war das, was auf dem Schlüsselanhänger stand. Sie las die drei Worte auf der Fläche, auf der man sonst ein Wort wie *Garage* oder *Wohnung* oder *Büro* notierte. Drei Worte in einer krakeligen Schrift, die mit der von Chris so wenig gemein hatte wie altägyptische Hieroglyphen.

Drei Worte, die sie erzittern ließen:

Es geht los

Ellen zweifelte nicht eine Sekunde daran, von wem dieser Schlüssel stammte. Es war auch nicht so schlimm, was er für eine Nachricht auf dem Anhänger hinterlassen hatte – im Gegensatz zu dem, was sie auf den Mitteilungen mancher Patienten gelesen hatte, fiel *Es geht los* zweifelsohne in die harmloseste Kategorie.

Nein, wirklich schlimm, wirklich beängstigend war die

Tatsache, dass der Schlüssel hier auf diesem Tisch lag. Hier, in ihrem Zuhause!

»Du bist hier gewesen!«

Petra Wagner öffnete nach dem zweiten Läuten. Die Hausmeisterin des Wohnheims machte zuerst einen genervten Eindruck, aber als sie Ellen erkannte, wich dieser Blick einem Ausdruck der Besorgnis.

»Hallo, Ellen, was ist denn mit Ihnen los? Sie sind ja leichenblass.«

»Nichts«, wehrte Ellen ab, »es ist nur meine Migräne.«

»Sind Sie wetterfühlig?«

»Möglich. Ich bekomme die immer wieder mal.«

»Puh«, machte die Hausmeisterin. »Ich dachte schon, Sie sind die Nächste, die es mit der Darmgrippe erwischt hat. Ich hab bis vor zehn Minuten bei dem Singer in der Toilette herumgefuhrwerkt. Vollkommen verstopft! Dass Männer immer eine halbe Rolle Klopapier auf einmal benutzen müssen. Über eine halbe Stunde hat mich das gekostet. Und das kurz vor dem Essen, wo ich doch schon seit Stunden Kohldampf schiebe. Apropos, ich habe mir Pasta gemacht. Wenn Sie wollen …«

»Nein danke«, unterbrach Ellen den Redefluss der Wagner. Seit ihr Mann mit einer fünfzehn Jahre jüngeren Schwesternschülerin abgehauen war, lebte die Hausmeisterin allein und war dankbar für jede Möglichkeit, ihrer Redseligkeit freien Lauf lassen zu können. »Ich wollte Sie nur kurz etwas fragen.«

»Klar doch, nur zu.«

»Haben Sie heute irgendjemanden in meine Wohnung gelassen?«

Schlagartig errötete die Wagner. »Hat er es Ihnen denn nicht gesagt?«

Ellen spürte, wie sich ihr Puls beschleunigte. »Wer?«

»Na ja, ich mache das ja sonst nie, ich meine, irgendjemanden in eine der Wohnungen zu lassen. Ich selbst gehe auch nie in eine hinein, außer man bittet mich darum, die Blumen zu gießen oder so, das müssen Sie mir glauben. Klar habe ich einen Generalschlüssel, aber ich würde nur im äußersten Notfall ...«

»Petra, bitte.« Ellen musste sich zusammenreißen, um sie nicht anzuschreien. »Wer war in meiner Wohnung?«

»Mark. Ich meine natürlich *Doktor Behrendt*. Er war vorhin hier, kurz bevor ich zu dem Singer musste, und er hat mich gefragt, ob Sie da sind, weil niemand die Tür aufmachte. Er sagte, er mache sich Sorgen, weil sie morgens schon so blass gewesen wären und es auf Ihrer Station einen Vorfall ...«

Der Rest ihrer Worte ging an Ellens Ohren vorbei.

Mark war hier gewesen! Wenn es bis eben noch irgendein Zweifel geschafft hatte, sich in Ellens Gehirn festzuklammern – jetzt war er dahin. Mark war der sprunggewaltige Marlboromann mit dem üblen Atem gewesen. Er war der Schwarze Mann, das Arschloch mit den spitzen Knien, das auf ihren Rücken gesprungen war, sie bedroht, eingeschüchtert und ihr Ohr abgeleckt hatte.

Während Petra Wagner noch immer redete und redete, warf Ellen einen Blick über ihre Schulter auf die Wanduhr.

Gleich hat er Dienstschluss. Zeit für die Wahrheit, schien ihr die Uhr zu sagen.

Kapitel 17

»Hallo, Mark.«

Erschrocken sah er sich um. Sein Autoschlüssel fiel zu Boden. Etwas lag in seinem Blick, das Ellen nicht sofort deuten konnte. War es vielleicht ein Sich-ertappt-Fühlen? Dann wich dieser Ausdruck einem erleichterten Lächeln.

»Ellen! Wo hast du nur gesteckt? Ich habe mir Sorgen um dich gemacht.«

»Ach ja?«

Noch nie zuvor hatte Ellen so viel Misstrauen jemandem gegenüber empfunden. Aus ihrer beruflichen Tätigkeit wusste sie natürlich, wie es war, wenn man belogen wurde – ganz gleich, ob absichtlich oder als Produkt einer Wahnvorstellung. Sie wusste auch, dass es eine Art Instinkt für das Erkennen von Lügen gab, aber Marks Freundlichkeit und seine erleichterte Mimik wirkten derart echt, dass sie ihm fast geglaubt hätte.

Fast.

In diesem Moment flackerte eine kurze Erinnerung an die Worte eines ihrer Patienten in ihr auf: *Manchmal schafft man es, sich selbst so lange zu belügen, bis man an seine eigenen Erfindungen glaubt.*

»Natürlich habe ich mir Sorgen gemacht. Seit ich gehört habe, dass Fleischer dich beurlaubt hat …«

»Er hat mich *suspendiert*«, unterbrach ihn Ellen und hielt dabei die Dose Pfefferspray in ihrer Jackentasche fest umklammert. Sollte er auf die plötzliche Idee kommen, wieder zum sprunggewaltigen Marlboromann zu werden, war sie darauf vorbereitet. »Nachdem die Polizei bei ihm war, muss ihm jemand erzählt haben, was auf Station vorgefallen ist. Jemand, dessen Aussagen bei Fleischer Gewicht haben. Jemand, der ihn davon überzeugen konnte, dass ich nicht mehr richtig ticke, damit er weiterhin sein schmutziges Spielchen mit mir spielen kann. Vielleicht auch jemand, der mir ohnehin dazu geraten hatte, Fleischer zu informieren. Also denke ich mal, das habe ich dir zu verdanken.«

»Mir? Aber das ist doch ...«

»Was, zum Teufel, soll das alles, Mark? Warum tust du mir das an?«

Sie hätte nie geglaubt, was für ein gekonnter Blender er doch war. Zuerst die Freundlichkeit, die Erleichterung, und nun dieser Gesichtsausdruck täuschend echter Überraschung.

»Ellen, ich habe keine Ahnung, wovon du redest.«

»Dann helfe ich deinem Gedächtnis mal auf die Sprünge. Du warst heute im Wald, nicht wahr? Und du warst in meiner Wohnung.«

Er nickte. »Ich habe dir doch gesagt, dass ich mir Sorgen gemacht habe.«

Sag es noch ein paar Mal, und du glaubst es selbst, mein Lieber. Das ist der Trick!

»Nach dem Vorfall von heute Morgen und der Sache mit Fleischer, mit der ich wohlgemerkt *nichts* zu tun habe, wollte ich nach dir sehen.«

»Nach mir sehen, aber klar doch. Dazu gehört dann wohl auch, mich im Wald zu verprügeln und mir seltsame Nachrichten in meiner Wohnung zu hinterlassen?«

Er sah sie mit großen Augen an. »Dich verprügeln?«

»Sag nur nicht, du hast unsere nette kleine Reiternummer schon vergessen.«

»Ich soll was?«

»Was hast du mit dieser Frau zu tun?«

»Himmelherrgott, Ellen, von welcher Frau redest du?«

»Von der verschwundenen Patientin!«, schrie sie ihn an. Eine Frau, die etwa fünfzig Meter von ihnen entfernt aus dem Auto stieg, sah sie konsterniert an. »Das müsstest du doch am besten wissen.«

»Langsam.« Mark hob die Hände zu einer beschwichtigenden Geste. »Jetzt mal ganz langsam. Ja, ich war in deiner Wohnung. Petra Wagner hat mir geöffnet, nachdem niemand auf mein Klingeln reagierte und ich hinter der Tür ein Geräusch gehört hatte. Ich dachte, dir sei etwas passiert, weil du ...«

»Petra hat mir das alles schon erzählt.«

»Gut, dann hat sie dir sicher auch gesagt, dass ich keine halbe Minute in deiner Wohnung war.«

Eben gerade so lange, wie man braucht, um einen Schlüssel auf den Tisch zu legen.

»Ich will jetzt die Wahrheit von dir hören, Mark. Ich habe dieses Spiel satt. Was wolltest du im Wald von mir?«

»Ich bin zum Jogging-Pfad gefahren, weil ich dachte, du wärst beim Laufen. Ich wollte mit dir reden. Also habe ich bei deinem Wagen auf dich gewartet. Aber du warst zu lange weg, und ich musste wieder zurück zur Arbeit.«

»Sicher doch. Also bist du wieder zur Klinik gefahren.«

»Genau.«

Ellen stieß ein bitteres Lachen aus. »Wahrscheinlich war der Schwarze Mann in meiner Wohnung, und als Petra dich hineingelassen hat, hat er sich einfach so in Luft aufgelöst. Und *selbstverständlich* bist du nur aus purer Sorge um mich zum Waldparkplatz gefahren. Und *selbstverständ-*

lich warst du auch nicht im Wald, sondern nur auf dem Parkplatz.«

»In deiner Wohnung war *niemand*.« Nun klang auch Mark gereizt. »Und ja, ich bin aus Sorge um dich zum Waldparkplatz gefahren. Und *natürlich* war ich nicht im Wald.«

»Warum hörst du nicht endlich auf, mich zu verarschen, Mark?«

»Kannst du mir verraten, was das jetzt werden soll?« Kopfschüttelnd hob er seinen Schlüsselbund vom Boden auf. »Wirst du jetzt wirklich paranoid?«

»Ganz sicher nicht. Dafür habe ich ein paar sehr überzeugende Argumente, die sich in den nächsten Tagen tiefblau bis schwarz färben dürften.« Sie spürte, wie sie vor Aufregung bebte. »Also los, spuck's aus. Warum tust du das?«

Für einen Augenblick herrschte Schweigen. Etwas weiter weg mähten zwei Patienten in Overalls der klinikeigenen Gärtnerei den Rasen vor dem Pathologiegebäude. Ein Assistenzarzt, den Ellen erst ein- oder zweimal in der Kantine gesehen hatte, kam an ihnen vorbei, grüßte schüchtern, stieg in seinen alten Audi und fuhr davon.

»Ich sage das jetzt nicht gern«, brach Mark schließlich das Schweigen, »aber kann es sein, dass mit dir tatsächlich irgendetwas nicht stimmt?«

Ellen spürte Zorn und Panik in sich aufsteigen. Er würde ihr nichts sagen. Er würde sie wie eine Verrückte dastehen lassen und weiterhin sein Spiel mit ihr spielen, ganz gleich, was er damit bezweckte. Sie hatte nichts, aber auch gar nichts gegen ihn in der Hand. Ja, sie hatte ihn im Wald gesehen, aber wer würde ihr das schon glauben? Hier stand Aussage gegen Aussage.

Ohne nachzudenken, riss sie das Spray aus der Jackentasche und hielt ihm die Dose vors Gesicht.

»Ich will jetzt und hier von dir wissen, warum du mich im Wald zusammenschlägst, warum du mir irgendwelche Schlüssel in die Wohnung legst und wer die Frau und das Mädchen waren. Was hast du mit dieser Patientin zu tun? Warum entführst du sie?«

Falls Mark nun wirklich beunruhigt war – sicherlich war er das, als Arzt musste er schließlich wissen, wie jemand aussah, der Pfefferspray ins Gesicht bekommen hatte –, verstand er es bestens, dies zu verbergen.

»Wenn du dich jetzt nur sehen könntest.« Ellen hörte Verachtung in seiner Stimme. »Glaubst du wirklich, ich will dich fertigmachen? Denkst du ernsthaft, ich hätte den Vorfall dem Chef gemeldet?«

»Wenn nicht du, wer dann? Was ist mit dem Mann, der aus dem Wald auf den Parkplatz gelaufen ist, kurz bevor du weggefahren bist? Du hättest ihn sehen müssen, wenn du es nicht selbst warst.«

Langsam griff Mark in seine Jackentasche. Ellens Finger krampften sich um den Auslöser der Spraydose. Als sie sah, wie er ein Päckchen Zigaretten herausholte, ließ sie den ausgestreckten Arm sinken.

Nicht der Marlboromann, flüsterte eine innere Stimme ihr zu. *Er ist der Camelmann.*

Machte das einen Unterschied?

Mark steckte sich eine Zigarette an und stieß schnaubend Rauch durch die Nase aus. »Klar, und es macht mich auch an, meine Kollegin im Wald zu verprügeln. Dazu hatte ich Lust. Das macht mich heiß, weißt du. Natürlich habe ich auch diese traumatisierte Frau und ein kleines

Mädchen entführt. Das gibt mir ein Machtgefühl. Hast du denn nicht gewusst, dass ich ein Psychopath bin?«

Vielleicht stimmte das sogar, durchfuhr es sie. Vielleicht war das, was er ihr gerade mit jeder Menge Zynismus vermittelte, die Wahrheit. Was wusste sie schon *wirklich* über ihn? Sie starrte auf seine Hand, die vollkommen ruhig blieb, während er die Zigarette zum Mund führte. War es dieser Mund gewesen, der sich ihrem Ohr genähert und ihr all die Verrücktheiten zugeflüstert hatte? Waren es diese Hände, die die namenlose Frau geschlagen hatten?

Vielleicht verschaffte es ihm wirklich Befriedigung, wenn er Frauen quälte, ihren Widerstand brach, bis sie ihn anflehten, seine perversen Spiele zu beenden.

Ihr war, als griffe eine riesige unsichtbare Hand nach ihren Eingeweiden und quetsche sie mit aller Kraft zusammen.

Zornig schüttelte Mark den Kopf. »Meine liebe Ellen, es tut mir leid, das sagen zu müssen, aber du leidest unter einer gottverdammten Paranoia.«

Er stieg in seinen Wagen und knallte die Tür zu. Dann fuhr er rückwärts aus der Parklücke, doch bevor er auf die Ausfahrt zuhalten konnte, stellte sich Ellen ihm in den Weg.

»Sag mir endlich die Wahrheit!«, schrie sie ihn an, beide Hände auf die Motorhaube gestemmt. »Du hättest diesen Kerl sehen müssen!«

Mit unbeweglicher Miene blickte Mark sie durch die Windschutzscheibe an.

»Du willst, dass ich mich selbst für verrückt halte, nicht wahr? Aber warum nur, Mark? Sag mir doch einfach, warum! Was haben diese Frau und ich dir nur getan?«

Er legte den Rückwärtsgang ein und fuhr einige Meter

zurück. Dann gab er Gas, schoss an Ellen vorbei und verschwand vom Parkplatz.

Am ganzen Leib zitternd, sah sie dem schwarzen Volvo hinterher, wie er die Zufahrtsstraße zur Klinik entlangfuhr. Gerade als Mark auf die Schnellstraße abbog, meldete sich ihr Handy. Beinahe automatisch nahm sie den Anruf an.

»Hallo, Ellen«, meldete sich die Stimme des Schwarzen Mannes. »Hast du mein Geschenk bekommen?«

Im ersten Moment war Ellen verdutzt, doch dann meldete sich ihr Verstand.

Kein Fahrgeräusch, rief er ihr zu. *Mark ist jetzt auf der Schnellstraße, aber man hört weder Verkehrslärm noch Motorgeräusch!*

»Bist du noch dran?«

»Sagen Sie mir endlich, wer Sie sind!«

»Hast heute wohl einen schlechten Tag, was? Kann ich gut verstehen. Dabei warst du dir doch *sooo sicher,* dass ich Mark bin. Und genau deswegen rufe ich an. Du verschwendest wertvolle Zeit, meine Liebe. Kapier das endlich.«

Sie wollte etwas antworten, wollte ihn anschreien, er solle ihr endlich sagen, was er von ihr wollte, doch bevor sie dazu kam, hörte sie ein Knacken in der Leitung. Zuerst dachte sie, er habe die Verbindung unterbrochen. Doch als sie gleich darauf die Frauenstimme hörte, begriff sie, dass er das Telefon weitergegeben hatte.

»Bitte!«

Ein wimmerndes Flehen. Ellen erkannte die Stimme ihrer Patientin wieder. Die Frau ohne Namen! Nun klang sie noch viel mehr wie ein Kind – wie ein Kind in Todesangst.

»Bitte, tu, was er sagt«, schluchzte sie. »Er tut mir weh. Ich kann nicht mehr. Bitte!«

»Wo sind Sie?«, fragte sie hastig. Ihr Herz schlug wie im Koffeinrausch.

Noch bevor die Frau ihr antworten konnte, hörte sie wieder die Stimme des Entführers.

»Tststs, du spielst noch immer nicht fair. Dabei hat sie vollkommen Recht. Ich werde ihr weiterhin wehtun, wenn du nicht mitspielst. Sehr weh, verstehst du? Dagegen war unser kleines tête-à-tête vorhin ein Kindergeburtstag.«

Im Hintergrund schrie die Frau auf. Ellen konnte nicht wissen, ob es ein Schmerzensschrei war oder ein Schrei aus Angst vor ihm oder vor etwas, das er ihr in Androhung weiterer Folter zeigte, aber sie wusste, dass ihr allein dieser eine Schrei noch lange nachgehen würde.

»Okay, okay«, rief sie eilig. »Ich spiele mit. Ich mache es!«

Kurzes Schweigen. Irgendwo weit entfernt am anderen Ende der Leitung schluchzte die Frau, und im Hintergrund war ein seltsames metallisches Geräusch zu hören. Wie das Scheppern von Blech, das von einem hohen Summen begleitet wurde. Es schien verrückt, doch Ellen glaubte, ein solches Geräusch schon einmal gehört zu haben. Nur wo?

»Also gut, du hast noch eine Chance. Aber du solltest keine Zeit mehr vertrödeln. Das Reich des Erträglichen ist endlich. Also nutze mein Geschenk.«

»Das werde ich. Versprochen!« Sie musste ihn noch etwas hinhalten – nur ein ganz kleines bisschen, bis sie sich erinnerte, wo sie das Scheppern und das Summen schon einmal gehört hatte. »Bitte, tun Sie ihr nicht weh, ja?«

Zur Antwort tutete das Freizeichen. Fluchend rief Ellen das Menü ihres Handys auf. Sie wählte *Angenommene Anrufe* aus und fand in der Rubrik *Rufnummerdetails* erneut die Meldung, die sie schon befürchtet hatte: *Nummer unterdrückt.*

Dieser Kerl, der Schwarze Mann, das Arschloch mit den spitzen Knien, wie auch immer er wirklich heißen mochte, er hatte die Rufnummernunterdrückung seines Telefons aktiviert.

Was hast du denn erwartet? Etwa, dass er dir seine Nummer hinterlässt, mit der Einladung, bei der Telefongesellschaft nach seinem Namen zu fragen?

Natürlich hatte sie das nicht erwartet, aber einen kurzen Moment darauf gehofft – so, wie sie manchmal hoffte, dass sich eine schlimme Erstdiagnose als Fehleinschätzung erweisen würde, obwohl sie mit großer Sicherheit davon ausgehen konnte, dass die Laborwerte die Richtigkeit ihres Befunds beweisen würden.

Nein, wer immer dieser Verrückte auch war, er handelte nicht unüberlegt. Er hatte sich einen Scherz daraus gemacht, ihren Verdacht auf Mark zu lenken. Er fand es lustig, dass sie sich selbst allmählich für paranoid hielt. Ellen Roth, die Psychiaterin mit dem Verfolgungswahn. Ein genialer Witz.

Ellens Gedanken jagten wie wild durch ihren Kopf. Wenn es nicht Mark war, wer konnte dieser Wahnsinnige dann sein?

Spielte etwa einer ihrer ehemaligen Patienten ein übles Spiel mit ihr? Zwar stand sie noch nicht allzu lange in ihrem Beruf, aber lange genug, um einigen wirklich durchgeknallten Psychopathen begegnet zu sein.

Einer von ihnen hatte beinahe jeden Abend vor seiner völlig gelähmten Mutter onaniert, ehe ihn eine ambulante Pflegerin, die etwas im Haus vergessen hatte, bei ihrer unerwarteten Rückkehr dabei erwischt und angezeigt hatte.

Ein anderer hatte während eines psychotischen Schubs einen Hammer von einer Straßenbaustelle mitgehen lassen und einer wildfremden Passantin damit den Schädel eingeschlagen, weil er, laut seiner Schilderung, statt ihres Gesichts einen Schweinekopf gesehen hatte, der ihn verhöhnte.

Am meisten zugesetzt hatte ihr die Geschichte einer Patientin, die den Stimmen in ihrem Kopf gefolgt war und ihre drei Wochen alte Tochter kopfüber in die Toilette gedrückt hatte, bis der weiche Schädelknochen nachgegeben hatte. Diese Patientin war es auch gewesen, die auf einen Therapeuten während der Beschäftigungstherapie losgegangen war, als die Patientengruppe dabei gewesen war, eine Kollage aus Filz und buntem Papier zu erstellen. Sie hatte ihm eine Tapezierschere – die er aus Unachtsamkeit nach dem Schneiden der Filzballen hatte herumliegen lassen – in die Hüfte gerammt und seine rechte Niere nur um Haaresbreite verfehlt.

Ja, es gab sie, diese sogenannten Psychopathen – Menschen, die aufgrund einer Störung ihres Gehirnstoffwechsels zu unberechenbaren Monstern geworden waren. Nun, so schien es, hatte sich eine solche Person darauf eingeschossen, Ellen in den Irrsinn zu treiben.

Das hat er ja schon beinahe geschafft. Mein Kollege denkt inzwischen, ich sei reif für die Klapsmühle. Und hätte ich nicht diese Rorschachmuster auf Brust und Armen – und erst recht auf dem Rücken –, würde ich mich vielleicht schon selbst so einschätzen.

Wenn die Schmerzen, die sie noch immer empfand, wirklich zu etwas gut waren, dann, um ihr zu bestätigen, dass sie sich diesen Wen-auch-immer nicht eingebildet hatte – ebenso wenig wie die Patientin ohne Namen oder das Mädchen im Wald.

Doch woher hatte dieser Jemand ihre Handynummer? Sie hatte die Nummer nur ein paar sehr engen Freunden und einigen Kollegen gegeben, mit denen sie bei Bedarf die Schicht tauschen konnte, wenn ihr etwas dazwischenkam. Aber konnte eine dieser Personen ein solcher Psychopath sein?

Nach dem fatalen Fehler, Mark zu verdächtigen – was ihr ein zunehmend schlechtes Gewissen bereitete –, scheute sie davor zurück, noch jemand anderen aus ihrem engsten Umfeld zu beschuldigen.

Die einfachste Möglichkeit war natürlich, dass dieser Jemand ihre Nummer von einem ihrer Bekannten erfahren hatte. Es musste nicht einmal absichtlich geschehen sein. Vielleicht war dieser Jemand für einen kurzen Augenblick mit dem Handy eines ihrer Kollegen allein im Behandlungszimmer gewesen. Irgendetwas in der Art.

Sie solle keine Zeit mehr vertrödeln, hatte der Schwarze Mann gesagt. Tatsächlich blieb ihr auch nichts anderes übrig. Wenn sie sich jetzt nicht auf das einließ, was er als *faires Spiel* bezeichnete, würde er diese Frau weiter foltern. Und sicherlich auch das Mädchen. Sie musste mitspielen. Eine andere Chance sah sie nicht, seine wahre Identität herauszufinden – und die brauchte sie, schon allein, um sich selbst zu schützen.

Am wichtigsten waren jedoch die Frau und das Mädchen. Der Gedanke an die beiden und an das, was möglicherweise in diesem Moment mit ihnen geschah, ließ wieder die unsichtbare Hand nach ihrem Innersten greifen.

Du musst dich zusammenreißen! Lass nicht zu, dass dich die Angst beherrscht, redete die innere Kämpferin auf sie ein, und Ellen stimmte ihr zu.

Sie brauchte jetzt einen klaren Kopf, um einen Beweis zu finden, der die wahre Identität des Schwarzen Mannes enttarnte. Dann würden ihr die Polizei und auch Mark glauben. Natürlich hätte sie jetzt auch Mark anrufen, sich bei ihm entschuldigen und ihm von den neuen Ereignissen berichten können. Aber hätte er ihr geglaubt, nachdem sie ihn kurz zuvor als einen Psychopathen bezeichnet hatte? Sie wagte nicht, es herauszufinden. Dafür hatte sie schon viel zu viel Porzellan zerschlagen.

Bis sie wusste, wer der Schwarze Mann war, war sie auf sich allein gestellt und musste das Spiel dieses Wahnsinnigen mitspielen.

Das Reich des Erträglichen ist endlich, hallten ihr seine Worte nach. *Es geht los.*

Kapitel 18

Der Mann hinter der Theke des *Mister-Minit*-Schalters sah dem Männchen auf dem Logo der Schlüsseldienst- und Schuhreparaturkette ziemlich ähnlich. Auch er trug einen Overall, der so blau wie die Leuchtreklame über dem Stand war, hatte schwarzes, zur Seite gekämmtes Haar und einen

Was-kann-ich-für-Sie-tun-Ausdruck um die fröhlich dreinblickenden Augen.

Ja, fand Ellen, *fehlt nur noch die typische* Voilà-*Geste, und er wäre von seinem skizzierten Ebenbild nicht mehr zu unterscheiden.*

Dieser *Mister-Minit*-Mann hieß Rashid, wie das Schild auf der Theke verriet. Die Freundlichkeit, die er schon von Weitem ausstrahlte, ließ ihn inmitten des Kaufhaustrubels, der rund um den Stand herum toste, wie eine Oase wirken.

»Schönen guten Abend, die Dame«, empfing er sie in melodischem Tonfall und legte einen Damenschuh beiseite, von dem er den Stummel eines abgebrochenen Absatzes entfernt hatte. »Was kann ich für Sie tun?«

Trotz der Schmerzen in ihrem Rücken und trotz der Tatsache, dass dies wohl der schlimmste Tag ihres Lebens war – an die beiden kommenden wollte sie noch gar nicht denken –, konnte Ellen nicht anders, als das ansteckende Lächeln zu erwidern.

»Ich habe hier einen Schlüssel und wüsste gern, zu welcher Art Schloss er gehört.« Sie holte den Schlüssel hervor, von dem sie den Anhänger mit der Aufschrift *Es geht los* wohlweislich entfernt hatte, und legte ihn auf die Theke.

»Nichts leichter als das.«

Rashid hob den Schlüssel auf, als handele es sich um einen besonders kostbaren Gegenstand.

»Ich kenne das nur zu gut«, sagte er, während er den Schlüssel von allen Seiten begutachtete. »Da hat man unzählige Schlüssel bei sich zu Hause liegen, viele davon haben längst keine Verwendung mehr, aber man will sich nicht von ihnen trennen, weil man denkt, man braucht sie irgendwann doch noch mal. Und dann weiß man auf einmal nicht mehr, wofür der Schlüssel eigentlich da ist.

In diesem Fall würde ich sagen ... hm, nein, ich bin mir sogar ziemlich sicher ... ja, definitiv, es ist ein Briefkastenschlüssel.«

Ellen hob erstaunt die Brauen. »Sind Sie sich da ganz sicher?«

»Absolut. Sehen Sie, hier ist der Herstellername eingeprägt. Diese Firma produziert nichts anderes als Briefkästen, dafür aber in allen Formen und Farben.«

»Aha.«

Rashid reichte ihr den Schlüssel zurück. »Kann ich sonst noch etwas für Sie tun?«

»Können Sie anhand des Schlüssels herausfinden, zu welcher Art von Briefkasten er gehört?«

Mit einem Ausdruck tiefsten Bedauerns schüttelte er den Kopf. »Ich fürchte, das übersteigt meine bescheidenen Möglichkeiten.«

Ellen bedankte sich und ging zum benachbarten Donut-Stand, wo sie sich einen Becher Kaffee bestellte. Nachdenklich blieb sie neben dem Stand stehen, nippte an dem viel zu heißen Kaffee und drehte den Schlüssel zwischen den Fingern heran.

Auf dieser Welt musste es Milliarden von Briefkästen geben, und selbst wenn sie sich auf ihre Stadt beschränkte, waren es immer noch viel zu viele. Woher um alles in der Welt sollte sie wissen, welcher der richtige Briefkasten war?

Wieder schäumte hilflose Wut in ihr hoch. Dieser Psychopath würde jetzt wahrscheinlich lauthals lachen, hatte er ihr doch eine absolut unlösbare Aufgabe gegeben. Er würde lachen und nebenher der Frau ... Nein, daran wollte sie erst gar nicht denken.

Du musst dich auf diese Aufgabe konzentrieren. Solange du keinen anderen Anhaltspunkt hast, bleibt dir keine Wahl. Also los, konzentrier dich!

Schlüssel. Briefkasten.

Dies musste ein logisches Rätsel sein, überlegte sie. Der Kerl war zwar ein Psychopath, vor allem was seinen Umgang mit Frauen betraf, aber er war kein völliger Spinner. Andernfalls hätte er es nie geschafft, die Patientin aus einer geschlossenen Psychiatriestation zu entführen. So viel stand fest.

Schlüssel. Briefkasten.

Er musste zu einer Adresse gehören, die Ellen kannte. Nur so konnte das alles einen Sinn ergeben.

Schlüssel. Briefkasten.
Schlüssel. Briefkasten.
Briefkasten ...

Kapitel 19

Drückend schwere Mittagshitze. Die Sonne brannte von einem wolkenlosen Himmel auf ein endlos scheinendes Weizenfeld herab. Im monotonen Zirpen der Grillen warteten die Ähren reglos auf die bald bevorstehende Ernte. Eine Wühlmaus lugte aus einem Loch im trockenen Boden, schien wie die Erde selbst nach Regen Ausschau zu halten. Sie huschte in ihr Loch zurück, als Ellens Schatten auf sie fiel.

Wo bin ich?, dachte Ellen, doch es war viel zu heiß, um sich darüber Gedanken zu machen.

Willkommen zurück, hörte sie eine vertraute Stimme hinter sich.

Ellen war kaum erstaunt, als sie ihren verstorbenen Mentor hinter sich sah. Professor Bormann saß auf einem alten Baumstumpf, der vor vielen Jahren einmal zu einer Grenzeiche gehört haben musste. Über einem weiteren Stumpf zerschmolz das Zifferblatt einer Uhr. Statt der üblichen zwölf Stunden zeigte es zwei Tage an, und ein verbogener Zeiger zuckte knapp hinter dem ersten Tag.

Ein weiterer Luzidtraum?, fragte sie.

Ganz, wie man es nimmt, entgegnete Bormann und wischte sich den Schweiß mit einem Stofftaschentuch von der fahlen Stirn. *Sie wissen zwar, dass Sie träumen, aber wirklich beeinflussen können Sie den Traum diesmal nicht. Jetzt gilt es zu entdecken.*

Kann ich Ihnen eine Frage stellen?

Er machte eine einladende Geste, und erst jetzt sah Ellen, wie dürr Bormann in diesen Träumen war. Früher, im realen Leben, war er zwar schlank gewesen, aber niemals so dürr wie in diesen Träumen.

Nur zu, meine Beste, fragen Sie.

Die Tatsache, dass ich Sie immer wieder in meinen Träumen sehe und dass diese Träume so surreal sind, bedeutet das, dass ich den Verstand verliere? Werde ich verrückt?

Der Professor lächelte, wobei sich tiefe Grübchen in seinen Wangen bildeten. *Nun, Träume sind stets surreal, das liegt in ihrer Natur. Sie befinden sich nun einmal jenseits der*

Realität. Was das betrifft, sind sozusagen alle Träume ein Ausflug in den Wahnsinn. Ich denke jedoch nicht – um damit Ihre zweite Frage zu beantworten –, dass Sie wirklich krank im Geiste sind, meine Beste. Sie sind ... nun ja, sagen wir einmal, ein wenig verwirrt und müssen sich wieder zurechtfinden. Das ist aber auch schon alles. Nichts, was man mit ein wenig Mut zum Nachdenken nicht wieder ins rechte Lot bringen könnte.

Ellen erwiderte sein Lächeln.

Allerdings, fügte der tote Professor hinzu, *kann es durchaus sein, dass Ihnen nicht gefallen wird, was Sie zu sehen bekommen.* Er machte eine bedauernde Geste. *Aber nicht alles, was uns hilft, muss zwangsläufig angenehm sein.*

Wie meinen Sie das?

Er nickte mit dem Kopf in Richtung einer großen Scheune, die neben dem Weizenfeld aufragte. *Na, dort drüben zum Beispiel. Sehen Sie die Pfütze?*

Ja.

Die sollten Sie mal etwas genauer in Augenschein nehmen.

Mit diesen Worten stand er auf und schlenderte in entgegengesetzter Richtung der Scheune davon. Ellen war kurz davor, ihn zum Bleiben zu bitten, aber aus ihrem letzten Traum hatte sie gelernt, dass dies wenig bringen würde. Bormann war nur der Prolog zu einem Traum wie diesem, das hatte er ihr beim letzten Mal selbst gesagt.

Dieser Traum diente also nur der Entdeckung, was so viel bedeutete, als dass ihr nichts passieren würde. Keine Gefahr. Dennoch fühlte sie sich nicht wohl in ihrer Haut, als sie langsam auf die Pfütze zuging. Auch Entdeckungen konnten bedrohlich sein, oder um Bormanns Worte zu verwenden: *Nicht alles, was uns hilft, muss zwangsläufig angenehm sein.*

Von Weitem sah die Pfütze wie eine Mulde aus, in der das Wasser wie schmutziges Glas schimmerte. Wahrscheinlich war sie einmal randvoll gewesen, aber das musste einige heiße Tage zurückliegen.

Je näher sie der Pfütze kam, desto besser konnte sie das abgestandene Wasser darin erkennen. Es glänzte an manchen Stellen ölig, in allen Farben des Regenbogens, dann war es wieder schwarz und warf seltsame weiße Blasen, die zunächst aussahen wie die aufgeblähten Luftbeutel von Fröschen. Oder waren es Kröten?

Erst als sie unmittelbar vor der Pfütze stand und ihr Schatten das Schillern der Wasserfläche unterbrach, sah sie, dass es weder Blasen noch Luftsäcke waren, die sich dort im Wasser blähten.

Schockiert erkannte sie an die zwanzig Augäpfel, die halb unter, halb über Wasser in der Pfütze schwammen. Sie alle glotzten in Richtung der Scheune.

Ellen folgte ihrem Blick und sah einen großen feuerroten Briefkasten. Sie erkannte ihn sofort. Es war derselbe rote Briefkasten, den sie tags zuvor im realen Leben gesehen hatte. Am Haus der Janovs.

Wie um diese Erkenntnis zu bestätigen, stand nun Silvia Janov neben dem Kasten und sah sie mit schmerzverzerrtem Gesicht an. Sie schien wie gelähmt zu sein, war zu keiner Regung fähig.

Neben ihr hockte der schwarze Hund und riss in aller Ruhe ein weiteres Stück Fleisch aus dem Handrücken der erstarrten Frau.

Ellen schnellte hoch und fand sich in ihrem Bett wieder. Sie sah sich nach Silvia Janov und dem riesigen Hund um, die sich gerade noch vor ihr befunden hatten – nur wenige Schritte von ihr entfernt. Sie glaubte den Hund noch immer in ihrer Nähe, glaubte, seinen Gestank nach Lehm und Fäulnis riechen zu können.

Doch da war bloß der Rahmen mit dem vergrößerten Urlaubsfoto an der Wand, das sie zusammen mit Chris vor einem balinesischen Tempel zeigte.

Die Sommerhitze, die Scheune und der Gestank waren verschwunden. Sie waren nur noch Erinnerung, wie der ganze Traum nun nur noch eine Erinnerung war.

Ellen spürte das Blut durch ihre Schläfen pulsieren, begleitet von stechenden Kopfschmerzen. Sie atmete mehrmals tief durch, dann wurde ihr schlagartig übel.

Sie schaffte es gerade noch ins Badezimmer, riss den Toilettendeckel hoch und übergab sich. Wieder und wieder krampfte sich ihr Magen zusammen, schien seinen gesamten Inhalt – und noch etwas mehr – von sich geben zu wollen. Ellen glaubte, ersticken zu müssen, dann ließen die Krämpfe endlich nach.

Sie betätigte die Spülung und ließ sich neben der Schüssel zu Boden sinken. Die Migräne war stärker geworden, füllte ihren Kopf mit einem Geräusch, das dem einer hohen Stimmgabel glich.

»Was ist nur los mit mir?«, flüsterte sie und wischte sich die Tränen aus den Augen.

Es ist einfach zu viel, sagte die Stimme in ihr. Auch sie klang erschöpft, müde und ausgelaugt. Dann brüllte Ellen die Kämpferin, sie solle sich zusammenreißen.

Du wirst dich doch von diesem Spinner nicht unterkriegen lassen!

Nein, natürlich würde sie das nicht. Aber gerade das

schien er mit seinem makabren Spiel zu beabsichtigen. Er wollte sie fertigmachen.

Das lasse ich nicht zu.

Mühsam erhob sie sich. Sie fühlte sich schwach und zittrig. In der Küche goss sie sich ein Glas Wasser ein und öffnete dann die Terrassentür.

Nachtluft wehte ihr angenehm kühl entgegen. Nur vereinzelt brannten noch Lichter in den Wohnungen des Nachbargebäudes. Sie trat auf die Terrasse hinaus, spürte die wohltuende Kühle der Steinplatten unter ihren nackten Fußsohlen und atmete mehrmals tief durch. Dann hielt sie sich das kalte Wasserglas an die Schläfe, und beinahe gleichzeitig verstummte die Stimmgabel in ihrem Kopf.

Ja, das tat gut. Eine Weile stand sie nur da, genoss die Stille der Nacht und trank das Wasser in kleinen Schlucken. Allmählich fühlte sie sich besser. Gerade als sie wieder zurück in die Wohnung gehen wollte, fiel ihr aus dem Augenwinkel ein Schatten am Boden auf.

Der Schatten war nicht besonders groß. Er sah aus wie ein dunkles Kissen, das jemand an den Rand der Terrasse neben einen der Büsche des Wohnheimgartens gelegt hatte. Vielleicht war es jemandem aus einem der oberen Stockwerke vom Balkon gefallen. Es kam nicht selten vor, dass ein plötzlicher Windstoß ein Kleidungsstück oder einen anderen leichten Gegenstand, der vielleicht zum Trocknen aufgehängt worden war, in den Garten hinunterwehte.

Neugierig ging Ellen auf den Schatten zu. Als sie erkannte, was da im Dunkeln am Boden lag, stieß sie einen spitzen Schrei aus.

Sie taumelte rückwärts und stieß gegen einen Gartentisch. Das Glas entglitt ihrer vor Schreck und Fassungslosigkeit kraftlosen Hand und zersplitterte auf den Steinplatten.

»Geht's wieder besser?«

Der Polizist, der sich als Rainer Wegert vorgestellt hatte, stand in der Küchentür und sah Ellen besorgt an.

Sie nickte, und er schenkte ihr ein kurzes, aufmunterndes Lächeln. Wegert war ein wenig kleiner als sie. Auf den ersten Blick wirkte er etwas bullig und brachial, aber es hatte nur weniger Worte von ihm bedurft, um festzustellen, dass er ihr wesentlich sympathischer als dieser Kröger war, mit dem sie am vergangenen Nachmittag gesprochen hatte.

Wegert hatte kurz nach ihrem Anruf bei ihr geklingelt, sich zunächst in Ruhe über den Vorfall informiert und war erst dann zu Ellens Fund auf die Terrasse gegangen. In der Zwischenzeit hatte sich Ellen in ihre winzige Küche begeben, die Kaffeemaschine befüllt und dann zugesehen, wie die schwarze Flüssigkeit in die Glaskanne troff. Als sie nun zwei Tassen für sich und den Polizisten eingoss, musste sie daran denken, dass Sigmunds Blut im Dunkel des Gartens ebenso schwarz ausgesehen hatte. Angewidert ließ sie ihre Tasse stehen.

»Tut gut«, sagte Wegert, nachdem er einen Schluck genommen hatte. »War das Ihre Katze?«

»Kater. Sigmund war ein Kater. Nein, er gehörte eigentlich zu niemandem, aber er kam in letzter Zeit immer wieder mal bei uns vorbei.«

»Uns?«

»Ja. Mein Freund und ich wohnen unter der Woche hier. Im Moment ist er allerdings im Urlaub.«

»Ist zu beneiden, der Mann«, sagte Wegert und klang dabei ein wenig zweideutig. »Aber zurück zu dem Kater. Ist Ihnen etwas aufgefallen, ich meine, haben Sie irgendwas gehört?«

Ellen schüttelte den Kopf. »Nein, ich habe geschlafen.« *Ich war auf einem Weizenfeld,* dachte sie. *Ich habe mit meinem verstorbenen Doktorvater geredet, während dieses Schwein dem armen Sigmund den Hals durchgeschnitten hat.*

»Tut mir wirklich leid«, sagte Wegert und sah sie mitfühlend an. »Welcher kranke Spinner kommt nur auf die Idee, ein hilfloses Tier einfach so abzumurksen? Meine Tochter hatte auch eine Katze. Allerdings nicht lange. Wir haben unmittelbar an der Hauptstraße gewohnt, wissen Sie. Man hängt an so einem Tier. Ist fast schon wie ein Familienmitglied. Trotzdem kann ich Ihnen das hier nicht ersparen.«

Er legte einen durchsichtigen Plastikbeutel auf die Arbeitsplatte und zeigte auf das Steakmesser darin. Das Blut auf der Klinge war noch nicht getrocknet. »Sind Sie wirklich sicher, dass dies Ihr Messer ist?«

Ellen nickte. Sie kannte die kleine Kerbe in der Klinge nur zu gut. Es war noch kein halbes Jahr her, als sie an einem freien Tag auf die Idee gekommen war, eine neue Deckenlampe im Schlafzimmer zu montieren. Aus Unachtsamkeit – die Chris später mit einem »Typisch Frau!« kommentierte – hatte sie vergessen, den Strom abzustellen. Beim Abisolieren der Kabel hatte sie einen ziemlich heftigen Stromschlag abbekommen, und in der dünnen Klinge des Steakmessers, das sie dazu verwendet hatte, war diese kleine, unverkennbare Kerbe zurückgeblieben.

Wegert sah sie nachdenklich an. »Sie wissen, was das bedeutet?«

»Ja.« Ellen spürte die Gänsehaut, die ihr über die Arme kroch. »Entweder hat der Kerl das Messer beim ersten Mal mitgehen lassen, oder ... oder er war noch einmal hier.«

»Es ist nur seltsam, dass ich keine Spuren eines Einbruchs finden konnte. Kann es sein, dass Sie mal einen Hausschlüssel verloren haben?«

»Nicht, dass ich wüsste. Aber ich werde gleich morgen früh das Schloss auswechseln lassen.«

»Gute Idee. Man weiß ja nie.«

Wegert stellte seine leere Tasse neben das Spülbecken und griff sich wieder den Plastikbeutel.

»Ich will ehrlich mit Ihnen sein, Frau Roth.« Beiläufig deutete er auf den blauen Müllbeutel, den Ellen ihm gegeben hatte und in dem sich nun Sigmunds schlaffer Körper befand. »So etwas kommt leider öfter vor. Sogenannte Stalker haben im Moment Hochkonjunktur. Deshalb möchte ich Ihnen keine übertriebenen Hoffnungen machen, dass wir den Kerl schnappen. Wir werden die Fingerabdrücke auf dem Messer untersuchen und mit denen in unserer Datei vergleichen. Sie sollten sich aber nicht zu viel davon versprechen. Ich versichere Ihnen jedoch, dass wir das Wohnheim im Auge behalten werden. Dafür werde ich höchstpersönlich sorgen.«

Er betonte den letzten Satz etwas übertrieben, und Ellen musste an einen Cop aus amerikanischen Fernsehfilmen denken. Dann zog er einen Notizblock aus seiner Jackentasche, klemmte den Plastikbeutel mit dem Steakmesser – der *Tatwaffe,* wie man in so einem Krimi dazu sagen würde – unter den Arm und schrieb etwas auf einen Zettel, den er Ellen reichte.

»Meine Handynummer. Sie können natürlich auch auf

dem Revier anrufen, aber ich komme, wann immer Sie mich brauchen. Wenn man geschieden ist, hat man viel Zeit. Verstehen Sie das jetzt bitte nicht falsch. Ich will damit nur sagen, dass ich meinen Job sehr gewissenhaft mache.«

»Ich glaube, ich habe Sie schon richtig verstanden. Danke für Ihr Angebot.«

»Na ja, meine Nummer haben Sie ja jetzt.«

Ellen verdrehte in Gedanken die Augen. Da stellte ihr ein Typ nach, der so krank war, dass er ein unschuldiges Tier umbrachte, nur um ihr Angst zu machen, und diesem Wegert fiel nichts Besseres ein, als sie anzubaggern? Verrückte Welt.

»Wenn sich der Stalker wieder bemerkbar machen sollte, rufe ich Sie als Allerersten an.«

»Gut. In meinem Job sieht man mehr Scheiße als ein Abflussrohr, wenn ich das mal so direkt sagen darf, aber solche Kerle habe ich besonders gefressen. Also, melden Sie sich bei mir, und ich mache ihm die Hölle heiß, darauf können Sie sich verlassen.«

»Das weiß ich. Gute Nacht.«

Als sie die Tür hinter ihm geschlossen hatte, war sie mindestens ebenso erleichtert wie in dem Moment, als er vorbeigekommen war. Wirklich geholfen hatte er ihr nur, indem er sich um den toten Sigmund gekümmert – ihn *entsorgt* – hatte und sie nicht gezwungen gewesen war, den armen Kerl anzufassen, dessen Kopf nur noch an ein paar Muskelfasern gehangen hatte.

Helfen konnte ihr dieser Wegert ebenso wenig wie sein Kollege Kröger. Helfen konnte sie sich nur selbst. Und am besten fing sie gleich damit an.

Kapitel 20

Ellen parkte eine Straßenecke vom Haus der Janovs entfernt. Nachts wirkte das heruntergekommene Viertel noch bedrohlicher, selbst wenn sie nichts von den Schlagzeilen gewusst hätte, die hin und wieder durch die Lokalpresse geisterten. Möglich, dass es auch nur an der defekten Straßenbeleuchtung lag, die einen Teil der Straße in fast völligem Dunkel zurückließ – ausgerechnet den Teil, in dem sich Janovs Haus befand.

Von weiter weg hörte Ellen das Krakeelen eines Betrunkenen, und aus einem der Häuserblocks drang basslastige Rapmusik. Hinter einem Fenster in ihrer unmittelbaren Nähe stritten ein Mann und eine Frau in einer ihr fremden Sprache, begleitet vom Klirren von Porzellan.

Als Ellen den Vorgarten der Janovs erreichte, ertappte sie sich bei dem Gefühl, etwas Verbotenes zu tun. Ein Gefühl, das sie hemmte. Immerhin war sie nur wegen eines Traums hier, was jeglicher vernünftigen Argumentation für ihr Eindringen widersprach. Andererseits war dies ihr einziger Anhaltspunkt.

Natürlich ist es nicht legal, in anderer Leute Briefkasten zu wühlen, sagte die Kämpferin in ihr, *aber wenn du weiterkommen willst, bleibt dir gar nichts anderes übrig, als nachzusehen, ob es wirklich nur ein Traum oder nicht vielleicht doch eine Erinnerung gewesen ist. Also geh hin. Die sind um diese Nachtzeit ohnehin nicht mehr wach, geschweige denn nüchtern.*

Ihr Argument klang überzeugend, fand Ellen, auch wenn es ihr ein wenig schizophren vorkam, von ihren eigenen Gedanken wie von den Worten einer fremden Person zu denken.

Sie erinnerte sich, dass die Angeln des Gartentürchens gequietscht hatten. Und wenn ihr das trotz des Lärms, der tagsüber hier herrschte, aufgefallen war, würde es nachts umso schlimmer sein. Ebenso gut hätte sie laut hupend vorfahren können. Also kletterte sie über den Zaun, landete im Gras neben einer Ansammlung rostiger Konservendosen und Plastikmüll und huschte im Schutz der Büsche auf den Briefkasten zu.

Selbst im Halbdunkel des Hauseingangs war das satte Rot gut zu erkennen. Angestrengt lauschte sie, ob etwas im Inneren des Hauses zu hören war. Hinter einem der Fenster tobte das blaue Lichtgewitter des Fernsehers. Ellen hoffte inständig, dass Edgar Janov vor der Glotze eingeschlafen war, als sie zum Briefkasten schlich. Etwas sauste knapp vor ihren Schuhspitzen vorbei, und Ellen musste einen angeekelten Aufschrei unterdrücken, als sie eine Ratte erkannte.

Ruhig bleiben, ganz ruhig.

Mit zitternden Händen kramte sie den Schlüssel aus ihrer Jeans. In diesem Augenblick donnerte ein dunkler BMW durch die Straße und hielt mit quietschenden Reifen an. Ellen sprang hinter einen der Büsche – *bitte, lieber Gott, lass die Ratte nicht dort sein!* – und wartete ab, bis zwei junge Männer ausgestiegen waren.

Ihrer Sprache nach waren sie vermutlich osteuropäischer Herkunft. Einer von ihnen rülpste lautstark, was seinen Kumpel zum Lachen brachte, dann zerschmetterte er eine Flasche auf dem Asphalt. Ellen hätte ihm am liebsten den Hals umgedreht. Warum stellte sich der Idiot nicht gleich unter Janovs Fenster und sang ihm ein Wecklied?

Keine zwei Minuten später waren die beiden in einem der umliegenden Häuser verschwunden. Erneut lauschte Ellen auf verdächtige Geräusche im Haus der Janovs. Noch immer lief der Fernseher, aber sie hörte keine realen Stimmen, weder die von Edgar Janov noch von seiner Frau. Scheinbar war man in dieser Straße an nächtliche Ruhestörungen gewöhnt.

Umso besser, dachte Ellen und schlich wieder zum Briefkasten. Sie setzte den kleinen schmalen Schlüssel ans Schloss und ...

Er passte nicht!

Unmöglich.

Er musste einfach passen!

Wieder und wieder stocherte sie im Dunkeln an dem Schloss herum, doch der Schlüssel war zu klein.

Was jetzt? Sie war sich doch so sicher gewesen, dass der Kerl diesen Briefkasten und keinen anderen gemeint hatte. Er *musste* ihn gemeint haben; wo, zum Teufel, sollte sie denn sonst suchen?

Oder war es ein weiteres Zeichen seines kranken Hirns, ihr einen Hinweis zu geben, mit dem sie nichts anfangen konnte? Ihr blieb nicht die Zeit, darüber nachzudenken. Mit jeder Sekunde, die sie hier vertrödelte, wuchs die Gefahr, von irgendjemandem entdeckt zu werden.

Sie hatte zwei Möglichkeiten: Aufgeben oder ...

Ellen erinnerte sich an den Sicherungskasten im Keller von Station 9. Sie schob den Schlüssel in den Spalt knapp über dem Schloss und benutzte ihn als Hebel. Die Tür des feuerroten Briefkastens bestand aus dünnem Blech und ließ sich erstaunlich leicht verbiegen. Doch der Schlüssel selbst war nicht sonderlich stabil und brach schließlich ab. Wie schon im Keller versuchte sie es mit ihrem Haustürschlüssel und hatte Erfolg. Bald hatte sie das Türchen so weit aufgebogen, dass sie mit den Händen nachhelfen konnte. Dann auf einmal, begleitet von einem blechernen Kreischen, flog der Briefkasten auf.

Ellen schrak zusammen, sah sich hastig um und untersuchte dann das dunkle Innere des Kastens.

Leer.

Oder halt, nein, da war doch etwas!

Ein kleines Stück Karton am Boden des Briefkastens. Es fühlte sich an wie eine Visitenkarte. Ja, das war es – eine Visitenkarte!

Es war zu dunkel, um lesen zu können, was darauf stand, aber der Stärke des Kärtchens und dem Prägedruck nach zu schließen, handelte es sich nicht um einen der Reklamezettel, wie man sie oft im Briefkasten fand. Schon gar nicht in einem Viertel wie diesem, wo es selbst für einen Gerichtsvollzieher nicht viel mehr als einen Fernseher zu holen gab.

Also doch kein Scherz, sondern ein weiterer Hinweis!

Urplötzlich wurde Ellen in Helligkeit getaucht. Sie hielt sich die Hand vors Gesicht und blinzelte geblendet zwischen ihren Fingern hindurch in das Licht der Lampe über dem Eingang. Entsetzt erkannte sie Edgar Janovs Schatten in der offenen Tür.

»Was machst'n du hier?«

Ihr blieb keine Zeit für Erklärungen, geschweige denn, um davonzulaufen. Noch ehe sie wusste, wie ihr geschah, traf sie ein Schlag ins Gesicht. Seine Wucht warf sie rücklings zu Boden. Sie rollte zur Seite, wollte aufspringen und erhielt einen Tritt in die Magengrube. Der Schmerz war unbeschreiblich. Ellen krümmte sich zusammen, die Hände auf den Bauch gepresst.

Von ihrem Erlebnis am Nachmittag tat ihr noch immer alles weh, aber gegen diese Schmerzen war das allenfalls ein leichtes Ziehen im Rücken gewesen. Schneller als sie es jemandem wie Janov zugetraut hätte, war er über ihr. Er packte sie bei den Haaren und riss sie daran hoch. Ellen schrie und schlug mit den Fäusten nach ihm, doch Janov schien gegen ihre Schläge immun zu sein.

»Miese kleine Fotze!« Er warf sie gegen die raue Hauswand. »Was haste hier zu suchen?«

Mit aller Kraft trat Ellen nach hinten aus und traf dabei seinen Oberschenkel. Eigentlich hatte sie es auf eine andere Stelle abgesehen, aber vor Schmerz war sie nicht gelenkig genug dafür. Dennoch erzielte ihr Tritt die gewünschte Wirkung. Janov stöhnte und taumelte rückwärts. Ellen rannte auf die Gartentür zu, doch kaum hatte sie sie erreicht, als sie die beiden Halbstarken aus dem Auto erkannte. Sie versperrten ihr den Weg.

»Lasst mich durch!«

Sie erntete nur ein hämisches Grinsen.

»He, Eddi, können wir danach auch mal?«, fragte der eine.

Erschrocken fuhr sie herum und sah gerade noch, wie Janov, der sich erstaunlich schnell von ihrem Tritt erholt hatte, auf sie zukam, ehe sie einen Faustschlag in den Magen erhielt. Ihr blieb keine Gelegenheit mehr auszuweichen. Sie klappte wie ein Taschenmesser zusammen und sank keuchend auf die Knie.

»Verpisst euch«, hörte sie Janov hinter sich. »Wenn ich mit der fertig bin, will die sowieso keiner mehr.«

Ellen schmeckte Blut und versuchte verzweifelt aufzustehen – unmöglich. Weder ihre Arme noch ihre Beine wollten ihr gehorchen.

Wieder packte Janov sie an den Haaren und zog ihren Kopf zurück. »Also, du Schlampe. Was willste von mir, hä? Für wen schnüffelst du hier rum?«

Ellen sah in Richtung der beiden jungen Männer. »Hilfe«, stöhnte sie.

»Viel Spaß noch«, meinte der eine, gab seinem Kumpel einen Klaps auf die Schulter, und dann gingen sie zu ihrem Auto zurück.

»Red endlich!«, brüllte Janov gegen den aufheulenden Motor an.

»Lassen Sie mich los«, brachte Ellen hervor.

Janov dachte gar nicht daran. Stattdessen packte er ihren Schopf noch fester und griff mit der anderen Hand nach dem Kragen ihres T-Shirts. Stoff riss. Ellen sprang auf, holte dabei die Dose Pfefferspray aus der Jackentasche und drückte den Auslöser, noch bevor sie Janovs Gesicht erreicht hatte.

Für den Bruchteil einer Sekunde befürchtete sie, die Dose in die falsche Richtung zu halten und den Reizstoff vielleicht nur seitwärts oder gar auf sich selbst zu sprühen. Doch sie traf. Sofort ließ Janov von ihr ab.

Die Hände vors Gesicht geschlagen, taumelte er umher und schrie wie ein Irrsinniger. Er sah aus wie ein Tanzbär in einer Zirkusnummer und fuchtelte wild mit den Armen, während die Tränen nur so über sein schmerzverzerrtes Gesicht flossen. Gleich hinter ihm erkannte Ellen seine Frau.

Wie lange Silvia Janov der Szene tatenlos zugesehen hatte, war schwer zu sagen, doch nun kam Leben in ihr Gesicht. Sie hob eine leere Bierflasche auf, die im Gras lag, ging zu ihrem Mann und zerschlug sie ohne zu zögern auf seinem Kopf.

Janov ging zu Boden. Zwar war er weiterhin bei Bewusstsein, aber aus seinen Schreien war nun ein schwaches Wimmern geworden, das hinter seinen vorgehaltenen Händen irgendwie merkwürdig klang.

Ellen sah den dunklen Fleck, der sich in seinem wirren Haar bildete. *Die Platzwunde muss schnellstens genäht werden,* dachte die Ärztin in ihr, doch die Kämpferin meinte nur: *Scheiß drauf.*

Silvia Janov stand über ihrem Mann, der heulend am Boden hin und her rollte. Sie hielt den abgebrochenen Flaschenhals noch immer in der Hand und lächelte auf seltsam zufriedene Art.

»Schnell«, sagte Ellen. »Wir brauchen Öl und Wasser, um ihm das Zeug abzuwaschen.«

»Das mach ich dann schon«, meinte die Frau und warf den Flaschenhals ins Gras. »Hau jetzt endlich ab.«

»Soll ich den Notarzt …«

»Geh endlich!«

»Also gut.« Ellen zuckte mit den Schultern.

»Tut gut, wenn der Drecksack auch mal eins auf die Fresse kriegt.«

Ellen war sich nicht sicher, ob Silvia Janov tatsächlich mit ihr sprach oder eher ein Selbstgespräch führte.

»Warum trennen Sie sich nicht von ihm?«

Diesmal sah Silvia Janov sie direkt an, und alle Unsicherheit und Angst war aus ihren Augen gewichen.

»Spinnst du? Ich, den Eddi verlassen? Niemals! Ich lieb ihn doch.«

Kapitel 21

Es gab zwei Gründe, warum Thomas Thieminger, seines Zeichens Rezeptionist des Hotelgasthofs *Jordan,* bei Ellen auf Vorauszahlung bestand. Zwei Gründe, die ihm deutlich ins Gesicht geschrieben standen.

Zum einen war es zwei Uhr morgens, und sie führte kein Gepäck mit sich. Frauen, die sich nachts ohne Koffer – oder wenigstens einer Tasche – nach einem Zimmer erkundigten, mussten jedem Hotelportier suspekt erscheinen.

Grund Nummer zwei war jedoch weit schwerwiegender. Sie sah schrecklich ramponiert aus. Ihre Wange war geschwollen, aus ihrem Mundwinkel lief Blut, und ihre Jeans war mit Grasflecken übersät. Auch reichte der Reißverschluss ihrer Lederjacke nicht weit genug, um den zerrissenen Ausschnitt ihres T-Shirts völlig zu verbergen. Zudem roch sie nach Pfefferspray. Thieminger trat hinter seinem Empfangspult einen Schritt zurück, und Ellen erlebte nun zum ersten Mal, dass ein Mann wegen ihres Geruchs die Nase rümpfte. Zwar nur kurz, und gleich darauf war er wieder der höfliche Hotelier, aber es versetzte ihr dennoch einen Stich.

Thieminger blieb, wie es sich gehörte, während ihrer kurzen Unterhaltung freundlich und zuvorkommend. Er besorgte ihr sogar etwas Desinfektionsmittel und Pflaster, während sie das Formular für das Zimmer ausfüllte.

Allerdings brauchte er dafür etwas länger als üblich, und als er ihr ihre Kreditkarte zurückgab, vermutete sie, dass er seinen Weg zum Verbandskasten mit einem kurzen Anruf bei der Kreditkartengesellschaft verbunden hatte. Gottlob war mit Ellens Karte, auf deren Rückseite sich ihr Foto befand, alles in bester Ordnung.

Thieminger gab vor, ihre Geschichte von einem Unfall zu glauben, aber sein mitleidiger Blick sagte etwas anderes.

Ellen glaubte zu wissen, was Thomas Thieminger wirklich zu denken schien, und fand ihrerseits, dass er damit gar nicht so weit danebenlag.

Er wünschte ihr eine angenehme Nachtruhe, und sie ging, leicht hinkend und mit dem Verbandszeug in den zittrigen Händen zum Aufzug.

In gewisser Weise bestand zwischen einem Hotelzimmer und dem Patientenzimmer einer psychiatrischen Klinik kein wesentlicher Unterschied. Bis auf den Fernseher standen in beiden ein Bett, ein Schrank, ein Tisch mit Stuhl, und es gab eine Toilette. Letztere in der Klinik manchmal, in einem Hotel fast immer, nebst Bad oder Nasszelle. Und es hingen Bilder an der Wand. In der Waldklinik vornehmlich eingerahmte Kalenderfotos (ohne Glas), hier im Hotel Kunstdrucke von Franz Marc (hinter Glas).

Auch wenn sich das Hotel durch die Auswahl stilvoller Möbel um mehr Behaglichkeit bemühte, als es in der Waldklinik – schon allein aus Kostengründen – der Fall war, kam sich Ellen dennoch vor, als sei sie im Augenblick mehr Insassin als Gast.

Das lag jedoch weniger an dem Zimmer als vielmehr an ihrer psychischen Verfassung. Die Ereignisse der vergangenen Stunden waren einfach zu viel für sie gewesen. Sie fühlte sich durcheinander und hätte rückblickend nicht jede ihrer Reaktionen als rein vernunftgesteuert bezeichnen können.

Sie nahm sich eine kleine Flasche Diätcola aus der Minibar unter dem Fernsehtisch – ein weiterer Unterschied zur Psychiatrie, wo allenfalls ein Kasten Mineralwasser, eher aber ein Kanister Tee auf dem Flur bereitgestellt wurde – und spülte mit dem kalten Getränk eine Tablette aus dem Blisterstreifen herunter, den sie meistens in ihrer Jacke mit sich trug.

Es war ein relativ schwaches Sedativum, das jedoch in der Lage war, einen heftigen Klinikdienst bisweilen erträglicher zu machen. Sie machte nicht oft davon Gebrauch, dafür wusste sie viel zu gut, wie schnell eine solche Angewohnheit zur Sucht werden konnte. Ärzte mit Suchterkrankungen waren mindestens so verbreitet wie Fotomodels mit Magersucht oder Bauarbeiter mit Alkoholproblemen. Aber heute … heute war ein Tag gewesen, der eine solche Beruhigungspille rechtfertigte.

Eine ganze Weile stand Ellen am Fenster des Zimmers mit der Nummer 204 und starrte in die Nacht hinaus. Als sie wieder etwas zur Ruhe gekommen war, zog sie sich aus und trat vor den Badezimmerspiegel.

Die gute Nachricht war, so vermeldete das Spiegelbild, dass ihr Gesicht weniger in Mitleidenschaft gezogen worden war, als sie anfangs vermutet hatte. Das Blut auf ihrem Kinn stammte von einem Riss im Mundwinkel, der jedoch bald verheilt sein würde. Auch die Schwellung und Rötung der Wange würde bei guter Kühlung schnell abklingen. Ein mit Eiswürfeln aus dem winzigen Kühlschrank neben der Minibar gefüllter Waschlappen, ein wenig von Thiemingers Desinfektionsmittel und etwas Wund- und Heilsalbe würden in ihrem Gesicht kleine Wunder vollbringen.

Schlimmer war es um ihren restlichen Körper bestellt.

Die Zahl der Blutergüsse war beachtlich. Einige davon waren ziemlich groß. Allen voran das Rorschachmuster auf ihrer Brust, gefolgt von den Spuren von Janovs Tritten auf der Bauchdecke.

Doch noch heftiger als die sichtbaren Verletzungen war das, was die Erlebnisse der vergangenen Stunden tief in ihrem Innersten angerichtet hatten. Sie hatte Angst. Pure, nackte Angst. Und sie fühlte sich einsamer denn je. Warum musste Chris ausgerechnet jetzt auf dieser Insel sitzen, wo sie ihn nicht einmal anrufen konnte? Sie hätte so gern seine Stimme gehört. Wenigstens das.

Seit sie ihr Zimmer betreten hatte, musste sie an die Frau ohne Namen denken, die sich bei ihrem zweiten Treffen in der Toilettenkabine verkrochen hatte. Nun ging es Ellen selbst nicht anders. Sie stand in dem kleinen Bad eines Hotelzimmers und hatte sogar zusätzlich die Badezimmertür abgeschlossen. Und das alles, weil sie sich wegen eines Psychopathen nicht mehr in ihre Wohnung traute. Nicht nach allem, was geschehen war. Nicht, nachdem sie zum zweiten Mal innerhalb eines einzigen Tages hatte erfahren müssen, wie es war, körperlich unterlegen zu sein.

Dieser Verrückte musste sie absichtlich zu ausgerechnet diesem Haus geschickt haben. Wahrscheinlich war auch ihm der große rote Briefkasten aufgefallen, als er sie heimlich beobachtet hatte. Er hatte ihr den Schlüssel hinterlassen, weil er davon ausgehen konnte, dass sie sich über kurz oder lang an den Briefkasten erinnern würde.

Ich beobachte dich schon eine ganze Weile. Bist ja auch ein echter Blickfang, höhnte seine elektronisch verzerrte Handystimme in ihrer Erinnerung.

Vielleicht hatte er mitbekommen, was für ein Typ

Mensch dieser Janov war – und dass Ellen für einen kurzen Moment sogar geglaubt hatte, Janov sei der Schwarze Mann. Vielleicht hatte sich sein krankes Hirn vorgestellt, was für einen Spaß er haben würde, wenn er aus sicherer Entfernung zusah, wie sie von diesem Gewalttäter verprügelt wurde.

Er musste in der Nähe gewesen sein, daran bestand für Ellen kein Zweifel. Nur so konnte er sichergehen, dass sie tatsächlich den Briefkasten finden und die Nachricht erhalten würde. Dass Janov durch den Aufbruch des Kastens auf sie aufmerksam wurde, musste ein weiterer Teil seines irren Spiels gewesen sein. Ja, es war sogar denkbar, dass er Janov angerufen und ihm einen anonymen Tipp gegeben hatte. So einfach war das.

Nachdem Ellen sich ausgiebig geduscht und verarztet hatte, nahm sie die Visitenkarte vom Tisch und legte sich aufs Bett.

Dass es sich bei der Karte tatsächlich um eine Nachricht des Entführers handelte, stand ebenfalls außer Zweifel. Abgesehen von den Blutflecken auf dem weißen Stück Kartonpapier, die sicherlich von Sigmund stammten, war Ellens Name über die eingeprägte Adresse gekritzelt worden – in derselben krakeligen Handschrift wie auf dem Schlüsselanhänger. Sie las:

ANTIQUARIAT A. ESCHENBERG
Öffnungszeiten: Mo. – Fr. 10:00 bis 18:00 Uhr

Darunter standen Adresse und Telefonnummer. Die letzten Ziffern waren jedoch durch Sigmunds Blut nicht mehr zu erkennen.

Was sollte sie dort? Wieso schickte sie der Kerl zu einem Antiquariat? War er vielleicht selbst dieser A. Eschenberg?

Sie war zu müde und erschöpft, um sich jetzt noch darüber Gedanken zu machen. Auch tobten die Kopfschmerzen immer stärker in ihren Schläfen.

Sie brauchte ein paar Stunden Schlaf und dann ein kräftiges Frühstück. Himmel, wie lange hatte sie eigentlich schon nichts mehr gegessen? Egal, zuerst Schlaf, dann Nahrung und vor allem starker Kaffee. Danach würde es ihr wieder besser gehen.

Sie legte die Karte auf die Ablage neben dem Bett. Allmählich zeigte das Sedativum seine Wirkung. Doch als sie nach dem Lichtschalter griff, zögerte sie. Ein Teil von ihr bestand darauf, das Licht allenfalls ein wenig zu dimmen.

Auf keinen Fall Dunkelheit!

Also gut. Sie dimmte das Licht gerade so weit herunter, dass sie schlafen konnte, es aber hell genug blieb, um noch alles im Raum gut genug erkennen zu können. Wenigstens darin unterschied sie sich noch von der Frau ohne Namen, die sich in ein abgedunkeltes Zimmer verkrochen hatte.

Gerade als sie sich wieder hinlegen und die Augen schließen wollte, fiel ihr das Einwickelpapier eines Stückchens Schokolade auf, wie man es oft auf Kissen in Hotelzimmern vorfindet. Das Betthupferl, sozusagen.

Es lag auf dem Veloursteppich neben dem Bett. Wahrscheinlich hatte eines der Zimmermädchen der süßen Versuchung nicht widerstehen können.

Schade, dachte Ellen und griff nach dem lila Papierstück. Im selben Moment schoss eine Hand unter dem Bett hervor und packte ihr Handgelenk.

Sofort war Ellen hellwach. In einer einzigen Bewegung sprang sie aus dem Bett und riss dabei ihre Hand aus dem Griff frei. Es ging so schnell, dass sie nicht einmal sicher war, ob sie dabei vor Schreck schrie oder nicht.

Ihr Puls vollführte einen wahren Trommelwirbel, während sie, etwa einen Meter vom Bett entfernt, am Boden kniete und zusah, wie der einen Hand eine zweite folgte.

Ellen schnellte hoch, sah sich nach etwas um, das ihr als Waffe dienen konnte. Etwas zum Zuschlagen oder Werfen. Das Einzige, was sie auf die Schnelle zu fassen bekam, war die Ausgabe des Neuen Testaments auf dem Tisch.

»Kommen Sie da raus!«

Sie zitterte am ganzen Leib. Vor nicht mal einer Minute war sie noch todmüde gewesen. Jetzt war ihr Verstand wieder glasklar.

Sie holte mit dem Buch weit aus, um es gegebenenfalls nach der Person zu werfen. Ihr Atem ging schnell, und ihre Schläfen pochten, während ihre Gedanken mit der Geschwindigkeit eines Maschinengewehrs ein *Dasgibtesdochnicht-Dasgibtesdochnicht-Dasgibtesdochnicht* durch ihren Kopf schossen.

Erst dann erkannte sie, wie klein die Hände waren, die sich unter dem Bett hervortasteten. Kurz darauf richtete sich ein Mädchen mit ein paar Staubmullen in den blonden Haaren vor ihr auf.

»Du?« Ellen ließ den Arm mit dem Buch wieder sinken. »Was machst du denn hier?«

Das Mädchen antwortete nicht, sondern sah sie mit schief gelegtem Kopf an, als überlege es, was als Nächstes zu tun sei. Wie gestern im Wald trug es noch immer das Sommerkleid mit den viel zu bunten Blumen. Der kleine braune Fleck an seinem Mundwinkel verriet, wohin das Schokoladenstück auf dem Kopfkissen verschwunden war.

Ellen legte das Buch auf den Tisch zurück und ging vor dem Mädchen in die Hocke. »Wie kommst du denn hierher? Wohnst du hier?«

Viel Ähnlichkeit mit dem Typen an der Rezeption hat sie ja nicht.

Wieder erhielt sie keine Antwort. Stattdessen kletterte die Kleine rückwärts über das Bett, ohne Ellen dabei auch nur für eine Sekunde aus den Augen zu lassen.

»He, du brauchst keine Angst vor mir zu haben. Ich habe mich nur ziemlich erschrocken. Hat dich dieser Mann wieder zu mir geschickt? Weißt du, wo er und die Frau sind?«

Das Mädchen sprang vom Bett und lief zur Tür. Es drehte sich noch einmal flüchtig nach Ellen um, während es mit dem im Schloss steckenden Schlüssel die Tür aufsperrte. Dann verschwand es eilig auf dem Gang.

Ellen lief ihr nach. Auf dem Gang sah sie gerade noch, wie die Kleine durch eine Tür mit der Aufschrift *TREPPENHAUS/NOTAUSGANG* huschte.

Ellen stürmte durch die Tür in das Halbdunkel des Treppenhauses und folgte dem Getrappel der kleinen Füße die Stufen hinunter. Als sie an einer Tür vorbeikam, die der Aufschrift nach zum Erdgeschoss führte, war sie erstaunt, dass das Mädchen noch immer weiter nach unten lief.

Was wollte sie denn nur im Keller? Hatte sie dort vielleicht eine Art geheimes Versteck? Wenn sie wirklich zum Hotel gehörte, war das gut möglich. Aber diese Idee erschien ihr als zu absurd. Fahlenberg war zwar nicht besonders groß, aber es gab hier einige Hotels. Zu viele für den

Zufall, dass Ellen ausgerechnet in dem abgestiegen sein sollte, in dem das Mädchen aus dem Wald lebte.

Ellen lief noch schneller, stürzte fast die Treppe hinunter und erreichte schließlich einen großen Kellerraum.

Im Schein der Glühbirne, die an einer nackten Fassung von der Decke baumelte, sah die Kleine aus wie ein Gespenst. Sie stand zwischen der Heizanlage und einer großen Waschmaschine am Ende des Raumes, die Hände hinter dem Rücken verborgen, den Blick aus weit aufgerissenen Augen auf Ellen gerichtet.

»Du musst keine Angst haben«, sagte Ellen. »Ich will bloß mit dir reden. Ist das in Ordnung für dich?«

Abermals erhielt sie keine Antwort. Nur die Heizanlage gab ein leises Fauchen von sich. Die Tatsache, dass das Kind regungslos stehen blieb, deutete Ellen als Zustimmung.

»Woher weißt du, dass ich hier bin? Bist du mir gefolgt?«

Die Kleine starrte sie nur an und rührte sich nicht.

»Was wolltest du gestern im Wald von mir? Hast du den Mann gekannt, zu dem du mich geschickt hast?«

Nun nickte das Mädchen. Ein schwaches, ängstliches Nicken.

»Ist er dein Vater?«

Schweigen. Dann ging ihr Kopf zaghaft von einer Seite zur anderen.

»War es jemand hier aus dem Hotel?«

Wieder dauerte es einige Sekunden, ehe die erneute Andeutung eines Kopfschüttelns folgte.

»Aber du hast mich vorhin wiedererkannt und bist deshalb in mein Zimmer geschlichen?«

Die Kleine nickte, diesmal weniger zaghaft. Dann nahm

sie die Hände hinter dem Rücken hervor. Es verschlug Ellen die Sprache, als sie die kleinen blutigen Finger sah. Die eine Hand hielt einen Holzhobel, die andere einen Schraubenzieher, von dessen Spitze ebenfalls Blut troff.

»Um Himmels willen, du hast dich ver…«

Weiter kam Ellen nicht. Was nun geschah, war derart unglaublich, dass sie vor Schreck wie gelähmt war.

Das Mädchen fing an zu zucken. Es begann im Gesicht und breitete sich dann über Arme und Körper aus. Für einen Lidschlag sah es wie ein epileptischer Anfall aus, als der zierliche Körper wie von heftigen Krämpfen geschüttelt wurde. Dennoch war sich Ellen sicher, es mit keiner Epileptikerin zu tun zu haben. Das wirklich Unheimliche an diesem Anblick waren die Ausbeulungen, die aus dem kleinen Körper traten. Als befände sich ein Heer winziger Füße im Inneren ihres Körpers, das nun versuchte, sich durch die zarte Haut freizutrampeln. Der kleine Körper verformte sich immer mehr, beulte sich nach oben und dann wieder zur Seite aus, so als sei es nicht der Körper eines Mädchens, sondern eine Gummimaske, die gleich darauf … *zerriss.*

Ellen schrie, als sich der vor Schleim triefende, nackte Körper einer Frau aus der Mädchen-Hülle schälte.

Im gleichen Augenblick war der Spuk vorbei. Die Überreste des Mädchens, der Frauenkörper, Schraubenzieher und Hobel – alles war verschwunden.

Ellen stand vor Schreck schlotternd inmitten des Kellers.

Das habe ich nicht wirklich gesehen, war der erste klare Gedanke, zu dem sie wieder fand.

Genau, das war eine Einbildung, meldete sich eine rationale Ellen in ihr zu Wort. *Daran ist dein Stress schuld. Der Stress und diese verdammte Tablette.*

»He, was machen Sie denn da?«

Ellen wirbelte herum und erwartete Professor Bormann hinter sich zu sehen, der ihr in mittlerweile gewohnt ruhiger Art erklärte, sie habe einen weiteren Luzidtraum gehabt. Stattdessen stand Thieminger in der Tür zum Keller und sah sie fassungslos an. In seinem Blick las Ellen, dass sie beide dasselbe dachten.

Verliere ich jetzt den Verstand, oder ist das bereits passiert?

Kapitel 22

Die Redensart, man solle Dinge überschlafen, um sie am nächsten Tag in einem anderen Licht zu sehen, hatte durchaus etwas für sich. So zumindest empfand es Ellen, während sie am Frühstückstisch des Hotelgasthofs *Jordan* saß und ihren Hunger mit einer zweiten Portion Rührei und Toast stillte. Dazu nahm sie zwei Aspirintabletten, die man ihr an der Rezeption mit besten Genesungswünschen des Hauses überreicht hatte. Kurz darauf ließen ihre Kopfschmerzen nach.

Selbst Thomas Thieminger, bei dem sie eine zweite Portion Kaffee bestellte – Himmel, was tat dieser Kaffee gut! –, ließ sich seine Verwunderung über Ellens nächtlichen Ausflug in den Heizungskeller nicht mehr anmerken. Ganz der Profi, der im Lauf der Jahre gelernt hatte, auch mit den schwierigsten Gästen zurechtzukommen, bediente er sie, als sei nichts geschehen. Vielleicht war er aber auch nur einfach müde vom Nachtdienst und freute sich insgeheim auf den bevorstehenden Feierabend. Ein solches *Nach-mir-die-Sintflut*-Gefühl kannte Ellen nur allzu gut von ihren eigenen Nachtdiensten, wenn mal wieder alles zu viel gewesen war und sie sich nach nichts anderem mehr sehnte als nach Ruhe und einem Bett.

Gegen zehn erreichte sie das Antiquariat, hielt unmittelbar davor in einer freien Parklücke und besah sich aufmerksam das Gebäude. Von außen wirkte der Altbau mit den schnörkeligen Verzierungen im Putz keineswegs bedrohlich. Hinter den großen Schaufenstern brannte Licht. Sollte dieser Eschenberg tatsächlich der Schwarze Mann sein, würde er ihr nichts tun können, solange sie nur in der Nähe dieser Schaufenster und somit in Sichtweite vorbeigehender Passanten blieb.

Vielleicht lag es an dem stärkenden Frühstück, vielleicht auch an den neuen Kleidungsstücken – Jeans, Unterwäsche und ein Langarmshirt, die sie sich in einer Boutique unweit des Hotels besorgt und gleich anbehalten hatte –, dass sie nun mehr Selbstbewusstsein empfand als in der Nacht zuvor.

Sie wollte endlich Licht in diesen Fall bringen, und irgendetwas in ihr versicherte Ellen, dass sie knapp vor der Lösung stand. Das war auch dringend nötig, immerhin wusste sie nicht, wie lange die Frau ohne Namen noch durchhalten konnte. Alles hing davon ab, ob Ellen einen handfesten Beweis für die Entführung fand, der auch die Polizei überzeugte.

Und der mich überzeugt, dass ich mir das alles nicht nur

eingebildet habe, dachte sie, als sie ausstieg und auf die Tür des Antiquariats zuging.

Das Bimmeln einer altmodischen Türschelle und der muffige Geruch vergilbten Papiers empfingen sie. Die Wandregale waren derart vollgestopft, dass sich ihre Böden unter der Last der Bücher bogen.

Weitere Stapel türmten sich vor den Regalen. Auf zwei Beistelltischen lagen unsortiert Taschenbuchromane, Fotobände und Sachbücher unter handgeschriebenen Stellkärtchen mit der Aufschrift:

SONDERANGEBOTE
MÄNGELEXEMPLARE

Die Handschrift auf den Kärtchen stimmte jedoch weder mit der auf dem Schlüsselanhänger noch mit der auf der Visitenkarte überein. Sie war viel gleichmäßiger, ausgeglichener in ihrem Schwung.

»Kann ich Ihnen helfen?«

Ein Mann trat aus dem Hinterzimmer in den Laden. Er war deutlich jünger, als Ellen sich einen Antiquar vorgestellt hatte. Er trug eine Hose aus hellem Stoff statt einer braunen Cordhose, wie sie Ellen, aus welchem Grund auch immer, erwartet hatte. Nur der Pullover mit den ausgeleierten Bündchen schien schon deutlich länger in seinem Besitz zu sein.

»Sind Sie Herr Eschenberg?«

»Alexander Eschenberg, in voller Lebensgröße.« Er reichte Ellen die Hand. »Was kann ich für Sie tun?«

Obwohl seine Statur verriet, dass er gutem Essen durchaus zugetan war, wirkte der Antiquar zugleich irgendwie zerbrechlich. Auf keinen Fall wirkte er jedoch bedrohlich. *Eher knuffig,* ging es Ellen durch den Kopf, und sie erwiderte sein Lächeln.

»Nun ja, ehrlich gesagt weiß ich nicht genau, wonach ich hier suche. Mein Name ist Ellen Roth, und ich frage mich, ob vielleicht jemand etwas bei Ihnen für mich hinterlegt haben könnte?«

»Eine Buchbestellung? Hm, dann wollen wir doch mal sehen.«

Gemächlichen Schrittes ging Eschenberg hinter die Ladentheke und zog ein Notizbuch unter der uralten Registrierkasse hervor, die sicherlich schon zu Zeiten seines Großvaters ein Sammlerstück gewesen war.

Er blätterte in dem Buch und rückte sich dabei die Brille zurecht.

»Wie, sagten Sie, war noch einmal Ihr Name? Roth?«

»Ja, richtig. Mit *th*.«

»Da muss ich Sie enttäuschen. Welches Buch hatten Sie denn bestellt?«

»Eigentlich keines. Es ist nur so«, sie öffnete ihre Brieftasche und zog die Visitenkarte hervor, wobei sie darauf achtete, dass sie den Blutfleck mit dem Daumen bedeckte, so gut es eben ging, »ich habe eine Ihrer Visitenkarten bekommen, und man hat mich zu Ihnen geschickt.«

»Visitenkarte? Ah, jetzt verstehe ich ... Sie wollen es also zurückkaufen?«

»Zurückkaufen?«

»Na, das Buch. Ich hatte Ihrem Bekannten ja schon gesagt, es wird fraglich sein, ob ich es an den Mann bekomme. Oder an die Frau natürlich.«

Ellen bedachte ihn mit einem fragenden Blick. »Offen gesagt weiß ich nicht, von welchem Buch Sie sprechen.«
»Ach?«
Eschenberg ging zum Schaufenster und nahm ein Buch aus der Auslage. »Da haben wir es ja.«
Zufrieden nickend kam er zu Ellen zurück und legte es auf den Tisch. Es war ein großes Märchenbuch. Der Umschlag zeigte einen Herold in farbenfrohem Gewand, der vor blauem Hintergrund in eine Fanfare blies. Der Titel lautete: *BUNTER MÄRCHENSCHATZ.*
Beinahe zärtlich fuhr der Antiquar mit einem Staublappen über den Einband. »An und für sich ein schönes Exemplar, für das ein Sammler schon mal zwanzig oder dreißig Euro ausgeben würde, wäre da nicht das Gekritzel auf einer Seite.«
Ellen trat näher an den Tisch. Ein Märchenbuch. Warum schickte sie der Irre wegen eines Märchenbuchs in ein Antiquariat?
»Was ist das für ein Märchenbuch?«
»Eine Ausgabe aus den frühen Siebzigern.« Eschenberg war anzusehen, dass er das Buch mochte. »Damals ist nur eine kleine Auflage gedruckt worden. Die einzige, soweit ich mich entsinnen kann. Das Besondere daran ist, dass nicht nur populäre Märchen darin enthalten sind, sondern auch einige weniger bekannte. Sehr schöne Illustrationen. Stehen in keinem Vergleich zu dem, was man heute so bekommt, falls die Kinder überhaupt noch Märchen lesen. Heutzutage stehen die ja mehr auf Fantasy, Mangas und so was. Dabei sind Märchen doch im Grunde genommen dasselbe. Nur leider, leider ...«
Er schlug eine Seite auf, die er mit einem Papierstreifen

eingemerkt hatte. Ellen blieb fast das Herz stehen, als sie das Bild und die Kritzeleien darauf sah.

Erstmals im Jahre 1812 veröffentlichten die Brüder Grimm das Märchen von dem kleinen Mädchen, das sich auf dem Weg zum Haus ihrer Großmutter im dunklen Wald verlaufen hatte. Der Name dieses Mädchens ist bis zum heutigen Tag unbekannt, da es von allen wegen seiner Kopfbedeckung nur *das Rotkäppchen* genannt wurde.

Das Mädchen in dem Buch auf dem Ladentisch des Antiquars trug zwar keine rote Kappe wie in den meisten Darstellungen, sondern ein feuerrotes Kopftuch, aber es war deutlich zu erkennen, dass es sich um eine Szene aus ebendiesem Märchen handelte. Das Bild zeigte den Wald düster und bedrohlich, woran auch die bunten Pilze und Beerensträucher, die der Künstler über den unteren Rand verteilt hatte, nichts zu ändern vermochten. Erschreckend war zum einen der entsetzte Blick des Kindes, das seinen am Arm hängenden Korb mit Kuchen und Wein beim Zurückweichen fast verlor. Noch schrecklicher war jedoch die Darstellung des Wolfes, vor dem Rotkäppchen zurückwich. In seinen Augen spiegelte sich blanke Boshaftigkeit, gepaart mit Hinterlist und Gier. Er war, so hatte es den Anschein, kurz davor, sich zu voller Größe aufzurichten und den Blick auf jeden Teil seines struppigen, schwarzen Fells freizugeben.

Doch die Bedrohung, die von diesem Bild ausging, war nicht das Einzige, was Ellen schockierte. Es war der Wolf selbst, der dem unheimlichen Hund aus ihrem ersten Luzidtraum bis aufs letzte Haar glich. Er strahlte dieselbe Bösartigkeit aus, machte ihr auf dieselbe Art Angst, auch wenn es nur ein Bild war. Er wirkte *real*.

Die Krönung dieses grauenvollen Anblicks war das Zeichen, das mit einer Art Wachsmalkreide über das Bild gezogen worden war. Ein fünfzackiger Stern, gezeichnet in einer einzigen fortlaufenden Bewegung, umrahmt von einem Kreis, dem man ansehen konnte, dass er mit zitternden Händen gemalt worden war.

»Ein sogenannter Drudenfuß«, sagte Eschenberg. »Besser bekannt als Pentagramm. Ich habe nachgesehen. Das Bannzeichen für böse Geister. Es lässt sich nicht entfernen, ohne die Seite dabei zu beschädigen. In diesem Zustand wird es wahrscheinlich kaum einen Abnehmer finden, fürchte ich.« Er sah Ellen besorgt an. »Ist Ihnen nicht gut? Sie sind ja ganz blass.«

»Alles bestens«, murmelte Ellen, was natürlich nicht stimmte. Sie musste gewaltig um ihre Selbstbeherrschung ringen. Dieses Bild machte ihr eine Heidenangst.

»Wollen Sie vielleicht ein Glas Wasser?«

»Nein danke. Aber können Sie mir sagen, wieso Sie mir ausgerechnet dieses Buch zeigen?«

»Na ja, Sie haben doch gesagt, Ihr Bekannter habe Sie zu mir geschickt.«

»Ja, aber wie kommen Sie dabei auf dieses Buch?«

»Ganz einfach. Der junge Mann war vor ein paar Tagen hier und hat mir dieses Buch angeboten. Es gehe ihm dabei nicht ums Geld, hat er gesagt. Ich denke, er wollte es loswerden und hat es nicht übers Herz gebracht, das Buch wegzuwerfen. Wäre ja auch schade drum. Also habe ich es ihm abgekauft. Das war sicherlich nicht das Geschäft meines Lebens, wenn Sie verstehen, was ich meine, aber ich mag den Gedanken einfach nicht, dass jemand ein Buch zum Altpapier gibt.«

Ellen versuchte, wieder den Antiquar und nicht länger das aufgeschlagene Bild anzusehen. »Aber wie kommen Sie ausgerechnet darauf, dass es mein Bekannter gewesen ist?«

Der Antiquar grinste ein wenig verlegen und tippte sich gegen das Brillengestell. »Wissen Sie, meine Augen sind zwar nicht die besten, aber diese Brille ist echt gut. Und als Sie vorhin Ihren Geldbeutel aufgemacht haben, erkannte ich sein Gesicht sofort auf dem Foto.«

»Auf dem Foto in meinem Geldbeutel?«

»Ja.«

Hastig griff Ellen in ihre Jacke, zog den Geldbeutel heraus und klappte ihn auf. »Sie meinen dieses Foto?«

Alexander Eschenberg nickte. »Genau das.«

Er entschuldigte sich noch für seine Indiskretion, aber Ellen hörte schon nicht mehr zu. All ihre Sinne schienen sich auf das Foto zu konzentrieren und zu einem gewaltigen Fragezeichen zu formen, so als könne ihr ebendieses Foto eine Antwort geben.

Doch Chris lächelte nur.

Kapitel 23

Chris!

Was, um alles in der Welt, hatte Chris damit zu tun?

Warum führte sie die Spur des Schwarzen Mannes ausgerechnet hierher? In ein Antiquariat, in dem Chris ein altes Buch verkauft hatte? Ein *Märchen*buch.

Magst du Märchen, kleine Ellen?

Beinahe glaubte sie, den Schwarzen Mann wieder in ihrem Nacken zu spüren. Den Hauch seines Atems auf ihrer Wange. Das feuchte Geräusch seiner Zunge, knapp neben ihrem Ohr.

Lös das Rätsel. Bis übermorgen will ich dir Zeit lassen.

Hatte sich dies nicht wie ein Zitat aus einem Märchen angehört? Das konnte kein Zufall sein. Er hatte *gewollt*, dass sie dieses Buch fand. Es war ein Teil seines Plans, eine weitere Spur, die er für sie auf seiner verrückten Schnitzeljagd gelegt hatte. Aber wozu? Was war das Ziel dieses irrsinnigen Spiels?

Lös das Rätsel. Wer bin ich?

Warum war es ihm so wichtig, dass sie herausbekam, wer er war? Kannte sie ihn etwa? Sollte das die große Überraschung am Ende für sie sein? Und warum nur führte seine Spur zu Chris?

Wieder eine Erinnerung: das kurze Gefühl der Vertrautheit, das sie im Wald beim Klang seiner verstellten Stimme gehabt hatte.

Ein neuer Gedanke schoss ihr durch den Kopf. Zuerst wehrte sie sich mit aller Macht dagegen, aber dieser eine Gedanke versetzte eine ganze Lawine weiterer Gedanken in Bewegung.

Nein, das war doch nicht möglich. Das war ... *paranoid*!

Mark hatte Recht, sie drehte vollkommen durch. Auch nur eine Sekunde zu überlegen, ob Chris der Schwarze Mann sein könnte, war einfach krank.

Sie liebte Chris, und er liebte sie. Wenn es jemals einen Menschen gegeben hatte, dem sie blindlings vertraute, dann war er es. Sie hatten schon so viel zusammen erlebt, hatten immer zusammengehalten. Sie wären füreinander durchs Feuer gegangen, wie man so sagte.

Und jetzt sollte der Hinweis eines wildfremden Antiquars ausreichen, um dieses Vertrauen ins Wanken zu bringen? Das war doch absurd!

Natürlich kannte Chris all ihre Gewohnheiten und wusste, wo man sie antreffen konnte, ebenso wie er ihre Handynummer kannte. Und natürlich hätte er ihr unbemerkt den Briefkastenschlüssel in ihrer gemeinsamen Wohnung hinterlassen können. Chris hätte auch die Visitenkarte in Janovs feuerroten Briefkasten schmuggeln können, wenn er sie zuvor hier bei Eschenberg mitgenommen hatte.

Er hätte so vieles tun können, was der Unbekannte getan hatte.

Aber warum? Was für einen Grund konnte er nur haben?

Chris würde sie doch niemals am Telefon bedrohen, ihr im Wald auflauern und sie quälen, oder gar Sigmund töten – den Kater, dem er schon den letzten Rest Milch überlassen und deswegen auf seine heißgeliebten Frühstücksflocken verzichtet hatte.

Und er würde doch niemals eine seiner Patientinnen aus der Klinik entführen, sie misshandeln und foltern. Eine Patientin, deren Fall ihm, wie er Ellen kurz zuvor noch eindringlich versichert hatte, am Herzen lag – weil er Sorge hatte, die Frau könne sich selbst etwas antun.

Freilich mochte es Argumente geben, die für die absurde These sprachen, dass Chris der Unbekannte war: Er war der Einzige, der außer Ellen von der Frau wusste. Chris war derjenige gewesen, der den Anmeldebogen für die Frau ohne Namen ausgefüllt hatte, er besaß den Stationsschlüssel, und er hätte sie mit Leichtigkeit unbemerkt entführen können.

Aber *selbst wenn* es einen berechtigten Grund gäbe, ihn zu verdächtigen, befand sich Chris inzwischen am anderen Ende der Welt. Sie hatte ihn höchstpersönlich zum Flughafen gebracht.

Ellen schüttelte sich. Wie verrückt musste sie sein, über so etwas auch nur nachzudenken?

Vielleicht, weil du dir doch nicht zu hundert Prozent sicher bist?, schlug ihr jener rationale Teil in ihr vor, der über jedes Gefühl erhaben schien und den nicht einmal Visionen von blutigen kleinen Mädchen irritieren konnten. *Weißt du denn wirklich, dass er dort ist? Er hat sich noch nicht bei dir gemeldet.*

Sie musste sich krampfhaft an der Ladentheke festhalten, um nicht zu schwanken. In ihrem Kopf herrschte ein heilloses Durcheinander.

Eschenberg hatte etwas zu ihr gesagt, aber sie hatte nicht zugehört.

»Wie?«

»Ich habe gefragt, ob ich einen Arzt rufen soll«, sagte Eschenberg mit hochbesorgter Miene. »Sie sehen aus, als würden Sie jeden Moment zusammenbrechen.«

»Sagen Sie, sind Sie sich wirklich sicher, dass Chris ... ich meine, dass *dieser* Mann Ihnen das Buch gegeben hat?«

Eschenberg blickte äußerst irritiert drein, dann nickte er zögerlich. »J-ja, bin ich. Er war vor ein paar Tagen hier und brachte mir das Buch. Darf ich fragen, warum ...«

»Hat er irgendetwas wegen des Buchs gesagt?«

»Nun ja«, der Antiquar zuckte mit den Schultern, »er

machte eine Bemerkung, die ich nicht recht verstanden habe. Irgendwas, das mit schlimmen und guten Erinnerungen zu tun hatte. Ich glaube mich zu erinnern, dass er auch noch etwas von einem Plan vor sich hingemurmelt hat. Irgendjemanden wollte er damit überraschen. Ich habe das alles nicht verstanden, aber ich hielt es für zu indiskret, nachzufragen. Ich weiß jedoch noch, dass ich ihn fragte, ob er noch mehr solcher Bücher habe, und dass er antwortete, er habe eine ganze Kiste voll. Da habe ich ihm meine Visitenkarte mitgegeben.«

Ein Plan, mit dem er jemanden überraschen wollte?

Eschenberg machte nicht den Eindruck, als lüge er sie an, und er sah auch nicht wie der Komplize eines Psychopathen aus. Wenn dieser Antiquar überhaupt etwas mit der ganzen Sache zu tun hatte, dann war er allenfalls benutzt worden. Für alles andere wirkte er viel zu harmlos, das sagte ihr zumindest der gesunde Menschenverstand, auf den sie sich immer hatte verlassen können.

Aber was wäre, wenn ..., meldete sich wieder diese innere Stimme. *Wenn dich, nur einmal angenommen, rein hypothetisch, dieser innere Sinn bei demjenigen im Stich gelassen hat, mit dem du Tisch und Bett teilst, der dir zu jedem gegebenen Anlass langstielige rote Rosen schenkt und eine gemeinsame Zukunft im eigenen Haus mit dir plant? Was dann?*

Unsinn, schalt sie sich. Blanker Unsinn!

Trotzdem hatte diese andere Stimme in ihr einen kleinen Zweifel aufkeimen lassen, gegen den sie sich nicht zur Wehr setzen konnte. Die Frage, ob Chris von dem Schwarzen Mann wusste oder ob er es gar selbst war, nagte unerbittlich an ihr.

Wenn du sichergehen willst, schlug diese Seite vor, *dann geh doch einfach dorthin, wo man dir die Antwort darauf geben kann.*

»Wollen Sie das Buch nun doch nicht?«, rief ihr der reichlich verdutzte Eschenberg nach, als sie sich ohne ein Wort umdrehte und die Ladentür aufriss.

»Behalten Sie es!«

Ellen fuhr in die Tiefgarage im Stadtzentrum und lief von dort aus zu einem Reisebüro, das sie vom Vorbeigehen kannte.

Ockermann World Travels gehörte zu den vielen kleinen Agenturen eines bekannten Reiseanbieters und befand sich im Nebentrakt eines großen Kaufhauses. Das Namensschild auf dem Schreibtisch verriet, dass dort Herbert Ockermann saß, Chef und wahrscheinlich einziger Mitarbeiter der Agentur.

Als Ellen eintrat, war der weißhaarige Mann mit dem kurzgeschnittenen Vollbart soeben damit beschäftigt, ein Ehepaar zu beraten. Mit ihren griesgrämigen Gesichtern wirkten die beiden jedoch mehr, als interessierten sie sich für den organisatorischen Teil ihrer Scheidung als für die Buchung der schönsten Tage des Jahres.

Mit einem entschuldigenden Lächeln bat Ockermann Ellen um etwas Geduld und wandte sich dann wieder seinen beiden Kunden zu.

»Uns ist's egal, wohin«, knurrte der Mann, »Hauptsache Strand, Sonne und billig.«

»Ich will aber was zum Angucken«, mischte sich seine Frau ein. »So ein bisschen Kultur halt.«

»Schon mal dran gedacht, was das kostet?«

Ungeduldig wartete Ellen neben einem Aufsteller, der

für Australien-Angebote – *Fragen Sie uns. Gerne stellen wir Ihnen eine individuelle Tour zusammen* – warb, während Herbert Ockermann eine Engelsgeduld mit seinen mürrischen Kunden bewies. Ellen musste sich zwingen, ruhig zu bleiben, und fragte sich unaufhörlich, ob das, was sie jetzt tat, nicht ein ungeheurer Vertrauensbruch war. Noch immer sträubte sich alles in ihr gegen den Gedanken, Chris könnte auch nur im Entferntesten mit den Ereignissen des vergangenen Tages zu tun haben.

Als das Ehepaar eine gute Viertelstunde später mit einem Stapel Kataloge aus dem kleinen Büro rauschte, hatte Ellen sich wieder einigermaßen im Griff. Manchmal hatte Warten eben auch etwas Positives.

»Puh, manchen kann man es nie recht machen.« Ockermann war sichtlich erleichtert, auch dieser Herausforderung gerecht geworden zu sein. »Aber bitte nehmen Sie doch Platz. Wo soll's denn bei Ihnen hingehen?«

»Eigentlich nirgends. Ich wollte Sie nur um einen Gefallen bitten.«

»Stets zu Diensten. Schießen Sie los.«

»Ich möchte jemanden erreichen, der sich auf Hinchinbrook Island in Australien befindet.«

»Hm, Hinchinbrook Island ... das sagt mir doch was. Hatten wir da nicht vor Kurzem eine Werbeaktion? Ist das nicht diese Insel, auf der man *Urlaub von der Zivilisation* machen kann?«

»Genau die.«

»Warten Sie mal kurz, ich sehe nach.« Er sprang auf und durchsuchte die Prospekte, die in den Wandregalen ausgestellt waren. »Wissen Sie, das finde ich jetzt richtig spannend. Das ist doch mal ein außergewöhnliches Anliegen.

Die meisten meiner Kunden sind so wie die gerade eben. Billig muss es sein, Essen und Trinken soll natürlich im Preis enthalten sein, am besten noch deutsche Küche und deutsches Fernsehen auf dem Zimmer. Wiener Schnitzel und die Sportschau, ha! Da fragt man sich doch, wieso die nicht gleich daheim ...« Er zog einen Prospekt aus einem Regalfach. »Ah ja, da ist es! Australische Inseln mit Hinchinbrook Island. Sehen Sie sich nur dieses Titelfoto an. Muss wirklich toll dort sein.«

Zufrieden nahm er wieder hinter seinem Tisch Platz, durchblätterte den Prospekt und wurde schließlich fündig.

»Hier haben wir ja alle Angaben, die wir brauchen. Allerdings ...«, er tippte auf die Spalte mit den Informationen, »dürfte es schwierig, wenn nicht gar unmöglich sein, dort jemanden zu erreichen. Da gibt es kein Telefon, und Handys sind, wie ich hier lese, nutzlos. Kein Empfang. Deshalb scheint die Insel ja so beliebt zu sein bei Leuten, die die vollkommene Abgeschiedenheit suchen.« Er grinste verschmitzt. »Nun ja, aber ich denke, das wussten Sie schon, sonst wären Sie nicht zu mir gekommen.«

»So ist es. Ich dachte, vielleicht kennen Sie eine Möglichkeit, wie man trotzdem ...«

»Eine Verbindung herstellen könnte? Hm, mal nachdenken. Es gibt dort ein Hotel, sehe ich gerade. Die *Hinchinbrook Island Wilderness Lodge* ist das einzige Hotel auf der Insel. Na, dann frage ich mal meinen schlauen Computer.« Er zog die Tastatur zu sich heran und startete die Abfrage. »Jaaa, die haben auch eine Telefonnummer.« Er lächelte Ellen an. »Und nun wollen Sie wahrscheinlich, dass ich dort anrufe und mich erkundige, richtig?«

»Natürlich bezahle ich das Telefonat.«

»Nein, so war das nicht gemeint. Die Telefonkosten kann ich absetzen, die gehören zum Service. Ich glaube nur, ich werde dort um diese Zeit niemanden ans Telefon bekommen. Bei denen ist es jetzt ein Uhr morgens.«

»Könnten Sie es bitte trotzdem versuchen? Der Mann, den ich suche, heißt Dr. Christoph Lorch.«

»Aber klar.« Mit einem Zwinkern griff Herbert Ockermann zum Telefon, wählte die Nummer und bekam tatsächlich einen Mitarbeiter des Hotels an die Leitung. Ellens Englisch war gut genug, um Ockermanns Teil der Unterhaltung zu verstehen – auch wenn der teilweise nur aus *Hmmhmm* bestand, solange die Person am anderen Ende der Leitung sprach. Richtig schlau konnte sie aus dem allen nicht werden.

Dann endlich legte Ockermann auf und machte eine bedauernde Geste. »Ein Dr. Lorch ist dort nicht untergebracht, hat man mir gesagt. Aber das muss nichts bedeuten. Die meisten Inselbesucher campieren an ausgewiesenen Plätzen, wo sie jedoch nicht erreichbar sind. Immerhin *zahlen* die Touristen für ein paar Tage Unerreichbarkeit. Zwar hat jeder einen Notrufpiepser bei sich, aber damit kann man nur senden, nicht empfangen. Der einzige Trost, den ich Ihnen bieten kann, ist, dass Ihr Dr. Lorch keinen Notruf abgegeben hat. Er ist also nicht von Alligatoren gefressen worden.«

Als er Ellens ernstes Gesicht sah, entschuldigte er sich sofort für diesen unpassenden Scherz und bestand nochmals darauf, dass das Telefonat kostenlos für sie gewesen sei.

Nachdenklich ging Ellen zurück zur Tiefgarage. Nun war sie erst recht durcheinander. Zum einen war da das schlechte Gewissen, Chris zu verdächtigen – und das war noch eine harmlose Beschreibung dieses Gefühls. Am liebsten hätte sie sich selbst angeschrien, dass es eine absolute Idiotie war. Aber andererseits war da immer noch dieser nagende Zweifel. Er war wie ein Stakkato aus Tropfen, die ein Stück Granit bearbeiteten und allmählich begannen, die solide Oberfläche zu beschädigen, bis ein kleines Loch entstand. Und dieses Loch würde größer werden, wenn es nicht bald einen Beweis gab, der die Argumente der kalten, rationalen Zweiflerin in ihr entkräftete.

Wieder fragte sie sich, wie sie auch nur annehmen konnte, der Mensch, der vorgab sie zu lieben, sei zu all diesen Taten in der Lage. Sie fühlte sich verwirrt, wusste nicht mehr, was sie glauben sollte. Die ganze Geschichte war von Anfang bis Ende konfus und schien keinerlei Sinn zu ergeben. Ihre Migräne meldete sich zurück, und auch die Schmerzen der Prellungen waren schlimmer geworden. Trotzdem verzichtete sie auf eine weitere Tablette.

Ellen hatte in der dritten Etage parken müssen, und wie so oft war der Fahrstuhl außer Betrieb. Also nahm sie das Treppenhaus. Noch immer in Gedanken versunken, fielen ihr die Schritte hinter ihr erst auf, als sie das menschenleere Parkdeck 3 erreichte.

Sie blieb kurz stehen. Auch die Schritte hinter ihr verstummten. Alarmiert sah sich Ellen um, konnte jedoch niemanden sehen. Doch kaum ging sie ein Stück weiter, folgten ihr auch wieder die Schritte. Sie hallten von den Betonwänden wider, und es ließ sich nicht sagen, ob dieser Jemand vor oder hinter ihr ging.

Dann sah sie den Mann mit dem schwarzen Kapuzenshirt, der vom anderen Ende des Parkdecks auf sie zurannte.

Kapitel 24

Im Jahr 2005 veröffentlichte ein Neurobiologe mit dem klangvollen Namen Rodrigo Quian Quiroga einen Studienbericht über das nach der gleichnamigen Schauspielerin benannte *Halle-Berry-Neuron*.

Dieser Studie zufolge ist für das Erkennen bekannter Personen, Tiere oder Objekte jeweils eine bestimmte Nervenzelle im Gehirn zuständig. Die Bezeichnung kam deswegen zustande, weil bei den Probanden ein bestimmtes Neuron reagierte, wenn man ihnen ein Bild der Schauspielerin zeigte. Dieses Neuron schlug selbst dann an, wenn Halle Berry das Latexkostüm von *Catwoman* trug.

Solch ein Neuron reagierte nun auch bei Ellen, als sie den Mann auf sich zurennen sah. Es erkannte Größe, Statur und Kleidung, obwohl sein Gesicht von der tief in die Stirn gezogenen Kapuze nahezu verdeckt war. In Sekundenbruchteilen sendete Ellens neuronales Netzwerk eine Botschaft durch ihr limbisches System, das für die Verarbeitung von Emotionen und Triebverhalten zuständig ist.

Diese Botschaft lautete: *DER SCHWARZE MANN!*

UND SEINE HALTUNG DEUTETE ELLENS VERSTAND DEFINITIV ALS ANGRIFF.

Blitzschnell machte Ellen kehrt und rannte zurück ins Treppenhaus. Sie hastete die Treppen nach oben und hörte ihren Verfolger dicht hinter sich – seinen Atem, seine Schritte. Er war schnell, doch sie konnte den Vorsprung halten. Zwar beanspruchte Treppensteigen einen anderen Teil der Beinmuskulatur als das Joggen auf einer ebenen

Strecke, aber ihre Kondition war um einiges besser als die des Kerls, der hinter ihr herlief.

Es ist nicht Chris, sagte ein Teil ihres Verstandes, während ein anderer Teil ihr klar und deutlich zu verstehen gab, dass es höchste Zeit war, die Beine in die Hand zu nehmen. Chris würde niemals solch ein Sweatshirt tragen – schon gar nicht eines mit Kapuze. Und war er nicht auch etwas kleiner als ihr Verfolger? Darüber würde sie sich später Gedanken machen. Jetzt hieß es erst einmal laufen. So schnell es ging.

Noch eine Treppe bis zum Ausgang im Erdgeschoss. Und weit und breit kein Mensch außer ihnen.

Zwanzig Stufen, schätzte sie.

Fünfzehn.

Zehn.

Allmählich holte er auf.

Scheiße, ich schaffe es nicht bis auf die Straße!

Sie erreichte das Erdgeschoss. Er war immer noch dicht hinter ihr. Sie spürte seine Hand, die vom glatten Leder ihrer Jacke abglitt.

Etwa vierzig Meter bis ins Freie.

Zu weit!

Ihr blieb nur eine Möglichkeit. Unter Aufgebot all ihrer Kraft – wobei sie sämtliche Schmerzen ignorierte, die ihr nach den beiden Schlägereien geblieben waren – stürmte sie in die Damentoilette neben dem Kassenautomaten. Sie warf die Tür zu, schmiss sich dagegen, hörte den Aufprall seines Körpers und verriegelte die Tür.

Sie war in Sicherheit.

Aber gleichzeitig saß sie auch in der Falle.

»Hallo, Ellen.«

Die gedämpfte Stimme jagte ihr eisige Schauer über den Rücken. Sie kannte diese Stimme! Ja, verdammt, sie kannte sie! Aber woher? Sie klang nicht wie die von Chris. Andererseits war sie viel zu gedämpft, als dass sie Chris wirklich ausschließen konnte.

»Was wollen Sie von mir? Ich habe doch getan, was Sie gesagt haben.«

»Ja, das hast du.«

Auch wenn Ellen sein Gesicht noch nie gesehen hatte, glaubte sie dennoch, ihn beim Sprechen grinsen zu hören. Ein kaltes, wahnsinniges Grinsen. Sie stellte sich dieses Grinsen in Chris' Gesicht vor – was ihr tatsächlich gelang!

»Chris? Verdammt noch mal, bist du das?«

»Lös das Rätsel, dann weißt du es. Oder ... du machst jetzt die Tür auf, wenn du Mut hast.«

Ellen wurde von Angst geschüttelt. Sie griff nach dem Riegel – und zuckte dann zurück. Der Gedanke, was ihr dieser Wahnsinnige im Wald angetan hatte, nahm ihr jeglichen Mut. Im schlimmsten Fall wäre das Öffnen der Tür eine Einladung für diesen Psychopathen, sie in die Kabine zu drängen und totzuprügeln.

»Warum ich?« Ellen schlug vor Wut und Verzweiflung gegen die Tür. »Was habe ich Ihnen denn getan?«

»Denk nach, Dummerchen.« Ein Kichern im Flüsterton. »Beim nächsten Rätsel solltest du aufmerksam hinhören.«

»Warum sagst du mir nicht endlich, was du willst, du verdammter Spinner?«

»Nanana, das ist aber nicht nett. Doch wenigstens sind wir jetzt per Du. Hör also genau hin. Die Zeit läuft, vergiss das nicht. Deine Zeit und die von ...«

Die letzten Worte waren viel zu leise, als dass Ellen sie hätte durch die Tür verstehen können. Bedeutete das, dass er sich entfernte? Sie ließ sich auf die Knie fallen und sah unter dem Türspalt hindurch. Nein, er stand noch immer da. Zwar konnte sie seine Schuhe nicht erkennen, dafür aber den Schatten, den er im Neonlicht auf den Betonboden warf.

Dann folgte ein Faustschlag gegen die Tür, der sie erschrocken aufschreien ließ.

Sie brauchte Hilfe, und zwar schnell. Ewig würde die Sperrholztür seinen Schlägen nicht standhalten. Allein kam sie gegen den Kerl nicht an, das hatte sie im Wald nur zu gut gemerkt. Und ihr Pfefferspray, die einzige Waffe, die sie besessen hatte, war für Edgar Janov draufgegangen.

Ellen zog ihr Handy aus der Tasche. Der Akku war fast leer.

Wamm.

Wieder ein Schlag gegen die Tür, und wieder zuckte sie zusammen, als sei seine Faust bereits durch das Holz gesplittert. Sie hoffte, nein, sie betete, dass der Akku noch für ein Telefonat ausreichen würde.

Wamm. Wamm. Wamm.

»Komm endlich da raus!«

Mark meldete sich nach dem zweiten Freizeichen. »Ja?«

»Mark? Hier ist Ellen. Ich bin in der Tiefgarage im Stadtzentrum. Er steht vor der Tür. Dieser Wahnsinnige steht vor der Tür! Bitte, hilf mir!«

»Bleib, wo du bist!«, rief Mark aus dem Hörer. »Ich bin sofort ...«

Dann war der Akku leer.

Zwölf Minuten und unzählige Faustschläge gegen die Tür später war Mark bei ihr. Als sie sein »Ellen, ich bin's. Mach auf!« hörte, wäre sie ihm am liebsten um den Hals gefallen.

Sie öffnete die Tür, sah Mark und eine Frau mit verkniffenem Gesicht. Der Kerl mit dem Kapuzenshirt war verschwunden.

»Komm.«

Mark nahm sie behutsam am Arm. Dabei berührte er ihren Bluterguss, und sie zuckte mit einem »Autsch« zurück.

Er sah sie besorgt an. »Ich glaube, es wird Zeit, dass du mir alles erzählst.«

»Ja. So wie es aussieht, schaffe ich das nicht allein.«

Die Frau drängte sich an ihnen vorbei in die Toilette, schnaubte Ellen ein »Unverschämtheit!« zu und knallte die Tür hinter sich ins Schloss.

Mark führte Ellen zu seinem Auto, während sie sich immer wieder umsah. Sie wurde das Gefühl nicht los, von dem Schwarzen Mann beobachtet zu werden.

Kapitel 25

»Puh!« Mark lehnte sich in seinem Sessel zurück. »Das ist eine ziemlich verrückte Geschichte.«

»Wem sagst du das.« Ellen seufzte. »Ich höre mich schon an wie eine meiner Patientinnen oder wie die Hauptfigur in einem David-Lynch-Film.«

Sie deutete auf das gerahmte *Mulholland Drive*-Plakat,

das über Marks Wohnzimmercouch hing. Es zeigte Naomi Watts und Laura Harring, die, von irgendetwas geängstigt, zur Zimmerdecke zu blicken schienen.

»Na ja, das mit deinem Kater klingt eher nach Stephen King.«

Kaum hatte er ausgesprochen, als Ellen die Tränen in die Augen schossen. Sie wollte nicht weinen. Wenn man weinte, war man schwach und verletzlich. Aber sie konnte die Tränen nicht zurückhalten. Das Bild von Sigmunds leblosem Körper, seinem fast abgetrennten Kopf und der schwarzen Blutlache auf den Steinfliesen kam ihr in den Sinn und machte es ihr unmöglich, sich zu beherrschen. Sie presste die Augen fest zusammen, unterdrückte ihr Schluchzen und spürte Marks Hand, die zögerlich ihre Schulter berührte.

»Geht gleich wieder«, presste sie hervor und wischte sich mit dem Ärmel die Tränen aus dem Gesicht. »Ist nur alles ganz schön viel für mich.«

Mark zog seine Hand zurück und nickte. »Hast du denn überhaupt keine Idee, wer dieser Typ sein könnte?«

»Nein.« Sie schüttelte den Kopf. »Zuerst hatte ich dich im Verdacht ... Versteh mich bitte nicht falsch, es war nur, weil anfangs alles auf dich hingedeutet hat – auch wenn ein Teil von mir dir das nie zugetraut hätte. Tut mir ehrlich leid.«

»Schon gut, vergiss es.« Er winkte ab, dennoch war ihm anzumerken, dass ihn ihre Verdächtigung getroffen hatte.

»Mark, wirklich, ich möchte, dass du weißt, wie leid mir das tut.«

»Ja, das weiß ich. Es war nur ... nun ja ... ich fühlte mich verletzt. Aber nach dem, was du mir gerade erzählt hast, kann ich dich verstehen. Es hätte ja auch ganz gut gepasst – mein Erscheinen auf dem Waldparkplatz, die Tatsache, dass ich in deiner Wohnung war, und auch, dass ich wegen meines Zugangs zur Station als möglicher Entführer infrage gekommen wäre. Tja, und als sei dies nicht genug, stelle ich dich auch noch als überspannt hin und behaupte, du wärst paranoid.«

Sie sah ihn nachdenklich an, dann wagte sie, die Frage zu stellen, die ihr auf dem Herzen lag, seit Mark sie aus der Tiefgarage abgeholt hatte. »Und wie ist es jetzt? Hältst du das alles immer noch für überspannte Fantasterei?«

Er schüttelte den Kopf und deutete auf ihre hochgeschobenen Ärmel, unter denen die blauen Flecke wie misslungene Tätowierungen herausschauten. »Natürlich nicht. Auch ohne diese sichtbaren Belege wäre es schon ganz schön vermessen von mir, das alles nur als stressbedingte Einbildungen abzutun. Also, mach dir keine Gedanken deswegen. Ich glaube dir, und ich nehme es dir auch nicht übel, dass du mich im Verdacht hattest.«

»Ich war ja sogar schon so weit, *Chris* zu verdächtigen«, seufzte Ellen. »Ausgerechnet ihn! O Mann, Mark, ich habe das Gefühl, bei all dem noch den Verstand zu verlieren.«

»Genau das scheint es zu sein, was der Kerl bei dir erreichen will.« Mark goss ihnen beiden Kaffee nach. Im Vergleich zu der teuren Maschine in seinem Büro nahm sich das Gerät in seiner Küche wie ein Billigprodukt aus. »Für mich hört sich das ganz nach einem Rachefeldzug an. Vielleicht gehört diese Frau sogar zu ihm. Gewissermaßen eine Komplizin.«

»Daran habe ich auch schon gedacht«, meinte Ellen und rührte abwesend in ihrer Tasse. »Aber wenn, dann ist sie die beste Simulantin, der ich jemals begegnet bin. Ihre Angst wirkte so echt. Irgendwie kann ich nicht glauben, dass das alles nur gespielt gewesen sein soll.«

»Okay, gehen wir mal davon aus, es war nicht gespielt, und die Frau ist wirklich von diesem Schwarzen Mann entführt worden. Was sollte das mit dir zu tun haben? Glaubst du, er will dich bei deinem Verantwortungsgefühl packen, dich am langen Arm verhungern lassen und zusehen, wie du allmählich durchdrehst?«

Ellen nippte an ihrem Kaffee und nickte. »Ja, auch wenn ich den Grund dafür nicht verstehe.«

»Rache vielleicht?«

»Möglich.«

»Gut, es kann auch sein, dass der Kerl einfach durchgedreht ist. Ein ehemaliger Patient möglicherweise, der dich in sein Wahnkonstrukt eingebaut hat. Nicht jedes Motiv ist durchschaubar, schon gar nicht bei einem Geisteskranken. Vielleicht machen wir beide auch den Fehler, ihn analysieren zu wollen, statt einfach zu versuchen, ihn ausfindig zu machen.«

»Aber wie, Mark? Wer immer er auch ist, er scheint jeden meiner Schritte zu beobachten. Und wenn es sich bei dieser Frau tatsächlich um eine Geisel handelt, dann wird er sie leiden lassen, sobald er mitbekommt, dass ich ihm auf die Schliche zu kommen versuche. Verdammt, ich weiß einfach nicht mehr weiter.«

Er kratzte sich nachdenklich am Kopf. Dann stand er auf und kam kurz darauf mit einem Päckchen Zigaretten und einer Tablettenschachtel zurück. Er legte die Tabletten vor ihr auf den Tisch und steckte sich eine Zigarette an. »Nimm eine davon und versuch, ein paar Stunden zu schlafen. Ich muss gleich zurück zum Dienst. Danach werden wir überlegen, wie es weitergehen soll.«

Ellen besah sich misstrauisch die Packung und musste wieder an das Mädchen – die Halluzination – im Keller des Hotels denken.

»Ich brauche kein Sedativum, Mark. Das Zeug hat mir heute Nacht schon genug Alpdrücken beschert.«

Er stieß den Rauch durch die Nase aus und lächelte. »Hör einfach mal auf das, was der Onkel Doktor sagt.«

Irgendwie rührend, dachte sie und lächelte zurück, auch wenn ihr in ihrer Lage nicht mehr nach Lächeln zumute war. Das Hämmern in ihren Schläfen brachte sie noch um, ganz zu schweigen von ihrem noch viel größeren Problem, dem Psychopathen. Hatte sie wirklich gedacht, Mark sei der Kerl, der ihr im Wald beinahe die Wirbelsäule zertrümmert hätte? Auf einmal schien das unvorstellbar für sie.

Trotzdem schob sie die Tablettenpackung von sich. »Nett gemeint, aber gerade du solltest wissen, dass Ärzte die ungehorsamsten Patienten sein können.«

Er hob die Brauen. »Wieso gerade ich?«

»Schon mal was vom Lungenkrebsrisiko bei Passivrauchern gehört?«

Mark lachte, wurde jedoch tiefrot und drückte seine Zigarette aus. Wenig später verließ er das Haus, und Ellen legte sich auf seine Couch, die herrlich bequem war. Obwohl sie zwei Tassen von Marks ziemlich starkem Kaffee getrunken hatte, und obwohl sie ihr Versprechen, eine der Tabletten zu nehmen, nicht einhielt, schlief sie augenblicklich ein.

Sie war viel zu erschöpft, um zu träumen.

Rrrrrrrriiiinnnggg!

Ellen schreckte auf. Für einen Augenblick wusste sie nicht, wo sie sich befand. Dann sah sie Jack Nance mit der skurrilen Frisur auf dem gerahmten *Eraserhead*-Poster über dem Bücherbord und erkannte ihr Umfeld als Marks Wohnung wieder.

Rrrrrrriiiinnnggg!

Abermals klingelte das Telefon auf dem Flur. Ellen konnte es durch die offen stehende Wohnzimmertür sehen. Es blinkte in der Ladestation und hörte sich wie eines der großen schwarzen Bakelitmonster aus den Vierzigerjahren an; dabei war das Mobilteil kaum größer als ein Handy.

Rrrrrrriiiinnnggg!

Ein ziemlich unangenehmer Klingelton, der trotz aller Vorliebe für Nostalgie gewaltig in den Ohren schepperte. Vor allem, wenn man unter Migräne litt.

Ellen war erleichtert, als nach dem dritten Läuten der Anrufbeantworter anging. Sie hörte eine Männerstimme, konnte aber nicht verstehen, was sie sagte.

Im Moment interessierte sie das auch nicht sonderlich, denn ihr war etwas anderes ins Auge gefallen. Etwas, das sie überaus erstaunte.

Obwohl der Heiligabenddienst alles andere als ein Zuckerschlecken sein konnte, gehörte Ellens erstes Weihnachten auf Station 9 zu den schönsten Erlebnissen ihres bisherigen beruflichen Lebens. Die Erinnerung daran war so lebendig in ihr, als sei es erst gestern gewesen.

Chris und sie hatten gemeinsam mit den beiden Pflegern Lutz und Dieter Dienst gehabt, ein sympathisches Duo, das ebenfalls ein Pärchen war.

Die zwei Pfleger hatten sich kräftig ins Zeug gelegt. An

Lutz war ein wirklich guter Dekorateur verlorengegangen, während Dieter die Patienten von seiner Erstausbildung als Bäcker und Konditor profitieren ließ. Den ganzen Nachmittag über hing der Duft nach Gebäck in der Luft und weckte die Vorfreude auf den Tisch im Speiseraum, auf dem abends gehäufte Teller mit Nüssen und frisch gebackenen Plätzchen warteten.

Chris griff mit großem Appetit zu. Vor allem Dieters Kokosmakronen hatten es ihm gewaltig angetan. Ellen wies ihn ein paar Mal auf seinen kleinen Bauchansatz hin, der irgendwann ein *großer* Bauchansatz und schließlich ein Bauch werden würde, wenn er so weiter futterte. Das sorgte bei allen Anwesenden für Gelächter, besonders als Chris knallrot anlief und beschämt grinste.

Irgendwie war dieser Weihnachtsabend ein ganz besonderer. Ganz gleich ob Patient, Pfleger oder Arzt, alle fühlten sich für ein paar Stunden wie eine große Familie.

Natürlich gab es auch ein paar Ausnahmen: Patienten, denen der emotionale Druck zu schaffen machte, den dieses Fest auslösen kann – entweder, weil sie keine Angehörigen hatten, bei denen sie die Feiertage hätten verbringen können, oder, noch schlimmer, wenn die Angehörigen selbst zu Weihnachten nichts von dem bekloppten Verwandten wissen wollten. Diese Patienten hatten auf ihren zusätzlichen Medikamentenbedarf zurückgegriffen und waren früh zu Bett gegangen.

Später stieß auch noch Mark von der oberen Station dazu. Sie tranken alkoholfreien Punsch, unterhielten sich und spielten Brettspiele, während Dieter in unbestimmter Reihenfolge CDs von Chris Rea, Bryan Adams und den Red Hot Chili Peppers auflegte …

Dieser ganz besondere Abend lag nun fast vier Jahre zurück und war ein einmaliges Erlebnis gewesen. Einmalig vor allem deshalb, da Lutz und Dieter im März des darauffolgenden Jahres während eines Türkei-Urlaubs ums Leben gekommen waren, als ein Busfahrer am Steuer einnickte.

Irgendwann während dieses Weihnachtsfests war das Foto entstanden, das Ellen nun vor sich hatte. Sie glaubte sich zu erinnern, dass Lutz seine Kamera dabeigehabt und das Bild auch aufgenommen hatte. Es zeigte Ellen, die zwischen Chris und Mark stand, beide im Arm hielt und von Mark einen Kuss auf die Wange erhielt. An diesen Kuss erinnerte sie sich nicht mehr, aber das war auch nicht das Entscheidende.

Entscheidend war, dass sich dieses Foto in Großformat auf der ersten Seite eines Albums in Marks Bücherbord befand. In einem Album, auf dessen Deckel und Rücken der Name

ELLEN

mit schwarzem Edding-Stift geschrieben stand. In einer Handschrift, die sie nun wiedererkannte. Es war dieselbe Schrift wie die auf dem Schlüsselanhänger.

Es geht los

Ellen hatte das Gefühl, als sei ihr Körper von einer Sekunde zur nächsten in einen Eisblock gefroren worden.

Dass Chris die dritte Person neben ihr und Mark auf diesem Foto sein musste, war nur noch an seiner Haltung und dem Norwegerpullover zu erkennen, den er in jenem Winter so gern getragen hatte. Irgendjemand hatte sein Gesicht bis zur Unkenntlichkeit aus dem Bild gekratzt.

Nein, nicht irgendjemand. Es musste Mark selbst gewesen sein, da machte sie sich nichts vor.

Ungläubig blätterte sie weiter, und bei jeder neuen Seite schlug ihr Herz noch heftiger. Es waren ausschließlich Bilder von ihr in diesem Album.

Ellen auf Station. Ellen beim Betriebsausflug vor der *Imperia*-Statue in Konstanz. Ellen bei einer Fortbildungsreise in Leipzig und so weiter und so fort.

Viele der Bilder kannte sie, konnte sich sogar noch an den Augenblick erinnern, in dem sie aufgenommen worden waren. Aber es gab auch Bilder, die sie *nicht* kannte. Schnappschüsse, die – wie es aussah – *heimlich* von ihr aufgenommen worden waren.

Ellen beim Laufen auf dem Donauweg, fotografiert durch die Zweige eines Strauches. Ellen beim Sonnenbaden am Baggersee, der sich unweit der Waldklinik befand. Ellen während der Mittagspause, lesend auf einer Bank im Klinikpark. Ellen beim …

Nein! Das gibt's doch gar nicht!

Ellen beim Ausziehen ihres T-Shirts, aufgenommen durch das Schlafzimmerfenster im Personalwohnheim.

Sie klappte das Album so heftig zu, dass es sich wie ein Pistolenschuss anhörte. Überraschung, Scham und vor allem Zorn tobten in ihr.

»Du verdammter Spanner, jetzt verstehe ich endlich!«

Bebend vor Wut und Aufregung lief sie in den Flur und schnappte sich ihre Jacke. Raus hier! Sie musste so schnell wie möglich weg.

Jetzt hatte sie endlich einen Beweis. Dieses Album zeigte eindeutig das Motiv für Marks Aktionen – oder vielleicht sollte sie besser sagen, für die *Aktionen des Schwarzen Mannes*. Für Ellen bestand nun kein Zweifel mehr daran, dass es Mark war. Wenn sie damit zur Polizei ging, würde ihr dieser Kröger endlich glauben müssen. Und wenn sie seinen Kollegen Wegert anrief – den Polizisten, der schon mehr Scheiße als ein Abflussrohr gesehen hatte –, würde Mark nichts mehr zu lachen haben. So viel stand fest.

Sie griff schon nach der Klinke, als ihr einfiel, dass es ein Fehler war, das Album aus Marks Wohnung zu tragen. Nein, es war besser, die Polizei fand es hier. Das war eindeutiger. Immerhin stand ja nicht Marks Name darin.

Sie lief zurück zum Regal, schob das Album zurück in die Lücke, in die es gehörte, und ging wieder zur Haustür. Dort fiel ihr der blinkende Anrufbeantworter neben der Garderobe auf.

Ellen drückte die Wiedergabetaste. Vielleicht war es Instinkt, vielleicht eine Vorahnung, möglicherweise nichts als die Bewahrheitung des Klischees von weiblicher Intuition – warum auch immer, sie tat es einfach.

Nach der Ansage einer mechanisch klingenden Stimme, die darauf hinwies, eine neue Nachricht sei eingegangen, und danach Datum und Uhrzeit nannte, hörte Ellen eine Männerstimme.

»Hi, ich bin's.« Als Ellen die Stimme des Mannes erkannte, schrak sie zusammen, als sei er erneut auf ihren Rücken gesprungen. »Ich habe alles wegen dieser Ellen vorbereitet. Ruf mich an, und wir können loslegen!«

Zwei!, schoss es Ellen durch den Kopf. *Ich Idiotin, natürlich, sie sind zu zweit!*

In diesem Moment hörte sie einen Wagen vors Haus fahren. Durch das geriffelte Glas der Haustür erkannte sie die schwarze Silhouette von Marks Volvo.

Kapitel 26

Das Gehirn eines Menschen besteht aus ungefähr hundert Milliarden Nervenzellen, die durch mehr als hundert Billionen Synapsen miteinander kommunizieren. Dabei entstehen einzelne Gedanken in so unglaublich hoher Geschwindigkeit, dass man sie längst verarbeitet hat, ehe sie im Geiste zu Worten geformt sind.

Noch ehe Mark die Fahrertür seines Volvos zuschlug, hatte Ellen bereits zwei Möglichkeiten gegeneinander abgewogen. Entweder sie blieb in seinem Haus und stellte ihn zur Rede – sowohl, was das makabre Spiel betraf, das er mit ihr trieb, als auch, was den Verbleib der Frau ohne Namen anbelangte –, oder aber sie sah zu, dass sie unbemerkt aus dem Haus kam.

Für die zweite Alternative sprach, dass sie nur so die Möglichkeit haben würde, Marks Komplizen ausfindig zu machen. Dann konnte sie die Polizei einschalten, ohne dass Mark in der Lage wäre, den Namen des anderen zu verschweigen. Vorher wäre es zu riskant, wenn sie nicht das Leben der entführten Frau aufs Spiel setzen wollte.

Sie hörte schon seine Schritte auf dem Kiesweg, der zum Haus führte, und hastete durch das Wohnzimmer zur Terrassentür. Es folgte das Klacken seines Haustürschlüssels, der sich im Schloss drehte. Es kostete Ellen zwei wertvolle Sekunden, die schwergängige Terrassentür zu öffnen und hinter sich zuzuziehen. Der Garten des Dreiparteienhauses war ziemlich groß. Mark würde hier sein und sie sehen, noch ehe sie die Straße erreicht hatte.

So schnell sie konnte, suchte sie hinter einer Hecke Schutz. Dann wartete sie ab, was geschehen würde.

Zunächst geschah nichts. Ellen konnte nicht erkennen, ob sich Mark im Wohnzimmer befand, da sich die tief stehende Sonne auf den Fensterscheiben spiegelte. Dann öffnete sich die Terrassentür. Mark trat ins Freie. Er sah sich um. Sein Blick wanderte durch den Garten zur Straße und wieder zurück. Für ein oder zwei Sekunden, die Ellen wie eine Ewigkeit vorkamen, starrte er auf den Teil der Hecke, hinter den sie sich duckte.

Mist, er kann mich sehen! Wenn ich ihn sehen kann, kann er es auch!

Mark kam ein paar Schritte auf sie zu und blieb stehen. Er bückte sich, hob ein funkelndes Stück Zellophan auf, das der Wind von der Straße in den Garten getragen haben musste, betrachtete es kurz und warf es wieder ins Gras. Schließlich ging er zurück in seine Wohnung.

Wieder verging eine kleine Ewigkeit, dann hörte sie, wie Mark den Volvo startete. Ellen rannte durch den Garten zur Straße.

Mit hoher Wahrscheinlichkeit würde er jetzt nach ihr suchen. Vielleicht würde er auch seinen Kumpel zu Hilfe holen. Sie musste ihm folgen. Nur wie? Ihr Mazda stand noch immer in der Tiefgarage.

In diesem Moment kam ein tiefer gelegter Kleinwagen –

der zu einer Zeit, zu der er noch keinen Tuningmaßnahmen zum Opfer gefallen war, ein Opel Corsa gewesen sein musste – mit aufgedrehter Musikanlage die Straße entlanggeschossen. Ellen überlegte nicht lange, sondern trat mit fuchtelnden Armen auf die Fahrbahn. Mit quietschenden Reifen kam das Plastikgeschoss zum Stehen.

»Sag mal spinnst du, Alte!«, schrie sie der Fahrer durch die heruntergelassene Scheibe an. Er war höchstens zwanzig. Sein blondiertes Haar hatte er mit einer Unmenge Gel zu einer Art Hahnenkamm aufgestellt.

»Bitte, du musst mich mitnehmen.« Ellen trug den flehentlichsten Augenaufschlag zur Schau, dessen sie fähig war, und hielt beide Hände auf die Motorhaube, um ihn am Weiterfahren zu hindern.

»Scheißen und verrecken, mehr muss ich überhaupt nicht! Und jetzt nimm die Flossen von meiner Karre. Du verkratzt mir den Lack.«

»Ich zahle!«

Schlagartig drehte er die Musik leiser.

»Wie viel?«

»Fünfzig.«

»Hundert.«

Marks Volvo hatte das Ende der Straße erreicht und bog um die Kurve. Das war die Richtung, die zur Umgehungsstraße führte.

»Gut, hundert.«

»Im Voraus!«

Sie riss die Beifahrertür auf und sprang in den Wagen. In ihrem Geldbeutel befanden sich noch einhundertundzehn Euro. Sie warf ihm die Scheine auf den Schoß. »Und jetzt fahr dem schwarzen Volvo hinterher. Aber unauffällig!«

Er grinste.
»Klar doch.«
Dann drehte er den Lautstärkeregler wieder so weit auf, dass der Bass die Heckklappe beben ließ, und gab Gas.

Kapitel 27

Es gab kaum eine bessere Tarnung als das schreiend gelbe Vehikel dieses Halbstarken, der, wie er Ellen unterwegs erzählte, Holger hieß und einen Aufkleber mit der Aufschrift *ANSCHNALLEN, KIPPE AUS, SCHNAUZE HALTEN!* auf der Beifahrerseite des Armaturenbretts kleben hatte.

Der zweite Aufkleber darunter – *TESTAMENTVORDRUCKE IM HANDSCHUHFACH* – passte gut zu seinem Fahrstil.

Teilweise fuhr Holger so dicht auf, dass Ellen sich schon in einem Knäuel aus Plastik und Blech enden sah, sollte einer der Vordermänner auf die Idee kommen, spontan zu bremsen. Trotzdem hielt Holger ausreichend Abstand zu Marks Volvo – immer so weit, um ihn noch im Auge behalten zu können.

Wenige Minuten später war Ellen klar, wohin Mark unterwegs war. Er fuhr zur Waldklinik, weil er sie dort vermutete.

Kurz vor dem Klinikparkplatz bat sie Holger zu halten, wobei sie gegen sein lautes Radio anschreien musste. Es folgte eine Vollbremsung auf dem Seitenstreifen, bei der ihr der Sicherheitsgurt schmerzhaft auf die Blutergüsse drückte.

»Dein Stecher geht wohl fremd?«, wollte Holger wissen. Als Ellen nicht antwortete, sondern ihren schmerzenden Körper mühsam aus dem engen Schalensitz herausstemmte, fügte er hinzu: »Ach Scheiße, geht mich ja auch nichts an. Viel Glück und so. Und danke für die Kohle.«

Dann verschwand er mit einem Kavaliersstart, und kurz darauf waren das knallgelbe Plastikgeschoss und der dröhnende Techno-Bass verschwunden. Ellen rieb sich die hämmernden Schläfen und empfand den Verkehrslärm beinahe als wohltuende Stille.

Mark hatte auf dem Besucherparkplatz gehalten. Aus sicherer Entfernung beobachtete Ellen, wie er ausstieg. Als sie sah, wer nun auf ihn zukam, durchfuhr sie eisiger Schauer.

Der Kerl schien ein Faible für schwarze Kapuzenshirts zu haben. Er hatte das *Batman*-Shirt gegen eines mit dem weißen Aufdruck *NEW ZEALAND ALL BLACKS* eingetauscht.

Zum ersten Mal konnte Ellen sein Gesicht erkennen. Auf die Entfernung sah sie es zwar nicht deutlich – Himmel, ja, sie brauchte endlich eine Brille oder wenigstens Kontaktlinsen, Eitelkeit hin oder her –, aber was sie sah, wirkte auf den ersten Eindruck nicht bedrohlich. Im Gegenteil, irgendwie kam der Typ daher wie der nette Kerl von nebenan. Ein Wolf im Schafspelz.

Er trug etwas unter dem Arm, das zunächst wie eine Aktentasche aussah, doch als er Mark den Gegenstand reichte, erkannte Ellen den Laptop wieder.

Ihren Laptop, aus *ihrem* Büro!

Egal, wie kurzsichtig sie auch sein mochte, es war *ihr* Laptop, kein Zweifel. Die beiden großen Aufkleber auf dem Deckel waren unverkennbar: ein Smiley und daneben ein Warndreieck, in dem ANFÄNGER stand, wie man sie üblicherweise auf den Autos von Führerscheinneulingen sah – ein typischer Scherz von Chris.

Mark nickte, legte den Laptop in seinen Wagen, und dann gingen die beiden in Richtung Klinikgelände. Ellen folgte ihnen in sicherer Entfernung.

Was hatten sie nur vor?

Die Männer waren zu sehr mit ihrer Unterhaltung beschäftigt, als dass sie Ellen bemerkt hätten. Dabei fuchtelte der Schwarze Mann mit den Armen, als müsse er ein ganzes Orchester dirigieren. Ja, er hatte Temperament, das konnte ihr schmerzender Rücken nur bestätigen.

Plötzlich blieb Ellen wie angewurzelt stehen. Unmittelbar neben sich hatte sie etwas gehört. Ein Geräusch, das eine Assoziation in ihr weckte.

Auf einmal wusste sie, wo sich die Frau ohne Namen befand.

Im Grunde genommen war das unterirdische Tunnelnetz der Waldklinik das Ergebnis von Angst.

Als die Welt während der Kubakrise 1962 knapp vor dem Ausbruch eines Dritten Weltkriegs stand, hatte die Furcht vor einem möglichen Atomschlag zum Bau zahlreicher Schutzbunker in Deutschland geführt. Die netzartige Anlage der Waldklinik war einer davon gewesen.

Wäre es jemals zur Katastrophe gekommen, hätten mehr als vierhundert Menschen in den Tunneln Zuflucht gefunden. Schwere Stahltore hätten sich geschlossen, und die

Lüftungsschächte, die überall im Parkgelände aus dem Boden ragten, wären hermetisch abgeriegelt worden.

Als ein Jahr später eine leichte politische Entspannung eingetreten war, die der Politiker Egon Bahr *einen Wandel durch Annäherung* genannt hatte, begann man, den Tunnel auch anderweitig zu nutzen und die bis dahin oberirdische Versorgung unter die Erde zu verlegen. Vier Elektrobahnen transportierten Essen, Bettwäsche und weiteren Stationsbedarf zwischen den einzelnen Gebäuden und dem Versorgungszentrum hin und her.

Jede der Bahnen war mit einem oder zwei Blechanhängern ausgestattet. Der Betrieb dieser Elektrobahnen war günstiger und weniger wartungsintensiv als die beiden bis dahin genutzten Lastwagen mit den absenkbaren Ladeflächen. Außerdem waren die Bahnen leiser und weniger auffällig, so dass man sie nicht nur zum Transport von Gütern verwendete. Gelegentlich fanden sie auch Verwendung, wenn verstorbene Patienten zur klinikeigenen Leichenhalle oder schwerst Verwirrte auf andere Stationen oder zu Therapieräumen gefahren werden mussten. Letztere hätten auf dem Weg durch den Park zu viel Unruhe verbreitet. Dank der Tunnel konnte man sie im Klinikpark allenfalls dann schreien hören, wenn sie an einem der Lüftungsschächte vorbeigeführt wurden.

Und einer dieser Lüftungsschächte war es, neben dem Ellen nun stand und das metallische Scheppern wiedererkannte, das sie während des Telefonats mit dem Schwarzen Mann und der Frau ohne Namen gehört hatte.

Ellen starrte das Endstück des Schachts an, das zwischen zwei Büschen aus dem Boden ragte und einer vergitterten Hundehütte aus Edelstahl glich.

Die entführte Frau musste dort unten sein. Aber wo? Zwar glichen die Tunnel einem wahren Labyrinth, was bei der Größe des Krankenhausgeländes nicht verwunderlich war, doch es herrschte durch den Versorgungsbetrieb viel zu viel Unruhe, um jemanden unbemerkt dort verstecken zu können. Zumindest nicht über mehrere Tage hinweg.

Ellen überlegte, ob es dennoch eine Möglichkeit gab. Ihr Blick fiel auf eine Grünfläche, in deren Mitte eine von einigen Parkbänken umringte Skulptur stand. Die Skulptur zeigte eine erwachsene Person mit ausgebreiteten Armen, um die sich Kinder scharten. Es handelte sich um eine Gedenkstätte für die über hunderttausend Behinderten – Erwachsene und Kinder –, die dem Nationalsozialismus zum Opfer gefallen waren. Allein in dieser Klinik waren sechshundert Personen zwangssterilisiert oder durch Injektionen getötet worden.

Zwar war das Gebäude, in dem diese Verbrechen stattgefunden hatten, vor langer Zeit abgerissen worden, aber den Keller gab es noch, wie Ellen wusste. Es war wohl zu kostspielig gewesen, ihn zuzuschütten. Und es gab noch immer einen Tunnelzugang, der durch nicht mehr als zwei Klappböcke und ein Schild *ACHTUNG EINSTURZGEFAHR! ZUTRITT VERBOTEN!* versperrt wurde.

Dahinter lag das ideale Versteck.

In einiger Entfernung schlugen Mark und sein Komplize den Weg in Richtung Wohnheim ein. Bald würden sie feststellen, dass Ellen nicht in ihrer Wohnung war. Sicherlich würden sie dann weiter nach ihr suchen. Vielleicht in dem Parkhaus, in dem ihr Wagen noch immer stand.

Egal, sie schätzte, dass ihr noch genügend Zeit blieb, um

sich zu vergewissern, ob sie mit ihrer Vermutung richtig lag.

Wenn die Frau tatsächlich in dem Keller gefangen gehalten wurde, würde sie endlich die Polizei verständigen können.

Mit einem Gefühl, das eine Mischung aus Aufregung, Erleichterung und auch ein wenig Triumph war, öffnete sie die Abdeckung des Lüftungsschachts.

In diesem Moment packte sie jemand an der Schulter.

Kapitel 28

Der Weg hin zu dem, was man gemeinhin als *Verrücktsein* bezeichnet, ist nicht weit. Manchmal genügt ein winziges Kommunikationsproblem zwischen ein paar Gehirnzellen, und es ist geschehen.

Den ersten schizophrenen Schub hatte Florian Jehl mit siebzehn erlebt. Er war unruhig und aggressiv geworden und von dem Gedanken besessen, dass seine Eltern ihn vergiften wollten. Das hatten ihm die Stimmen in seinem Kopf erklärt, die zunächst nur gelegentlich zu hören gewesen waren, dann immer beharrlicher wurden und schließlich permanent auf ihn einredeten.

Anfangs war man diesen Symptomen mit Medikamenten Herr geworden, und Florians klares Denken kehrte zurück. Doch die Schübe kamen wieder und wieder, bis man ihm letztlich eine chronische Schizophrenie attestierte.

So begann für ihn eine klassische Psychiatrielaufbahn: Einweisung, neue Dosierung der Medikation, Besserung, Entlassung, Verschlechterung, wieder Einweisung ... ein Teufelskreis.

Anfangs hatte Florian den Stimmen misstraut. Wie er herausbekam, stammten sie von den Plüschschnecken, die zu Hause neben seinem Bett im Regal saßen. Irgendwann wurde ihm dann klar, dass diese Schnecken auf seiner Seite standen. Immerhin warnten sie ihn vor der Gefahr, die von seinen Eltern ausging – vor allem, wenn seine Mutter von ihm verlangte, er solle etwas essen, in dem sich definitiv Gift befand, das sie von Geheimdienstleuten erhalten hatte, um ihren Sohn für immer zum Schweigen zu bringen. Und so solidarisierte sich Florian mit seinen neuen Freunden.

Seither war sein jeweiliger Krankheitszustand am besten daran zu erkennen, ob er einen seiner Schneckenfreunde bei sich trug oder nicht.

Die Schnecke, die er im Arm hielt, als er Ellen gegenüberstand, hatte ein braunes Haus, einen kurzen beigefarbenen Stoffhals und ein breites Grinsegesicht mit großen Kulleraugen.

Auch Florians Augen standen nun weit offen. Ellen war bei seiner Berührung derart zusammengefahren, als habe sie ein Stromschlag getroffen. Mit einem Aufschrei war sie vor ihm zurückgewichen und dabei um ein Haar gestürzt.

»H-hallo, Florian, hast du mich vielleicht erschreckt.«

»Hallo, Frau Dr. Roth. Tut mir leid, das wollte ich nicht. Sind Sie das wirklich? Ich tu mich da manchmal schwer, das zu unterscheiden.«

»Ist schon gut. Und um deine Frage zu beantworten: Ja, ich bin es wirklich.«

Interessiert bestaunte er das Gitter in ihren Händen. Es war leicht zu entfernen gewesen, sie hatte nur vier dünne Aluminiumspangen aufbiegen müssen.

»Was machen Sie denn da?«

Ellen stellte das Gitter neben dem offenen Schacht ab.

»Ich ... nun ja, ich sehe hier nur schnell etwas nach. Musst du denn nicht zurück auf deine Station?«

Florians Gesicht verfinsterte sich. »Nein, das geht jetzt nicht. Ich hab eigentlich auch keine Zeit für Sie. Zuerst muss ich mit dem da«, er hob die Schnecke hoch, »ein ernstes Wort reden. Der quatscht dauernd solchen Mist, und ich bekomme dann Ärger.«

Ellen musste ihre Nervosität verbergen. Sie hatte jetzt keine Zeit, auf ihn einzugehen. Trotzdem half es nichts, Florian wegzuschicken. Das würde ihn nur noch neugieriger machen. Er gehörte sozusagen zu den Stammpatienten der Waldklinik, und Ellen hatte schon oft genug mit ihm zu tun gehabt, um zu wissen, dass er von Natur aus *ziemlich* neugierig war.

»Ja, dann will ich euch beide nicht bei eurer Aussprache stören. Ihr solltet euch dafür aber besser ein ruhiges Plätzchen suchen. Wie wäre es denn mit dem Garten am Patientencafé?«

»Ah, gute Idee. Reden hilft ja immer.«

»Na, dann viel Erfolg.«

»Ihnen auch, Frau Doktor.« Er erwiderte ihr Lächeln und trottete mit seiner Schnecke davon. »Die ist echt voll in Ordnung«, hörte sie ihn seinem Plüschkumpel erklären. »Aber hör endlich auf, mich Quatschkopf zu nennen!«

Ellen wartete, bis er weit genug weg war. Dann überzeugte sie sich, dass nicht noch jemand kam, und schlüpfte in den Schacht.

Die Leiter führte etwa vier Meter in die Tiefe. Als Ellen unten angekommen war und sich umsah, erstarrte sie. Eine Erinnerung traf sie wie ein Lichtblitz.

Sie war nur einmal in diesem Tunnelsystem gewesen. Damals hatte sie an einer Führung durch das Areal teilgenommen, kurz nachdem sie ihre Stelle in der Waldklinik angetreten hatte. Das lag nun vier Jahre zurück, und abgesehen von der Erinnerung an den Seitentunnel, der zum Keller unter der Gedenkstätte führte, hatte sie ganz vergessen, wie es hier unten aussah. Doch auf einen Schlag wusste sie nun wieder, was das für Tunnel gewesen waren, die sie in ihrem ersten Luzidtraum aufgesucht hatte. Sie erkannte die langen Gänge, die vergitterten Neonröhren, den großen Raum, von dem aus sie in jenem Traum losgegangen war und der in Wirklichkeit eine Wendefläche für die Versorgungsbahn war.

Fast schon erwartete sie, Professor Bormann neben sich stehen zu sehen, der ihr erklärte, er sei nur der Prolog zu einem weiteren Alptraum.

Ein weiterer Alptraum von einem schwarzen Hund – *Wolf, es war der böse Wolf!* –, der Jagd auf sie machte.

Blödsinn, schalt sie sich. *Dies ist die Realität, und ich habe jetzt wirklich keine Zeit für unbegründete Angst.*

Trotzdem fühlte sie sich erst besser, als sie auf dem Weg zum stillgelegten Tunnel unter dem Chirurgiegebäude an einem bereitgestellten Containerwagen vorbeikam, auf dem sie eine Lieferung Reinigungsmittel, Plastikhandschuhe und Einwegskalpelle entdeckte. Sie entfernte den Plastikschutz von einer der steril verpackten Klingen und ließ sie vorsichtig in ihre Jackentasche gleiten.

Sicher ist sicher.

Dann nahm sie sich noch zwei weitere Skalpelle und schob sie zum ersten.

Und aller guten Dinge sind drei.

Wenig später erreichte sie den Gang, der zum Keller unter der Gedenkstätte führte. Je weiter sie ging, desto dunkler und muffiger wurde es. Es roch säuerlich, nach Schimmel, Staub und den Überresten eines Infektionsschutzmittels. Wahrscheinlich Lysol.

Ellen wünschte, sie hätte ihren Arztkittel bei sich. In der Brusttasche befand sich eine Stiftleuchte, die ihr die Suche nach einem Lichtschalter erleichtert hätte. Strom musste es selbst hier noch geben, immerhin leuchteten die verstaubten Anzeigen, die zum Notausgang führten.

Der Gang endete an einer Stahltür, deren Lack an vielen Stellen abgeblättert war und rostige Flecken freigab, die wie schwarze, aufgeplatzte Wunden wirkten. Ellen tastete über die kalte Oberfläche, die sich wie mit unzähligen Pusteln übersät anfühlte, und fand endlich die Klinke. Zuerst ließ sie sich kaum niederdrücken, so sehr hatte ihr der Rost zugesetzt. Dann endlich ein Knarren, und sie gab nach.

Kreischend tat sich der Zugang zum alten Therapiekeller auf, zwar nur für ein Stück, aber ausreichend genug für sie. Ellen zögerte. Was würde sie hinter dieser Tür erwarten?

Sie musste all ihren Mut aufbringen und gegen den inneren Drang ankämpfen, so schnell wie möglich von hier wegzulaufen. Im Gegensatz zu den Patienten, die einst dorthin gebracht worden waren, hatte sie noch immer die Möglichkeit zur Umkehr. Was, wenn dies eine Falle war?

Sie dachte an Mark und seinen abartigen Komplizen im schwarzen Kapuzenshirt, die irgendwo auf dem Gelände unterwegs waren. Ob es noch einen Dritten im Bunde gab, der ihr hier auflauern konnte?

Lauf weg. Lauf weg! Noch *kannst du weglaufen!*

Ihr Atem ging schnell und heftig, teils wegen des penetranten Lysolgeruchs, aber vor allem aus Angst. Trotzdem ging sie weiter. So kurz vor dem möglichen Ziel würde sie nicht davonlaufen. Viel zu viel hing davon ab.

Jeder ihrer Muskeln war gespannt, als sie sich durch den Türspalt schob.

Der Kellerraum empfing sie kahl und öde. In einer Ecke erkannte Ellen die Umrisse eines Stuhls. Sie tastete die Wand nach einem Lichtschalter ab und wurde fündig. Erst geschah nichts, dann folgte ein Summen von der Decke, und zwei der sechs Neonröhren erwachten zum Leben. Nur eine brannte gleichmäßig. Die andere begann wild zu flackern und tauchte den Raum in ein heftiges Stroboskopgewitter.

Der Raum, einst der Wartebereich der Therapie, führte zu vier weiteren Türen. An einer, auf der die Überreste des Schriftzugs

TR PPE HA S

zu erkennen waren, hatte man die Klinke entfernt und das Schloss zugeschweißt.

Hinter einer dieser Türen muss sie sein, dachte Ellen, brachte es aber nicht zustande, ein *Hallo* zu rufen.

Der muffige Geruch verursachte ihr Beklommenheit. Hinzu kamen die unsäglichen Kopfschmerzen, die in den Eingeweiden des Tunnels noch schlimmer zu werden schienen. Diese elende Migräne, wollte sie denn nie ein Ende nehmen?

Aber jetzt, so kurz vor dem Ziel, würde sie nicht vor ihren Kopfschmerzen oder der Angst vor diesen Kellerräumen kapitulieren.

Wenn die Frau wirklich hier war und es Ellen gelang, sie zu befreien, würde alles ein gutes Ende nehmen. Eine Vorstellung, die ihr Mut machte.

Ja, vielleicht ist es wirklich bald ausgestanden.

Ellen entschied sich für die erste Tür neben dem ehemaligen Zugang zum Treppenhaus.

Kälte und der Gestank von fauligem Holz und Chlor schlugen ihr entgegen. Als sie das Licht einschaltete, fand sie sich in einem gekachelten Raum wieder. Die Fliesen mussten einmal weiß gewesen sein, jetzt waren sie stumpf und grau. Entlang der Fugen wucherte schwarzer Schimmel, und an einer Stelle breitete sich eine Ansammlung langstieliger brauner Pilze aus. Aus dem Abflussloch in der Mitte des Raumes drang das Quieken von Ratten.

Ellen sah sich nach Spuren um, nach irgendeinem Hinweis, dass jemand in den letzten Tagen hier unten gewesen war.

An der gegenüberliegenden Wand hingen mehrere poröse Gummischläuche in einer rostigen Halterung. Auf dem Querbrett darüber standen verschiedene Metallaufsätze. Spritzdüsen. Neben den Schläuchen reihten sich vier sargähnliche Badewannen aneinander. Jede war mit einer schweren Holzplatte abgedeckt, die man mit Metallspangen befestigen konnte. Im vorderen Bereich der Platten befanden sich ovale Öffnungen, gerade groß genug für das Gesicht eines Erwachsenen oder den Kopf eines Kindes.

Hydrotherapie aus dem dunkelsten Mittelalter, dachte Ellen. *Eiswasser gegen geistige Verwirrung. Deckel drauf, schreien lassen, abwarten.*

Angewidert wandte sie sich ab. Die Frau war nicht hier. Ellen ging zurück ins Flackerlicht des Warteraums. Das leise Geräusch ihrer Schritte wurde vom kaum hörbaren *Pling-Pling* der defekten Neonröhre begleitet. Mit schweißnassen Händen öffnete Ellen die nächste Tür – und glaubte, ihren Augen nicht zu trauen.

Die OP-Leuchte tauchte Ellen in nahezu überirdische Helligkeit. Das gleißende Licht biss sich durch ihre Augen in ihr von Migräneschmerzen geplagtes Gehirn. Geblendet starrte Ellen auf einen Stahltisch in der Mitte des Raumes, hinter dem sich altertümlich anmutende elektrische Apparaturen befanden.

Unter dem Tisch standen zwei Eimer, neben dem Tisch ein Regal mit allerlei Utensilien. Vor allem die Ledergurte, die zu beiden Seiten der stählernen Liegefläche herabhingen, ließen keinen Zweifel offen, wofür dieser Raum einst verwendet worden war.

Ein Wimmern ließ Ellen zusammenfahren. Es kam aus der linken Ecke des Raumes. Ellen ging auf das Geräusch hinter dem Regal zu. In einigen der staubbedeckten Fächer standen Flaschen, deren Inhalt sich bereits vor Jahrzehnten verflüchtigt haben musste, Pulverdosen und Schachteln, deren Aufschriften längst vergilbt waren.

Und dann entdeckte Ellen die Frau ohne Namen. Sie

sah zu ihr auf und presste sich dabei verängstigt gegen die Wand.

Wäre dies nicht einer der unheimlichsten Orte gewesen, die sie jemals betreten hatte, hätte Ellen einen kleinen Triumphschrei ausgestoßen. Sie hatte die Frau gefunden. Endlich!

Nun durften sie keine Zeit mehr verlieren. Ellen hatte keine Ahnung, wohin Mark und der Schwarze Mann tatsächlich unterwegs gewesen waren. Möglich, dass sie im Wohnheim oder im Parkhaus nach ihr suchten, es konnte aber ebenso gut sein, dass sie bereits auf dem Weg hierher waren.

Ellen näherte sich vorsichtig der Frau und konnte kaum fassen, was sie sah. Der Anblick war entsetzlich. Mit weit aufgerissenen Augen drückte sich ihre Patientin in die Ecke zwischen Regal und Wand. Das Gesicht war blau und verschwollen, um den Mund herum mit Blut verkrustet. Ihr Haar stand wirr und verfilzt vom Kopf ab und schien an mehreren Stellen ausgerissen worden zu sein. Die Kopfhaut war mit einer Art Ausschlag und weißen Schuppen übersät.

Die namenlose Frau zitterte entkräftet, als sie die gefesselten Hände hob. Auf ihren Handrücken erkannte Ellen entzündete Wunden.

Was, in Gottes Namen, haben dir diese Schweine angetan?

»Keine Angst«, flüsterte Ellen. »Ich habe dich jetzt gefunden. Alles wird gut.«

Sie ging langsam auf das ausgemergelte Wesen zu, das einst eine hübsche Frau gewesen sein musste. Jede schnelle Bewegung vermeidend, kniete sie sich neben ihr nieder. Dabei fiel es ihr schwer zu atmen. Der Gestank der Frau nach Schweiß, Adrenalin und Exkrementen war überwältigend.

Vorsichtig ergriff Ellen die dürren Arme, die an den Handgelenken mit einem Kabelbinder zusammengebunden waren.

»Ich werde das jetzt zerschneiden, okay?«

Die Frau grinste sie breit an. Doch es war kein erleichtertes Grinsen, keine Freude – aus ihren Augen strahlte blanker Wahnsinn.

Sie hat auf dem Weg durch die Hölle den Verstand verloren.

Ellens Hand zitterte, als sie in die Jackentasche griff und eines der Skalpelle hervorholte. Als die Frau die Klinge sah, quiekte sie und riss sich die gefesselten Hände vors Gesicht.

»Keine Angst«, redete Ellen auf sie ein. »Das brauche ich nur, um die Fesseln zu durchschneiden.«

Sanft berührte sie einen Arm der Frau und zog ihn vorsichtig zu sich heran. Dann setzte sie die Klinge an den Kabelbinder. Die Frau rollte mit den Augen und gab seltsame Laute von sich. Glucksende Worte, die Ellen nicht verstehen konnte.

»Ruhig, ganz ruhig. Ich will doch nur ...«

Wieder das Glucksen, doch diesmal war es lauter, und Ellen verstand zwei Worte.

»Hinter. Dir!«

Die Hand mit dem Stofftuch legte sich so abrupt auf ihr Gesicht, dass Ellen keine Zeit mehr blieb, die Luft anzuhalten. Im Gegenteil, sie zog vor Schreck den Atem ein und bekam dabei eine ziemliche Ladung Ether ab.

Ihr Hinterkopf prallte gegen einen Oberschenkel. Der Angreifer verfügte über eine derartige Kraft, dass sie befürchtete, er würde ihr die Nase brechen.

Der Ether zeigte schnell Wirkung. Ellens Puls begann zu jagen. Sie versuchte sich aus dem Griff zu befreien. Ihre Panik wurde durch die Wirkung des Ethers noch verstärkt und verlieh ihr ungeahnte Kräfte. Sie riss den Kopf zur Seite, löste sich von dem Tuch und schaffte es, ihren Angreifer mit dem Skalpell zu verletzen.

Augenblicklich ließ er von ihr ab. Sie hörte seinen gedämpften Schrei, so als ob er sich selbst dicken Stoff vors Gesicht halten würde.

Benommen fiel sie nach vorn und schlug mit dem Kopf nur knapp neben der Frau ohne Namen gegen das Regal. Ihre Hand tauchte in etwas Matschiges. Sie stemmte sich hoch, war sich aber nicht sicher, ob sie auf den Beinen stand oder frei in der Luft schwebte.

Alles war auf einmal so leicht, wie in Schwerelosigkeit. Der Raum um sie schien jegliche feste Form verloren zu haben. Konturen verschwammen, verzerrten sich. Farben wirkten auf einmal grell und unecht.

Sie sah eine schwarze Gestalt vor sich, die wie unter einer welligen Wasseroberfläche zuerst breiter, dann wieder ganz schmal wurde. Die Gestalt hielt sich die Schulter und trieb durch ein Meer tanzender Sterne auf sie zu.

Auf einmal veränderten sich die Sterne, wurden zu Blättern, die ein sanfter Windhauch von den Bäumen wehte. Sie tänzelten durch die Luft und landeten auf dem Waldboden.

Kapitel 29

Das Mädchen saß auf einem moosbewachsenen Stein und lächelte sie an. Ihr Sommerkleid mit den großen Blumen schien mit dem Laub um die Wette leuchten zu wollen. Auf einmal wirkte das Kleid gar nicht mehr so altmodisch. Im Gegenteil, Ellen wünschte, ihres wäre ebenso schön bunt. Doch sie selbst trug nur ein Kleid aus einem türkisen Stoff, der unangenehm kratzte, wenn man darunter schwitzte – und sie schwitzte stark, obwohl es hier im Wald um einiges kühler war als draußen auf der Wiese.

»Das traust du dich nicht«, sagte das Mädchen in dem bunten Kleid.

»Doch, natürlich trau ich mich.«

»Nein, tust du nicht. Und weißt du auch, warum?«

»Warum?«

Das Mädchen zeigte mit dem Finger auf sie. »Weil du zu feige bist. Du warst schon immer zu feige.«

Ihre Worte hallten in Ellens Kopf.

Zu feige. Zu feige. Zu feige. Zu feige!

Ein Summen wie von einem Bienenschwarm.

Ellen schlug die Augen auf. Grelles Licht blendete sie. Es schien von fünf Sonnen zu stammen, die dicht über ihrem Gesicht zu einem Kreis verschmolzen.

Nein, keine Sonnen, es sind Lampen. Sie gehören zu einer *Lampe. Einer* OP-Lampe!

Schlagartig wurde ihr klar, wo sie sich befand und was geschehen war. Die Benommenheit und das pelzige Gefühl in ihrem Mund waren Folgen des Ethers. Ihre Kopfschmerzen waren unerträglich geworden. Sie schienen ihren Kopf explodieren lassen zu wollen.

Mit jedem Moment, den Ellens Geist klarer wurde, nahm die Übelkeit zu.

Wenn ich mich übergeben muss, darf ich nicht auf dem Rücken liegen, dachte sie und versuchte, sich aufzurichten.

Doch sie konnte sich weder erbrechen noch bewegen. Ihre Arme und Beine waren an die Tischplatte gegurtet, ein weiterer dicker Riemen spannte sich über die Rippenbögen unterhalb ihrer Brüste.

Ich bin gefangen! O mein Gott, ich bin ihm ausgeliefert!

So gut es ging, hob sie den Kopf. Nur einen knappen Meter von ihr entfernt saß ein Mann mit nacktem Oberkörper auf einem Drehhocker. Er trug eine Skimaske, die nur Augen und Mund freigab. Eine sogenannte *Balaklava,* wie Ellen einmal gelesen hatte. Sein schwarzer Sweater lag neben Ellens nackten Beinen auf der glänzenden Stahlplatte.

Zuerst schien er sie gar nicht zu bemerken. Er war viel zu sehr damit beschäftigt, die Schnittwunde an seiner linken Schulter zu nähen. Dabei schien er sich vollkommen unter Kontrolle zu haben. Seine Hand mit der Nadel zögerte nicht ein einziges Mal, als er in die Haut neben der Wunde einstach und den Faden durchzog. Die Art und Weise, wie er dabei vorging, war alles andere als professionell. Es war ein regelrechtes Flickwerk, so als würde er schnell zwei Lederstücke aneinandernähen.

Dann bemerkte er, dass Ellen wach war. Er sah sie kurz an, und Ellen konnte den Schweiß erkennen, der ihm über die Brauen rann.

Wenigstens hast auch du Schmerzen, du Scheißkerl!, dachte sie, und dann meldete sich die emotionslose, rationale Seite in ihr zu Wort: *Siehst du seine Augen? Diese Augenbrauen? Schau genau hin. Das ist nicht Mark, und es ist auch nicht Chris!*

Doch ihre Angst war viel zu groß, um sich aufgrund dieser Feststellung erleichtert zu fühlen. Was half ihr dieses Wissen jetzt? Ganz gleich, wer er war, sie war ihm ausgeliefert. Dieser Irre konnte nun mit ihr tun und lassen, was er wollte. Sie konnte sich ja kaum rühren, und an Gegenwehr brauchte sie gar nicht mal zu denken. Die Riemen hielten sie unerbittlich fest.

Entsetzen und panische Angst tobten in ihr, wurden zu hilfloser Wut.

»Mach mich los!«

Der Mann legte kurz den Kopf schief und betrachtete sie, als sei sie ein Insekt, das einem Forscher in die Falle gegangen war. Dann wandte er sich ungerührt wieder seiner Wunde zu und nähte weiter.

Ellen ließ den Kopf zurück auf die kalte Stahlplatte sinken. Sie trug nur Unterwäsche und fror erbärmlich. Jeder Pulsschlag in ihren Schläfen kam ihr vor, als hämmere jemand Pfennignägel in ihren Schädel.

Als sie den Kopf erneut hob, sah sie die Frau ohne Namen, die noch immer neben dem Regal am Boden kauerte. Ihr Mund war mit frischem Blut verschmiert, und nun erkannte Ellen, woher die Wunden auf ihren Handrücken stammten. Sie biss sich selbst immer wieder in die dünne Haut.

Während ihrer Zeit auf Station 9 hatte Ellen mehrmals mit Menschen zu tun gehabt – vorrangig mit Frauen –, die sich selbst verletzten. Ellen hatte schon einige schlimme

Wunden von Leuten behandeln müssen, die sich für Versager hielten oder sich die Schuld an schlimmen Ereignissen gaben. Handflächen, die auf glühende Herdplatten gepresst worden waren, um für eine Fehlgeburt zu sühnen. Auf Rauputz wund geriebene Wangen als Strafe dafür, dass der Ehegatte fremdging, weil man so hässlich war.

Andere verletzten sich, um den Bezug zur Realität nicht zu verlieren, kämpften gegen ihre Halluzinationen an, indem sie sich mit Nadeln in die Schenkel stachen oder sich die Arme mit Rasierklingen zerschnitten. Schmerz ist eines der wenigen Gefühle, die eindeutig der Realität zugeordnet werden können. Wer körperlichen Schmerz empfindet, befindet sich auch im Jetzt und Hier.

Ellen wusste nicht, ob sich diese Frau darüber bewusst war oder sich mehr aus einer Art Instinkt heraus die Handrücken zerbiss. Sie vermutete jedoch Letzteres. Vor allem wegen der Melodie, die die Frau ohne Namen dabei summte:

Wer hat Angst vorm Schwarzen Mann?

Ruckartig stand der Mann auf, legte die Nadel beiseite, nahm seinen Sweater vom Tisch und streifte ihn über. Dann kam er auf Ellen zu. Er packte sie an der Stirn und drückte ihren Kopf zurück auf die Platte. Dort fixierte er ihn mit einem Ledergurt.

Es war Ellen unmöglich, sich dagegen zu wehren. Hilflos festgeschnallt rollte sie mit den Augen, um zu sehen, was er vorhatte. Natürlich *wusste* sie längst, was nun passieren würde, aber ihr Verstand wehrte sich mit aller Kraft gegen diese Vorstellung.

»Bitte nicht!«, flehte sie, als er zu ihr zurückkehrte.

Seine Bewegungen waren vollkommen gelassen, beinahe gleichgültig. Obwohl er kein Wort sprach – auch dann nicht, als sie ihn anbettelte, er solle *bitte, bitte nicht* tun –, schien er mit seinen ruhigen Bewegungen zu sagen: *Tja, da musst du jetzt durch.*

Als sich seine Hand mit dem Beißklotz ihrem Mund näherte, presste sie Zähne und Lippen so fest es ging zusammen. Ihr war danach, den Kopf zur Seite zu drehen, doch so sehr sie sich auch bemühte, der Gurt hielt ihren Anstrengungen stand.

Er presste ihr das übel riechende Gummistück an die Lippen und packte mit der anderen Hand ihr Gesicht. Mit enormer Kraft drückten seine Finger auf Ellens Kaumuskeln. Der Schmerz war so gewaltig, dass sie beinahe automatisch den Mund öffnete. Sie musste würgen, als er ihr den Gummiklotz zwischen die Zähne schob, glaubte für einen schrecklichen Augenblick, sich nun doch erbrechen und daran ersticken zu müssen, und atmete heftig durch die Nase, bis weiße Flecken vor ihren Augen tanzten.

Nicht! Du hyperventilierst!

Nun führte er einen zweiten Riemen über ihr Gesicht, der ihr Kinn nach oben band. In irrwitziger Geschwindigkeit jagten Gedanken durch ihren Kopf.

Nein, er tut es nicht. Er wird es nicht wirklich tun. Er will mich nur erschrecken. Er will mir bloß Angst machen.

Als er das Gel an ihre Schläfen rieb, wusste sie, dass er es doch tun würde. Und nur wenige Zentimeter hinter ihrem Kopf wurde das Summen lauter, das – so wusste sie jetzt – nicht von einem Bienenschwarm, sondern von einem Transformator stammte.

Sie spürte die kalten Elektroden, die an ihre Schläfen geklebt wurden. Ein Gefühl, das schon Tausenden von Depressiven und Schizophrenen vor ihr das Blut in den Adern hatte stocken lassen.

Die Idee für diese Therapieform hatten zwei italienische Psychiater gehabt, als sie kurz vor Ausbruch des Zweiten Weltkriegs beobachtet hatten, wie man Schweine vor ihrer Schlachtung mit Stromstößen betäubte. Die Mediziner hatten sich überlegt, ob das künstliche Herbeiführen von Krämpfen eine heilsame Wirkung auf psychische Krankheiten haben könnte. Immerhin schrieb man eine solche Wirkung auch epileptischen Krampfanfällen zu. In der festen Überzeugung, eine wirksame Heilmethode entdeckt zu haben, experimentierten sie zunächst mit Hunden, ehe sie das Verfahren an einem Sträfling testeten. Einem geistig völlig *gesunden* Sträfling.

Dabei übersahen sie jedoch, dass es einen entscheidenden Unterschied zwischen Tieren und Menschen gibt: Im Gegensatz zum Tier weiß ein Mensch, was ihn erwartet, wenn man ihm Elektroden an die Schläfen heftet. Ein Mensch ist sich darüber bewusst, was als Nächstes geschehen wird – und die Angst davor ist mit Worten nicht zu beschreiben.

Auch Ellen war von dieser unbeschreiblichen Angst wie gelähmt. Sie hätte alles getan, ja, wirklich *alles,* wenn ihr der Schwarze Mann die Elektroden wieder abgenommen hätte – denn ihr war noch etwas klar geworden: Er würde ihr weder Schmerzmittel noch eine Vollnarkose verabreichen, wie es ein Arzt heutzutage getan hätte.

Der Schwarze Mann überprüfte noch einmal kurz die beiden Elektroden an ihren Schläfen, dann trat er hinter Ellen und legte den Schalter um.

Ein hässliches Knacken, begleitet von säuerlichem Stromgeruch.

Für den kurzen Moment des Stromstoßes, der allenfalls ein oder zwei Sekunden dauerte, explodierte eine Supernova in ihrem Kopf.

Ellen glaubte, in zwei Teile zerrissen zu werden – einen Teil, der im Flammenmeer eines brennenden Universums verglühte, und einen zweiten, physischen Teil, der sich aufzubäumen versuchte, als sich seine Muskeln durch die elektrischen Reize in ihrem Gehirn verkrampften.

Hätte man den Stromstoß durch ihren Körper gejagt, hätte diese Folter ein tödliches Ende finden können. So war jedoch nur ihr Gehirn den Impulsen ausgesetzt.

Es war eine Reise durch die Hölle. Zwar nahm Ellen keine Schmerzen wahr, doch die Gedankenexplosionen in ihrem Geist waren weitaus schlimmer als jeder körperliche Schmerz.

Und als es endlich vorbei war, blieb eine eisige Leere in ihr zurück. Sie spürte, wie ihre Muskeln pochten und zitterten, fühlte, wie die Gurte von ihrem Körper gelöst wurden, wie man sie vom Tisch hob und irgendwohin trug, aber es wollte ihr nicht gelingen, all diese Abläufe geistig zu erfassen.

Nur ein einziger klarer Gedanke fand kurze Aufmerksamkeit in ihrem sonst so gedankenleeren Kopf: *Jetzt wird er mich töten.*

Kapitel 30

Die Leere in ihrem Kopf war keine Schwärze. Eher ein blasses, eisiges Blau, das sich mit dem eines spiegelglatten Gletschersees vergleichen ließ. Und über allem schwebte ein sanftes Schwingen, als ob jemand in weiter Ferne eine Harfensaite angeschlagen hatte.

Es war die Kälte, die Ellens Verstand wieder zurückholte. Während sich ihr Sehvermögen allmählich aufklarte – ein Vorgang, der an das Bild einer Kamera erinnerte, deren Schärfegrad Schritt für Schritt justiert wird –, spürte sie, dass diese Kälte nicht nur das Resultat ihrer irritierten Nervenstränge war.

Diese Kälte war echt.
Diese Kälte war nass.
Diese Kälte war ...
Wasser!
Ellen fand sich in einer der vier Badewannen des modrig riechenden Hydrotherapieraums wieder. Irgendetwas roch fürchterlich. Entsetzt stellte sie fest, dass der Gestank von ihr selbst stammte. Während des Stromstoßes hatte sie die Kontrolle über sämtliche Muskeln verloren – einschließlich des Schließmuskels.

Doch noch viel schlimmer war, dass die Wanne mit eiskaltem Wasser volllief, während Ellen selbst noch zu wenig Herrin ihrer Muskeln war, um sich aus ihrer Lage befreien zu können. Hilflos zappelnd versuchte sie, den Wannenrand zu greifen, doch weder ließen sich ihre Arme in die richtige Richtung lenken, noch gelang es ihr, als sie endlich mit der Hand gegen den Wannenrand stieß, ihre Finger zu krümmen, um danach zu greifen. Sie strampelte mit den Beinen und schaffte es zumindest, ihren Oberkörper ein Stück weit aus dem Wasser zu stemmen. Die Panik, in wenigen Minuten im eisigen Wasser ertrinken zu müssen, verlieh ihr ungeahnte Kräfte. Sie presste die Fußsohlen gegen den Wannenrand, drückte zitternd und schlotternd mit den Beinen dagegen, wobei sie ihre Hände zu Hilfe nahm – die ihr noch immer nicht ganz gehorchen wollten –, und schob sich so ein kleines Stück aus dem Wasser, das unaufhaltsam stieg und stieg.

Und dann wurde sie in Dunkelheit getaucht, als die schwere Holzabdeckung über die Wanne gelegt wurde.

Ellen kreischte, schlug gegen den Deckel und hörte durch den Wannenrand verstärkt, wie die Verschlüsse an allen vier Seiten einschnappten.

Zwar half ihr die Kälte, schneller wieder die Kontrolle über ihre Muskeln und Nerven zu erlangen, aber gleichzeitig spürte sie, wie ihr Körper immer klammer wurde. Das Wasser war eisig kalt, und wenn sie nicht sofort aus dieser Wanne herauskam, würde ihr Bewegungsapparat sehr schnell träge werden. Sie schob sich hoch, drückte ihr Gesicht aus der Deckelöffnung – und sah den Schwarzen Mann in der Tür des Hydrotherapieraums stehen.

»Bitte lass mich hier raus«, flehte sie durch das Plätschern des immer noch einlaufenden Wassers.

Wie in Zeitlupe schüttelte der Mann mit der Maske den Kopf.

»Denk nach«, sagte er mit gedämpfter Stimme. Dann schloss er die Tür hinter sich.

Ellen schrie, brüllte, tauchte unter und hämmerte weiter mit den Fäusten gegen den Deckel. Doch er hielt ihren

Schlägen stand. Sie tauchte wieder auf, presste keuchend das Gesicht aus der Öffnung, kreischte und schrie erneut.

Die Tür blieb geschlossen, der Raum dunkel und leer. Da war niemand, der sie hörte. Niemand, der ihr helfen konnte.

Das Wasser spritzte mittlerweile durch den schmalen Spalt zwischen Wannenrand und Deckel. Ellen blieb kaum Gelegenheit, für länger als ein paar Sekunden Luft zu schnappen, ehe sie wieder kurz abtauchen musste, um das eisige Wasser ablaufen zu lassen.

Sie spürte, wie die Kälte ihren Muskeln zusetzte. Jede noch so kleine Bewegung fiel ihr zunehmend schwerer.

Bald wirst du sehen, was du besser kannst: die Luft anhalten oder dich zur Öffnung hochstemmen.

Nur ihrer Panik und dem Adrenalin, das sie dabei freisetzte, hatte sie zu verdanken, dass sie noch eine Weile durchhielt, dass es ihr wieder und wieder gelang, Mund und Nase aus der Öffnung zu strecken, einzuatmen und zu schreien.

Irgendwann gab sie das Schreien auf, atmete nur noch ein, und versuchte, sich mit dem Gedanken abzufinden, das Atmen einstellen zu müssen, weil sie einfach nicht mehr konnte. Ihre Kräfte verließen sie, während ihre Gleichgültigkeit immer stärker wurde.

Dann tauchte sie nicht mehr auf.

Dunkelheit.

Stille.

Patsch!

Ein Brennen auf ihrer Wange. Jemand rief ihren Namen.

Patsch!

Wieder eine Ohrfeige.

Sie lag auf dem nassen Fliesenboden. Die dünne Unterwäsche klebte auf ihrer Haut. Es war bitterkalt.

Das Erste, was sie sah, war der Holzdeckel neben der Wanne. Dann sah sie Mark, der sich über sie beugte. Hinter ihm stand der Schwarze Mann. Er hatte seine Maske abgenommen.

Sie schnellte hoch und schlug Mark ins Gesicht. So schnell es ihre klammen Muskeln zuließen, flüchtete sie in die Ecke des Raumes neben den Heizkessel.

»Verschwindet!«

Die Männer blickten sie verwundert an. Eine Flucht war unmöglich. Die beiden blockierten den Zugang zur Tür.

»Ellen, um Himmels willen, was ist passiert?«

Mark fasste sich an die gerötete Wange.

»Tu nicht so scheinheilig, du weißt doch ganz genau, was er mit mir gemacht hat!«

Der Schwarze Mann, auf den sie zeigte, hob abwehrend die Hände. Seine Verblüffung war wirklich gekonnt gespielt, dachte sie.

»Ich? Ähm, was haben wir denn gemacht?«

Mark warf ihm einen Blick zu, der ihn verstummen ließ. Dann sah er Ellen an. In seinen Augen lag jener Ausdruck, den Ellen nur zu gut kannte. Es war die Art, mit der man Leute ansah, die man für unberechenbar hielt. Die Art, auf die sie selbst schon genügend Leute angesehen hatte.

»Ellen, erzähl mir, was passiert ist.«

Seine gespielt fürsorgliche Art war schon beinahe amüsant. Oder war es gar nicht gespielt? O Gott, nach allem, was geschehen war, fiel es schwer, zwischen wirklich und unwirklich zu unterscheiden.

»Warum tut ihr mir das an? Warum foltert ihr mich und versucht, mich in den Wahnsinn zu treiben? *Warum?*«

»Ellen, war der Kerl hier? Hat *er* das getan?«

»Frag ihn doch selbst. Er steht neben dir.«

Wieder dieser Ausdruck des Erstaunens. »Er?«

»Hör auf, mich zu verarschen, Mark! Er hätte wenigstens sein Kapuzenshirt wechseln können, wenn ihr mir jetzt weismachen wollt, er sei es nicht gewesen.«

»Kann mir irgendjemand verraten, was hier gespielt wird?«, wollte der Mann mit dem schwarzen Sweater wissen.

»Ellen, das ist Volker Nowak.« Mark zeigte auf den Schwarzen Mann. »Ein Freund von mir. Er hat …«

»Er soll sich ausziehen«, fuhr Ellen ihn an. »Ihr beide, zieht euch aus! Ich will eure Schultern sehen.«

Der Schwarze Mann, von dem Mark behauptete, er heiße Volker, sah verunsichert zwischen ihnen beiden hin und her, als beobachte er ein Tennismatch. »Das ist doch jetzt ein Witz, oder wie?«

»Sehe ich aus, als würde ich Witze machen?«

»Also gut.« Mark knöpfte sein Hemd auf.

Verunsichert fuhr sich Volker durch die Haare. »Scheiße, Leute, was soll denn das jetzt werden?«

»Volker, halt einfach die Klappe und tu es, okay«, zischte Mark ihm zu.

»Na schön. Aber für die Chippendales reicht es bei mir nicht aus.« Er streifte sein schwarzes *NEW ZEALAND ALL BLACKS*-Sweatshirt ab, dann das T-Shirt, das er darunter trug.

Auch Mark, der unter seinem Hemd nichts getragen hatte, stand nun mit entblößtem Oberkörper vor ihr. Er drehte ihr beide Schultern abwechselnd zu, und sein Freund folgte seinem Beispiel. Weder Mark noch dieser Volker hatten eine frisch genähte Wunde an der Schulter.

Kapitel 31

Noch nie hatte ihr eine Tasse heiße Instantbrühe so gut geschmeckt. Geschmacksverstärker und künstliche Aromen, denen Ellen sonst tunlichst aus dem Weg ging, waren ihr in diesem Moment herzlich willkommen. Hauptsache Flüssigkeit und Kochsalz.

Noch immer fröstelnd und etwas zittrig hockte sie mit angezogenen Beinen auf Marks Couch. Sie trug einen von seinen Jogginganzügen – ein paar Nummern zu groß, aber bequem – und hatte sich in eine Wolldecke mit schwarzweißem Kuhfellmuster eingewickelt.

Ihre eisigen Hände wärmte sie an der heißen Tasse und trank in kleinen Schlucken, während Mark berichtete, was geschehen war.

»Genau genommen hast du dein Leben unserem Schneckenfreund zu verdanken. Hätte mir Florian nicht erzählt, wo er dich getroffen hat, würden wir wahrscheinlich immer noch nach dir suchen. Wir sind zu dem Lüftungsschacht gelaufen und haben uns im Tunnel umgesehen. Dort hat Volker deine Schreie gehört, und mir fielen die alten Therapieräume ein. Mann, Ellen, das war verdammt knapp.«

»Wem sagst du das«, seufzte sie und spürte dabei einen

Kloß im Hals. Wären die beiden ein paar Minuten später oder gar nicht gekommen, hätte sie die einmalige Erfahrung gemacht, wie es ist, Wasser zu inhalieren. »Habt ihr den Kerl und die Frau gefunden?«

Mark schüttelte den Kopf. »Der EKT-Raum war leer. Nur auf dem Tisch ... nun ja, da war mir klar, was geschehen war.«

Ellen fühlte die Hitze in ihrem Gesicht. Zwar gab es keinen Grund dafür – sicherlich hätte auch jede andere Person, deren Gehirnfunktionen durch Stromstöße irritiert wurden, die Kontrolle über ihren Darm verloren – aber dennoch, sie schämte sich.

»Verflucht«, schnaubte sie. »Er ist entkommen, und ich stehe wieder am Anfang.«

»*Wir*«, betonte Mark. »Natürlich vorausgesetzt, du nimmst unsere Hilfe an und glaubst mir endlich, dass ich nicht der Schwarze Mann bin.«

»Ich übrigens auch nicht«, fügte Volker Nowak hinzu und schaufelte sich zwei Löffel Zucker in den Kaffee. »Oder muss ich mich jetzt jedes Mal ausziehen, um das zu bestätigen?«

Ellen verdrehte die Augen und sah Mark an. »Was hat er eigentlich damit zu tun?«

»Solltest du mit *er* mich meinen, nun ja, also, ich habe das Passwort auf deinem Laptop geknackt.«

»Du hast *was* getan?«

»Ich habe ihn darum gebeten«, ging Mark beschwichtigend dazwischen. »Es tut mir leid, wenn ich dadurch in deine Privatsphäre eingedrungen bin, aber du warst ziemlich fertig, und ich wollte dich nicht wecken. Auf dem Rückweg zur Klinik ging mir deine Bemerkung durch den Kopf, die Frau könne der Schlüssel zum Täter sein. Da fielen mir deine Patientenberichte ein, die so ausführlich sind, dass man als Kollege nur davon träumen kann, so eine Übergabe zu erhalten. Und ich lag mit meiner Vermutung vollkommen richtig – du hast die Personenbeschreibung so detailliert wie nur möglich ausfallen lassen, nachdem nichts anderes über die Frau bekannt war.« Er holte tief Luft. »So ist mir die Idee gekommen, anhand deines Berichts ein Phantombild anfertigen zu lassen. Volker ist nicht nur ein guter Journalist, er hat auch einiges drauf, was Recherchearbeit und dieses ganze Computerzeug anbelangt.«

Mit einer scherzhaften Pose, die einer dezenten Verbeugung gleichkam, grinste Volker sie an.

Und er hat leicht manische Tendenzen, dachte Ellen, behielt diese Diagnose jedoch für sich.

»Ich weiß, dass ich den Datenschutz verletzt habe, aber hey, es war ja für einen guten Zweck. Apropos, du solltest dir angewöhnen, ein alphanumerisches Passwort zu verwenden. Ich brauchte für *Sigmund* keine halbe Minute. Das beleidigt jeden Hacker, der was auf sich hält.«

Ellen seufzte. »Okay, ich werde mir das nächste Mal mehr Mühe geben, euch Hacker nicht zu enttäuschen. Hast du wenigstens etwas Brauchbares hinbekommen?«

Mit triumphierender Miene öffnete Volker den Rucksack, der neben seinem Sessel stand, und legte ein großformatiges Foto auf die Tischplatte.

»Voilà.«

Ellen nahm das Bild und betrachtete es. Wie alle Phantombilder wirkte auch dieses Porträt unnatürlich, aber eine gewisse Ähnlichkeit mit der Frau ohne Namen war nicht von der Hand zu weisen. Schon allein die Beklommenheit, die der Anblick des Gesichts bei ihr auslöste, bestätigte dies.

»Nicht schlecht«, sagte sie und bemühte sich um einen nüchtern-sachlichen Tonfall. Sie durfte sich nicht von ihrem Mitgefühl leiten lassen; jetzt war ihre professionelle Beobachtungsgabe gefragt. »Nur war das Gesicht aufgeschwemmter, die Augen etwas größer und der Mund schmaler. Ein bisschen breitere Wangenknochen und ...«

»Moment!« Volker wühlte erneut in seinem Rucksack und brachte ein Notebook zum Vorschein. »Gebt mir zehn Minuten und eine Telefonbuchse, und ich mache das Bild passend. Du hast doch einen DSL-Zugang, Herr Doktor?«

Nun war Volker in seinem Element. Er änderte das Bild nach Ellens Angaben, verbreiterte die Wangen der unbekannten Frau ein wenig, gab dem Gesicht mehr Fülle und variierte die Stellung der Augen. Ellen gab ihm genaue Instruktionen, wobei sie gegen das Entsetzen ankämpfen musste, das wieder von ihr Besitz ergriff, als sie die Erinnerung an die Ereignisse im Keller rekapitulierte.

Während sie Volker das Gesicht beschrieb, versuchte sie, alles auszublenden, was um die Frau herum gewesen war – die OP-Lampe, den Stahltisch, die Gurte, den Transformator. Es zehrte an ihren letzten Kraftreserven, nicht an das zu denken, was kurz nach ihrer Begegnung mit der unbekannten Frau geschehen war; doch gleichzeitig half ihr dieses Bemühen um sachliche Distanz, ihre Gefühlswallungen zu ordnen.

»Ja, das ist sie«, sagte Ellen schließlich. »Wenn man sich alle Verletzungen und Schwellungen in ihrem Gesicht wegdenkt, müsste sie so aussehen.«

»Scheint, als habe sie über längere Zeit ihr Schicksal im Alkohol ertränkt«, sagte Mark. »Das schwammige Bindehautgewebe, die geplatzten Äderchen auf dem Nasenrücken und die gelbliche Verfärbung der Netzhaut, die du schilderst, könnten ein Zeichen dafür sein.«

»Das sehe ich auch so«, pflichtete Ellen ihm bei. »Der ungepflegte Zustand und die schäbige Kleidung waren aus meiner Sicht Anzeichen dafür, dass sie aus einem schlechten Sozialmilieu stammt. Höchstwahrscheinlich ist sie arbeitslos, vielleicht sogar ohne festen Wohnsitz. Das wird die Suche nach ihr deutlich erschweren.«

Nachdenklich betrachtete Mark das Bild der Frau. »Wir könnten ihr Foto bei unseren Sozialdiensten herumreichen. Vielleicht kennt sie ja einer der Mitarbeiter oder ein Streetworker.«

»Versuchen können wir es, aber viel Zeit bleibt uns dafür nicht mehr. Die Frist, die mir dieser Irre gesetzt hat, endet morgen Mittag. Danach will er sie umbringen.«

»Also doch zur Polizei.«

»Die kannst du vergessen. Mein Bedarf an Gesetzeshütern ist mehr als gedeckt. Solange wir nicht einmal einen Namen haben und nur die Behauptung aufstellen, es gäbe da *irgendeinen* Psychopathen, der *irgendeine* Frau umbringen will, setzen die ihren Hintern nicht in Bewegung. Das haben sie mir deutlich genug zu verstehen gegeben.«

»Aber was ist mit dir? Du bist, verzeih mir den Vergleich, ein wandelndes Hämatom. Wenn du denen die blauen Flecke zeigst, die du von deinen Begegnungen mit dem Spinner davongetragen hast, müssen die doch …«

»Mark, hallo, denk doch mal nach! Ich könnte mir diese Verletzungen theoretisch auch selbst zugefügt haben.« Das

Bild der namenlosen Frau blitzte in ihrer Erinnerung auf. Die Handrücken an ihrem Mund, die blutigen Zähne, die sich in die wunde Haut gruben und daran zerrten. Ellen schauderte. »Das wäre nicht der erste Fall dieser Art.«

Er sah sie konsterniert an. »Das ist jetzt nicht dein Ernst, oder?«

»Natürlich nicht, aber ich habe keine Lust, mich noch einmal von allen als die durchgeknallte Psychiaterin hinstellen zu lassen.« Sie schnaubte bei diesem Gedanken. »Noch wichtiger ist jedoch etwas ganz anderes. Nehmen wir mal an, die Polizei glaubt mir auf einmal doch, und nehmen wir weiterhin an, es würde eine Personenfahndung in die Wege geleitet, dann würde der Kerl das mitbekommen. Und was glaubst du, wird er dann mit der Frau tun?«

»Scheiße, ja. Das wäre tatsächlich ein hohes Risiko. Deshalb sollten wir auf das zurückkommen, was Volker angeboten hat.«

»Und das wäre?«

»Wir finden sie auf anderem Weg.« Volker deutete auf sein Notebook. »Euer Problem ist doch, dass ihr eine Frau sucht, von der ihr nur wisst, wie sie aussieht. Gut, vielleicht ist sie tatsächlich obdachlos und säuft, aber eine wirkliche Hilfe ist das auch nicht. Vor allem dann nicht, wenn die Suche schnell gehen muss. Nach Ellens Aussage handelt es sich mit großer Wahrscheinlichkeit um eine Deutsche, oder?«

»Ja«, nickte Ellen, »zumindest glaube ich es. Sie sprach einen ausgeprägten Schwarzwälder Dialekt.«

»Und was muss jeder brave Staatsbürger haben?«

»Nun mach es nicht so spannend.« Mark trommelte ungeduldig mit den Fingern auf die Tischplatte. »Erklär ihr einfach das, was du mir erklärt hast.«

»Na schön. Jeder gesetzestreue Bürger ist im Besitz diverser Ausweispapiere, oder, wie man sie heute auf Neudeutsch nennt, *ID-Dokumente*. Reisepass, Führerschein, Personalausweis und so weiter und so fort. Diese Dokumente werden von einer zentralen Stelle hergestellt, der Bundesdruckerei. Name und Adresse jedes Bürgers werden auf einem Plastikkärtchen vermerkt und ein amtliches Dokument erstellt. Ergo werden diese Daten dort elektronisch verarbeitet.«

Ellen hob die Brauen. »Und du weißt, wie man an diese Daten rankommt?«

»Das Problem ist, dass das Datenschutzgesetz eine zentrale Speicherung von Personendaten bei der Bundesdruckerei verbietet«, sagte Volker, aber dann breitete sich ein Lächeln auf seinem Gesicht aus. »Das gilt allerdings nicht für die Einwohnermeldeämter, die diese Daten an die Druckerei schicken und nach Erstellung der Dokumente zurückerhalten.«

»Du meinst also, du willst dich in das Datenarchiv sämtlicher Einwohnermeldeämter in Deutschland hacken? Mit Verlaub gesagt, das ergibt doch keinen Sinn. Selbst wenn dir das gelingen sollte, wie willst du dann diese Frau nur anhand ihres Phantombildes finden?«

Volker trank seinen Kaffee aus und schenkte sich nach. »Was die erste Frage betrifft, ist das gar nicht so schwierig, wie es sich anhören mag. Wir Deutsche sind doch geradezu versessen auf Normen. Das gilt auch für einheitliche Software und Übertragungssysteme. Man muss nur gegen den Datenfluss zur Bundesdruckerei schwimmen, und schwupps«, er schnippte mit den Fingern, »befindet man sich auf den Servern der Ämter. Und was die Sache mit dem Foto betrifft: Gebt mir ein paar Minuten Zeit, und ich zeige es euch.«

Als Mark wenig später aus der Küche zurückkam und Ellen eine weitere Tasse Brühe reichte, sah Volker zufrieden von seinem Laptop auf.

»Heureka.« Er streckte die Arme in die Höhe. Die vergangenen Minuten hatte er wie ein Besessener auf seine Tastatur eingehämmert; nun ließ er die gefalteten Finger knacken. »Ladies and Gentlemen, wie sagte schon Hannibal Lecter: Bereit, wenn Sie es sind.«

Ellen und Mark traten hinter ihn und sahen auf den Bildschirm.

»Es ist immer gut, wenn man Freunde hat, die rund um die Uhr online sind. Vor allem im Zeitalter der schnellen Informationsbeschaffung.« Volker deutete auf eine Zahlenreihe, die über den schwarzen Bildschirmhintergrund wanderte. »Was wir jetzt tun, ist selbstverständlich alles andere als legal. Aber keine Sorge, ich leite meine Anfrage über einen Server in Malaysia, und der ist wiederum verbunden mit …«

»Tu, was du für richtig hältst«, unterbrach ihn Mark. »Nur sorg dafür, dass ich nicht in zehn Minuten irgendeine Organisation mit drei Buchstaben vor der Tür stehen habe.«

»Logisch.« Volker gab einen Befehl ein und eine Meldung erschien: *FACE-EXPLORER 3.01 STARTED.*

Ein Programm öffnete sich, dessen Oberfläche in zwei Hälften aufgeteilt war. In der Linken war das Phantombild zu sehen, rechts davon lief eine rasche Folge von Zahlen und Buchstaben durch ein Fenster mit der Überschrift *SEEKING PROCESS*.

»Wow«, machte Mark und trat noch dichter an den Monitor.

»Ja, ist wirklich flott, die neue Version«, bestätigte Volker.

Auf Ellen wirkten die beiden wie Kinder. Wie zwei kleine Jungs, die das tollste Spielzeug der Welt entdeckt haben.

»Was ist das für ein Programm?«, wollte sie wissen.

»Damit kann man einen Bilderabgleich durchführen. Es vergleicht die Gesichtsform der gesuchten Frau mit denen auf den Fotos in den Datenbanken und sucht nach Übereinstimmungen in der Gesichtsgeometrie. Dabei ist es so schlau, diejenigen Punkte zu übergehen, die einen menschlichen Beobachter irritieren könnten. Zum Beispiel eine Brille, die Frisur, Alterserscheinungen oder, was in unserem Fall jetzt keine Rolle spielen dürfte, einen Bart. Wenn es klappt, müssten wir ziemlich bald wissen, wer die Gute ist und unter welcher Adresse sie zuletzt gemeldet war.«

»Und dieses Programm funktioniert wirklich?«

Volker sah sie nachsichtig an. »Falls nicht, können die Amis ihre Passkontrollen durch biometrische Daten einmotten lassen, zumindest was die Gesichtserkennung betrifft. Ursprünglich war dieses Programm eine Testversion für eines der Kontrollgeräte, das per Kamera die Gesichtskonturen von Personen mit denen auf ihren Passbildern vergleicht. Zu Beginn waren die Fehlerquoten noch ziemlich hoch, aber inzwischen läuft das Ganze recht zuverlässig.«

»Ursprünglich? Und was ist das Programm jetzt?«

Volker räusperte sich. »Na ja, ein Freund von mir hat es ein wenig modifiziert.«

»Und wofür?«

»Ähm, okay.« Volker wechselte einen schnellen Blick mit Mark und schaute dann wieder auf seinen Monitor, ohne Ellen anzusehen. »Tja, das war so: Jemand hat ihm gesteckt, dass seine Freundin bei irgendeinem Typen ihr Taschengeld mit Nacktfotos für eine Homepage aufgebessert hatte. Also hat er sein Programm mit ihrem Passfoto gefüttert und das Web durchsucht.«

»Hat er sie gefunden?«

Wieder musste sich Volker räuspern. »Sagen wir mal so: Es hat zwar eine Weile gedauert, aber jetzt hat er wieder sehr viel Zeit fürs Hacken.«

Während Volker sich weiter mit dem Programm beschäftigte, ging Ellen in Marks Küche und brühte sich eine dritte Tasse *Hühnerbrühe Classic* auf.

Danach lehnte sie sich gegen die Küchenzeile und sah über den Tassenrand in den Garten hinaus. Mark war ihr gefolgt und sah sie besorgt an.

»Wie geht es dir?«

Ellen seufzte erschöpft. »Wie einer Frau, die man zweimal verprügelt, unter Strom gesetzt und in kaltem Wasser fast ertränkt hat. Hinzu kommen Kopfschmerzen, eine Prise Selbstmitleid und das Gefühl, auf der ganzen Linie versagt zu haben. Aber sonst bin ich in Ordnung.«

»Erinnerst du dich noch an unsere Unterhaltung in diesem Sushi-Lokal, an das, was ich dir gesagt habe?«

»Ich würde mich in etwas verrennen, meinst du das?«

»Ja.«

Sie stellte die Tasse zwischen sich und Mark auf die Arbeitsfläche. »Was soll ich deiner Meinung nach tun? Aufgeben? Die Frau sich selbst überlassen und hoffen, dass mich der Typ vergisst?«

»Natürlich nicht. Aber du solltest aufhören, die Einzelkämpferin zu spielen. Ich denke, der Kerl – wer immer er auch ist – weiß genau, wo er den Hebel bei dir ansetzen muss, um dich fertigzumachen. Deshalb ist es wichtig, dass du mir vertraust.«

Wieder starrte Ellen aus dem Fenster. Sie konnte ihm jetzt nicht in die Augen sehen. »Ich komme mir so ... so verwundbar vor, Mark. Das ist nur schwer zu ertragen für mich.« Sie schlang die Arme um ihre Brust und fühlte ihr eigenes Zittern. »Bisher habe ich immer alles aus eigener Kraft geschafft, aber jetzt ist das anders. Du hast Recht, ohne die Hilfe von dir und deinem verrückten Freund werde ich es nicht hinbekommen.«

»Ach, mach dir mal keinen Kopf wegen Volker. Er hält sich für einen Spaßvogel, aber er ist okay. Und was mich betrifft, möchte ich, dass du weißt, dass du immer auf mich zählen kannst.«

Etwas kitzelte ihre Wange, und Ellen merkte, wie ihr eine Träne übers Gesicht kroch. »Gerade deshalb schäme ich mich, Mark. Ich habe mich benommen wie ein hysterisches Huhn.«

Sie deutete aus dem Fenster. »Dort drüben hinter den Büschen habe ich mich vor dir versteckt, weil ich gedacht habe, du wärst dieser Kerl. Jetzt kommt mir das wie ein gottverdammter Anflug von Paranoia vor.«

»Du hattest eben deine Gründe.«

Sie stieß ein humorloses Lachen aus. »Klar hatte ich die.

Genau so, wie ich meine Gründe hatte, Chris zu verdächtigen. Ausgerechnet Chris!«

»Jetzt nimm das mal nicht so tragisch. Interpretieren wir es doch als eine Art unterschwelliger Wut, weil er nicht da war, als du ihn gebraucht hast.«

»Und was ist, wenn es nicht so war? Was, wenn ich wirklich schon den Verstand verloren habe?«

Mark schüttelte entschieden den Kopf. »So schnell geht das auch nicht, und das weißt du. Es gibt bestimmte Anzeichen, und ich habe noch keines bei dir entdecken können. Zumindest nichts, was mich davon überzeugt hätte, dass du nicht mehr normal bist.«

Vor dem Fenster stritten sich zwei Spatzen um ein paar Krumen, die neben einem Liegestuhl verstreut lagen. Ellen sah ihnen kurz zu, ehe sie das aussprach, was sie beschäftigte, seit die Frau ohne Namen verschwunden war, die niemand außer ihr gesehen hatte. »Während meines Praktikums habe ich mit einer Stationsärztin zusammengearbeitet. Sie war fast zwanzig Jahre lang in der Psychiatrie tätig. Eines Tages wollte ich zu ihr ins Büro gehen, ihr irgendetwas bringen, um das sie mich gebeten hatte. Akten, glaube ich. Ich fand die Tür von innen verschlossen vor. Zuerst dachte ich, sie sei mal kurz weggegangen, für kleine Mädchen oder zu einem Notfall, aber dann habe ich sie drinnen gehört.«

»Was hat sie getan?«

»Geweint. Einfach nur geweint. Ein paar Pfleger brachen die Tür auf, und wir fanden sie in einer Ecke sitzend. Sie hat auf nichts mehr reagiert und nur noch geweint. Das Letzte, was ich von ihr gehört habe, war, dass sie jetzt selbst in Behandlung ist und seither nicht mehr gesprochen hat.«

»Worauf willst du hinaus?«

»Bei ihr gab es auch keine Anzeichen, Mark. Genauso wenig wie bei meinem Vorgänger auf Station neun.«

Mark, der sich gedankenverloren einen Salzstreuer gegriffen hatte – irgendetwas schien er immer in den Händen haben zu müssen –, stellte den Streuer an seinen Platz zurück. »Dr. Kreutner war depressiv.«

»Ach ja, und warum hat es dann niemand bemerkt? Egal, wer mir von ihm erzählt hat, keinem war etwas an ihm aufgefallen. Dabei war er wohl noch den ganzen Tag auf Station. Er sprach mit seinen Patienten und dem Pflegepersonal, mähte zu Hause den Rasen und unterhielt sich mit seinem Nachbarn. Das stimmt doch, oder? Du hast ihn gekannt.«

»Ja, schon, aber ...«

»Keiner hat ein Anzeichen bemerkt. Und ein paar Stunden später, nachdem er sein Haus in Ordnung gebracht und geduscht hatte, legte er sich im Bademantel ins Bett und schoss sich in den Kopf. Wo waren da deine Anzeichen?«

Seufzend zuckte Mark mit den Schultern. »Na gut, schön, es gab keine. Zumindest keine offensichtlichen. Aber das war eine Ausnahme. Man kann nie vollständig begreifen, warum jemand etwas tut oder sich abnorm verhält. Aber im Großteil der Fälle *gibt* es Vorzeichen, und das müsste meine Kollegin gut genug wissen, oder?«

Natürlich hatte er Recht, aber dennoch nagten Zweifel an ihr. Es war ein schlimmes Gefühl, wenn man nicht einmal mehr sich selbst wirklich vertrauen konnte.

»Außerdem mache ich mir bei dir keine Sorgen«, fügte Mark hinzu. »Bis du deine Wohnung in Ordnung gebracht hast, bist du zu müde, um noch an Suizid zu denken.«

Für einen kurzen Augenblick herrschte Schweigen, dann sah sich Ellen zu Mark um. Er tat so, als habe auch er in den Garten hinausgesehen, doch sie hatte seinen Blick gespürt.

»Du hast wohl immer und für alles eine Antwort?«

Er biss sich auf die Unterlippe und nickte. Seine Mundwinkel zuckten, und auch Ellen fiel es schwer, ernst auf seinen Scherz zu reagieren. Als sie den verschmitzten Ausdruck in seinen Augen sah, konnte sie nicht anders, als laut loszulachen. Es brach einfach aus ihr heraus, und Mark fiel prustend in ihr Gelächter ein.

Es tat gut zu lachen. Es war ein befreiendes Gefühl, das sie dringend notwendig gehabt hatte. Aus dem Wohnzimmer rief ihnen Volker zu, ob er gerade etwas verpasse, doch sie beachteten ihn nicht. Sie lachten, bis ihnen die Tränen kamen und Ellen fast die halbvolle Tasse Hühnerbrühe umgestoßen hätte.

»Oh, Mark, du Idiot, ich schütte dir hier mein Herz aus, und du machst dich über mich lustig.«

»Würde ich nie tun. Ich wollte nur dieses Fältchen zwischen deinen Augenbrauen nicht mehr sehen.«

Sie schmunzelte. »Danke.«

»Geht's wieder besser?«

»Ja.«

»Prima.«

»Mark?«

»Was ist?«

»Ich bin sehr froh, dass ihr beide mir helfen wollt. Allein schaffe ich das nicht. Vorhin, diese Elektroschocks … Das war das grässlichste Gefühl, das ich jemals erlebt habe.«

»Kann ich verstehen«, sagte Mark leise.

»Hast du gewusst, dass Ernest Hemingway seine Depressionen mit Elektrokrampftherapie behandeln ließ?«

Er nickte. »Ja, davon habe ich gehört.«

»Danach klagte er darüber, sich nicht mehr auf das Schreiben konzentrieren zu können. Es gibt auch das Gerücht, dies sei der wirkliche Grund für seinen Selbstmord gewesen.«

»Ein Grund mehr für mich, ein Auge auf dich zu haben.«

Diese Bemerkung war nur zum Teil ein Scherz, wie Ellen in Marks Blick erkannte. Er machte sich tatsächlich Sorgen um sie, wahrscheinlich dieselben wie sie selbst.

»Glaubst du, dieser Mistkerl wird seine Drohung wahrmachen?«

»Nicht, solange wir zusammenhalten. Gemeinsam werden wir ihn finden.«

Ellen seufzte. »Wenn ich doch nur eine Idee hätte, wer er sein könnte. Dabei muss ich ihn doch kennen. Es könnte praktisch jede Person aus meinem näheren Umfeld sein. Er weiß, wohin ich zum Joggen gehe, wo ich wohne, kennt meine Handynummer und wusste, wie sehr ich an Sigmund hing. Vor allem aber weiß er, wie schlimm Kontrollverlust für mich ist. Deshalb auch die Folter. Es muss ihm eine irre Freude gemacht haben, mir dabei zuzusehen, wie ich mich wie ein kleines Kind vollscheiße.«

Mark steckte sich eine Zigarette an und kippte das Küchenfenster. Er blies Rauch durch den Spalt, ehe er Ellen wieder ansah.

»Er muss nicht unbedingt aus deinem Bekanntenkreis stammen. Was, wenn er dich aus irgendeinem Grund ausgesucht hat, den wir noch nicht kennen? Er könnte dich eine Weile beobachtet haben, und dann, als die Patientin zu dir kam, hat er das als Anlass gesehen, mit seinem Spielchen anzufangen.«

»Aber warum ich? Was bringt er mit mir in Verbindung?«

»Ein ehemaliger Patient vielleicht?«

»Glaube ich nicht. Ich würde zwar nie einen Preis im Namenmerken gewinnen, aber Gesichter vergesse ich nie. Diese Augen hinter der Skimaske hätte ich wiedererkannt.«

»Du denkst an einen Kollegen, stimmt's?«

»Nun ja.« Ellen machte eine ratlose Geste. »Nicht wirklich. Aber Freunde im klassischen Sinn habe ich nicht.«

Er knuffte sie sanft in die Seite. »Doch. Mich.«

Ellen dankte es ihm mit einem schwachen Lächeln. »Du weißt schon, was ich meine. Ist irgendwie erschreckend, oder? Ich war immer nur auf meinen Job fokussiert. Die meisten Freunde hatte ich während meiner Zeit im Internat, aber zu denen habe ich keinen Kontakt mehr, seit ich zur Uni ging. Scheint, als sei ich danach ziemlich oberflächlich geworden.«

Mark ging zum Waschbecken, löschte die Kippe unter dem Wasserstrahl und entsorgte sie im Mülleimer.

»Möglich, dass du ein Workaholic geworden bist, aber oberflächlich würde ich dich nicht nennen.«

Sie grinste. »Du hast da was am Mundwinkel.«

»Ach ja?«

»Ja, da tropft gerade etwas Schmalz herunter.«

»Treffer!«

Volker schnippte mit den Fingern.

Ellen und Mark ließen sich neben ihn auf die Couch plumpsen und starrten neugierig auf den Monitor.

»Das Programm hat eine Datei gefunden«, erklärte Volker. »Dann wollen wir mal sehen.«

Er klickte auf *SHOW*, und im Fenster neben dem Phantombild erschien ein Foto.

»Das ... gibt's doch nicht«, stieß Mark hervor.

Auch Volker sah recht verdattert drein.

»He, ich kann nichts dafür! Filewalker hat mir versichert, seine Software sei narrensicher.«

Kopfschüttelnd sah Ellen zu Volker, der nun im Leder der Couch zu versinken schien.

»Ach ja? Vielleicht sollte er mal seine Ex-Freundin anrufen und sich bei ihr entschuldigen.«

Kapitel 32

»Und was jetzt?«

Ellen betrachtete das Foto eines etwa zehnjährigen Mädchens mit langem dunklen Haar und lebenslustigen Augen. Augen, die mit denen der namenlosen Patientin nichts gemeinsam hatten.

Aus irgendeinem Grund kam ihr das Mädchen bekannt vor, und doch auch wieder nicht.

Weil sie auf dem Foto so aussieht wie Tausende anderer Mädchen auf ihren Kinderausweisen eben aussehen.

Ein typisches Passbild, aufgenommen vor einem blauen Hintergrund von einem Fotografen ohne viel Gespür für sein Gegenüber, der seine kleine Kundin dazu aufforderte, zu lächeln und dabei *Salami, Titicaca-See* oder *Ameisenscheiße* zu sagen.

»Ich habe wirklich keine Erklärung«, entschuldigte sich Volker. »Bis jetzt hat diese Software immer einwandfrei funktioniert, sowohl bei Filewalkers Ex als auch bei ... aber das gehört jetzt nicht hierher. Ich meine damit, das Programm orientiert sich eindeutig an der Gesichtsgeometrie, ohne dabei das Alter der Person zu berücksichtigen. Wenn es also dieses Foto ausspuckt, dann hat das einen Grund. Entweder, es handelt sich um die Tochter dieser Frau, die ihr, wie man so schön sagt, wie aus dem Gesicht geschnitten sein muss, oder aber ...«, er las die Daten, die zu diesem Foto angegeben wurden, »oder aber es handelt sich um ein Foto dieser Frau *selbst*. Um ein Kinderfoto! Schaut doch mal auf das Datum. Ja, es muss ihr Kinderfoto sein. Ellen, wie alt, sagtest du vorhin, sei die Frau gewesen?«

»Ungefähr dreißig.«

»Hier haben wir es doch.« Volker zeigte auf eine Datenreihe. »Lara Baumann, geboren am 26. November 1979 in Freudenstadt. Das liegt doch im Schwarzwald, nicht wahr?«

»Wenn das mal kein Zufall ist«, staunte Ellen.

»Zufall? Du hast doch gesagt, dass sie mit Schwarzwälder Dialekt geredet hat. Also hat sich das Programm doch nicht getäuscht.«

»Das habe ich nicht gemeint. Es gibt eine erste Gemeinsamkeit, die sie mit mir in Verbindung bringen könnte.«

Die beiden Männer sahen sie fragend an.

»Nur so ein Gedanke.« Ellen zuckte mit den Schultern. »Aber ich wurde am selben Tag und im selben Ort geboren.«

»Natürlich!« Mark schlug sich mit der flachen Hand gegen die Stirn. »Deshalb kam mir das Datum so bekannt vor. Sorry, Ellen, was Geburtstage betrifft, habe ich so meine kognitiven Schwachstellen.«

Ellen zeigte auf das Foto von Lara Baumann. »Gibt es noch weitere Angaben? Einen Personalausweis, einen Führerschein oder so?«

»Jetzt, da ich einen Namen habe, wird es keine Schwierigkeit sein, mehr über sie in Erfahrung zu bringen.« Volker grinste sie breit an. »Und das geht sogar auf ganz legalem Weg, was eigentlich ein wenig schade ist. Dauert halt ein bisschen.«

Ellen schüttelte amüsiert den Kopf. Dieser Volker war ein Schlitzohr, und irgendwie begann sie ihn zu mögen, auch wenn ihr seine narzisstischen Züge weniger zusagten. Aber wahrscheinlich hätte sie in ihrer jetzigen Erleichterung jeden gemocht, der ihr half.

Endlich war ein Lichtstreif am Horizont zu erkennen.

Endlich hatten sie einen *Namen.*

Zeit, etwas für sich selbst zu tun.

»Ist es in Ordnung für dich, wenn ich dein Bad benutze, während unser Computerfreak hier zu Werke ist?«, fragte sie Mark. »Ich möchte mir endlich den Kellergestank abwaschen.«

»Klar. Moment noch.«

Mark lief ins Schlafzimmer und kam mit frischen Handtüchern zurück. Dabei wirkte er rührend fürsorglich. *Wie eine Glucke,* dachte Ellen und musste sich ein Schmunzeln verkneifen.

»Der Wäschetrockner müsste mittlerweile auch fertig sein. Ich lege dir deine Klamotten vor die Badtür. Und bis ihr beiden fertig seid, organisiere ich für uns alle etwas Essbares.«

»Für mich mit Sardellen und Oliven«, murmelte Volker, während er in die Tastatur klopfte. »Thunfisch tut's auch.«

»Also gut«, sagte Ellen. »Dann eben Pizza.«

Kapitel 33

Der Anblick der Badewanne trieb Ellen Schweißperlen auf die Stirn. Für einen Moment glaubte sie, sich zu täuschen, aber ja doch, sie zitterte tatsächlich am ganzen Körper.

Diesmal lag es aber nicht an der Kälte. Marks Badezimmer war nicht allzu groß, und der Heizkörper verbreitete auf höchster Stufe wohlige Wärme.

Ja, sie zitterte, als sie die Handtücher und die frische Wäsche auf dem Toilettendeckel ablegte, und sie konnte es nicht in den Griff bekommen.

Ganz gleich, wie sehr sie sich auch ins Bewusstsein rief, dass es keinen Grund dafür gab. Dass sie in Sicherheit war.

In ihrer Biografie hatte die Schauspielerin Janet Leigh geschrieben, sie habe sich nach den Dreharbeiten zu Hitchcocks *Psycho*, in der sie das Mordopfer unter der Dusche spielte, jahrelang nicht mehr zu duschen getraut und stattdessen die Badewanne bevorzugt. Das Buch war etwa drei Jahrzehnte nach der Premiere des Films auf den Markt gekommen, so dass sich Ellen beim Lesen sicher sein konnte, dass die Frau das nicht aus Gründen der Publicity behauptet hatte.

Wenn also jemand schon allein nach dem Spielen einer solchen Szene ein Trauma davontragen konnte, war es doch nur zu natürlich, dass jemand, der vor ein paar Stunden knapp davor gewesen war, tatsächlich unter dem Deckel einer Therapiewanne zu ertrinken, jetzt beim Anblick einer *gewöhnlichen* Badewanne zitterte.

Auch wenn dies ein nettes kleines Badezimmer mit einem Palmenstrandfoto über der Wanne war und kein ehemaliger Hydrotherapieraum.

Auch wenn es weit und breit nichts gab, was nur annähernd einem Wannendeckel aus schwerem Holz mit Metallspangen und einer Gesichtsöffnung ähnelte.

All dies versuchte sie sich klarzumachen, um gegen das Panikgefühl anzukämpfen, das ihr die Luft abzuschnüren drohte, solange das Trauma sozusagen noch *frisch* war. Und sie wollte diesem Trauma keine Gelegenheit geben, langfristige Schäden zu hinterlassen.

Also konzentrierte sie sich auf das, was sie vor sich hatte: *Das ist eine Badewanne. Das ist Marks Badezimmer. Das ist sein Badeöl, das sein Handtuch ... Das die abgesperrte Tür.*

Niemand kann mir hier etwas anhaben. Nicht einmal der Schwarze Mann.

Dennoch musste sie sich die Ohren zuhalten, während das Wasser einlief.

Einsamkeit.

Ein weiteres Stück des Weges führt sie durch eine kalte Nacht im Wald. Irgendwo ruft ein Käuzchen. Der Widerhall seines Rufs macht ihr Angst.

Sie hört Gehölz unter ihren nackten Füßen knacken, kann einige Kieselsteine dazwischen sehen, doch sie spürt weder das Holz noch die Steine oder die Tannennadeln, die in ihre Fußsohlen pieken.

Wo ist Bormann? Müsste er mir nicht erklären, es sei nur ein weiterer Traum?

Sie will ihn rufen, doch es ist nicht möglich. Alles, was sie zustande bringt, ist ein dumpfer Laut, und als sie ihr Gesicht betastet, stellt sie mit Entsetzen fest, dass sie keinen Mund hat. Dort, wo sich sonst die Lippen befinden, spannt sich glatte, straffe Haut, durch die sie ihre Zähne und die Zunge spüren kann.

Ein Traum, es ist ein Traum!, *ruft sie sich in Erinnerung, doch das Entsetzen bleibt.*

Ängstlich sieht sie sich um. Warum ist sie hier, warum in diesem dunklen, kalten Wald?

Über ihr prangt die schmale Sichel des Mondes am sternenklaren Himmel. Ihr silberner Schein fällt schwach auf eine Lichtung. Vor dem nachtblauen Himmel verschmelzen die Silhouetten eines Hauses und mehrerer Stallungen mit dem Schwarz der angrenzenden Tannenwipfel.

Schon von Weitem sieht sie den Mann mit der Fackel. Seine andere Hand hält krampfhaft die Reste eines Seils. Im Feuerschein ist das schmutzige Grau der Steine zu erkennen, aus denen der Hof vor vielen Jahrzehnten erbaut wurde.

Der Mann sieht in ihre Richtung, als sie auf ihn zugeht. Sein Gesicht ist rußverschmiert, alt und faltig, und schrecklich verzerrt. Sie sieht seine Verzweiflung, seine Ratlosigkeit und die Wut, die diese Ratlosigkeit in ihm auslöst.

Hinter ihm hämmern kleine Fäuste gegen das Fenster. Sie sind zu schwach, um es zu zerbrechen. Das Gesicht eines Jun-

gen presst sich gegen das Glas. Sie hört ihn weinen, sieht, dass auch der Mann mit der Fackel weint. Seine Tränen hinterlassen weiße Rinnsale auf der rußigen Haut.

»Die Wahrheit ist nicht immer, was sie zu sein scheint«, sagt der Mann mit der Fackel, und dann lodern Flammen hinter dem Fenster empor.

Das Kind kreischt und mit ihm noch ein weiteres. Im Flackerlicht des Feuers sieht sie den langgezogenen Schatten einer erhängten Frau an der Wand des Zimmers tanzen. Für einen kurzen Augenblick erscheint der Kopf eines Mädchens am Fenster. Seine Haare brennen wie der Docht einer menschlichen Kerze. Das Kind brüllt vor Schmerz, schlägt sich mit den Händen auf den lodernden Kopf und verschwindet wieder.

Sie will den Kindern zu Hilfe eilen, will etwas tun, doch jemand hält sie zurück. Es ist das Mädchen mit dem bunten Sommerkleid, das plötzlich vor ihr steht und sie bei den Armen hält.

»Was bereits geschehen ist, lässt sich nicht mehr ändern«, sagt das Mädchen und sieht sie traurig an. »Ganz gleich, wie sehr man es auch will.«

Nun tritt der Mann mit der Fackel neben sie.

»Das passiert, wenn man den Verstand verliert«, schluchzt er. »Man will es nicht, und es geschieht trotzdem.«

Sie starrt auf seinen Arm, der die Fackel hält, sieht die blutigen Kratzer in seinem Fleisch. Seine Frau hat sich gegen den Tod gewehrt. Gegen ihren und den ihrer Kinder.

Der Griff des kleinen Mädchens ist übermenschlich kräftig. Er hält sie wie eiserne Spangen.

Unfähig, sich zu bewegen, muss sie zusehen, wie der Mann die Fackel an ihren Körper hält. Die Flammen züngeln nach ihr, bis sie zu brennen beginnt.

Sie steht in einer lodernden Feuerwolke, wartet auf den Schmerz, kann sich nicht bewegen, mit zugewachsenem Mund nicht schreien. Sie ...

»Ellen!«

»Wehr dich nicht!«, schreit der Mann sie durch die Flammen an. »Oder der schwarze Hund kommt dich holen!«
Er hebt die Fackel und ...

»Ellen!«
Sie schnellte hoch, sah das Wasser, geriet kurz in Panik – und erkannte dann, dass sie sich in Marks Badewanne befand.
Ganz ruhig, du hast nur geträumt.
Sie klammerte sich an den Wannenrand und atmete mehrmals tief durch. Dann betastete sie ihr Gesicht, als sei ihr Mund noch immer zugewachsen. Um sich das Gegenteil zu beweisen, biss sie sich auf einen Finger, schmeckte Seifenwasser und kicherte nervös. Was für ein irrer Traum.
Wieder klopfte es gegen die Badtür. Ellen schrak so heftig zusammen, dass Wasser über den Wannenrand schwappte.
»Ellen? Alles in Ordnung bei dir?«
Es war Mark.
Sie legte den Kopf zurück, atmete nochmals tief durch.
»Ja, ich bin okay. Ich war nur eingenickt.«
»Beeil dich, deine Pizza wird kalt. Außerdem haben wir etwas sehr Interessantes gefunden.«

Kapitel 34

Erst beim Essen merkte Ellen, wie groß ihr Hunger doch war. Himmel, sie hätte ein ganzes Pferd futtern können. Nun gut, vielleicht kein Pferd, aber zumindest die gesamten Köstlichkeiten auf der Karte von *A Dong – Running Sushi* in beliebiger Reihenfolge. Danach hätte Frau Li sicherlich nie wieder das *All you can eat*-Schild ausgehängt.

Mark sah ihr amüsiert zu, wie sie in Rekordzeit ihre *Pizza Speziale* verdrückte, und gab ihr noch ein Stück von seiner eigenen ab. Obwohl sie sich sonst nicht für Salami begeistern konnte, lehnte sie nicht ab.

Danach war sie pappsatt, und da sie zwischenzeitlich den viel zu großen Jogginganzug ihres Gastgebers gegen ihre eigenen Sachen hatte eintauschen können, fühlte sie sich deutlich wohler.

Während sie sich über den Nachtisch hermachten – Donuts mit Schokoglasur und frischer Kaffee –, zeigte ihnen Volker, was er bei seiner Recherche gefunden hatte.

»Das hört sich an wie eine Geschichte aus *Akte X*. Passiert ist das alles im August 1989 in einem Waldstück bei Alpirsbach im Schwarzwald. Hier, sieh dir das mal an.«

Er reichte Ellen den Ausdruck eines Zeitungsartikels. Das Foto neben dem Artikel zeigte ein lachendes Mädchen. Ihr Lachen versprühte trotz der Grobkörnigkeit des Zeitungsfotos etwas derart Lebendiges, dass Ellen zurückschreckte.

Für einen kurzen Augenblick hatte sie den grotesken Eindruck, diesem lachenden Mädchen leibhaftig gegenüberzustehen.

Ellen ließ das Foto fallen, als habe sie sich daran die Finger verbrannt. Ein abrupter Schmerz schoss ihr durch den Kopf – wie eine lange, weißglühende Nadel, die ihr durch die Schädeldecke ins Gehirn getrieben wurde. Gleichzeitig wurde ihr entsetzlich übel.

Sie sprang auf und stellte fest, dass sich der Raum zu drehen schien. Alle Farben um sie herum waren leuchtend hell und blendend. Sie schloss fest die Augen und fürchtete, sie würde es nicht mehr rechtzeitig zur Toilette schaffen, sondern sich gleich hier auf den Wohnzimmerteppich übergeben müssen.

Doch genauso plötzlich, wie sie Schmerz, Schwindel und Übelkeit befallen hatten, waren sie auch wieder vorbei.

»Ellen?« Mark sah sie besorgt an. »Was ist los mit dir?«

Ellen holte tief Luft und atmete durch die Nase aus. »Es geht schon wieder. Meine verdammte Migräne.«

Sie rieb sich die Schläfen. Auch ihr Kopfschmerz hatte urplötzlich wieder aufgehört. Seufzend ließ sie sich zurück auf das Sofa sinken und nahm erneut das Bild vom Tisch. Ihre Hände zitterten leicht.

Das Foto war vor einem Kinderkarussell aufgenommen worden. Etwas undeutlich im Hintergrund sah man weitere Kinder auf Pferden, Feuerwehrfahrzeugen und einen Jungen auf einem überdimensionalen Plastikfrosch.

Seltsam, mir ist, als hätte ich das alles ...

Schon einmal gesehen?

Ja, aber das ist unmöglich.

Auf einmal glaubte sie zu wissen – nicht nur zu ahnen, sondern wirklich zu *wissen* –, dass dem Mädchen etwas sehr, sehr Schlimmes widerfahren war. Es war dieselbe Intuition, die sie bei der ersten Begegnung mit der Frau ohne Namen gehabt hatte. Fast so, als teile sie das Déjà-vu-Erlebnis einer fremden Person.

Sie schob den Teller mit ihrem Donut beiseite. Schon allein der Anblick verursachte ihr jetzt Übelkeit, obwohl sie bis gerade eben noch ganz versessen auf etwas Süßes gewesen war. Dann begann sie zu lesen.

NEUNJÄHRIGE SPURLOS VERSCHWUNDEN

verkündete die Schlagzeile neben dem Foto.
Darunter stand:

SUCHE HÄLT AN

Von unserem Mitarbeiter Arno Maifeld:

Alpirsbach. Was als harmloses Kinderspiel begann, wurde bitterer Ernst. Seit gestern Nachmittag suchen Polizeibeamte der Direktion Freudenstadt und etliche freiwillige Helfer der Gemeinden Loßburg, Alpirsbach und Betzweiler nach der neunjährigen Lara Baumann.

Das Mädchen ist beim Spielen in der Ruine des ehemaligen Sallinger Hofs spurlos verschwunden. Zusammen mit ihrer Cousine Nicole hatte die kleine Lara die Trümmer auf der Waldlichtung unweit des östlichen Ortsrands erkundet und war gegen 15.45 Uhr in einen Kellerraum gekrochen. Dabei muss sich die Tür des Kellers geschlossen haben. Nachdem die beiden Mädchen die schwere Tür aus eigener Kraft nicht mehr hatten öffnen können, war Nicole zurück in den Ort gelaufen, um Hilfe zu holen. Als ihr Vater nach ungefähr einer halben Stunde am Ort des Geschehens eintraf, fand er den Keller leer vor. Seither wird fieberhaft nach dem verschwundenen Mädchen gesucht.

Bisher habe man noch keine verwertbaren Spuren gefunden, sagte der für die Suche verantwortliche Hauptkommissar Gustav Breuninger. Man vermute, Lara sei vielleicht doch aus eigener Kraft aus dem Keller entkommen und irre nun unter Schock stehend durch den Wald.

Breuninger schließt dennoch ein Verbrechen nicht aus, da in dem Kellerraum Blutspuren entdeckt worden seien. Noch wisse man nicht, ob das Blut tatsächlich von dem Mädchen oder vielleicht von einem Tier stamme, das ebenfalls dort eingeschlossen war. Man tue jedoch alles Menschenmögliche, die kleine Lara gesund und unversehrt zu finden, so der Ermittlungsleiter.

Die Suchaktion läuft weiterhin auf Hochtouren. Der Suchradius wurde auf die weitere Umgebung der Ruine des Bauernhofs ausgeweitet. Dennoch lag uns bis Redaktionsschluss noch keine Erfolgsmeldung vor.

Der letzte Absatz forderte die Bevölkerung zur Mithilfe bei der Suche auf und endete mit der Rufnummer der zuständigen Polizeidirektion in Freudenstadt, an die man sich wenden konnte, falls man etwas beobachtet oder Lara gesehen hatte.

»Hat man sie gefunden?« Ellen legte den Ausdruck wieder auf den Tisch. In ihrem Mund breitete sich ein kupfriger Geschmack aus. Die Blutspuren, von denen der Artikel berichtete, schienen ihre Vorahnung zu bestätigen.

»Das ist ja das Verrückte daran«, sagte Volker kauend und deutete mit seinem angebissenen Donut auf das Notebook. »Ich habe mal in den nachfolgenden Ausgaben gestöbert. Außer diesem Artikel ist nichts mehr zu dem Thema geschrieben worden. Kein einziges Wort. Neunzehn Jahre lang. Was auch immer der Kleinen zugestoßen ist, man hat sich darüber ausgeschwiegen. Weder ein freudiges *Hurra, da ist sie wieder* noch eine Meldung über das Schlimmste, was in so einem Fall eintreten kann. Zumindest gibt es keine Todesanzeige, aus der man das hätte entnehmen können. Lara Baumann scheint buchstäblich verschwunden zu sein, ebenso wie das Thema ihres Verschwindens selbst.«

»Verrückt«, murmelte Ellen.

»Das kannst du laut sagen«, nickte Volker. »Ich meine, wenn ich dieser Arno Maifeld gewesen wäre, hätte ich mir so eine Story doch nicht durch die Lappen gehen lassen. Ganz gleich, wie das damals ausgegangen ist, man hätte mit dem Bericht darüber ordentlich Kohle machen können. Ich weiß, das hört sich herzlos an, aber so ist das Journalistengewerbe nun mal.«

»Fragt sich also«, sagte Mark, »warum dieser Reporter nicht mehr als diesen einen Artikel darüber geschrieben hat. Aber das lässt sich herausfinden. Hast du die Telefonnummer der Redaktion?«

Volker warf einen kurzen Blick auf seine Armbanduhr. »Kurz nach halb sieben. Wenn die Jungs und Mädels dort genauso fleißig sind wie bei den Blättern, für die ich arbeite, können wir bestimmt noch jemanden erreichen.«

Mit der zweiten der im Impressum genannten Nummern hatte Mark Erfolg. Er schaltete die Mithörfunktion ein und wurde zu einer Frau namens Katrin Fäustle durchgestellt.

Sie war die Chefredakteurin der *Schwarzwälder Neuesten Nachrichten,* die vor neunzehn Jahren über das Verschwinden von Lara Baumann berichtet hatten.

Dem Klang ihrer Stimme nach schätzte Ellen sie auf

Mitte vierzig. Frau Fäustle klang gestresst, und um sie herum waren weitere Stimmen zu hören.

»Lara Baumann, sagten Sie? Warten Sie mal kurz.« Tastaturgeklapper im Hintergrund, dann: »Tut mir leid, ich kann nichts dazu finden.«

»Das kann nicht sein«, widersprach Mark. »Auf den Archivseiten Ihrer Homepage waren ...«

»Was wollen Sie denn darüber wissen?«, unterbrach sie ihn ungeduldig.

»Ich möchte wissen, was aus dem Mädchen geworden ist.«

Aus dem kleinen Lautsprecher erklang ein Seufzen. »Hören Sie, das ist ... wie lange, sagen Sie? ... zwanzig Jahre her, und ich kann mich weder an einen solchen Vorfall erinnern, noch finde ich einen Artikel dazu.«

»Aber ich habe hier ...«

»Herr Behrendt, wenn ich es Ihnen doch sage, es gibt *keinen* Artikel«, entgegnete Frau Fäustle unwirsch, und nun hörte sich ihre Stimme deutlich älter an. »Glauben Sie mir, ich sitze lange genug auf diesem Platz, um Ihnen das mit Sicherheit sagen zu können. Was haben Sie überhaupt mit so einer alten Geschichte zu tun?«

Mark ignorierte die Frage. Stattdessen erkundigte er sich nach dem Reporter, der über den Vorfall geschrieben hatte, Arno Maifeld.

»Auch da muss ich Sie leider enttäuschen«, sagte Frau Fäustle, obgleich das Wörtchen *leider* in diesem Satz nicht besonders überzeugend klang. »Arno Maifeld ist vor vier Jahren gestorben. Rauchen Sie?«

»J-ja. Warum?«

»Arno Maifeld war auch Raucher. Vierzig Sargnägel und

mehr am Tag. Sie geben es besser auf. Dann hat unser Telefonat wenigstens einen Sinn gehabt.«

Sie wünschte Mark »einen schönen Tag noch«, was sich allerdings mehr nach »Trau dich ja nicht, hier noch mal anzurufen!« anhörte, und legte auf.

Konsterniert sah er den Hörer an, aus dem ihm nun das Freizeichen entgegentönte. »Die hat sie doch nicht mehr alle.«

»Es kommt noch besser.« Volker drehte sein Notebook so, dass Mark und Ellen erkennen konnten, was auf dem Monitor zu sehen war. »Ich habe gerade noch einmal versucht, in das Online-Archiv der Zeitung zu gelangen.«

Unter der Kopfzeile mit den Frakturlettern der *Schwarzwälder Neuesten Nachrichten* leuchtete nun ein weißes Feld mit einem kurzen Text, das Archiv sei *momentan aus technischen Gründen nicht verfügbar*.

»Momentan«, sagte Volker zu dem Bildschirm. »Technische Gründe. Gequirlte Scheiße, Freunde!«

Mark zeigte auf die Homepage. »Das ist doch kein Zufall, oder?«

»Entweder, wir sind jetzt alle drei paranoid«, sagte Ellen, »oder da hat irgendjemand ein ziemlich großes Skelett im Schrank.«

»Wenn es in diesem Fall nur mal nicht die sprichwörtliche Leiche im Keller ist«, meinte Mark und nahm ein Päckchen Camel aus dem Regal. »Tut mir leid, aber die brauche ich jetzt.«

Ellen öffnete die Terrassentür und zwinkerte dann Volker zu. »Du bist doch gut mit diesem Ding, oder?«

Er zwinkerte zurück. »Klar doch.«

»Dann sind wir noch nicht am Ende angekommen.« Sie

deutete auf Mark, der einen tiefen Zug aus seiner Zigarette nahm. »Und bevor wir dank meines Kollegen das Schicksal dieses Reporters teilen, könntest du noch eine weitere Telefonnummer für mich herausfinden.«

Wie Ellen aus ihrem Telefonat mit der Freudenstädter Polizei erfuhr, befand sich Hauptkommissar Breuninger bereits seit einigen Jahren in Pension. In den folgenden fünfzehn Minuten unternahm sie mehrere Versuche, Breuninger unter seiner Privatnummer zu erreichen, doch jedes Mal hörte sie nur das Besetztzeichen. Ellen ließ nicht locker, und gerade als Mark seine Zigarette ausgedrückt hatte, war die Leitung endlich frei.

»Breuninger«, meldete sich eine dunkle, müde Männerstimme.

»*Wer* spricht da?«, fragte Ellen.

»Gustav Breuninger.«

»Oh, entschuldigen Sie. Da habe ich mich wohl verwählt.«

Sie legte auf.

Mark sah sie verwundert an. »Was war das denn jetzt? Wieso hast du ihn denn nicht gefragt?«

»Das solltest du als Psychiater doch am besten wissen. Am Telefon fällt es einem leicht, sich verleugnen zu lassen oder einfach aufzulegen. Wenn jemand vor der Tür steht, ist das schon etwas schwieriger.«

»Du willst ihn besuchen?«

»Hast du eine bessere Idee? Wenn dieser Spinner Wort hält, und das befürchte ich schwer, bleibt uns nur noch bis morgen Mittag Zeit, die Frau zu finden. Lara Baumann ist der einzige konkrete Hinweis, den wir haben. Du musst mich nicht begleiten, aber ich werde auf alle Fälle dorthin fahren.«

»Natürlich komme ich mit«, beschwichtigte sie Mark. »Hey, ich wollte doch schon immer mal einen außerdienstlichen Ausflug mit dir machen. Auf ins Reich der Kuckucksuhren.«

»Die Sache stinkt schlimmer als ein fauliger Fisch«, sagte Volker, als er schon auf halbem Weg aus der Tür war. »Ich würde ja wirklich gerne mitkommen, aber wenn ich meinen Artikel nicht bis neun eingereicht habe ...«

»Ist schon okay«, meinte Mark. »Ohne deine Hilfe würden wir wahrscheinlich immer noch auf der Stelle treten.«

»Ihr passt gut auf euch auf, ja?«

»Tun wir«, versicherte Ellen. »Und nochmals vielen Dank.«

Er zwinkerte ihr zu und drückte ihr seine Visitenkarte in die Hand. »Falls du mal wieder jemanden für eine Recherche brauchst.« Dann fügte er leiser hinzu: »Oder falls du mal wieder meine Schultern sehen willst.«

»Geht klar. Ich werde bei meiner Junggesellinnenparty an dich denken.«

»Wow!«, machte Volker und schnalzte mit der Zunge.

Kurz nachdem er davongefahren war, schnappte sich auch Mark seine Jacke und die Autoschlüssel.

»Moment noch«, hielt Ellen ihn zurück. »Es gibt da noch etwas, worüber ich mit dir reden möchte.«

»Ach ja? Worüber denn?«

Es war nicht einfach für sie, zu dem Regal im Wohnzimmer zu gehen und das Fotoalbum herauszunehmen. Aber sie musste wissen, was es damit auf sich hatte.

Sie räusperte sich und hielt ihm das Album entgegen. »Das habe ich bei dir entdeckt. Ich schnüffle sonst nicht in anderer Leute Sachen herum, aber andererseits steht ja mein Name drauf. Und wenn man sich den Inhalt ansieht, müsste das Thema *Indiskretion* wohl eher jemand anderem peinlich sein.«

Und es war Mark peinlich, sehr peinlich sogar. Ellen hatte noch nie zuvor jemanden so tief rot anlaufen sehen.

»Ich ... äh ... also, das ist so ...«

Sie schlug das Bild auf, das sie mit Chris und Mark zeigte. Das Bild, auf dem Chris' Gesicht bis zur Unkenntlichkeit zerkratzt worden war.

»Ich höre.«

»Ellen, ich ... ich ...« Er schluckte und senkte verschüchtert den Kopf. »Ich weiß nicht, wie ich das jetzt erklären soll, ohne dabei kitschig zu klingen. Ich ...« Er räusperte sich, warf einen verstohlenen Blick auf das Foto und betrachtete dann wieder seine Schuhspitzen.

Ellen konnte sehen, wie er mit sich kämpfte. Doch nachgeben würde sie nicht, das stand für sie fest. Mark musste ihr schon längere Zeit nachspioniert haben, das bewiesen die Fotos. »Warum hast du das getan, Mark? Kannst du dir vorstellen, wie ich mich beim Anblick dieser Fotos fühle?«

»Du hast ja Recht ...« Er nickte, schaffte es aber nicht, ihren Blick zu erwidern. »Ellen, du bist jemand ganz Besonderes für mich, deshalb hat es auch nie eine andere für mich gegeben, seit ich dir begegnet bin. Du hast es bestimmt nicht gemerkt, aber ich war sofort in dich verknallt, als ich dich zum ersten Mal gesehen habe. Ich weiß, ich höre mich jetzt bestimmt wie ein liebestoller Pennäler an, aber es ist mein völliger Ernst.« Er seufzte tief und zeigte auf das Foto. »Das hier ... nun ja, das ist passiert, nachdem ich erfahren hatte, dass du und Chris zusammenziehen werdet. Ich war ziemlich fertig und ...«

»Pscht!«, machte Ellen und legte ihren Finger auf seine Lippen.

Sie trat dicht an ihn heran, nahm ihren Finger weg und küsste ihn. Als Mark sie umarmen wollte, entwand sie sich ihm und schüttelte den Kopf.

»Der war für deine Ehrlichkeit und für deine Hilfe«, sagte sie und sah ihm tief in die Augen. »Aber einen zweiten wird es niemals geben.«

Kapitel 35

Während der Fahrt redeten Mark und Ellen nur wenig. Mark fuhr, ließ nebenher eine CD laufen, und Ellen schlief zu den sanften Klängen Angelo Badalamentis ein.

Ohne Zwischenfälle oder die sonst üblichen Staus an einigen Dauerbaustellen kamen sie gegen 21 Uhr in Freudenstadt an. Sie nahmen die Schnellstraße nach Loßburg und erreichten schließlich Alpirsbach.

Es war bereits dunkel, als sie sich zwei Einzelzimmer im Gasthof *Weißes Ross* geben ließen. Nachdem sie sich an der Rezeption nach dem Weg zur Blumenstraße erkundigt hatten, brachen sie unverzüglich dahin auf.

Das kleine Fachwerkhaus mit dem vorgezogenen Dachgiebel schmiegte sich in einen gepflegten Garten, der von einem naturbelassenen Jägerzaun umgeben war. Im Licht der Straßenlampe waren ein Rosenspalier und mehrere Beete zu erkennen. Blumen, Gemüse und Salatköpfe standen in Reih und Glied, bewacht von einer Schar Gartenzwerge. Die fette Nacktschnecke, die über eine Solarleuchte neben der Terrasse kroch, wirkte wie ein Eindringling.

Über dem Klingelknopf prangte ein blankpoliertes Messingschild: BREUNINGER.

Ellen läutete, und gleich darauf war durch die Glastür eine verschwommene Gestalt zu erkennen. Eine attraktive Blondine öffnete ihnen. Sie war zu jung, um Gustav Breuningers Ehefrau sein zu können, fand Ellen. Vielleicht seine Tochter.

»Ja, bitte?«

»Frau Breuninger?«

»Nein, nein, ich bin nur die Pflegekraft.« Sie nickte in Richtung eines roten Fiats auf der gegenüberliegenden Straßenseite, auf dessen Seite SOZIALSTATION geschrieben stand. »Ich heiße Uschi Kreutzer. Frau Breuninger ist bereits im Bett.«

»Bitte entschuldigen Sie die späte Störung«, sagte Mark, »wir wollten eigentlich Herrn Breuninger sprechen. Ist er auch schon …«

»Herr Breuninger ist noch wach«, fiel sie ihm ins Wort. »Entschuldigen Sie, dass ich es so eilig habe, aber ich muss Frau Breuninger noch die Injektion geben. Warten Sie kurz, ich hole ihn schnell.«

Sie huschte davon.

»Ist dir aufgefallen, wie die dich angesehen hat?«, frotzelte Ellen. »Bei der hättest du Chancen, und sie hat deutlich mehr Sexappeal als ich.«

Marks Gesicht lief abermals dunkelrot an. »Ich werde dir nie, nie wieder etwas erzählen. Hast du verstanden? Nie wieder.«

Noch ehe Ellen etwas erwidern konnte, erschien ein Mann an der Tür.

Er sah fast genauso aus, wie ihn sich Ellen anhand seiner Stimme am Telefon vorgestellt hatte. Seine noch vollen Haare, die einmal schwarz gewesen sein mussten, waren fast vollständig ergraut, die Augen blickten müde über dicken Tränensäcken hervor, und die Hose, über die ein Schmerbauch ragte, wurde von altmodischen Trägern mit Hirschmuster vor dem Herunterrutschen bewahrt. Den krönenden Abschluss seiner Erscheinung bildete ein Paar abgenutzter Filzpantoffeln.

»Was wollen Sie?«

»Ich bin Dr. Ellen Roth, und das hier ist mein Kollege Behrendt. Ich weiß, es ist schon spät, aber wir wollten uns mit Ihnen über den Fall Lara Baumann unterhalten.«

Er seufzte. »Hören Sie, ich bin müde und brauche meinen Schlaf. Kommen Sie morgen wieder.«

»Das würden wir ja gern«, Ellen trat hastig einen Schritt nach vorn, so dass sie die Tür blockierte, »aber ich fürchte, so viel Zeit bleibt uns nicht. Frau Baumann schwebt nach unserem Wissen in Gefahr, und wir müssen dringend mehr über den Fall von …«

»Es gibt keinen Fall«, fuhr Breuninger sie an. Ellen bekam einen Schwall seines süßlichen Atems ins Gesicht. *Acetongeruch,* dachte die Ärztin in ihr. *Höchstwahrscheinlich Diabetes Mellitus.*

Mark zog den Ausdruck des Zeitungsartikels aus seiner Jackentasche und hielt ihn Breuninger vors Gesicht. »Das sehen wir ein wenig anders, Herr Hauptkommissar. Haben Sie nicht damals die Ermittlungen geleitet?«

Breuninger machte eine abwehrende Geste. »Ach, lassen Sie mich doch mit diesen alten Kamellen in Frieden. Ich habe mir geschworen, nicht mehr darüber zu sprechen, und das halte ich auch ein.«

»Warum, Herr Breuninger?«, bohrte Ellen weiter. Sie musste sich zusammennehmen, ihn nicht anzuschreien. »Warum haben Sie sich das geschworen?«

»Junge Frau, verschwinden Sie einfach und lassen Sie Ihre Finger von Dingen, die Sie einen feuchten Kehricht angehen.«

In diesem Augenblick erschien Uschi Kreutzer an der Tür.

»Ich bin dann fertig für heute«, sagte sie zu Breuninger und schenkte Mark einen langen Seitenblick.

Diesmal reagierte Mark darauf, allerdings nicht so, wie sie es sich wahrscheinlich gewünscht hätte. »Sagt Ihnen denn der Name Lara Baumann etwas?«

»Sind Sie von der Polizei?«

»Nein, ich bin Psychiater.«

»Oh. Na ja, macht nichts. Zeigen Sie mal her.« Sie nahm Mark den Ausdruck aus der Hand und las den Text mit gerunzelter Stirn.

»Nein, kenne ich nicht«, kam die Antwort. »Kann ich auch nicht kennen, wenn das 1989 gewesen war. Ich wohne erst seit 1997 in der Gegend. Bin wegen der Liebe hergezogen, aber mir ist nur die Wohnung geblieben. Bitte sehr, Herr Doktor.« Mit einem offensichtlich eingeübten Augenaufschlag reichte sie ihm das Blatt zurück, dann wandte sie sich wieder Breuninger zu. »Also, dann geh ich jetzt. Vergessen Sie nicht, ich komme morgen gleich um acht und bringe Ihre Frau zur Dialyse. Gute Nacht zusammen.«

Breuninger grummelte ihr etwas Unverständliches hinterher, dann wandte er sich wieder an Ellen und Mark.

»Und Sie gehen jetzt besser auch, sonst zeige ich Sie wegen Hausfriedensbruch an.«

»Sagen Sie mir einfach, warum Sie uns nichts über Lara Baumann erzählen wollen, und schon sind wir verschwunden«, entgegnete Ellen.

»Glauben Sie mir, dass Sie es nicht wissen wollen. Man sollte nicht über das Böse sprechen, wenn es endlich weg ist. Sonst kommt es wieder.« Mit diesen Worten ging er zurück ins Haus und schloss die Tür hinter sich.

»Das ist vielleicht ein Kauz«, sagte Ellen zu Mark, doch als sie sich nach ihm umsah, war er nicht mehr da. Er stand gegenüber an der Fahrerseite des Fiats und unterhielt sich mit Uschi Kreutzer. Als er wieder zurückkam, fuhr der Fiat davon.

»Da ist etwas oberfaul.«

»Hat sie dir doch nicht ihre Nummer gegeben?«

»Blödsinn.«

»Sorry. Also, was ist oberfaul?«

»Ich habe sie nach Breuningers Frau gefragt, und jetzt halt dich fest: Vor knapp zwanzig Jahren wäre sie fast an einer Niereninsuffizienz gestorben. In letzter Minute ist sie an eine Spenderniere gelangt. Wie es heißt, ist das wie durch ein Wunder passiert, sozusagen auf den letzten Drücker. Nun hat sie jedoch Pech. Diese Niere versagt jetzt ebenfalls, und Frau Breuninger ist zu alt, um noch eine faire Chance auf eine weitere Organspende zu erhalten.«

Ellen sah ihn nachdenklich an. »Du meinst ...«

»Ich vermute mal, jemand hat Breuninger einen stattlichen Betrag gezahlt, damit er die Klappe hält. Du weißt doch selbst, wie man mit Geld und den nötigen Beziehungen eine Organspende beschleunigen kann.

Wahrscheinlich wurden auch der verstorbene Reporter und die Redakteurin geschmiert, oder was glaubst du, mit wem der Herr Hauptkommissar a. D. vor dir so lange telefoniert hat? Wahrscheinlich haben sich Breuninger und die überfreundliche Herausgeberin dieses Käseblättchens darüber beraten, wie man uns am besten mundtot macht.«

»Aber wer kann ein Interesse daran haben, einen neunzehn Jahre alten Fall zu vertuschen? Glaubst du, man hat sie ermordet, und wir sind wegen einer falschen Spur in das Ganze hier gestolpert?«

»Nein.« Mark schüttelte den Kopf. »Ich glaube, dass Volkers Programm *sehr gut* funktioniert hat, ebenso wie ich mir sicher bin, dass die Frau, die du gesehen hast, tatsächlich Lara Baumann war. Irgendetwas geht hier vor, aber ich glaube nicht, dass wir das vor morgen früh herausbekommen werden. Hier klappt man schon sehr zeitig die Bürgersteige hoch, wie es aussieht.«

Ellen stimmte ihm zu, auch wenn es ihr schwerfiel, weitere kostbare Zeit verstreichen lassen zu müssen.

Sie gingen zurück zum Hotel. Bevor sie sich auf dem Weg zu ihren Zimmern trennten, fragte Ellen: »Weshalb bist du dir eigentlich so sicher, dass dieses Computerprogramm von Volker so gut funktioniert?«

Zum dritten Mal an diesem Abend wurde Mark so rot wie eine überreife Tomate.

»Nun ja«, sagte er und hüstelte. »Die Freundin von Tobias Schubert, du weißt schon, Volkers Hackerkumpel, der sich *Filewalker* nennt, ähm, die mit den Nacktfotos im Internet eben, sie ... sie ist meine Schwester.«

Kapitel 36

Möglich, dass es an der Aufregung lag, oder vielleicht auch nur daran, dass Ellen bereits auf der Fahrt tief geschlafen hatte, aber in dieser Nacht bekam sie kein Auge zu.

Eine gute halbe Stunde lang tigerte sie in ihrem Zimmer auf und ab. Lara Baumanns Foto und dieses Gefühl, ihr sei etwas Schlimmes zugestoßen, ließen ihr keine Ruhe. Was wusste dieser ehemalige Ermittlungsleiter, und warum weigerte er sich so vehement, darüber zu reden?

Seine Aussage, das Böse könnte zurückkehren, wenn man darüber sprach, klang wie ein Zitat aus einem schlechten Horrorroman. Dennoch schien er fest davon überzeugt gewesen zu sein. Das hatte sein ängstlicher Blick verraten, den er auch mit seiner griesgrämigen Art nicht hatte verbergen können. Aber was versuchte er zu vertuschen? Was war damals geschehen?

Ellen warf sich aufs Bett und schaltete den Fernseher ein, um sich abzulenken. Sie musste dringend zur Ruhe kommen und ein wenig schlafen. Nach einer knappen halben Stunde war sie jedoch noch immer hellwach und aufgekratzt. Obendrein stellte sie fest, dass es gute Gründe gab, warum sie so gut wie nie fernsah. Gründe, wie zum Beispiel Riesenbrüste, die im Viertelstundentakt über den Monitor schwappten, peitschenschwingende Dominas, die einen aufforderten, sofort eine kostenpflichtige Nummer anzurufen, oder – sozusagen als Alternative – dümmlich grinsende Hausfrauen und -männer, die ihrem Publikum erklärten, warum *Superclean reine Ochsengallenseife* mit jedem Fleck fertig werden konnte.

Dazwischen wurden die Fragmente eines Hitchcock-Streifens ausgestrahlt, in dem Gregory Peck einen Psychiater mimte, der auf äußerst einfältige Weise Opfer der Freud'schen Theorien geworden war.

Das war ihr zu viel. Sie schaltete den Fernseher aus, feuerte die Fernbedienung aufs Bett und beschloss, eine Dusche zu nehmen.

Der heiße Wasserstrahl tat gut, und Ellen ließ sich Zeit. Doch Lara Baumann wollte ihr nicht aus dem Kopf gehen. Das Gesicht des lachenden Mädchens vor dem Kinderkarussell ...

Du musst mich vor ihm beschützen, wenn er mich holen kommt!

Als Ellen sich um halb acht endlich mit Mark zum Frühstück treffen konnte, fühlte sie sich wie gerädert. Gegen Morgen war ihre Migräne zurückgekehrt, langsam und schleichend, und nun tobte sie in ihrem Kopf wie ein wild gewordener Tiger. Hinzu kamen kleine weiße Tüpfelchen, die in ihren Augenwinkeln tanzten. Diese ersten Anzeichen einer Aura versprachen, dass sie sich spätestens in ein paar Stunden in einen abgedunkelten, schalldichten Raum mit einem kühlen Bett wünschen würde.

»Willkommen im Club«, wurde sie von Mark begrüßt,

der bereits am Frühstückstisch mit einer Portion Kaffee auf sie wartete. »Du siehst genauso frisch aus, wie ich mich fühle.«

»Danke, immer wieder danke. Hast wohl auch nicht geschlafen?«

»Keine Minute. Mir ist ständig durch den Kopf gegangen, was mit diesem Mädchen passiert sein könnte. Also habe ich gestern Nacht noch mit der netten Dame von der Auskunft telefoniert. Die einzige Lara Baumann, die sie für mich ausfindig machen konnte, lebt in Wuppertal, ist dreiundachtzig und alles andere als begeistert, wenn man sie um halb zwei Uhr morgens aus dem Bett holt. Aber ...«
Mark stützte sich auf die Tischplatte und rückte ein Stück näher zu ihr. Er roch nach Kaffee und Zigarettenrauch und schien sein Rasierzeug vergessen zu haben.

»Heute Morgen«, flüsterte er, »habe ich mich beim Hotelpersonal umgehört. Jeden, der mir über den Weg lief, habe ich nach Lara Baumann gefragt.«

»Und?«

»Nichts. Die beiden Zimmermädchen waren zu jung, um etwas über Lara wissen zu können. Aber bei der Hotelwirtin habe ich so einen Verdacht. Als sie mir erklärte, sie habe den Namen noch nie gehört, sind mir die typischen nonverbalen Anzeichen der Lüge aufgefallen. Du weißt schon, Blick nach rechts unten, Lippen lecken, übertriebene Ausdrucksweise und so. Als ich nachhaken wollte, ist sie einfach weggegangen.«

»Himmel, das ist ja wie in diesen Dracula-Filmen«, seufzte Ellen und massierte sich die Schläfen. »Die Dorfbewohner verleugnen das Schloss, das unmittelbar hinter ihnen aufragt, weil sich dort *etwas Schreckliches* verbirgt.«

Nicht Dracula, aber ein Monster. Ein zotteliges Monster mit ...

»Komm schon, ist ja gut.« Ellen winkte ab und schenkte sich Kaffee ein.

Mark sah sie irritiert an. »Wie bitte?«

»Das mit dem Monster, meine ich. Ich bin heute noch nicht in der Stimmung für Witze.«

»Ich habe nichts von einem Monster gesagt.«

»Oh!« Ellen stutzte. »Dann ... habe ich es mir wohl eingebildet. Mein Kopf bringt mich noch um.«

Sie nahm Marks Teller, auf dem sich die Reste eines Leberwurstbrötchens befanden, und stellte ihn auf den Nebentisch. Wegen der Migräne war ihr Geruchssinn noch empfindlicher als sonst, und allein der Gedanke an Essen verursachte ihr Übelkeit.

»Ich habe Kopfschmerztabletten im Handschuhfach, wenn du möchtest. Guter Stoff.« Er grinste.

Sie nippte an ihrem Kaffee und schüttelte den Kopf. »Sag mir lieber, wie wir weitermachen sollen. Ich bin mit meinem Latein am Ende.«

»Wir haben noch knapp viereinhalb Stunden bis Mittag«, sagte Mark und zeigte auf seine Uhr. »Zeit genug, die Umgebung abzuklappern und jedem älteren Bewohner dieser schönen Gegend so lange auf den Geist zu gehen, bis uns jemand etwas über Lara Baumann erzählt. Vielleicht finden wir auf diesem Weg auch etwas über ihren gegenwärtigen Verbleib und die Identität des Verrückten heraus.«

»Trotzdem wird die Zeit nicht reichen, um sie zu finden«, warf Ellen ein. »Wenn, dann sind Lara und dieser Kerl irgendwo in der Fahlenberger Umgebung.«

Wieder war ihr, als flüstere ihr der Schwarze Mann ins Ohr. *Also, wer bin ich? Bis übermorgen will ich dir Zeit lassen. Zur Mittagsstunde musst du's wissen. Wenn nicht, wird dich der böse Wolf holen. Dann töte ich euch beide, dich und diese verrückte Stinkerin.*

Sie presste die Handflächen gegen ihre Schläfen, als könne sie diese Stimme dadurch aus ihrem Kopf quetschen wie aus einem Schwamm.

»He«, sagte Mark und berührte sie mit besorgtem Blick an der Schulter. »So schlimm?«

Ellen brachte nur ein Nicken zustande und wich seiner Berührung aus. Im Moment fühlte sie sich übersensibilisiert, so als sei ihr Filter für jegliche Sinneseindrücke ausgefallen. Farben, Laute, Gerüche und Berührungen fühlten sich auf skurrile Weise verstärkt an. *So muss es sein, wenn man unter der Einwirkung irgendwelcher bewusstseinserweiternder Drogen steht,* dachte sie.

Ellen in the Sky with Diamonds, höhnte etwas in ihr, worauf sich die innere Stimme von Ellen der Kämpferin zu Wort meldete. *Beherrsch dich,* forderte sie. *Nur noch dieses eine Mal. Bald ist alles durchgestanden, so oder so.*

So oder so, da hatte sie allerdings Recht. Wenn es ihnen nicht rechtzeitig gelang, Lara Baumann oder wenigstens einen Anhaltspunkt über ihren Aufenthalt zu finden, würde der Schwarze Mann seine Ankündigung in die Tat umsetzen und sie töten. Daran zweifelte Ellen keinen einzigen Augenblick. Ebenso wenig daran, dass er danach Jagd auf Ellen selbst machen würde. Psychopathen hielten sich zwanghaft an ihren Plan – ganz gleich, wie irrational dieser Plan auch sein mochte.

Sie atmete mehrmals tief ein und aus, und es half tatsächlich – wenn auch nur ein ganz klein wenig – gegen den Druck und das Dröhnen in ihrem Kopf.

»Daran müssen die Elektroschocks schuld sein«, seufzte sie. »Ich hatte schon lange nicht mehr solche Migräne. Keine Ahnung, ob sie überhaupt schon mal so schlimm gewesen ist.«

»Wirst du trotzdem noch etwas durchhalten können?«, fragte Mark. »Sobald wir wissen, was aus dieser Lara geworden ist, können wir die Fahlenberger Polizei einschalten. Dann sollen die sich um den Fall kümmern. Und solange du bei mir bist, kann dir dieser Psycho nichts anhaben. Aber jetzt sollten wir auf keinen Fall wertvolle Zeit vergeuden.«

»Ich schaffe das schon«, sagte Ellen, auch wenn sie sich dessen nicht wirklich sicher war. Aber die Kämpferin in ihr bestand darauf. *Denk an dein Versprechen!* »Also, wie sollen wir vorgehen?«

»Die Pfarrei könnte für den Anfang ein ganz guter Ort sein«, schlug Mark vor. »Dort gibt es ein Geburtenregister. Und sollte Hochwürden das entsprechende Alter haben, muss auch er Bescheid wissen. Dann wäre es eine Sünde, wenn er uns belügen würde, nicht wahr?«

Eine Sünde, Sünde, Sünde…

Wieder presste Ellen die Hände an den Kopf. Was war nur los mit ihr? Hörte sie etwa Stimmen? Gut möglich, dazu musste man auch nicht unbedingt schizophren sein. Ihr derzeitiger Stress, gepaart mit den Folgen der Folter und ihrer Migräne, konnte solche Phänomene durchaus auslösen. Allerdings hätte es nicht unpassender auftreten können.

»Gute Idee«, sagte sie. »Vor allem das mit dem Pfarrer.«

»Wirst du es wirklich schaffen? Du siehst so ... na, nicht eben fit aus.«

»Ich werde wohl doch auf dein Angebot mit den Tabletten zurückkommen müssen«, seufzte Ellen. »Und jetzt komm, uns läuft die Zeit davon.«

Sie fanden das Pfarramt verschlossen vor. Der Herr Pfarrer sei zu einem wichtigen Familienfest unterwegs und vor Ende der Woche nicht zurück, erklärte eine nette ältere Dame.

Sie wurde jedoch sogleich alles andere als nett, als Mark sie nach Lara Baumann fragte. Die Alte bekreuzigte sich und schob sich mit ihrem Gehwägelchen davon, als sei der Leibhaftige hinter ihr her.

»Am Ende ist sie wirklich zum Blutsauger mutiert«, spottete Mark in einem Anflug von verzweifeltem Sarkasmus.

Ellen, die auf dem Beifahrersitz kauerte und bereits die dritte Tablette aus dem Handschuhfach des Volvos geschluckt hatte, sah ihn fragend an. »Und was jetzt?«

»Erst mal tanken. Ohne Sprit kommen wir nirgendwo mehr hin.«

Während Mark den Wagen befüllte, saß Ellen so reglos wie möglich da, um ihre Kopfschmerzen nicht noch zu verschlimmern. Trotz der Schmerzmittel waren sie inzwischen zu einem *Trommelsolo für zehn Vorschlaghämmer auf weichem Hirngewebe* angeschwollen.

Ihr Blick wanderte über die beiden Zapfsäulen, hinüber zum Kassenhäuschen neben der Werkstatt. Es war kein Tankstellenshop, der einem eingeschrumpften Supermarkt gleichkam, sondern noch ein richtiges Kassenhäuschen, das Ellen auf merkwürdige Weise heimelig und bedrohlich zugleich erschien. Sie schob diesen Eindruck auf die verzerrte Wahrnehmung, die ihr das Stechen in ihren Schläfen verursachte, und wandte den Blick davon ab. Ellen schaute hinauf zu dem ARAL-Symbol, wieder herunter zu Mark und dann noch einmal zu dem ARAL-Symbol.

Seltsam.

Irgendetwas schien damit nicht in Ordnung zu sein. Ihr kam es so vor, als ob die weißen Buchstaben gar nicht fest auf dem blauen Plastik angebracht waren, sondern frei im Raum schwebten. Und je länger sie die Buchstaben ansah, desto mehr bekam sie den Eindruck, dass sie sich bewegten.

Das ist diese gottverdammte Migräne. Sie macht mich ganz fertig. Ich kann ja kaum noch klar denken. Ich ...

Nun hatte sich die Schrift verändert, und aus ARAL war RAAL geworden.

Unsinn. Ich bin ...

Ja, Dummerchen, was bist du denn?, fragte eine weibliche Stimme in ihrem Kopf, die eindeutig nicht die ihrer sonstigen Gedanken war. Sie klang sehr jung.

O mein Gott, was ist denn nur los mit mir?

Das Tankstellenschild hatte sich jetzt zu einem ARLA verformt. Ihr Magen verkrampfte sich, und aus den weißen Tüpfelchen in ihren Augenwinkeln waren nun blinkende helle Flecke geworden, die sie an Mückenflügel im Sonnenlicht erinnerten.

Ja, es sind kleine, leuchtend weiße Mücken.

Summ, summ, summ, Mückchen summ herum, sang die Stimme in ihrem Kopf. *Na, Dummerchen, bist du nun ein Feigling oder nicht?*

Und dann sah Ellen, was sie längst schon hätte sehen müssen – das, was sie wirklich an diesem Tankstellenschild irritiert hatte. Zwar standen die Buchstaben jetzt wieder in der richtigen Reihenfolge, einem weißen ARAL auf blauem Untergrund, aber wenn man sie rückwärts las, wurde daraus ein LARA.

Ellen würgte. Sie stieß die Beifahrertür auf, stürmte aus dem Wagen, sah sich nach einer Toilette um, fand keine, und erbrach sich neben einer Zapfsäule. Dabei wurde ihr so schwindlig, als habe man sie urplötzlich in eine Zentrifuge gesteckt.

Mark kam angelaufen und hielt sie gerade noch rechtzeitig fest, ehe sie vornüberfallen konnte. Krampfgeschüttelt würgte Ellen eine braune, wässrige Substanz auf den Betonboden, die vor ihrer Ankunft im Magen zwei Tassen Milchkaffee mit vier Stückchen Zucker und drei Kopfschmerztabletten gewesen war.

Echt guter Stoff, Dummerchen.

Ellen glaubte, ihr Schädel würde jeden Augenblick zerbersten, während sich ihr gesamter Rumpf immer wieder verkrampfte, so dass sie kaum noch Luft bekam. Dann, endlich, beruhigte sich ihr Magen.

Als die Krämpfe aufhörten, richtete sich Ellen auf und sog begierig frische Luft in ihre Lungen. Kehle und Rachen brannten, und durch den Tränenschleier vor ihren Augen sah die Welt um sie herum irgendwie unwirklich aus. Beinahe wie in einem Traum.

So war sie auch nicht sonderlich verwundert, als sie an Marks Stelle das verschwommene Bild Professor Bormanns neben sich erkannte. Bormann schien einen Finger auf den Mund gelegt zu haben, wie um ihr verständlich zu machen, sie solle still sein. Dann verzerrte sich sein Bild erneut, und als sie sich die Tränen aus den Augen wischte, war es wieder Mark, der neben ihr stand und sie behutsam an den Schultern hielt.

Ellen sah eine Frau, die aus dem Kassenhäuschen gelaufen kam. Ein alter Mann folgte ihr. Er ging an Krücken und blieb neben dem Schild *KFZ-WERKSTATT TALBACH* stehen.

»Um Himmels willen«, rief die Frau und schlug die Hände vors Gesicht. Sie mochte etwa in Ellens und Marks Alter sein. Das blonde Haar trug sie zu einem Pferdeschwanz gebunden, und in ihrem Blaumann wirkte sie ein wenig burschikos. »Soll ich einen Krankenwagen rufen?«

»Nein, nein.« Marks Stimme dicht neben ihr war schrecklich laut, als spräche er durch ein Megafon. »Ich bin Arzt.«

»Na, dann ist's ja gut.«

Die Frau ... dieses Gesicht ...

Ellen entwich ein Stöhnen. Ein seltsamer Schmerz breitete sich in ihrer Brust aus. Es fühlte sich an, als breche etwas in ihr auf. Wie erkaltete Lava, die vom Druck eines neuen Vulkanausbruchs zerrissen wurde.

Die Frau aus dem Kassenhäuschen sah stirnrunzelnd zu ihnen herüber, dann lächelte sie. »Darf man denn gratulieren?«

»O nein.« Wieder Marks Megafonstimme. Ellen fühlte seinen festen Griff an den Schultern, als er sie zum Auto führte. »Sie ist nicht schwanger. Tut mir leid, dass wir Ihnen Umstände machen.«

»Ach, ist nicht so schlimm.« Nun kam ihnen die Frau entgegen. Durch die Schmerzen in Ellens Kopf klang ihre

Stimme verzerrt, fast wie ein Echo. »Hauptsache, Ihrer Frau fehlt nichts Ernstes. Während meiner Schwangerschaft ist mir an den unmöglichsten Orten …«

Mitten im Satz hielt sie inne und blieb wie vom Donner gerührt stehen. Auch Ellen erstarrte. Nun sah sie das Gesicht der Frau klar und deutlich. In ihrem öligen Blaumann stand sie keine zehn Schritte von Ellen entfernt.

Ich kenne dich, schien ihr Blick zu sagen. *Ja, ich kenne dich!*

»Nein«, stieß Ellen hervor. Wieder nahm die Welt um sie herum grell leuchtende Farben an. Die Frau im Blaumann, der Mann mit den Krücken … wie Gestalten aus einem grauenvollen Traum, die einen Weg zu ihr in die Wirklichkeit gefunden hatten.

Oder war dies gar nicht die Wirklichkeit? Waren diese Gestalten und Marks Griff an ihren Schultern nur Einbildung?

Ein Schatten kroch vom Parkplatz neben dem Kassenhäuschen über den Boden, wurde größer und immer größer. Zuerst sah er aus, als gehöre er zu einem riesigen schwarzen Hund, dann nahm er die Form des rostigen alten VW-Kleinbusses an, der auf dem Parkplatz stand.

»Nein, nein, bitte nicht!« *Es ist derselbe Kleinbus, der mich verfolgt hat. Der Kleinbus, in den sich jemand setzen soll, nachdem ihm etwas furchtbar Schlimmes passiert ist!*

»He, Ellen, was ist denn los?« Die Stimme klang nach Mark, aber die Hände auf ihren Schultern … *diese Hände!*

»Was, um alles in der Welt, geht hier vor?« Wieder Mark. Oder war er gar nicht wirklich hier?

Und diese Frau, wie sie sie nur ansah!

ICH KENNE DICH!

Die Hände packten ihre Schultern noch fester. Ellen schrie auf. Sie rammte beide Ellenbogen nach hinten. Augenblicklich ließen die Hände von ihr ab. Sie wirbelte herum und sah Mark, der sich vornübergebeugt die Brust hielt und keuchte.

»Ellen ... was ist nur los mit dir?«

Neben ihm stand Bormann.

Vergeuden Sie keine Zeit mehr, meine Beste, mahnte er mit erhobenem Zeigefinger. *Tun Sie, was zu tun ist. Jetzt!*

Ellen rannte los, stieß die Frau vor sich zu Boden und sprang in den schwarzen Volvo.

Ich muss hier weg!

Sie schlug die Tür zu, startete den Motor und jagte mit quietschenden Reifen aus der Zufahrt zur Tankstelle. Dabei streifte sie mit dem Kotflügel die Einfahrtsbegrenzung und hörte Plastik krachen.

Erneut gab Ellen Gas und jagte die Straße entlang. Durch das Heulen des Motors drang ein Schluchzen. Das blonde Mädchen in dem altmodisch buntgeblümten Sommerkleid saß neben ihr auf dem Beifahrersitz.

»Tu's nicht«, weinte sie. »Bitte! Ich glaub dir auch so, dass du kein Angsthase bist.«

»Nein«, sagte Ellen und war gar nicht mehr verwundert darüber, woher das Mädchen so plötzlich gekommen war. Dinge geschahen einfach. Das war die simple Wahrheit. Vielleicht sogar die einzige Wahrheit.

»Du wirst es mir erst dann wirklich glauben, wenn ich es getan habe. Weißt du, ich glaube, allmählich begreife ich, was hier geschieht. Ich verstehe zwar noch nicht alles, aber doch schon eine ganze Menge.«

»Nichts verstehst du«, schrie sie das Mädchen an. »Du

wirst sterben, wenn du es tust! Sterben! Dann gibt es dich nicht mehr!«

»Das Risiko muss ich eingehen.« Ellen drückte heftig das Gaspedal durch und wäre fast aus der Kurve geschleudert worden.

Das Mädchen hielt sich krampfhaft am Türgriff fest und weinte.

»Er wartet auf mich. An der Ruine, stimmt's?«

Noch bevor das Mädchen nicken konnte, war sie bereits auf den alten Forstweg eingebogen.

Teil 2

Das Ungeheuer

*»And the devil in a black dress watches over.
My guardian angel walks away.«*

»Temple of Love«
THE SISTERS OF MERCY

Kapitel 37

»Schnell«, rief Mark der Frau von der Tankstelle zu. »Helfen Sie mir! Wir müssen ihr hinterher.«

Die Frau nickte nur, löste sich aus ihrer Starre und lief zu einem verbeulten, orangeroten VW-Kleinbus, auf dessen Rückseite die Aufschrift TALBACHS AUTOSERVICE prangte.

»Kommen Sie, steigen Sie ein!«

»In diese Rostlaube?«

»He, Sie da!«, krächzte der Mann mit dem Gehstock. Er stand noch immer neben dem Kassenhäuschen und zeigte auf den Wagen. »Sie beleidigen gute alte deutsche Wertarbeit.«

Mark verdrehte nur die Augen und sprang auf den Beifahrersitz, während die Frau den Motor startete.

»Keine Sorge«, sagte sie. »Papas alte Mühle ist keineswegs so schlecht beieinander, wie sie aussieht.«

»Ihr Wort in Gottes Ohr.«

»Den anderen Wagen hat mein Mann. Wenn Sie also lieber laufen wollen ...«

»Nein, nein. So war das nicht gemeint.«

»Weiß ich doch. Ach übrigens, ich bin Nicole Keppler.«

»Mark Behrendt.«

Die Kupplung ächzte, als Nicole den Gang einlegte. Dann gab sie abrupt Gas, und Mark wurde in den Sitz gedrückt, wobei ihn ein vorsintflutlicher Sicherheitsgurt zu erdrosseln drohte.

»Sie ist dort hinten abgebogen, glaube ich«, rief ihr Mark durch das Heulen des Motors zu.

»Ich weiß, wohin sie fährt.«

»Sie wissen es?«

Sie nickte. »Ist zwar schon eine Weile her, aber ich glaube, ich kenne sie noch gut genug, um es mir denken zu können.«

Mark setzte zu einer Frage an, als sich sein Handy meldete. Er riss es aus der Jacke.

»Ellen?«

»Hier ist Volker.«

Seine Stimme war durch das Knacken des schlechten Empfangs und das Dröhnen des alten Volkswagenmotors kaum zu verstehen. Mark presste sich die Hand gegen das andere Ohr.

»Ist was passiert, Mark? Sag mal, wo steckst du denn?«

»Erkläre ich dir später.«

»Na schön. Mark, ich habe was herausgefunden. Etwas ziemlich Verrücktes. Wir haben da nämlich eine sehr wichtige Sache vergessen.«

»Vergessen?«

»Wir hätten auch Laras Kinderfoto durch die Gesichtserkennung schicken sollen. So habe ich jetzt vier weitere Dateien gefunden, die …«

»Was für Dateien?«, schrie Mark in das Telefon, obwohl er die Antwort bereits ahnte. Noch konnte er sich keinen Reim darauf machen, aber er war keineswegs verwundert, als er Volker sagen hörte:

»Du wirst es mir nicht glauben, aber es sind Bilder von Ellen. Ellen muss Lara Baumann sein!«

»Ellen ist Lara?«

»Ich hab's zuerst auch nicht geglaubt, aber ich bekomme immer wieder ihre Fotos angezeigt.«

»Ellen ist Laras zweiter Vorname«, mischte sich Nicole ein. »Wieso, was ist denn mit ihr los?«

»Aber wieso nennt sie sich Roth?«, fragte Mark und erhielt von zwei Seiten gleichzeitig Antwort.

»So hieß ihre Mutter«, sagte Nicole, und Volker meldete aus dem Hörer: »Annemarie Baumann hat sich im Herbst 1989 von ihrem Mann scheiden lassen und wieder ihren Mädchennamen angenommen. Sie wird es gewesen sein, die Lara in Ellen Roth hat umbenennen lassen.«

Der Empfang wurde immer schlechter, je näher Nicole auf den Wald zusteuerte. Volker sagte noch etwas, aber Mark bekam nur noch unzusammenhängende Wortfetzen zu hören, ehe die Verbindung abbrach.

Nicole steuerte den alten VW über einen holprigen Waldweg, und sie wurden heftig durchgeschüttelt. Mark war vollkommen durcheinander. Ihm war, als stünde er vor einem Berg von Puzzleteilen – einem Puzzle, bei dem er zwar wusste, wie das fertige Bild aussah, von dem er aber keine Ahnung hatte, wie er die einzelnen Teile zusammensetzen sollte. Das Bild zeigte ein kleines Mädchen, das lachend vor einem Kinderkarussell stand.

»Wollen Sie mir nicht endlich erklären, was mit Lara los ist? Was soll das mit dem anderen Namen?«

»Sie wusste nicht, dass sie Lara ist. Aber das ist im Moment nicht so wichtig. Wichtiger ist, was sie jetzt tun wird. Jetzt, wo sie es weiß.«

»Sie glauben, sie tut sich etwas an?«

»Schlimmer. Ich bin mir sicher!«

Kapitel 38

Für einen passionierten Pilzsammler wie Wolfram Masurke war das Wissen um die besten Fundorte wertvolles Kapital, das man am besten für sich behielt. Es hätte aber auch keine Rolle gespielt, wenn er seinen Stammtischfreunden offen heraus gesagt hätte, dass er die schönsten Exemplare an der Ruine des Sallinger Hofs sammelte.

Wahrscheinlich wussten sie es schon längst. Doch keiner der Einheimischen ging freiwillig an diesen Ort, und so blieb das herrliche Pilzterritorium, über dem angeblich ein Fluch lastete, das alleinige Revier des vor achtzehn Jahren zugezogenen Wolfram Masurke – im Ort besser bekannt unter seinem Spitznamen *der Ossi*.

Masurke, der bis zum Mauerfall Offizier der NVA gewesen war, bezog nur eine geringe Rente, die er sich mit seinen mykologischen Fachkenntnissen aufbesserte. Seine Braunkappen, Pfifferlinge, Butter- und Steinpilze wurden in den Gaststätten der Umgebung überaus geschätzt und brachten ihm einen netten kleinen Zuverdienst ein.

Dieser Tag erwies sich als ein wahrer Glückstag, fand er, als er den Inhalt seines Korbs begutachtete. Auf der Lichtung neben dem verwilderten Treppenabgang zum ehemaligen Eiskeller des Hofs hatte er ein ganzes Nest Waldchampignons von bester Güte gefunden, die er nun in ein mit Mineralwasser angefeuchtetes Küchentuch einschlug.

Xaver Link, Wirt des Gasthofs *Rose,* würde sich die Hände reiben, so viel stand fest. Doch nicht nur der volle Korb, sondern auch das Knurren seines Magens, der lautstark nach einer deftigen Vesper mit Räucherspeck, Gewürzgurken und Holzofenbrot verlangte, verleiteten ihn zu dem Entschluss, es für heute gut sein zu lassen.

Gerade als er von der Ruine zum Waldweg schlenderte, zerriss ein metallischer Schlag die Stille des Waldes.

Stimmengewirr.
Es tut so weh.
Aufwachen, aufwachen, aufwachen ...
Wo bin ich? Wer bin ich?
Angsthase, Zuckernase, morgen kommt der Osterhase.
Ellen, Sie waren immer meine beste Schülerin ...
Ich bin, wer ich bin.
Also gut. Hier ist es!

Ellen starrte auf das weiße Kissen und fragte sich, wer sie in dieses seltsame Bett geworfen hatte. Nur ganz allmählich begriff sie, dass es kein Kissen, sondern der Airbag des Volvos war. Sie tastete nach dem Türöffner, zog daran, doch die Tür klemmte.

Mit aller Kraft stemmte sie sich dagegen, wieder und wieder. Endlich bewegte sich die Tür und tat sich mit einem Kreischen auf, das der Stimme eines zu Tode erschreckten Kindes glich.

Neeeeiiiiiiiiinnnn!

Mühsam kletterte sie aus dem Wagen, fand erst auf allen vieren Halt und richtete sich dann auf. Der Volvo steckte in einem Seitengraben des Waldwegs, die Hinterräder hingen nutzlos über dem Boden.

Ellen schwankte zur Seite, stützte sich gegen das Auto und sah sich um. Wo war sie nur? Was wollte sie hier?

Lass es sein! Wenn du jetzt da hingehst, wirst du sterben!, erklärte ihr eine panische Stimme, die zu keinem realen Wesen gehörte, nicht einmal zu ihr selbst. *Dann gibt es dich nicht mehr.*

Eine weitere Stimme sagte: *Geh, dann findest du Frieden,* und wieder eine andere reagierte mit einem trotzigen *Nein, nein, nein!*

Doch Ellen war nicht mehr in der Lage, auf irgendeine dieser Stimmen zu hören. Sie gehorchte einer Art Instinkt, der sie veranlasste, einen zittrigen Schritt nach dem anderen zu tun. So lange, bis das Zittern verging und sich eine eigenartige Ruhe in ihr ausbreitete. Gleichzeitig begannen die Stimmen in ihrem Kopf zu toben, zu brüllen und zu kreischen, doch Ellen ging weiter.

Schritt für Schritt für Schritt.

Dann sah sie die Lichtung. Ohne sich darüber klar zu sein, warum, wusste sie, dies war der Ort, zu dem sie gehen musste. Und sie sah die Gefahr.

Der Schwarze Mann stand nur wenige Meter vor ihr und erwartete sie bereits.

Die junge Frau, die auf Wolfram Masurke zukam, sah ziemlich übel zugerichtet aus. Von ihrer linken Schläfe lief Blut herab, das kurze dunkle Haar stand zerzaust von ihrem Kopf ab, und ihr Gang war hinkend. Ihre Jeans war mit dem Matsch des Waldwegs besudelt, und an den Knien konnte er einige Kieselsteine kleben sehen, die an ausgeschlagene Zähne erinnerten.

Über ihre Schulter hinweg erkannte Masurke den Volvo, der wie ein merkwürdiges schwarzes Kunstwerk im Graben neben dem Waldweg steckte. Der Wagen war derart lädiert, dass es fast an ein Wunder grenzte, mit wie wenigen Blessuren die Frau den Unfall überstanden hatte.

»Ach du grüne Neune!«, rief der alte Pilzsammler aus und wollte auf sie zulaufen, doch etwas hinderte ihn daran. Es war der Blick dieser Frau. Seltsam entrückt und leer, so als habe man ihren Verstand kurzzeitig in den Urlaub geschickt.

Masurke erkannte diesen Blick sofort. Es lag zwar schon viele, viele Jahre zurück, und er glaubte fast, es sei die Erinnerung an ein anderes Leben – was in gewisser Weise auch zutraf –, aber dennoch stand das Bild so deutlich vor ihm, als sei es erst ein paar Minuten alt. Er sah den jungen Soldaten, an dessen Namen er sich nicht mehr erinnern konnte, aber sehr wohl an seinen Blick. Sah, wie dieser Soldat, das Gewehr noch immer im Anschlag, auf den leblosen Körper in der Todeszone starrte, nur wenige Meter vom heilverspechenden Westen entfernt. Dieser junge Soldat hatte genauso vor sich hingestarrt wie die Frau aus dem Volvo.

Sie hielt direkt auf ihn zu.

»Brauchen Sie Hilfe?«, fragte Masurke und wurde sich sogleich der Unsinnigkeit seiner Frage bewusst. Denn wenn es im Augenblick jemanden in dieser Gegend gab, der Hilfe brauchte, dann diese Frau.

Sie stammelte etwas Unverständliches und schob die Hand in ihre Jackentasche.

Da stand er nun, und sie wusste, dass sie den weiten Weg nur seinetwegen gemacht hatte. Schwarz, den Kopf hinter der Maske des bösen Wolfs verborgen, mit funkelnden Augen und lechzendem Maul. Der Hund im Tunnel war nur eine seiner Gestalten gewesen. Jetzt sah sie sein wahres Ich. Hässlich und stinkend.

An seinem Arm hing ein Korb, und sie konnte sehen, was unter dem rotweiß karierten Tuch herauslugte. Kinderhände. Kleine, weiße Kinderhände. Eingesammelt bei seinem Streifzug durch den Märchenwald, wo der böse Wolf die kleinen Mädchen frisst.

»Komm, Dummerchen, komm«, hechelte er ihr entgegen. »Ich will dich zum Lachen bringen.«

»Ich werde kommen, damit du mir endlich glaubst, dass ich kein Angsthase bin«, flüsterte sie. »Ich bin jetzt nämlich groß, weißt du.«

Sie griff in ihre Jackentasche, während sie weiter auf ihn zuging. Mit den Fingern ertastete sie die beiden Einwegskalpelle, die ihr noch aus dem Kliniktunnel geblieben waren. Sie umfasste einen der Plastikgriffe und streifte mit dem Daumen den Schutz von der Klinge.

»Ja, komm her«, geiferte der Schwarze Mann. »So ist es gut.«

Allmählich wurde es Masurke mulmig. Wer immer diese Frau auch war, sie hatte nicht mehr alle Kerzen am Christbaum, wie man bei ihm zu Hause zu sagen pflegte. Zum Weglaufen war es jetzt zu spät. Ungeachtet dessen war er auch zu alt für einen Spurt durch den Wald.

Man darf Irre nicht reizen, schoss es ihm durch den Kopf. Mehr fiel ihm nicht ein. Also beschloss er, es mit ruhigem und freundlichem Zureden zu versuchen.

»Ganz langsam, gute Frau.« Vorsichtig stellte er den Korb mit den Pilzen ab. Besser, er hatte jetzt beide Hände frei. »Mein Auto steht gar nicht weit von hier, und ich kann Sie ...«

Er sprach nicht zu Ende, da sie erneut zu murmeln begann, den Blick starr auf ihn gerichtet. Viel davon konnte er nicht verstehen, aber er glaubte sie sagen zu hören, dass jemand sie allein gelassen hätte und dass dieser Jemand zu ihr zurückkäme.

»… ganz gleich, wie lang es dauert.«

Kaum einen Meter vor ihm blieb sie stehen. Ihr Gesicht glänzte vor Schweiß.

»Kommen Sie, Mädchen«, sagte Masurke auf die liebenswürdigste und sanfteste Art, zu der er in seiner Aufregung fähig war, »ich bringe Sie zu einem Arzt. Sie haben sich ja ganz schön wehgetan.«

Behutsam griff er ihren linken Arm, der herabhing, als gehöre er nicht zu ihr. »Nun kommen Sie, ich tu Ihnen doch …«

Sie riss die andere Hand aus der Jackentasche und stach zu. Masurke sah noch das Blitzen der Klinge, doch er reagierte nicht schnell genug. Tägliche Waldspaziergänge hin oder her, er war sechsundsiebzig und keine zwanzig mehr. Die Klinge bohrte sich zuerst in seinen Bauch, knapp oberhalb des Gürtels.

Der Stich brannte, als wäre die Schneide glühend heiß gewesen.

Er schrie, ließ sie los, wollte sie von sich stoßen. Doch schon trafen ihn zwei weitere Stiche. Diesmal höher.

Stöhnend sank Wolfram Masurke zu Boden, während weitere Stiche auf ihn niedergingen wie ein Regen aus Rasierklingen.

Kapitel 39

Steine prasselten gegen den Boden des alten Volkswagens, der über den unebenen Waldweg polterte und dabei wie betrunken hin und her schwankte. Mark hielt sich krampfhaft auf dem Beifahrersitz fest.

»Nach dem, was damals passiert ist, habe ich nie wieder von Lara gehört«, berichtete Nicole, wobei sie konzentriert auf den Weg sah und den Schlaglöchern so gut es ging auswich. »Ich hätte sie vorhin auch fast nicht wiedererkannt. Als Kind hat sie ihre langen Haare geliebt, sie wollte sie niemals kurzschneiden lassen. Auch war sie damals nicht so dünn. Aber ihre Augen, ihre Augen sind dieselben geblieben.«

»Was ist denn damals nur passiert?«

Sie warf Mark einen kurzen Seitenblick zu. »Glauben Sie an böse Orte?«

»Ich bin nicht sonderlich religiös, wenn Sie das meinen.«

Sie stieß ein düsteres Lachen aus. »Das bin ich auch nicht. Trotzdem glaube ich an das Böse und daran, dass manche Orte verflucht sind. So wie diese Ruine. Aber das Schlimmste daran ist, dass ich selbst an allem schuld bin. Da! Sehen Sie?«

Sie zeigte auf die schlangenförmige Reifenspur auf dem Waldweg. Dann sah Mark seinen Volvo.

»Wir kommen zu spät!«

Kapitel 40

Die Schmerzen waren nicht annähernd so schlimm wie Wolfram Masurkes Furcht. Die Verrückte hatte immer wieder auf ihn eingestochen, doch zweifellos wusste sie dabei nicht, was sie tat.

Hätte sie ihn wirklich töten wollen und wäre sie nur annähernd bei klarem Verstand gewesen, hätte ihr auffallen müssen, dass ein großer Teil ihrer Stiche nur seine dicke Lederjacke trafen. Noch an diesem Morgen hatte er sich überlegt, ob er nicht lieber seine Wollweste anziehen sollte. Doch da der Wetterbericht den einen oder anderen Regenschauer nicht ausschloss, hatte er nach der Lederjacke gegriffen. Eine lebensrettende Entscheidung.

Masurke lag zur Seite gedreht mit geschlossenen Augen auf dem Boden und stellte sich tot, wobei er hoffte, sie würde sich nicht seinen Kopf für weitere Stichattacken aussuchen. Er war bestimmt kein guter Schauspieler, aber anscheinend war es ihm gelungen, seine Angreiferin davon zu überzeugen, er weile nicht mehr unter den Lebenden. Leicht fiel ihm das nicht.

Die Stiche in Brust und Bauch brannten höllisch, und ihm war danach, sich zu winden und das Gesicht zu verziehen. Vom Weglaufen, um sich in Sicherheit zu bringen und schnellstmöglich Dr. Huber unten im Ort aufzusuchen, ganz zu schweigen.

Er hörte, wie sie keuchend aufstand, spürte noch immer ihren starren Blick auf sich gerichtet, und wagte nicht zu atmen. Sein Hemd fühlte sich unter der Jacke zunehmend feuchter und klebriger an.

Alles, was er tun konnte, war liegen zu bleiben und zu hoffen, dass sie endlich von ihm abließ.

Da lag er nun vor ihr und bewegte sich nicht mehr. Sie hatte das Ungeheuer getötet. Sie hatte sich ihm gestellt und bewiesen, dass sie kein Feigling war. Aber irgendwo tief in ihr wusste sie, dass man den Schwarzen Mann nicht töten konnte. Wäre es so leicht, hätte sie schon vor vielen Jahren ...

Was hätte ich?

Was hätte ich schon vor vielen Jahren?

Es wollte ihr nicht einfallen. An dieser Stelle ihrer Erinnerung klaffte ein großer Abgrund, in dessen Tiefen nichts zu erkennen war. Nur das Heulen des bösen Wolfs schien wie ein endloses Echo darin gefangen zu sein.

»Das hast du gut gemacht«, hörte sie eine vertraute Stimme sagen. Sie hob den Blick und sah Chris, der neben einer Ansammlung von Büschen stand.

»Danke«, sagte sie und lächelte ihm zu.

Auch Chris lächelte.

Sie stieg über den Schwarzen Mann hinweg und ging zu ihm hinüber.

Er hielt ein Buch im Arm. Sie erkannte es wieder. Es war das Märchenbuch mit dem Bild von Rotkäppchen und dem bösen Wolf, über das sie selbst vor vielen, vielen Jahren das Zeichen gegen das Böse mit rotem Wachsmalstift gezogen hatte.

Es hatte ganz unten in einem alten Umzugskarton gelegen, fiel ihr jetzt wieder ein. Sie hatte es beim Auspacken entdeckt, hatte nach all den Jahren wieder hineingesehen, ohne sich erinnern zu können, was sie auf Seite 82 erwartete, und ...

Aber weshalb war es bei dem Antiquar gelandet, und wieso hielt es Chris nun in der Hand?

»Ich denke, du bist mit Axel in Australien?«

»Bin ich ja auch«, erwiderte Chris. »Aber ich habe dir doch versprochen, immer für dich da zu sein, wenn du mich brauchst. Schon vergessen?«

»Nein, natürlich nicht.« Sie strahlte freudig und fuhr sich verlegen durchs Haar. »Du kommst nur so ... unerwartet.«

Chris hielt ihr das Buch entgegen. »Ich habe es einem Antiquar verkauft. In unserem neuen Heim ist kein Platz für Dinge, die dir Angst machen.«

»Danke, das ist lieb von dir.«

»Komm, wir kaufen uns von dem Geld eine gute Flasche Wein und machen es uns gemütlich. Lass uns die bösen Erinnerungen in schöne verwandeln.«

»Das geht jetzt leider nicht«, sagte Ellen traurig. »Da ist noch etwas, das ich tun muss.«

Sie sah auf ihre Hände hinab. Das Blut auf der Skalpellklinge schimmerte in der Sonne. Dann geschah etwas Merkwürdiges.

Das Skalpell begann sich zu verformen. Es zog sich in die Länge, die Klinge wurde dünn und rund, und auch der Griff wechselte Form und Farbe. Am Ende dieser Verwandlung hielt sie einen Schraubenzieher mit leuchtend rotem Plastikgriff in der Hand. Von seiner Spitze tropfte Blut auf den Boden.

Chris nickte ihr zu. »Ja, das ist eine gute Idee.«

»Ich weiß aber nicht, ob ich es kann.«

»Natürlich kannst du.«

Sie seufzte und ließ sich auf die Knie sinken. Dann

schob sie den Ärmel ihrer Jacke zurück und starrte auf ihren Arm.

»Es ist richtig«, sagte Chris. »Spür dich selbst. Nur dann wirst du wissen, wer du wirklich bist.«

»Meinst du?«

»Ja, vertrau mir. Der Schmerz ist …«

»… das einzig echte Gefühl.«

Sie nickte und stieß sich den Schraubenzieher in den Unterarm. Sie spürte den brennenden Schmerz, das Kribbeln der durchtrennten Sehne und sah, wie ihre Finger kraftlos auseinanderfielen.

Dann endlich kam das Blut. Ihr eigenes Blut, warm, hell und feucht. Es tat entsetzlich weh, als sie die Spitze in ihrem Fleisch drehte, aber gleichzeitig war es auch ein ungemein schönes Gefühl. Ein kristallklares Gefühl.

»Ja«, bestätigte sie Chris. »Schneid tiefer, lass es aus dir heraus. Fühl es, fühl dich selbst.«

»Es tut weh«, flüsterte sie, »aber es ist auch sehr schön. Es macht mich frei.«

Sie zog die Spitze aus ihrem Arm und stieß erneut zu.

»Es macht mich frei«, sagte sie noch einmal. »Endlich.«

Sie schnitt wieder.

Und wieder.

Und wieder.

»Da drüben!«

»Um Gottes willen!«

Mark lief noch schneller, hängte Nicole schließlich ab. Er stürmte zu dem alten Mann, der sich neben einem umgestürzten Korb voller Pilze am Boden krümmte. Er hatte schon ziemlich viel Blut verloren. Sein einstmals blaues

Hemd war an der Vorderseite vollgesogen, als habe jemand einen Eimer roter Farbe darüber ausgeschüttet.

Nun erreichte auch Nicole die beiden Männer.

»Die Verrückte«, keuchte der Mann und zeigte zur Ruine. »Da hinten!«

Während Nicole bei dem alten Mann zurückblieb, lief Mark in die Richtung, in die er gezeigt hatte. Gleich darauf sah er Ellen.

Sie kniete vor einer verwilderten Treppe und stützte sich mit einem Arm auf den Boden, während sie mit dem Skalpell in ihrer anderen Hand immer wieder auf den Arm einstach.

Als Mark sie packte und ihr das Skalpell entriss, leistete sie kaum Widerstand. Er drückte sie an sich, streichelte ihren Kopf und konnte seine Tränen nicht zurückhalten.

»Ellen, o mein Gott, Ellen, warum nur? Warum?«

Doch sie hing regungslos wie eine Puppe in seinen Armen.

Kapitel 41

Mark trat hinaus ins Freie und fühlte die angenehme Wärme der Sonnenstrahlen auf seinem Gesicht. Vögel zwitscherten, und die Luft schmeckte würzig nach den nahe gelegenen Wäldern.

Auf seinen Rat hin hatte Nicole auf einer Parkbank vor dem Freudenstadter Kreiskrankenhaus auf ihn gewartet.

Sie war noch immer kreidebleich, sah aber schon etwas besser aus, fand Mark. Auf dem Weg zur Klinik hatte sie neben dem ohnmächtigen Pilzsammler auf der Rückbank des alten VWs gesessen und Ellen im Arm gehalten. Nicole war leichenblass gewesen, und Mark hatte sich auch um sie Sorgen gemacht. Doch inzwischen hatten Sonne und frische Luft ihre Wirkung gezeigt, und Nicole schien den ersten Schock überwunden zu haben.

Als sie ihn sah, sprang sie auf und lief ihm entgegen.

»Wie geht es ihr? Was sagt der Arzt?«

Mark durchwühlte seine Jacke nach Zigaretten und wurde fündig. Er ließ sein Zippofeuerzeug aufschnappen und nahm einen tiefen Zug, ehe er antwortete.

»Die Schnittwunden im Arm sind tief. Sie hat sich eine Sehne und einen Muskel durchtrennt, weshalb ihre Hand höchstwahrscheinlich steif bleiben wird. Aber der Blutverlust ist nicht so schlimm, wie es zunächst ausgesehen hat. Ich mache mir mehr Gedanken über ihren geistigen Zustand. Sie ist vollkommen weggetreten und reagiert auf nichts.«

»Und Masurke?«

»Er hat ziemlich viel Blut verloren, man musste ihm eine Transfusion legen. Aber er ist robust und wird es schaffen.«

Mark setzte sich auf eine der Parkbänke und nahm einen weiteren tiefen Zug aus seiner Zigarette. Jetzt, da sich die Aufregung bei ihm zu legen begann, schossen ihm Tränen in die Augen.

»Es ist erst ein paar Tage her, da saßen wir in Ellens Büro und sie beschrieb mir, wie sie weiche Knie bekommen hatte. Kurz zuvor hätte sich einer ihrer Patienten fast das Leben genommen, und Ellen hatte es gerade noch verhindern können. Jetzt ...« Er musste schlucken, ehe er weitersprechen konnte. »Jetzt bin es ich, dem es so geht, nachdem ich bei *ihr* das Schlimmste verhindern konnte.«

Nicole setzte sich neben ihn und berührte seine Schulter. Eine Weile schwiegen sie, und Mark bemühte sich, wieder Fassung zu erlangen. Er stand selbst noch unter Schock und musste dagegen ankämpfen.

Nach einer Weile sagte Nicole: »Schon verrückt. Ich kannte sie nur als Lara. Hat Annemarie denn wirklich gedacht, wenn sie Laras Namen ändert, wird sie die schlimmen Erinnerungen los?«

»Ganz gleich, was ihre Mutter auch geglaubt hat, sie hat es dadurch nur noch schlimmer gemacht«, sagte Mark und drückte die Zigarette aus. »Ich denke, dass sie damit Ellens ... ich meine natürlich *Laras* Störung ausgelöst hat.« Er musste den Kopf schütteln. »Wird wohl noch eine Weile dauern, ehe ich mich an den Namen gewöhnt habe.«

»Was genau ist mit Lara los?«, wollte Nicole wissen.

»Bis jetzt ist es nur ein Verdacht, aber ich bin mir ziemlich sicher, dass ich damit richtig liege. Man nennt es eine *dissoziative Fugue,* eine Art Identitätsflucht. Menschen flüchten sich nach einem traumatischen Erlebnis in eine andere Identität. Sie verlassen ihr persönliches Umfeld vollständig. Dabei geben sie sich als eine andere Persönlichkeit aus und sind auch felsenfest davon überzeugt, diese Person zu sein. Das hat jedoch nichts mit einer klassischen Verdrängung gemeinsam, bei der man sich bewusst nicht mehr an etwas Traumatisches erinnern will. Vielmehr ist es eine Art unterbewusster Schutzfunktion, über die der Betroffene keine Kontrolle hat. In der Regel sind diese Leute psychopathologisch völlig unauffällig, und man glaubt ihnen, dass sie die Person sind, die sie vorgeben zu sein.«

»Aber man kann doch nicht alle um sich herum täuschen.«

Mark lachte müde. »O doch, man kann. Ich bin wohl das beste Beispiel dafür, ebenso ihr Lebensgefährte. Die beiden sind schon eine ganze Weile zusammen, und Chris ist selbst Psychiater. Nicht einmal ihm ist etwas aufgefallen. Allerdings, und deswegen spreche ich vorerst von einem Verdacht, habe ich noch nie von einem derart langen Anhalten einer Fugue gehört. Ellen ... Lara muss diese andere Persönlichkeit schon viele Jahre lang gewesen sein. Sicherlich lange genug, um sich an ihre wahre Identität nicht mehr erinnern zu können. Sie hat ihr tatsächliches Ich aufs Beste vor sich und den anderen verdrängt.«

»Und an alldem bin ich schuld.« Nicole griff sich Marks Zigaretten, hantierte mit zitternden Händen an dem Feuerzeug und schaffte es schließlich, sie anzustecken. Hustend stieß sie den Rauch aus.

»Ist meine zweite.« Sie wischte sich die Tränen aus den Augen. »Die erste habe ich zusammen mit Lara im Wald geraucht. Da war ich zwölf oder so. Danach wollte ich eigentlich nie wieder.«

Mark sah sie eindringlich an und stellte ihr die Frage, die ihm seit den Vorfällen an der Tankstelle und im Wald keine Ruhe mehr ließ. »Nicole, was ist damals wirklich geschehen?«

Sie inhalierte wieder, hustete wieder und drückte die Zigarette aus. »Als ... als es passiert war, wollte Laras Vater, dass es auf keinen Fall an die Öffentlichkeit kommt. Er hatte eine hohe Stelle an irgendeiner Uni inne und war um sein Ansehen besorgt. Er hatte genug Geld, um sich das Schweigen einiger Leute zu erkaufen, aber das hätte er eigentlich gar nicht tun müssen.«

»Warum nicht?«

»Sie sind wohl nicht auf dem Land aufgewachsen?«

»Nein, ich bin ein Stadtkind.«

»Dachte ich mir. Bei uns weiß jeder alles über jeden, aber man tut so, als sei die Welt in Ordnung. Man will nichts von den unangenehmen Dingen wissen. Man schweigt sie lieber so lange tot, bis man sie tatsächlich vergessen hat. Das war schon immer so. Nicht umsonst meidet man oben an der Ruine die Pentagramme.«

»Aber deswegen macht man es doch nicht ungeschehen.«

Sie schüttelte den Kopf. »Natürlich nicht, aber erzählen Sie denen das mal. Nein, die wollen ihre heile Welt. Wenn es sein muss, um jeden Preis. Man will nichts von alldem wissen, was an der Ruine passiert ist. Weder von diesem Verrückten, der seine Familie und den Hof verbrannt hat, noch von dem, was Lara zugestoßen ist.«

»Was für einen Verrückten meinen Sie?«

»Er hieß Alfred Sallinger«, sagte Nicole. »Ihm gehörte der Hof. Soviel ich weiß, muss er einer der vielen gewesen sein, die 1910 an den Weltuntergang durch den Halleyschen Kometen geglaubt hatten. Mein Großvater hat mir erzählt, Sallinger sei nur noch betrunken gewesen und hätte Haus und Hof verspielt. Als der Komet dann doch nicht einschlug, standen Sallinger und seine Familie vor dem finanziellen und gesellschaftlichen Aus. In seiner Verzweiflung soll Sallinger den Verstand verloren haben. Er tötete seine Frau, sperrte die Kinder ins Haus und steckte den Hof in Brand. Auch er selbst kam dabei ums Leben.

Seither heißt es, die ruhelosen Geister der Familie würden bis zum heutigen Tag an diesem Ort umgehen. Außerdem wird behauptet, dass jeder, der der Ruine zu nahe kommt, an diesem verfluchten Flecken Erde wahnsinnig wird.« Sie lächelte. Es war ein bitteres Lächeln. »Wie es aussieht, ist das mehr als nur abergläubisches Gerede. Ich habe mich die ganze Zeit gefragt, was aus Lara geworden ist. Ihre Mutter konnte ich nicht mehr fragen, sie hatte Lara in irgendein Internat gegeben und ist wenige Jahre danach gestorben.«

»Und ihr Vater?«

»War für mich nicht zu sprechen. Er hat bald danach eine Professorin geheiratet und ist später nach England gegangen. Oxford, glaube ich. Keine Ahnung, wo er jetzt ist. Aber wissen Sie, was wirklich verrückt ist?«

»Was denn?«

»Erst vor ein paar Tagen war ich in Fahlenberg. Ich sollte bei dieser neuen Motorenfirma Spezialteile für einen Kunden abholen. Keine Ahnung warum, aber irgendwie musste ich an Lara denken. Vielleicht ist sie ja hier, dachte ich und habe sogar im Telefonbuch nachgesehen. Dass sie jetzt Ellen Roth heißt, konnte ich ja nicht wissen.«

»Nicole«, Mark beugte sich zu ihr, »ich kann mir vorstellen, dass es hart für Sie ist, darüber zu sprechen, aber Sie müssen mir erzählen, was damals passiert ist. Nur so kann ich Lara vielleicht helfen. Was, in Gottes Namen, hat sie erlebt?«

Nicole schluckte. In ihren Augen standen Tränen. »Sie haben Recht, Mark, es ist wirklich verdammt schwer. Aber ich glaube, es muss jetzt einfach raus. Innerhalb dieser Mauer aus Schweigen war es unglaublich schwierig, alle

Fragmente zusammenzutragen. Ich habe Jahre gebraucht, aber irgendwann ist es mir gelungen. Ich ... o Gott, ja, ich erzähle es Ihnen. Damit wir endlich alle Frieden finden.«

Sie begann zu erzählen, und was Mark zu hören bekam, ließ ihm das Blut in den Adern stocken.

Kapitel 42

Sommer 1989

Der Wald war schon immer Harald Baumanns liebster Zufluchtsort gewesen. Hier konnte er tun und lassen, was immer er tun und lassen wollte. Hier war er frei.

Manchmal redete er mit den Bäumen, erzählte ihnen von den Dingen, die ihn beschäftigten und über die er nicht mit seiner Mutter oder seinem älteren Bruder reden konnte. Natürlich gaben die Bäume keine Antwort, aber sie waren geduldige Zuhörer.

Sie lauschten ihm, wenn er von seinem Alltag in der Werkstatt erzählte. Von dem, was er dort zu tun hatte, aber vor allem von den anderen, die dort mit ihm arbeiteten und von denen keiner sein Freund sein wollte.

Viele von ihnen saßen im Rollstuhl und wollten nicht mit ihm Basketball spielen, da es für einen aufrecht gehenden Hünen wie Harald ein Leichtes war, jeden Ball in den Korb zu legen. Die Übrigen schienen zu dumm, ihn und seine Sorgen wirklich zu verstehen. Sie lachten oft grundlos, obwohl er das, was er ihnen erzählte, vollkommen ernst meinte.

Natürlich gab es in dieser Werkstatt die sogenannten Anleiter, zu denen man gehen konnte. Aber die hatten meist kein wirkliches Interesse an ihm. Entweder weil sie ihn für einen Schwachkopf wie die Übrigen hielten oder weil sie keine Zeit für ihn hatten.

Und dann war da noch eine Psychologin, die hübsche Frau Petrowski, die mit ihren dreißig Jahren nur zehn Jahre älter war als Harald und mit der er gern sprach.

Aber sie war viel, viel schlauer als er und sagte manchmal Dinge, die er nicht verstand. Dann schämte er sich und sagte lieber nichts. Meistens nickte er nur und wollte dabei auch so schlau wie sie wirken.

Frau Petrowski hätte er gern von diesem neuen Gefühl erzählt, das in letzter Zeit so häufig über ihn kam, aber er traute sich nicht. Seine Mutter hatte das *Schweinkram* genannt und ihn angeschrien, sie werde ihm *sein Ding da unten* abschneiden, wenn er ihr es noch einmal in diesem Zustand zeigte. Dabei hatte er nur wissen wollen, weshalb es manchmal so groß und warum er davon so kribbelig wurde und dann immer daran reiben musste.

Mutter hatte gesagt, er sei *der Fluch der späten Geburt* und dass sie nicht verstehen könne, warum der Herr sie gleich zweimal so schwer gestraft habe. Noch dazu so kurz hintereinander.

Mit dem zweiten Mal meinte sie den Tod seines Vaters. Josef Baumann war eines Morgens vom Frühstückstisch aufgestanden, hatte noch »Ich gehe jetzt mal zum ...« gesagt und war dann tot zusammengebrochen. Daran konnte sich Harald nicht mehr erinnern. Nicht etwa, weil er einen Hirnschaden hatte oder, wie sein schlauer Bruder Karl immer sagte, weil er *intelligenzgemindert* war, sondern weil er erst ein Jahr alt gewesen war, als sein Vater aufstand und für immer zu jenem unbekannten *zum* ging.

Für Harald war es schlimm gewesen, ohne Vater aufzuwachsen, obwohl sein dreiundzwanzig Jahre älterer Bruder – der Herr Professor Doktor med. Karl Baumann, eine Gabe der *frühen* Geburt – schon fast so etwas wie ein Vater für ihn gewesen war.

Aber Harald hatte sehr früh gemerkt, dass sich Karl für ihn schämte. Aus seiner Sicht war Harald das *schwarze Schaf* in der Familie – und das nicht nur, weil Harald gern schwarze Sachen trug.

Ja, Vaters Tod war schlimm für ihn gewesen, aber noch schlimmer war er für seine Mutter gewesen. Nach Harald war dieses plötzliche Alleinsein für sie die zweite Strafe, die ihr der Herr hatte zukommen lassen. Vielleicht, weil sie nicht fromm genug gewesen war.

Harald hingegen wollte immer ganz fromm sein, damit der Herr nicht auch ihn strafte. Deswegen sprach er mit Frau Petrowski nicht über sein *Ding da unten,* sondern erzählte lieber den geduldigen Bäumen davon und zeigte ihnen, wie man es wieder klein bekam.

Nur einmal hatte er sich jemand anderem anvertraut, wobei er zu seiner Verteidigung dem Herrn gegenüber einbringen konnte, dass nicht er selbst mit dem Thema angefangen hatte. Es war sein Kollege Manfred gewesen. Der nannte *sein Ding da unten* immer *Latte*. Harald gefiel dieser Begriff nicht.

»Du musst deine Latte zwischen die Beine eines Mädchens stecken«, hatte ihm Manfred erklärt und ihm ein

Foto in seinem Spind gezeigt, auf dem genau zu sehen war, wie es zwischen den Beinen eines Mädchens aussah. »Manche haben auch Haare da unten, aber ich finde es ohne schöner. Da siehst du besser, wo du ihn reinsteckst. Das gefällt den Mädchen. Es macht ihnen Spaß, und es ist gut für alle beide.«

Harald hatte sich danach eingehender mit diesem Thema beschäftigt. Heimlich, versteht sich. Manche sagten *ficken* dazu, andere *bumsen* oder *vögeln*. Ihm persönlich gefiel der Begriff *Liebe machen* am besten. Wenn es beiden Spaß machte, dann lachte man – und wenn man lachte, hatte man sich auch lieb.

Er für seinen Teil entschied, dass er das *Liebemachen* nur mit einem Mädchen tun wollte, das er auch *liebhatte*. Vor ein paar Tagen hatte er dies den Bäumen erzählt, und als ihre Blätter und Nadeln zustimmend im Wind geraschelt hatten, war er zufrieden gewesen.

Als Harald an diesem heißen Augusttag durch die wohltuende Kühle des Waldes spazierte, war er sehr traurig.

Eigentlich hätte er froh sein müssen, immerhin hatte er drei Wochen Ferien und musste nicht in die Werkstatt, um dort im öligen Gestank der Fräsmaschinen und Schweißgeräte – die Manfred manchmal *Scheiß*geräte nannte – zu stehen und Löcher in Stahlplatten zu bohren. Aber an diesem Nachmittag konnte er sich nicht einmal über seine Ferien freuen.

Der Grund für seine Traurigkeit war die Unterhaltung zwischen seiner Mutter und seinem Bruder Karl gewesen, der für ein paar Tage mit seiner Frau Annemarie und seiner Tochter Lara zu Besuch gekommen war.

Harald hatte im Wohnzimmer auf der Couch gelegen und in einem Comicheft geblättert – *Batman,* der immer schwarze Sachen trug, so wie er auch, und der ganz schön cool war, obwohl Harald nicht immer alles kapierte, was da in den Sprechblasen stand –, während Karl und seine Mutter in der Küche miteinander geredet hatten.

Eigentlich hatte Harald sie nicht belauscht, sondern sich lieber in seiner Fantasie durch *Gotham City* schwingen wollen, um dort *Ra's al Ghul* oder dem hundsgemeinen *Joker* das finstere Handwerk zu legen, aber irgendwann war in diesem Gespräch sein Name gefallen, und Harald hatte die Ohren gespitzt. Nicht, weil er wirklich neugierig gewesen wäre – Neugier war immerhin eine Sünde –, sondern eher instinktiv, so wie ein Hund die Ohren spitzt, wenn man seinen Namen leise ausspricht.

»Ich kann Harald nicht zu mir nehmen«, hatte er Karl sagen hören. »In zwei Monaten kandidiere ich für das Amt des Dekans, und wie mir der Fakultätsrat signalisiert hat, stehen meine Chancen mehr als gut. Wenn sich dort allerdings herumsprechen sollte, dass ich einen … nun ja, du weißt schon, zum Bruder habe, könnte sich das negativ auswirken. Man könnte denken, ich hätte durch meine Fürsorgepflicht nicht genügend Kapazitäten, das Amt zu bekleiden. Na ja, und ich hätte auch kein gutes Gefühl dabei, Annemarie die ganze Arbeit mit ihm zuzumuten.«

Harald hatte sofort gewusst, dass Karl mit *nun ja, du weißt schon* in Wahrheit *Matschbirne, Schwachkopf* oder *Dorftrottel* meinte. So nannten ihn manchmal auch die Kinder im Ort.

Wieder einmal hatte er deutlich aus Karls Worten herausgehört, dass er sich seiner schämte – auch wenn ihm nicht ganz klar gewesen war, was Karl mit *zu sich nehmen* meinte.

Sollte er etwa zu Karl ziehen? Das wäre – abgesehen von seinem Bruder selbst – eine ganz nette Vorstellung, immerhin mochte er Annemarie und Lara sehr. Sie waren eine richtige Familie. Wenn er bei ihnen wohnen würde, wäre er ein Teil dieser Familie. Gut, das war er schon jetzt, aber dann wäre es noch ein wenig anders.

Andererseits, so war ihm eingefallen, wäre er dann ja weg von seiner Mutter.

Ich kann die Mama doch nicht im Stich lassen, hatte er gedacht. *Die braucht mich doch.*

»Ich verstehe dich ja«, hatte die Mutter gesagt und sich dabei irgendwie erschöpft angehört. In letzter Zeit wirkte sie immer so müde und erschöpft, als habe sie den ganzen Tag lang Löcher in schwere Metallplatten bohren müssen. »Aber ich werde ihm einfach nicht mehr Herr. Ich bin zu alt dafür. Mir wächst das alles über den Kopf. Hätten dein Vater und ich doch nur besser aufgepasst. Aber wer konnte schon ahnen, dass ich noch mit fünfundvierzig Jahren ...« Sie hatte geseufzt und dann hinzugefügt: »Wenn du ihn nicht zu dir nimmst, werde ich ihn ganz in das Heim geben müssen.«

Ganz in das Heim? O nein, bitte nicht!, hatte Harald gedacht, aber er hatte sich nicht getraut, das laut zu sagen. Die großen Leute mochten es nicht, wenn man sie belauschte. Dann sperrten sie einen ins Zimmer, und wenn man aufs Klo musste, musste man gegen die Tür klopfen und hoffen, dass es nicht in die Hose ging, bis Mama es die Treppe hoch geschafft hatte.

»Es muss ja nicht dieses Heim sein, wenn er sich dort

nicht wohlfühlt«, hatte Karl gemeint. »Ich habe ganz gute Kontakte zu einem Heimleiter in Hamburg. Das Wohnheim hat einen exzellenten Ruf. Ich kann auch die Kosten übernehmen.«

Harald hatte nicht auf die Antwort seiner Mutter gewartet. Er mochte vielleicht dümmer als andere Leute sein, aber er hatte sich dennoch sehr gut vorstellen können, wie ihre Antwort ausfallen würde. Nicht nur das – er hatte *gewusst*, was sie antworten würde.

Also hatte er sein Comic fallen gelassen und war fortgelaufen. Den ganzen Weg in den Wald hinein hatte er geweint und voller Verzweiflung gedacht, wie schlimm die Welt doch war.

Mama und Karl wollten ihn nach Hamburg schicken. Ausgerechnet Hamburg! Das war doch ganz weit weg von hier. Da gab es zwar ein Meer und viele Fische, aber keinen Wald, in dem man spielen konnte; keine Bäume, die einem zuhörten, wenn man Sorgen hatte; keine Mama, die leckere Sachen kochte, wenn man am Wochenende zu ihr heimkam. In Hamburg gab es niemanden, der ihn liebhatte und den auch er liebhatte.

Und jemand, den man liebhaben konnte, war genau das, was er jetzt brauchte. So stand Harald für eine Weile an seinem Lieblingsplatz nahe der Lichtung mit den moosbewachsenen Baumstümpfen, die ein wenig wie die grünen Sessel im Wohnzimmer seiner verstorbenen Großmutter aussahen.

Weinend hielt er seinen Lieblingsbaum umklammert, eine bauchige Tanne, deren missgebildeter Stamm ihn irgendwie an die rundliche Form seiner Mama erinnerte und die ebenso wie er *anders als die anderen* war. Er roch ihr

Harz, spürte ihre Rinde und fühlte, wie die Gegenwart des Baums ihn allmählich besänftigte.

Pschhhht, musst nicht traurig sein, schienen ihre Nadeln zu flüstern. *Nichts ist so schlimm, wie es sich zunächst anhört. Pschhhht. Alles wird gut. Pschhhht.*

Und Harald wurde immer ruhiger, entspannte sich, lauschte der Stille. Bis er plötzlich ein weit entferntes Lachen hörte.

»Also gut«, sagte Nicole, noch immer keuchend vom Fangenspielen – das sie natürlich gewonnen hatte –, und ließ sich auf einem Stein nieder. »Hier ist es.«

Ebenfalls schnaufend und ziemlich verschwitzt setzte sich Lara ihrer Freundin gegenüber auf einen Baumstumpf und sah sich staunend um.

Lara trug ihr Sommerkleid aus einem türkisen Stoff, der sich wie Samt anfühlte, aber viel dünner war. Das Moos kitzelte an ihren nackten Schenkeln. Sie mochte dieses Kleid nicht besonders und hätte lieber so ein schönes wie Nicole gehabt, mit Blumen in leuchtenden Farben.

Wenn sie ihre Mutter darum bat, würde sie bestimmt auch so eines bekommen. Von ihrer Mutter bekam sie immer alles, was sie wollte. Das war toll.

Das Spielen hatte die beiden hungrig gemacht. Nicole reichte Lara einen Schokoriegel, riss von ihrem das Stanniolpapier ab und warf es lässig neben sich auf den Boden. Lara tat es ihr nach, obwohl sie ein schlechtes Gewissen dabei hatte. Ihre Mutter hatte ihr wieder und wieder eingetrichtert, dass man die Natur sauber halten müsse, doch Lara wollte mindestens ebenso lässig wie ihre allerbeste Freundin sein.

So saßen sie für ein paar Minuten kauend da und erholten sich von dem schweißtreibenden Lauf in den Wald.

Die letzten Stunden hatten die Mädchen zuerst auf der Wiese und dann, als es immer heißer geworden war, unten am Bach gespielt.

Doch dort war es kaum kühler gewesen, und selbst das Wasser hatte keine wirkliche Erfrischung geboten. Zudem waren eine Menge Stechmücken über sie hergefallen und hatten dafür gesorgt, dass sie es dort nicht lange aushielten.

Also waren sie in den Wald gelaufen, wo Nicole die *verwunschene Stelle* erwähnt hatte. Neugierig wie Lara nun einmal war, hatte sie so lange keine Ruhe gegeben, bis ihr Nicole diese Stelle zeigte.

Irgendwie war die Lichtung unheimlich. Das lag jedoch nicht nur an den Überresten des alten Bauernhofs, von dem Nicole erzählt hatte. Auch die Art, wie das Licht durch die mit Flechten behangenen Baumwipfel auf den Moosboden fiel, wirkte ein wenig gespenstisch, fand Lara.

Hier war es seltsam still. Selbst das Vogelgezwitscher schien an diesem Ort entfernter als im übrigen Wald, durch den sie gelaufen waren. So als trauten sich nicht einmal die Vögel bis hierher.

Ein bisschen fürchte ich mich schon, dachte Lara, versuchte jedoch, es sich nicht anmerken zu lassen.

Nicole schienen die Stille und die merkwürdige Stimmung an diesem Ort nichts auszumachen. Kein Wunder, sie war ja schon zwölf. Wenn man so alt war, hatte man bestimmt vor nichts mehr Angst. Aber bis dahin waren es für Lara noch zwei Jahre und drei Monate. Eine unendlich lange Zeit, wie es ihr vorkam.

»Soll ich es dir wirklich erzählen?«, fragte Nicole und klang ernsthaft besorgt.

Das sagt sie bestimmt nur, um mich noch neugieriger zu machen, dachte Lara. *Nicole kann richtig gut Gruselgeschichten erzählen. Sie weiß, wie man es spannend macht.*

»Klar.« Lara strengte sich an, locker zu klingen. »Ich bin doch kein Baby mehr.«

»Na gut, aber ich hab dich gewarnt. Es ist eine ziemlich unheimliche Geschichte.« Nicole beugte sich zu ihr vor, stützte die Ellenbogen auf ihre dünnen Knie und sah dabei aus wie jemand, der eine Verschwörung plant. »Siehst du die Zeichen auf den Steinen da drüben?«

Lara sah in die Richtung, in die Nicole zeigte, und nickte. »Klar sehe ich die. Was sind das für Sterne?«

»Keine Sterne, Dummchen, das sind *Drudenfüße*. Die malt man an Orte, an denen es böse Geister gibt, damit die da dann nicht weg können.«

Plötzlich war es gar nicht mehr so heiß wie vorhin, fand Lara. Sie rieb sich die nackten Arme, auf denen sich eine Gänsehaut bildete. »Gibt es hier denn welche? Geister, mein ich.«

»Klar gibt es die hier. Jedes Jahr in den Mainächten sieht man hier den verrückten Bauer Sallinger mit seiner Fackel herumgehen. Dann ruft er nach seiner Frau und den Kindern, ein Bub und ein kleines Mädchen.«

Nun schien es noch kühler geworden zu sein. Fast schon kalt. Und das, obwohl die Sonnenstrahlen noch immer über die Baumspitzen auf den Boden fielen.

»Warum ruft er nach ihnen?«, fragte Lara, war sich allerdings nicht sicher, ob sie es tatsächlich wissen wollte. *Aber wer A sagt ...*

»Weil auch sie ruhelos umherirren. Weißt du, der Sallinger hat sie umgebracht. Alle drei. Gleich hier drüben.« Nicole zeigte auf eine Grasfläche, um die herum noch vereinzelt die Reste des Fundaments zu erkennen waren. »Seine Frau hat er an der Küchenlampe aufgehängt, und dann hat er ... Was ist, soll ich's wirklich erzählen?«

Diesmal konnte Lara nur nicken. Wenn sie jetzt den Mund aufmachte, würde Nicole merken, dass ihre Zähne klapperten.

Nicole schien dieses Nicken vollkommen als Antwort zu genügen. Sie war mal wieder voll in ihrem Element, und ihre Augen funkelten wie letztes Jahr am Lagerfeuer im evangelischen Jugendlager. Wie damals auch, senkte sie die Stimme ein bisschen, sprach noch leiser und sah Lara direkt in die Augen, als überlege sie während des Redens, ob sie sie vielleicht fressen sollte.

»Er hat den Bub und das Mädchen zu ihrer toten Mutter in die Küche gesperrt. Dann hat er eine Fackel genommen und ist hinüber zum Stall gegangen. Er hat zuerst den Stall und dann das Haus angezündet. Man sagt, er hätte zugesehen, wie seine Kinder gegen die Fenster geklopft und geweint haben und wie sie dann verbrannt sind. Und dann hat er die Fackel an seine Kleider gehalten und sich selbst verbrannt. Mein Opa und seine Freunde haben ihn hier heroben gefunden. Sallinger muss schrecklich ausgesehen haben. Wie ein verkohlter Sonntagsbraten, hat Opa gesagt, nur dass er nicht so gut gerochen hätte. Und dann ...«

Leise, ganz leise, pirschte sich Harald an die Stelle heran, an der er den Ursprung des Lachens vermutete. Als er die Mädchen entdeckte, kniete er sich auf der kleinen Erhebung nieder und beobachtete Lara und Nicole, die sich über etwas sehr Wichtiges unterhalten mussten, da Nicole kaum hörbar sprach und Laras Gesicht beim Zuhören sehr ernst war.

Seine Nichte und ihre Freundin hatten ihn nicht bemerkt, und er wollte sie auch nicht stören. Wenn man im Wald über Wichtiges sprach, dann waren das meistens Dinge, von denen andere nichts wissen sollten. Wer konnte das besser verstehen als er?

Etwas in ihm sagte, es sei besser, wieder zu gehen. Man beobachtete niemanden heimlich, nein, so etwas tat man einfach nicht. Neugier war schließlich eine Sünde, die der Herr strafte.

Andererseits gefiel es ihm, den beiden zuzusehen, und verstehen konnte er ja auch nichts, weil Nicole viel zu leise redete. Also belauschte er sie auch nicht, und deswegen war es auch keine Sünde, hierzubleiben.

Er schmiegte sich an das kühle, weiche Moos auf dem Boden und war in seinem schwarzen Sweatshirt mit dem *Batman*-Symbol auf Brust und Rücken, den schwarzen Jeans und Turnschuhen nicht viel mehr als einer der vielen Schatten des Waldes. So, wie auch der Fledermausmann im Comic immer nur ein Schatten war.

Es tat gut, nur ein Schatten zu sein. Schatten wurden nicht verspottet, ganz gleich, wie dumm sie auch sein mochten. Schatten schickte man auch nicht ins Heim. Man ignorierte sie einfach, und manchmal war das besser.

Er sah den beiden Mädchen zu, wie sie miteinander tuschelten. Sie saßen sich gegenüber, Lara auf einem Baumstumpf, der einmal einer Tanne gehört haben musste, und Nicole auf einem der Steine, die vom Sallinger Hof übrig waren. Beide trugen sie Sommerkleider. Das von Nicole war ziemlich bunt, fand Harald. Es gefiel ihm nicht so gut wie das türkise von Lara. Dieses Türkis passte so herrlich zu ihren langen, fast schwarzen Haaren und zur Farbe ihrer Haut, bei der Harald immer an Karamellbonbons denken musste.

Ja, seine Lara war ein sehr, sehr hübsches Mädchen, und er hatte sie ganz furchtbar lieb. Das spürte er jetzt ganz deutlich.

»... hat Opa mal erzählt, wie der tote Bauer ausgesehen hat. Er hat gesagt, seine Arme seien schrecklich verbogen gew...«

»Hör auf«, rief Lara und sprang von ihrem Sitzplatz auf. »Das ist doch alles gar nicht passiert. Ist doch nur eine deiner Gruselgeschichten, oder?«

»Ist es nicht«, protestierte Nicole. »Es war wirklich so. Mein Opa lügt doch nicht. Außerdem hab ich dich gewarnt, dass es eine schlimme Geschichte ist.«

»Aber kein Vater bringt seine Kinder um. Und auch nicht seine Frau.«

»Der Sallinger schon.« Nicole machte eine erklärende Geste, indem sie den Zeigefinger neben der Schläfe kreisen ließ. »Der war ein Irrer. So verrückt wie eine Kanalratte, sagt Opa immer. Der hat das wirklich getan. Aber ich hätte dir besser nichts davon erzählen sollen. Jetzt hast du kleiner Feigling Angst gekriegt, stimmt's?«

»Gar nicht wahr«, schmollte Lara, obwohl Nicole natürlich Recht hatte. Selbstverständlich hatte sie Angst, und zwar nicht wenig, aber wenn sie das jetzt zugab, würde Nicole sie vielleicht auslachen oder – was noch schlimmer wäre – nicht mehr mit ihr spielen. Nicole würde sich eine andere allerbeste Freundin suchen, eine, die schon älter und kein solcher Hasenfuß wie Lara war. »Ich bin überhaupt nicht feige. Ich mein halt nur, dass man nicht schlecht über Tote reden soll. Das sagt meine Mama immer. Und die ist auch nicht feige.«

»Bei deiner Mama glaub ich auch nicht, dass sie feige ist«, sagte Nicole und grinste. »Aber bei dir schon.«

»Bin ich nicht!« Trotzig stampfte Lara mit ihrer Sandale auf den Nadelboden.

»Bist du doch. Angsthase, Zuckernase, morgen kommt der Osterhase! Du bist feige, feige, feige.« Nicole sang fröhlich und genoss sichtlich, wie Lara immer wütender wurde.

»Bin ich nicht, nicht, nicht! Und du bist doof!«

»Dann beweis es mir«, frotzelte Nicole und trat Lara gegenüber. »Beweis mir, dass du kein Angsthase bist.«

»Klar mach ich das.«

»Gut.« Wieder sah sie Nicole mit ihrem *Ich-fress-dich-gleich*-Blick an. »Wenn du tust, was ich sage, nenn ich dich nie wieder Feigling.«

Lara nickte heftig. Nicht, weil sie wirklich mitmachen wollte, sondern weil ihre Zähne schon wieder zu klappern begannen. Es war jetzt eiskalt wie im Winter, aber sie merkte ganz deutlich, dass diese Kälte nicht aus dem Wald, sondern aus ihr selbst kam.

Wie wenn man einen Gefrierschrank verschluckt hat, bei dem die Tür aufgegangen ist.

Sie wusste zwar, dass sie viel zu zierlich war, um einen Gefrierschrank zu verschlucken, das ging ja auch nur im Zeichentrickfilm, aber es fühlte sich tatsächlich so an. Als müsste sie sich gleich übergeben – *kotzen* würde Nicole bestimmt sagen, *kotzen wie ein Reiher* – und dann einen kleinen Berg Eiswürfel vor sich auf dem Waldboden sehen. Übel genug war ihr in diesem Moment. *Verflixte Schokolade!*

Trotzdem ging sie mit Nicole mit. Sie würde ihr jetzt zeigen, dass sie kein Angsthase oder Osterhase und erst recht keine Zuckernase war. Sie nicht!

Nicole führte sie zu einer Ansammlung von Büschen, zwischen denen man bei genauerem Hinsehen ein paar völlig überwucherte Treppenstufen erkennen konnte. Weiter unten, am Ende der kaum noch sichtbaren Treppe, befand sich eine Tür aus schwerem Eichenholz mit dicken rostigen Beschlägen, die in eine Art Hügel führte.

»Das war mal der Eiskeller«, sagte Nicole, und diesmal klang sie gar nicht mal so geheimnisvoll, vielmehr war es eine ganz schlichte Feststellung. *Das war mal der Eiskeller* eben, genauso wie man sagte: *Das da drüben waren mal die Ställe und das hier das Haus.* »Als es noch keine Kühlschränke gab, hat man da drin das Eis vom Winter bis in den Sommer gelagert. Wenn du dich da hineintraust, bist du echt mutig. Da war noch nicht mal ich drin.«

Mit großen Augen sah Lara ihre allerbeste Freundin in dem bunt geblümten Sommerkleid an. »Echt nicht?«

Nicole kreuzte die Finger und hielt sie gegen die Brust, wo sich im Gegensatz zu Lara schon eine erste leichte Wölbung abzeichnete. »Echt nicht. Ich schwör's.«

Für einen Augenblick wusste Lara nicht, welches Gefühl in ihr überwog. War es Stolz, den sie bei dem Gedanken empfand, etwas zu tun, was selbst die große Nicole noch nicht getan hatte, oder doch mehr die Angst vor dem, was da hinter dieser Tür lauern konnte?

Sie entschied sich für den Stolz. Immerhin hatte sie jetzt die Möglichkeit, in Nicoles Ansehen ein riesiges Stück zu wachsen.

»Na schön«, sagte Lara. »Ich mach's.«

»Echt?«

»Ja.«

Plötzlich schien Nicole ihren Plan zu bereuen. Zumindest glaubte Lara das in ihrem Blick zu sehen. »Hey, ich hab doch nur Spaß gemacht. Es ist saudunkel hinter der Tür. Ich war zwar noch nicht drin, aber reingeschaut hab ich natürlich schon. Da ist's dunkel und kalt, und es stinkt.«

»Ich bin doch kein Feigling«, sagte Lara, obwohl sie sich so fühlte. Sie ließ es sich aber nicht anmerken, sondern stapfte mutig die Stufen nach unten, wobei ihr ein dorniger Ast die linke Wade zerkratzte.

»Autsch!«

»Lara, lass das doch! Das musst du wirklich nicht. Ich glaub dir auch so, dass du kein Feigling bist.«

Trotzdem ging Lara weiter auf die Tür zu. Möglich, dass Nicole das jetzt nur so sagte und später mit einem *Ich hab's ja gleich gewusst, dass du dich doch nicht traust* daherkam, wenn sie jetzt nicht da hineinging.

Außerdem hatte sich noch ein drittes Gefühl bei ihr hinzugesellt: Neugier. Eine Tür, hinter der es vielleicht etwas zu entdecken gab, war eine zu große Verlockung, ganz gleich, ob man sich vor Furcht fast in die Hose machte oder nicht.

Lara zerrte an der schweren Tür, bekam sie aber nicht weiter auf. Das Holz fühlte sich eklig an. Wie Schmirgelpapier, über das man Schleim gegossen hatte. Sie atmete zweimal tief durch, so wie neulich, als sie zum ersten Mal im Schwimmbad vom Fünf-Meter-Brett gesprungen war, und schob sich dann durch den Türspalt in die Dunkelheit dahinter.

Nicole hatte Recht gehabt. Hier stank es ziemlich heftig. Schlimmer noch als in Omas Weinkeller, wenn eine Flasche auf den Ziegelboden gefallen und geplatzt war. Und es war tatsächlich kalt und rabenschwarz. Nur da, wo das Licht durch den Spalt fiel, konnte man den Lehmboden und die Steinwand erkennen. Sonst sah man hier nichts.

»Komm wieder raus«, hörte sie Nicole sagen. Sie hatte sich dicht gegen das Holz gelehnt und lugte seitwärts durch den Spalt, so dass fast kein Licht mehr in den Raum fiel.

»Ja. Ist echt ganz schön gruselig hi...«

Urplötzlich gaben die Türangeln unter Nicoles Gewicht nach. Nicole war sicherlich kein Schwergewicht – im Gegenteil, sie hatte mal erzählt, dass die Jungs in ihrer Klasse sie *Bohnenstange* nannten, weshalb sie seither heimlich Schokolade in sich hineinstopfte –, aber sie hatte wohl doch zu fest gegen die Tür gedrückt, um Lara und vor allem den Raum dahinter gut sehen zu können. Kreischend fiel die Tür zu, der Riegel schnappte ein, und Lara blieb in völliger Dunkelheit zurück.

»He, mach wieder auf!« Laras Stimme hatte in dem ehemaligen Eiskeller einen seltsamen Widerhall.

Wie von einem Gespenst, das so tut, als sei es mein Echo.

»Geht nicht!«, kam es von außen.

Lara hörte ein dumpfes Trommeln auf dem Holz und Nicoles Stöhnen. »Ich krieg den beschissenen Griff nicht mehr runter. Der klemmt!«

Nun überkam Lara Panik. Die erste Panik ihres Lebens. Schlimmer als alle Fünfen in Mathe, die sie je nach Hause gebracht hatte – eigentlich war es nur eine gewesen –, schlimmer als die Hausaufgaben vergessen zu haben oder beim Knall eines Überschallflugzeugs über dem Pausenhof so zu erschrecken, dass etwas in die Hose ging. Schlimmer als alles, was sie kannte.

Sie schrie, hämmerte mit den Fäusten gegen die Tür, fürchtete sich vor der Dunkelheit und stellte sich vor, wie *etwas im Dunkeln aufstand und auf sie zukam.* Wie sie hier nie wieder herauskommen würde, wie sie hier allein in tiefster Schwärze verhungern und verdursten müsste.

»Lass mich raus! Lass mich wieder raus! Bitte, bitte, bittebittebitte!«

Doch nichts tat sich. Die Tür blieb zu. Lara trommelte von innen, Nicole von außen. Sie drückten gegen das Holz, warfen sich dagegen, aber es war vergeblich. Es war, als wollten zwei Ameisen die alte Heuscheune neben dem Weizenfeld am Waldrand umwerfen.

»Ich hol Hilfe!«, schrie Nicole von draußen.

Jetzt drehte Lara erst recht durch. Wenn Nicole ging – ganz gleich, ob sie Hilfe mitbrachte oder nicht –, dann war sie hier ganz allein. Allein in einem schwarzen Kellerloch mitten im Wald, noch dazu an einem *verfluchten* Ort, wo die Menschen vor vielen Jahren Sterne auf die Steine gemalt hatten, um die bösen Geister eines Verrückten und seiner ermordeten Familie zu bannen.

Keine Sterne, es sind Drudenfüße, *Dummchen,* flüsterte ihr eine unheimliche Stimme zu, von der sie nicht wusste, ob sie in ihrem Kopf war oder nicht vielleicht doch von jemandem stammte, der unmittelbar hinter ihr stand. Jemand oder *etwas,* mit langen Zottelhaaren, glühenden Augen und scharfen Krallen.

Jaaaaaa, seeeeehhhhr scharrrrrfe Krallen!

»Nein! Bitte nicht! Lass mich nicht allein!«

Doch von der anderen Seite kam keine Antwort mehr.

»Neeeeiiiiiiiiinnnn!«

Lara schrie und kreischte, hämmerte gegen die unnachgiebige Holztür und rief Nicoles Namen.

Doch Nicole war nicht mehr da.

Zuerst dachte Harald, es sei alles nur ein Spiel. Vielleicht Verstecken – die Kinder im Dorf sagten auch *Versteckus* dazu –, nur ein wenig anders.

Er schaute Nicole hinterher, wie sie über die Lichtung rannte und im Wald verschwand. Wenn sie so weiter lief, würde sie irgendwann hinunter ins Dorf gelangen. Das Erste, was man dann zu sehen bekam, war die Straße und kurz dahinter die ARAL-Tankstelle mit der Autowerkstatt ihres Vaters.

Er hörte Laras Schreie, die seltsam gedämpft klangen, so als kämen sie von irgendwo unter dem Boden. Sie machte das gut, fand er. Es klang ziemlich überzeugend. Vielleicht spielten sie gar nicht *Verstecken,* sondern etwas wie *Supergirl rettet das Mädchen aus dem Verlies,* überlegte er.

Ja, das konnte hinkommen. Nicole war schließlich auch blond, so wie Supergirl im Comic. Zwar passte das bunte Kleid nicht so richtig zu diesem Spiel, es hätte ein blau-rotes Kostüm mit gelbem Gürtel und roten Stiefeln sein müssen, und Nicole hatte auch keinen Umhang – ein *Cape,* wie es eigentlich hieß –, aber man brauchte ja auch nicht immer das passende Kostüm, wenn man nur genügend Fantasie hatte. Und so wartete Harald ganz gespannt, wie diese Szene weitergehen würde.

Lara rief noch immer »Hilfe, Hilfe«, und jetzt klang es noch echter als gerade eben. Doch Supergirl kam nicht. War sie etwa an *schwarzes Kryptonit* geraten, die schrecklichste Waffe vom Planeten Krypton, die es gegen Superhelden gab?

Oder war das alles ... gar kein Spiel?

Harald beschloss, lieber mal nachzusehen. Sollten die zwei ihn doch schimpfen, wenn er ihnen das Spiel verdarb. Es war auf jeden Fall besser, als sich danach Vorwürfe machen zu müssen, wenn doch etwas passiert war und er nur wieder einmal zu doof gewesen war, es rechtzeitig zu kapieren.

Also sprang der Fledermausmann auf, lief die kleine Anhöhe zur Lichtung mit der Ruine hinab, vorbei an den Steinen, von denen manche einen ausgeblichenen fünfzackigen Stern aufgemalt trugen, und rannte zu der Stelle, von der aus Lara schrie.

In seinen langen Klamotten musste er schwitzen, aber das war ihm egal. Selbst Batman schwitzte, obwohl ihm seine Mutter bestimmt auch immer sagte, er werde noch mal einen Hitzschlag in den stinkigen Sachen bekommen. Andererseits war Batmans Mutter schon lange gestorben, bevor Bruce Wayne sich so verkleidet hatte. Aber das war jetzt auch egal, denn nun sah er die schwere Kellertür.

Dahinter hörte er Lara weinen. Sofort wusste er, dass dies *kein* Spiel war. Weinen gehörte nicht zum Spielen. Weinen war immer echt.

Diese dämliche Nicole, warum war die nur weggelaufen?

Er stieg die Stufen zur Tür hinunter, schnappte sich den Türgriff und zog daran.

Schritte. Da waren Schritte von draußen zu hören. Sie kamen die verwucherten Stufen herab, auf die Tür zu. Trotz ihrer Panik, trotz der Furcht vor dem Ding mit den Zotteln und den langen Krallen hinter ihr in der Dunkelheit, erkannte Lara sehr wohl, dass diese Schritte nicht von Nicole stammten. Wer immer da die Treppe zu ihr herunterkam, er war viel größer und schwerer als Nicole.

Augenblicklich hörte sie auf zu schluchzen, wurde mucksmäuschenstill. Ihr Verstand arbeitete auf Hochtouren, was in dieser absoluten Dunkelheit und dem Gestank gar nicht so einfach war. Schon gar nicht, wenn einem ein anderer Teil dieses Verstandes einreden wollte, hinter einem würde ein Ungeheuer lauern.

Jetzt waren die Schritte vor der Tür angekommen und verstummten. Laras Herz hämmerte wie wild. Sie spürte ihren klebrigen Schweiß am ganzen Körper und wurde wie von Krämpfen geschüttelt. Auch bekam sie kaum noch Luft. Ihr Atem ging plötzlich kurz und flach und schnell, und ihr wurde schwummrig im Kopf. Sie sah kleine leuchtende Mücken durch die Finsternis schwirren, die ihr bis dahin nicht aufgefallen waren.

Das sind aber keine Glühwürmchen, sagte etwas in ihrem Kopf.

Sind es auch nicht, raunte ihr das Ungeheuer hinter ihrem Rücken zu. *Das ist die Angst, Süße. Das ist die nackte Angst.*

Irgendjemand in ihrer unmittelbaren Nähe keuchte ganz laut und schnell.

Das bin ja ich!

Von außen rüttelte jemand am Türgriff des Eiskellers. Sie hörte das tiefe Stöhnen einer Männerstimme.

Ein Mann, dort vor der Tür steht ein Mann!

Nicole und die Hilfe, die sie holen wollte, konnten das noch nicht sein. Ins Dorf hinunter war es ein ziemliches Stück, und selbst wenn man mit dem Auto hier hochfuhr, dauerte es eine Weile.

Oder steckte sie etwa schon so lange im Dunkeln fest, dass sie nicht gemerkt hatte, wie schnell die Zeit vergangen war?

Wieder ein Stöhnen, dann ein Rumpeln und Knacken, und schon schwang mit rostigem Kreischen die Tür auf.

Geblendet starrte Lara in die Helligkeit, die von draußen hereinbrach. Dann erkannte sie die Umrisse eines Riesen. Er war ganz und gar schwarz, wie der Schwarze Mann im Kinderreim, vor dem man schnell davonlaufen musste. Doch davonlaufen konnte sie nicht. Hinter ihr war die Wand des kleinen Kellers. Der einzige Weg, der ihr blieb, war nach vorn – direkt in die Arme des riesigen Schwarzen Mannes.

Wie versteinert stand sie da und schrie vor Angst. Und dann sprang sie der Riese an.

Wenn man den ganzen Tag lang, fünfmal die Woche, Stahlplatten auf den Bohrträger wuchten und Löcher hineinbohren muss – immer genau da, wo sie angezeichnet sind –, bekommt man im Lauf der Jahre ordentlich Kraft. Die Tür des Kellers ging wirklich schwer auf, aber Harald bekam das locker hin.

Klar, dass die Tür für Lara zu schwer gewesen war. Wie

hatte sie es überhaupt hineingeschafft, und was wollte sie nur in diesem muffigen Kellerloch?

Nun schrie sie noch lauter. Keine Worte wie »Hilfe« oder »Lass mich raus«, sondern nur langgezogene Laute, so schrill, dass sie in seinen Ohren wehtaten.

Also lief Harald schnell auf sie zu, packte sie und hielt ihr den Mund zu.

»He, ich bin's doch nur«, sagte er leise, aber Lara wollte sich nicht beruhigen.

Sie hatte sich bestimmt erschreckt, so ganz allein in diesem Keller. Da war es wichtig, nichts Falsches zu ihr zu sagen, das wusste Harald von seinen Mitbewohnern im Heim. Wenn die so laut schrien und strampelten, musste man sie in den Arm nehmen, festhalten und ruhig auf sie einreden. Oder, noch besser, eine leise Melodie summen.

Er presste Lara an sich, drückte ihren Kopf gegen seine Brust, summte das Lied, das ihm seine Mutter immer vorgesungen hatte – *Schlaf, Kindlein, schlaf* – und streichelte sanft über ihren Rücken.

Lara strampelte immer noch, aber sie schrie nicht mehr, sondern schnaufte fest durch sein *Batman*-Shirt.

»Gut so«, sagte er sanft und summte dann weiter.

Doch all seine Bemühungen schienen nicht zu helfen, denn nun begann Lara zu schluchzen. Er spürte, wie sich ein nasser Fleck auf seinem Sweatshirt ausbreitete, und er spürte noch etwas: Es gefiel ihm, wie sich Laras glatter Rücken und ihr runder Po unter ihrem Kleid anfühlten.

Manfreds Worte kamen ihm wieder in den Sinn.

Es macht ihnen Spaß.

Vielleicht war es das, was Lara jetzt brauchte: Spaß haben. Wenn man Spaß hatte, lachte man, und alles Schlimme um einen herum war vergessen – auch das Heim, in das einen der große Bruder und die Mama stecken wollten. Außerdem hatte er Lara ja lieb.

»Komm«, flüsterte er und merkte, wie er zitterte. »Ich zeig dir was.«

Der Schwarze Mann sagte etwas zu ihr, das sie nicht verstehen konnte. Zum einen sprach er zu leise, und zum anderen drückte sein Arm gegen ihr Ohr. Außerdem war sie viel zu sehr damit beschäftigt, durch sein nach Schweiß und Küchengerüchen stinkendes Sweatshirt Luft zu bekommen, gegen das er ihr Gesicht mit stählernem Griff presste.

Die Angst tobte wie ein wildes Tier in ihrem Kopf, ließ kaum noch einen klaren Gedanken zu. Sie versuchte sich zu wehren, freizukommen, doch der Schwarze Mann hielt sie fest wie ein Schraubstock, während seine andere Hand, die in Laras Fantasie zu einer haarigen Pranke mit langen scharfen Krallen geworden war, ihr Kleid zerfetzte. Mit einem einzigen Ruck zerriss er ihr Höschen mit dem tanzenden Pandabären auf der Vorderseite. Dann drückte er sie mit dem Gesicht nach unten auf den staubigen Lehmboden. Lara schmeckte Dreck, als sie schrie, und dann ... explodierten Sterne vor ihrem Gesicht, während sie glaubte, sich in eine Badewanne mit siedend heißem Wasser gesetzt zu haben.

Ihr Schmerzgebrüll wurde von den engen Wänden des Eiskellers zu ihr zurückgeschmettert, und diesmal war sie sich sicher, dass es kein Gespenst war, das ihre Stimme imitierte. Diesmal wusste sie sofort, dass sie selbst so schrie.

Lara strampelte und zappelte und – kam frei. Sie versuchte, auf allen vieren vor dem Monster davonzukrabbeln, während ihr Atem sich wie eine Dampflok anhörte, die einen Berg hinunterraste. Doch sofort wurde sie wieder von einer der Pranken gepackt, diesmal am Nacken.

»Neiiiin!«, kreischte sie und schlug um sich. Sie hörte ihre Hände in das Gesicht des Schwarzen Mannes klatschen, hörte sein überraschtes »Uff« im Halbdunkel. Dann wurde sie durch die Luft gewirbelt, nur kurz, und schlug mit dem Kopf gegen etwas unglaublich Hartes. Begleitet von einem Geräusch, das dem einer Kokosnuss ähnelte, auf die man mit einem Stein schlug, stob vor ihren Augen ein ganzer Schwarm leuchtender Mücken auf. Sie tanzten wie verrückt vor Laras Gesicht.

Ich muss sie wegscheuchen, dachte sie träge.

Doch gleich darauf waren die leuchtenden Mücken wieder verschwunden, und Lara fiel in eine endlos tiefe Schwärze.

Harald trat einen Schritt zurück und ließ Laras schlaffen Körper auf den Lehmboden sinken.

Was war denn nur passiert? Es war doch schön gewesen. Für ihn auf jeden Fall. Das war so ganz anders gewesen, als wenn er *sein Ding da unten* nur rieb, bis das weiße Zeug herauslief und es dann Ruhe gab.

Mit Lara war das Gefühl so toll gewesen, er hatte gar nicht mehr anders gekonnt. Sein Kopf war vollkommen leer gewesen, keine Sorgen und keine dummen Gedanken mehr, einfach nur nichts.

Aber ihr hatte es nicht gefallen. Sie hatte *keinen* Spaß gehabt. Sie hatte es nicht gewollt, so wie die Frau auf dem Poster in Manfreds Spind, die in einer Sprechblase *Ich will es!* sagte.

Hatte Manfred ihn etwa angelogen, so wie er manchmal auch die Anleiter foppte, wenn er *Scheiß*geräte statt *Schweiß*geräte sagte und dann so tat, als sei es nur ein Versprecher gewesen? So richtig glauben wollte Harald das nicht, weil Manfred manchmal auch richtig schlaue Sachen sagte und er sich auch nicht vor Frau Petrowski schämte. Im Gegensatz zu Harald hatte Manfred der Psychologin schon von seinem Ding da unten erzählt und ihr sogar schon mal *gezeigt,* was er damit machte. Das hatte er zumindest behauptet.

Vielleicht habe ich es auch nur falsch gemacht, und es hat Lara deswegen nicht gefallen, durchfuhr es ihn.

Was, wenn Lara nun aufwachte, nach Hause lief und allen davon erzählen würde? Sie würden ihn auslachen, wer auch immer *sie* sein mochten. Karl vielleicht und Annemarie, und seine Mutter, bestimmt auch Manfred und die Anleiter in der Werkstatt. Sie alle würden ihn auslachen, weil er sogar zu dumm war, *sein Ding da unten* so reinzustecken, dass es einem Mädchen Spaß machte.

Seht euch den nur an, würden sie sagen und auf ihn zeigen, *will wie Batman sein, aber ist zu dumm zum Liebemachen. Das arme Ding hat sich sogar den Kopf dabei angeschlagen und so geblutet, dass es einen Fleck auf der Wand hinterlassen hat. Da kann es ihr ja keinen Spaß machen.*

Harald spürte Tränen in sich aufsteigen. Er hatte versagt. Wieder einmal. Er bückte sich zu Lara, streichelte ihren Kopf und löste zärtlich die verklebten Haare aus der Platzwunde. Da musste ganz schnell ein Pflaster drauf, das wusste er von Matthias, der mit ihm in der Werkstatt arbeitete und meistens eine komische ringförmige Kappe tragen musste. Wenn er die nicht aufhatte, konnte es passieren, dass er schreiend mit dem Kopf an die Wand schlug, absichtlich sogar, und dann bekam er ein großes weißes Pflaster auf die Stirn und die Kappe wieder auf.

Harald wusste, wo es ein solches Pflaster gab. Nicht zu Hause bei Mama – nein, da würden sie ihn auslachen –, sondern an einem besseren Ort, gar nicht weit von hier. Dort konnte er Lara das Pflaster draufkleben und mit ihr reden, wenn sie wieder wach war. Er würde ihr erklären, dass er es eigentlich so hatte machen wollen, dass auch sie Spaß hatte und nicht mehr traurig war, weil sie sich allein in dem dunklen Keller befand.

Er würde ihr es noch einmal zeigen, es dann auch richtig machen und erst aufhören, wenn sie so richtig von Herzen lachte. Sie konnte so lieb lachen. Und dann würden sie heimgehen, und Lara konnte erzählen, wie lieb er zu ihr gewesen war.

Dann würde ihn niemand mehr auslachen.

Dann wäre er ein Held.

So wie *Batman*.

Das Erste, was Lara einfiel, als sie wieder zu sich kam, waren die leuchtend weißen Mücken, die sie hatte verjagen wollen. Nun waren sie verschwunden, aber ihr Summen konnte sie noch immer hören. Ihr Kopf tat schrecklich weh, und zwischen ihren Beinen brannte es furchtbar.

Sie rappelte sich auf, stemmte sich auf die Ellenbogen und stellte fest, dass sie nicht mehr in dem Keller war.

Sie kannte diesen Ort gut. Es war die alte Heuscheune neben dem Weizenfeld am Waldrand. Nicole und sie waren hier schon oft beim Spielen gewesen, vor allem in den letzten Sommerferien, in denen es so viel geregnet hatte.

Hier konnte man tolle Sachen entdecken. Einmal hatten sie sogar vier frisch geborene Kätzchen gefunden, die von ihrer Mutter oben auf der Tenne wie Küken in ein Nest aus Heu gebettet worden waren. Sie hatte zu Nicole gesagt, sie wolle auch mal so ein Kätzchen haben, wenn sie groß sei. Das dürfte dann auch bei ihr im Bett schlafen.

Doch nun war dieser Raum unheimlich, daran änderte selbst das Licht der Sonnenstrahlen nichts, das durch die Ritzen zwischen den Lattenwänden hereindrang und den tanzenden Staub beschien.

Aber wie war sie überhaupt hierhergekommen? Sie war doch gerade noch ...

Der Keller!

Der Schwarze Mann!

Im selben Augenblick, in dem ihr wieder einfiel, was geschehen war, entdeckte sie auch den Schwarzen Mann. Er stand an einem Holzkasten an der Wand und wühlte darin herum. Sein Kopf war hinter der Kastentür verborgen, auf der ein ausgeblichenes rotes Kreuz zu erkennen war. Dasselbe wie zu Hause auf dem Erste-Hilfe-Schränkchen im Badezimmer. Sie erinnerte sich, wie Nicole im letzten Sommer eine alte muffige Mullbinde aus dem Kasten geholt und wie sie dann Mumie gespielt hatten. Dabei war ihnen ein Fläschchen mit einer grellroten Flüssigkeit umgekippt, die furchtbar streng gerochen hatte, und über eine Packung Heftpflaster und eine zweite Rolle Mullbinde ausgelaufen.

»Scheiße!«, fluchte der Schwarze Mann und noch einmal »Scheiße!«. Dann schloss er die Tür und drehte sich zu ihr um.

Lara erkannte ihn sofort.

Onkel Harald! Onkel Harald ist der Schwarze Mann!

Auf einmal begriff sie, warum ihr Vater seinen Bruder nicht mochte. Bis zu diesem Moment hatte sie immer geglaubt, ihr Vater könne Harald nicht ausstehen, weil er ein Dummkopf war, aber jetzt kannte sie die Wahrheit: *Onkel Harald ist der böse Schwarze Mann, und Papa hat das gewusst.*

»Die Pflaster sind alle kaputt«, sagte Onkel Harald. »Da kann man keins mehr auf deinen Kopf pappen.«

Lara kroch ein Stück rückwärts über den staubigen Dielenboden, wobei sie eine dünne Blutspur hinterließ. Sie behielt ihren Onkel genau im Blick.

Als sie aufstand, zitterte sie am ganzen Leib. Ihre Beine fühlten sich wackelig an, wie bei einem frisch geborenen Fohlen.

»Tut's noch arg weh?«

Lara schwieg. Sie biss sich auf die Lippen. Das Brennen zwischen ihren Beinen wurde immer schlimmer, je mehr sie schwitzte. Es war so heiß und stickig in der Scheune.

Nun kam Onkel Harald auf sie zu. »Bist du jetzt böse auf mich?«

Sie trat noch einen Schritt zurück und stieß mit dem Rücken gegen ein Regal, in dem etwas klapperte.

»Ich hab's falsch gemacht. Aber wir können es ja noch einmal versuchen, und dann mach ich es bestimmt richtig. Dann macht's auch dir Spaß, und du bist nicht mehr sauer auf mich. Ja?«

Lara hatte keine Ahnung, wovon ihr Onkel redete. Sie sah nur, wie er immer näher zu ihr kam, langsam, Schritt für Schritt, und das machte ihr eine Heidenangst.

Er wird mir wieder wehtun. Er wird mir wieder wehtun. Er wird mir wieder ...

Einen oder zwei Meter vor ihr blieb er stehen. Lara konnte ihn riechen. Er stank eklig. Wie ein böser Wolf.

»Ich hab dich doch lieb«, sagte er.

Ich muss hier weg, weg, weg!

Aber wohin? Genau wie vorhin im Keller versperrte er ihr den Weg. Hinter ihr war nur das Regal und dahinter die Wand. Eine Möglichkeit davonzulaufen gab es nicht.

»Schau mal.« Onkel Harald lächelte. »Er ist schon wieder ganz groß.«

Er zeigte auf seine schwarze Jeans und begann am Hosenlatz herumzunesteln.

Diese kurze Ablenkung nutzte Lara aus. Sie rannte los, stürmte nach vorn. Sie musste nur kurz an ihm vorbei, weiter zum Scheunentor, das einen Spaltbreit offen stand, dann auf dem Feldweg zum Wald, durch den Wald über den holprigen Forstweg hinunter zum Dorf, und dort wäre sie in Sicherheit. Sie ...

... war kaum neben ihm, als sein Arm hochschnellte und sie packte. In einer einzigen Bewegung wirbelte er sie zurück gegen das Regal. Lara schlug mit der Brust hart gegen das Holz und fühlte, wie ihr dabei die Luft aus den Lungen gepresst wurde. Sie konnte nicht schreien, und selbst wenn sie es gekonnt hätte, gab es weit und breit niemanden, der sie hören konnte. Deshalb waren Nicole und sie ja auch immer zum Spielen hierhergekommen: weil man hier tun konnte, was man wollte, ohne Gefahr zu laufen, außerhalb der Erntezeit einem Erwachsenen zu begegnen.

Wieder wurde ihr Kleid hochgeschoben, und das war der Moment, in dem Lara den Inhalt des Regals erkannte.

Werkzeug!

Sie ließ das Regal los, gegen das sie sich gestützt hatte,

knallte nochmals dagegen und schaffte es dabei, sich einen schweren Hobel zu greifen. Sie spürte etwas Dickes gegen ihre Hinterbacken drücken und wirbelte herum. Dabei schlug sie mit dem Hobel einfach hinter sich.

Sie traf. Harald schrie. Augenblicklich ließ er sie los.

Lara sah ihren Onkel, der mit heruntergelassenen Hosen vor ihr stand, seine Schulter hielt und sie verwirrt anstarrte.

»W-warum?«, stammelte er und starrte auf den Hobel, der neben ihm am Boden lag.

Lara wagte es nicht, ein zweites Mal an ihm vorbeizurennen. Er würde sie wieder packen und wieder etwas Schlimmes mit ihr tun. Sie drehte sich hastig zu dem Regal um. Dieses Mal griff sie sich einen Schraubenzieher. Das Metall war bereits rostig, aber der transparentrote Plastikgriff funkelte wie neu. Sie hielt den Schraubenzieher schützend vor sich.

»Laramaus, ich will dir doch nichts tun. Ich mach doch nur Spaß mit dir. Schau doch.«

Er griff sich zwischen die Beine, zeigte ihr sein steifes Glied und schlurfte dabei einen Schritt auf sie zu, wobei seine heruntergelassene schwarze Jeans einen breiten Streifen durch die Staubschicht auf dem Boden zog.

Das war ein Schritt zu viel.

Lara, schon längst nicht mehr Herrin über ihren erst neun Jahre und neun Monate jungen Verstand, handelte, ohne wirklich zu wissen, was sie tat. Sie stieß einfach mit der nach vorn gerichteten Spitze des Schraubenziehers zu.

Hätte Harald Baumann ein wenig aufrechter vor ihr gestanden und wäre er nicht zu sehr damit beschäftigt gewesen, ihr das Körperteil zu zeigen, mit dem Mädchen Spaß haben wollten – zumindest nach Manfreds Ansicht –, hätte der Stich möglicherweise nur seine Schulter durchbohrt. Schlimmstenfalls die Seite seines Halses, wo die Schlagader verlief.

Doch nun traf sie ihn mitten ins Gesicht. Genauer gesagt in sein rechtes Auge. Lara hatte das nicht beabsichtigt, es passierte einfach. Und die Angst des Mädchens war derart groß, dass sie ihr ungeahnte Kräfte verlieh.

Harald Baumann schrie, als die scharfkantige Metallspitze das geleeartige Gewebe seines Augapfels durchdrang. Sein Schrei endete abrupt, nachdem der Schraubenzieher den hauchdünnen Knochen der Augenhöhle durchbrochen und in sein Gehirn eingedrungen war. Stöhnend drehte er sich um die eigene Achse und fiel dann wie ein Sack auf den Rücken, wo er einfach liegenblieb. Sein erigierter Penis, der wie ein dicker Wurm auf seinem Bauch lag, schrumpfte zusammen.

Obwohl sie den Schraubenzieher längst nicht mehr hielt, hatte Lara noch immer ihre zitternden Arme ausgestreckt. Sie begriff nicht, was sie gerade getan hatte, sondern befand sich vollkommen jenseits dessen, was man annähernd als *denkend* hätte bezeichnen können. Ihr Gesicht war kreidebleich, ihre Atmung ging schnell und stoßartig, und aus jeder Pore ihres Körpers troff der Schweiß.

Zu ihren Füßen röchelte Harald Baumann, ihr Onkel, der Schwarze Mann.

Es war ein merkwürdiges Gefühl. Nicht, dass Harald wirklich Schmerzen hatte, nein, vielmehr merkte er, wie sein Körper allmählich zu verschwinden schien.

Es kam ihm fast so vor, als würde er – oder vielleicht das von ihm, was der Pfarrer im Religionsunterricht *die Seele* genannt hatte – ganz langsam emporgehoben, während sein Körper auf dem Dielenboden des Schuppens liegen blieb.

Mit seinem verbliebenen Auge sah er Staubflocken wie Sterne über sich tanzen, hell und fröhlich. Gleich neben seiner Nase funkelte das transparentrote Plastik des Schraubenziehergriffs. Im Licht der Ritzen an der Wand sah er wie ein schillernder Edelstein aus.

Wunderschön, dachte er. *Auch wenn es wehtut, das Auge danach zu drehen, ist dieser Edelstein doch wunderschön.*

Dann sah Harald wieder nach oben. Die hohe Decke mit dem Lattendach schien nun ein wenig näher gerückt zu sein, der Boden ein Stück ferner. Aber das Schönste von allem war Laras Gesicht über seinem. Sie war so unsagbar hübsch, auch wenn ihr Bild immer mehr zu verschwimmen schien.

Er hätte schwören können, dass Lara ihn anlächelte. Er hörte sie sogar laut lachen.

Ja, dachte er glücklich. *Sie hat doch ihren Spaß gehabt. Jetzt hat sie mich wieder lieb.*

Er wollte ihr sagen, dass auch er sie ganz, ganz liebhatte, doch es ging nicht mehr. Und gleich darauf wurde alles um ihn herum schwarz.

Schwärzer noch als Batmans Cape, war sein letzter Gedanke.

Nichts, was Lara tat, ergab einen Sinn. Sie stand vor ihrem Onkel, der ausgestreckt auf dem Rücken lag, als ruhe er sich aus. Sein Gesicht war ganz und gar entspannt, die

Hände lagen flach neben seinem Körper auf dem staubigen Dielenboden, und er schien irgendetwas an der Scheunendecke erspäht zu haben.

Nur einmal zuckte sein Auge nach rechts, wobei der Schraubenziehergriff in der rechten Augenhöhle wackelte und einen eklig schmatzenden Laut von sich gab.

Vielleicht lag es an diesem Laut. Vielleicht war es dieses Schmatzen, das ihre Schockstarre löste. Ihr wurde klar, dass das Ungeheuer – der Schwarze Mann, der böse Wolf aus dem Märchenbuch – nun endlich tot war.

Ein hässliches Lachen und Johlen platzte aus ihr heraus. Sie stand über Harald Baumanns Leiche, schrie, brüllte und grölte wie ein wahnsinnig gewordenes Tier, trat nach dem Toten, tanzte im Kreis und hüpfte umher wie ein durchgedrehter Frosch.

Auf und ab. Auf und ab. Auf und ab. Bis sie schließlich erschöpft auf die Knie sank.

Zitternd starrte sie in das Gesicht ihres zu Lebzeiten schwachsinnigen Onkels, starrte auf den Plastikgriff, der wie ein rotes Stielauge in einem Comic den Platz seines rechten Auges eingenommen hatte.

Für einen Sekundenbruchteil wurde ihr klar, dass sie einen Menschen getötet hatte, ehe das Trauma wieder den schützenden schwarzen Vorhang vor ihre Gedanken zog.

Über das, was nach diesem Moment geschah, kann nur spekuliert werden. Selbst Lara konnte sich nicht daran erinnern, und höchstwahrscheinlich ist das auch gut so. Ihr Verstand nahm sich die Pause, die er benötigte, um das Geschehene zu verdrängen und sich in ihr neues Ich zu flüchten.

Niemand war Zeuge, wie Lara die schrecklichen Ereignisse aus ihrer Erinnerung verbannte und zu dem anderen Mädchen wurde, das künftig von seiner Mutter bei seinem zweiten Vornamen, Ellen, gerufen wurde.

Niemand, außer vielleicht das Weizenfeld neben der Scheune, das sie neunzehn Jahre später in einem Traum von einem roten Briefkasten wiedersehen sollte. Oder der Feldweg, auf dem sich eine letzte Pfütze gegen die Sommersonne behauptete und Blasen warf, die neugierigen Augäpfeln zu gleichen schienen.

Am nächsten Morgen, kurz nach Sonnenaufgang, entdeckten Hermann Talbach und zwei Männer aus dem Dorf das Mädchen. Lara hatte sich in die Höhlung einer knorrigen Baumwurzel verkrochen. Zusammengekauert wie ein Igel, sah sie die Männer aus angstgeweiteten Augen an und hielt ein moosiges Holzstück an sich gedrückt, als sei es eine Puppe.

Kapitel 43

Nachdem Nicole ihre Erzählung beendet hatte, sackte sie schluchzend in sich zusammen. Mark legte einen Arm um ihre Schultern und ließ ihr Zeit, all die angestauten Gefühle aus sich herauszuweinen, die sie über so viele Jahre zurückgehalten hatte.

»Wollen Sie jetzt lieber ein wenig für sich sein?«, fragte er, als sie sich wieder beruhigt hatte und sich die Nase putzte.

Nicole schüttelte den Kopf. »Nein, es geht schon wieder.« Sie sah ihn aus geröteten Augen an und lächelte schwach. »Danke.«

»Wofür?«

»Dass ich es endlich loswerden konnte.«

Mark nickte, griff nach seinen Zigaretten, überlegte es sich dann aber doch anders. »Sie mag es nicht, wenn ich rauche, wussten Sie das?«

»Vielleicht, weil ihr Vater ein ziemlich starker Raucher war.«

»Kann sein. Für jede Aversion gibt es eine Ursache. Und genau darüber denke ich gerade nach.«

»Über das, was Lara nicht mochte?«

»Nein, über die Ursache, den Auslöser für diesen Zusammenbruch«, sagte Mark und rieb sich nachdenklich das Kinn. »Über das, was man im Fachjargon den Trigger nennt. Bis vor wenigen Tagen hat die Ellen-Identität bei ihr funktioniert, doch dann auf einmal nicht mehr. Ich frage mich, was der Grund dafür ist. Für gewöhnlich bildet die autoplastische Abwehr eines Traumas bei solchen Störungen eine aus therapeutischer Sicht schier uneinnehmbare Bastion. Die Schutzpersönlichkeit stellt sich gewissermaßen wie ein Zerberus vor jegliche Erinnerung, um den zerbrechlicheren Persönlichkeitsanteil vor dem Kollaps zu bewahren. Ohne therapeutische Intervention ist eine schrittweise Wiedererlangung verdrängter Erinnerungen so gut wie unmöglich. Aber in ihrem Fall begann die innere Mauer plötzlich zu bröckeln. Das verstehe ich nicht. Warum hat sie auf einmal diese Halluzinationen gehabt?«

»Vielleicht wird sie es uns verraten, sobald sie wieder spricht.«

Mark schüttelte den Kopf. »Ich denke nicht. Menschen, die aus einer Fugue in die Realität zurückkehren, können sich danach an nichts mehr von dem erinnern, was sie in dieser Phase getan haben. Ganz gleich, wie lange der Zustand auch angedauert hat. Eine Art mentaler Selbstschutz.«

Erschrocken sah Nicole ihn an. »Aber das würde ja bedeuten, dass Lara auf dem Stand einer Neunjährigen wäre, wenn sie wieder zu sich kommt, oder?«

Mark wiegte den Kopf hin und her. »Einerseits ja, aber mit Gewissheit kann ich das nicht sagen. Bislang habe ich wie gesagt noch nie von einem Fall gelesen, bei dem die Fugue über einen derart langen Zeitraum angehalten hat. Es kann durchaus sein, dass im Lauf der Therapie ein Teil der Erinnerungen und des Wissens aus ihrer Zeit als Ellen zurückkehrt. Aber ganz am Anfang ... nun ja, ich denke, ganz am Anfang wird sie erst einmal das Mädchen sein, das sie zum Zeitpunkt ihrer Verdrängung war.«

»O Gott«, stöhnte Nicole und hielt sich die Hand vor den Mund. Ihre Augen verschwammen hinter Tränenschleiern.

»Deshalb ist es wichtig, dass sie in gute Hände kommt«, fügte Mark hinzu. »Wir haben an der Waldklinik einen hochqualifizierten Experten, der sich um sie kümmern sollte. Ich habe das bereits vorhin mit dem behandelnden Arzt besprochen. Sobald Lara transportfähig ist, wird man sie nach Fahlenberg bringen.«

»Zurück in die Klinik, in der sie als Ärztin gearbeitet hat?«

Mark verstand, worauf sie hinauswollte, aber er hielt seine Entscheidung dennoch für die einzig richtige. »Nun, zum einen wird sie natürlich nicht auf derselben Station behandelt werden, auf der sie tätig war. Und zum anderen mag es sich nur deshalb befremdlich anhören, weil es sich um eine *psychiatrische* Klinik handelt. Wäre sie eine Chirurgin und müsste sich einem chirurgischen Eingriff unterziehen, würde sie sich höchstwahrscheinlich auch von dem Arzt behandeln lassen, der auf diesem Gebiet einen exzellenten Ruf genießt, denken Sie nicht?«

Wirklich überzeugt schien er sie mit seiner Argumentation nicht zu haben, das war Nicole deutlich anzusehen. Dennoch meinte sie nach einem kurzen Moment des Überlegens: »Das müssen Sie entscheiden. Sie sind der Fachmann und werden wissen, was das Richtige ist.«

»Glauben Sie mir, es ist das Beste für sie«, versicherte Mark, und um seine Aussage zu bekräftigen, fügte er hinzu: »Ich werde alles mir Mögliche tun, damit ihr geholfen wird und wir die Hintergründe ihres Zusammenbruchs aufdecken können.«

Nicole schwieg und sah nachdenklich zu einer Anpflanzung hinüber, in der sich zwei Amseln zankten. Dann wandte sie sich wieder Mark zu. »Was glauben Sie – was könnte geschehen sein?«

Mark machte eine ratlose Geste. »Ich habe keine Ahnung, aber ich fürchte, wir kennen noch nicht die ganze Wahrheit.«

»Sie meinen, etwas ist passiert, was das alles erst freigesetzt hat?«

Mark spürte, dass er zitterte, als er Nicole ansah und langsam nickte. »Etwas, das schlimm genug war, ihre geistige Blockade nach all den Jahren zu durchbrechen.«

Kapitel 44

Die folgende Nacht verbrachte Mark im Hotel. Nicoles Angebot, im Gästezimmer ihres Hauses zu übernachten, hatte er dankend abgelehnt und war froh gewesen, dass sie Verständnis dafür gezeigt hatte.

Er brauchte Ruhe und Abstand, um die Ereignisse des vergangenen Tages zu verarbeiten. Eine Übernachtung im Haus der Familie Keppler hätte sicherlich lange Gespräche über die Frau mit sich gebracht, mit der er an diesem Morgen noch als Ellen Roth gefrühstückt hatte und die nun unter dem Namen Lara Baumann mit leerem Blick in einem Einzelzimmer des Kreiskrankenhauses lag.

Die ganze Nacht über hockte Mark am Bettrand, kaute gedankenverloren auf Salzstangen aus der Minibar und sah immer wieder zur Decke empor, über der sich das Zimmer befand, in dem Ellen genächtigt hatte, als sie noch Ellen gewesen war.

Lange dachte er über das nach, was ihr vor neunzehn Jahren im Keller der Ruine zugestoßen war und was dieses schlimme Ereignis in ihr ausgelöst haben mochte. Wie schon früher, als er noch mit Traumapatientinnen gearbeitet hatte, wurde ihm wieder bewusst, dass man zwar *versuchen* konnte, es sich vorzustellen, aber die Wirklichkeit um ein Wesentliches schlimmer gewesen sein musste. Schlimm genug, um eine Schutzpersönlichkeit wie Ellen Roth entstehen zu lassen.

Aber was war dann geschehen? Was hatte die Erinnerung an Lara zu ihr zurückgebracht? Diese Frage ließ ihn nicht mehr los.

Als er Lara am nächsten Vormittag in der Klinik besuchte, war Nicole bereits bei ihr. Der behandelnde Arzt hatte einer Verlegung in die Waldklinik zugestimmt, und am späten Nachmittag wurde Lara mit einem Krankentransport nach Fahlenberg gefahren. Mark und Nicole fuhren dem Krankenwagen in Nicoles Auto hinterher, nachdem Nicoles Ehemann an Marks Volvo einen Totalschaden festgestellt und ihn zum Schrottplatz abgeschleppt hatte.

In der Waldklinik angekommen, erhielt Lara auf Professor Fleischers Anweisung hin ein Einzelzimmer auf der Privatstation, wo man der noch immer reaktionslosen jungen Frau erst einmal Zeit zum Akklimatisieren ließ.

Mark und Nicole blieben noch eine Weile bei ihr. Obwohl Lara auf keines ihrer Worte reagierte, sondern mit leerem Blick durch sie hindurchzustarren schien, redeten sie mit ihr – hoffend, ein Teil von ihr würde dies doch wahrnehmen und ein wenig Geborgenheit dabei empfinden.

Als sie später das Zimmer verließen, bat Nicole, Mark möge ihr doch mehr über Ellen und die Ereignisse der vergangenen Tage berichten. Mark sah, wie schwer es ihr fiel, das Geschehene zu begreifen, und beschloss deshalb, sie zu den Orten zu führen, die die Ellen-Persönlichkeit aufgesucht hatte. Manchmal war es besser, etwas, das schwer zu glauben war, vor Ort zu erklären.

Auf dem Weg zum Versorgungstunnel erzählte Mark ihr von Laras Erlebnissen während der letzten Tage, von der imaginären namenlosen Patientin, der Begegnung mit dem Schwarzen Mann, und wie sie geglaubt hatte, er habe sie in den alten Therapieräumen gefoltert.

Dabei vermied er es so gut es ging, die Namen *Lara* oder *Ellen* auszusprechen. Der Schock darüber, dass die Frau, in die er die letzten vier Jahre so sehr verliebt gewesen war, dass es manchmal wehtat, überhaupt nicht existiert hatte, setzte ihm noch viel zu sehr zu.

Nicole hörte ihm aufmerksam zu, während sie durch das Parkgelände der Klinik gingen. Als er fertig war, schwieg sie.

Er sah, wie es hinter ihrer Stirn arbeitete, wie sie versuchte, all den Wahnsinn, den diese Geschichte in sich barg, zu verstehen. *Ein unmögliches Unterfangen,* dachte er, wo selbst er als Psychiater Schwierigkeiten hatte, die Komplexität dieses Wahnkonstrukts völlig zu erfassen.

Schweigend stiegen sie in den Versorgungstunnel hinunter. Diesmal benutzte Mark den offiziellen Zugang durch eines der Stationsgebäude. Sie folgten dem Gang bis zu der Abzweigung, die in die alten Therapieräume führte.

Im Vorraum erwartete sie der muffige Geruch nach Reinigungsmitteln und der halb zerfallene Stuhl im Licht der flackernden Neonröhre. Auf dem Boden des alten Hydrotherapieraums standen noch immer Wasserlachen, die von Ellens Rettung herrührten. In einer Ecke lag die Abdeckung mit den Schnappverschlüssen. Bei ihrem Anblick fragte sich Mark, was wohl geschehen wäre, wenn diese Verschlüsse nicht eingerastet wären, als Ellen den Deckel von innen aufgelegt hatte. Wäre ihr dann vielleicht bewusst geworden, dass sie nicht wirklich gefoltert wurde? Möglich, aber er glaubte nicht, dass dieses Bewusstsein lange genug angehalten hätte.

»Ziemlich unheimlich hier«, sagte Nicole fröstelnd.

»Frei interpretiert ist das der Grund, warum sie hier heruntergekommen ist«, meinte Mark. »Wie ein kleines Kind, das das Monster im Keller aufsucht, um sich ihm zu stellen.«

»Mark, ein kleines Kind würde so etwas niemals tun.«

»Mag sein, aber vielleicht hat ihr erwachsener Anteil ihr versprochen, sie werde nur so zur Ruhe kommen. Immerhin war sie selbst Psychiaterin und wirklich gut in ihrem Job.«

»Lara geht also an einen Ort, der ihr Angst macht, um sich ihren Erinnerungen zu stellen, vor denen sie noch viel mehr Angst hat?«

»Konfrontationstherapie oder etwas in der Art.« Mark zuckte mit den Schultern. »Wie gesagt, es ist nur eine mögliche Erklärung ihrer Handlungen.«

Sie betraten den Raum, in dem der Stahltisch und das EKT-Gerät standen. Erschrocken hielt Nicole die Hand vor den Mund.

»Gott, was ist das für ein Gestank?«

»Sie ... Ellen, ich meine Lara, sie hat ...« Mark brachte es nicht fertig, es auszusprechen. »Die Nebenwirkung einer unsachgemäßen Elektrokrampftherapie.«

Er ignorierte die Stahlplatte des Tischs, die mit Kot und Urin verschmiert war, und ging zu dem EKT-Gerät. Die Elektropole hingen auf den Boden herunter und sahen wie leblose, überdimensional große Spulwürmer aus. Er besah sich das Gerät genauer. Auf dem Drehregler, mit dem man die Stärke der Stromstöße regulieren konnte, waren fettige Fingerabdrücke zu sehen. Sie stammten von einer Person, die sehr stark geschwitzt haben musste.

Er betätigte den EIN-Schalter, doch statt eines elektrischen Summens hörte er – nichts. Das Gerät verfügte über keine Stromquelle.

»Wie ich es mir gedacht habe. Selbst die Elektroschocks waren Wahngebilde.«

»Und trotzdem hat sie ...« Nicole sprach nicht zu Ende, sondern ging rückwärts in den Vorraum zurück.

Seufzend ging Mark zu einem Drehhocker und ließ sich darauf nieder. »Sie war davon überzeugt, er foltere sie mit Strom. In Wahrheit war es jedoch die Vorstellung, sich der Wirklichkeit stellen zu müssen. Alles in ihr hat sich dagegen gewehrt, sich an den Missbrauch durch ihren Onkel und seine Tötung zu erinnern.«

»Aber was ich noch immer nicht begreife, ist diese Frau. Die Patientin ohne Namen. Wer ist sie?«

»Lara selbst. So, wie sich Ellen vorgestellt hat, wie Lara aussehen würde, wenn sie sie nicht geschützt hätte. Verzweifelt, körperlich lädiert, verwahrlost und vollkommen wahnsinnig. Deshalb wollte sie sich schützen. Deshalb hat sie sich gewehrt und ihr wahres Ich verleugnet.«

Nicole stand im Vorraum und hatte die Hände tief in ihre Hosentaschen geschoben, was sie bei ihrem burschikosen Erscheinungsbild wie einen zu groß geratenen, trotzigen Jungen mit blondem Pferdeschwanz aussehen ließ. »Und sie hat wirklich geglaubt, dass sie selbst eine ihrer Patientinnen ist?«

»Ja, so schwer das auch nachzuvollziehen ist«, sagte Mark. Er zog den Reißverschluss seiner Jacke zu, was aber nichts gegen die Kälte auszurichten vermochte, die der Raum ausstrahlte. »Aus irgendeinem Grund muss sich Ellen ihrer Lara-Persönlichkeit bewusst geworden sein. Da jedoch ihr Wahnkonstrukt die Anerkennung der Wahrheit nicht zuließ, entstand die namenlose Patientin: eine Schutzbefohlene, die auf der Flucht vor ihrem Peiniger war. Jemand, auf den die starke Ärztin aufpassen musste. Damit für Ellen tatsächlich feststand, dass sie nicht selbst Lara sein konnte, erfand sie diese Frau ohne Namen. Sie wurde derart real für sie, dass sie davon überzeugt war, ihr wirklich begegnet zu sein. Sie sollten mal den Arztbericht sehen, den sie über ihr zweites Ich geschrieben hat.«

»Aber trotzdem hat sie nach ihr gesucht«, warf Nicole ein. Auch sie schien zu frösteln. »Also hat sie doch gewissermaßen nach ihrem wahren Ich gesucht, nicht wahr?«

»So ist es«, stimmte Mark zu. »Und genau das ist es, was mich so beschäftigt. Wenn es ihr neunzehn Jahre lang gelungen war, Lara vor sich selbst zu verbergen, warum hat sie dann auf einmal damit begonnen, nach ihr zu suchen? Etwas muss das Wahnkonstrukt beschädigt haben, und ich wüsste zu gern, was dieses Etwas gewesen ist.«

Für einige Minuten herrschte beklemmendes Schweigen. Nur aus dem Nebenraum war das leise Tropfen von Wasser zu hören. Dann fragte Nicole: »Können wir bitte gehen?«

»Ja, natürlich. Ich denke, die Antwort ist ohnehin woanders zu suchen.«

Es war bereits dunkel, als Mark Nicole zu ihrem Wagen auf dem Besucherparkplatz begleitete.

»Sie können auch über Nacht hierbleiben«, schlug er vor. »Ich kann Ihnen meine Couch anbieten oder ein Zimmer in einer Pension, wenn Sie wollen.«

Nicole winkte ab. »Nein danke. Das ist nett von Ihnen, aber ich denke, ich kann hier vorerst nichts für Lara tun. Ich werde zu Hause gebraucht. Mein Mann und die Kinder werden sich sicherlich schon Gedanken machen, wo ich bleibe. Aber ich werde Lara besuchen, so oft ich kann.«

Bevor sie die Tür hinter sich schloss, sah sie sich noch einmal zu Mark um.

»Was werden Sie jetzt tun?«

»Nach der Antwort suchen, dem Auslöser für Laras Zusammenbruch.«

Nicole legte den Kopf auf die Nackenlehne und schloss die Augen. Mark konnte sehen, wie sie mit den Tränen kämpfte. Als sie ihn wieder ansah, hatte sie den Kampf gewonnen, aber ihre Augen waren gerötet. »Es war meine Schuld, dass alles so gekommen ist, nicht wahr?«

Er schüttelte den Kopf. »Sie beide waren damals zur falschen Zeit am falschen Ort. Dafür tragen Sie keine Verantwortung.«

»Das sagen Sie so einfach. Hätte ich sie nicht ...« Sie sprach nicht zu Ende, sondern stieß einen tiefen Seufzer aus. »Wenigstens ist jetzt alles raus. Ich fühle mich zwar noch nicht wirklich erleichtert, aber ich denke, das kommt noch. Irgendwann.«

Sie wartete nicht ab, ob Mark noch etwas antwortete, sondern zog die Tür zu.

Mark sah ihr hinterher, als sie vom Parkplatz fuhr und wenig später auf der Schnellstraße im Abendverkehr verschwand.

In dieser Nacht fand er keinen Schlaf.

Kapitel 45

Das Licht der Nachmittagssonne fiel durch das Fenster des Krankenzimmers und ließ die einsame Gestalt auf dem Bett wie ein Wesen aus einer anderen Welt erscheinen.

Und irgendwie ist sie das nun auch, dachte Mark, als er die Tür leise hinter sich schloss. Die Frau, die er einst als Ellen Roth kennen- und lieben gelernt hatte, wurde nun auf dem Namensschild neben der Tür *Lara Baumann* genannt. Dieser Name war ihm noch immer fremd, ebenso wie die Frau im Pyjama auf dem Bett.

Sie roch nicht mehr nach Calvin Kleins *Eternity*, das er so an ihr gemocht hatte, sondern nach einem Badezusatz, mit dem man pflegebedürftige Patienten zweimal pro Woche wusch. Das kurzgeschnittene dunkle Haar, das sie sonst mit etwas Gel aufzustellen pflegte – was ihr einen frechen Ausdruck verlieh, der zu Ellens Persönlichkeit gepasst hatte – lag nun glatt gekämmt an ihrem Kopf an.

Am schlimmsten für Mark war jedoch die Leere in ihrem Blick. Eine Teilnahmslosigkeit, als sei sie nur körperlich anwesend, während ihr Geist in einer anderen Welt weilte.

Wahrscheinlich war es auch so, nur hätte Mark zu gern gewusst, was für eine Welt das war. Ebenso, wie er zu gern gewusst hätte, was dazu beigetragen hatte, die Ellen-Roth-Identität zusammenbrechen zu lassen.

Doch von dieser Frau, von der nicht viel mehr als ein Schatten ihrer selbst zurückgeblieben war, würde er es nicht erfahren. Ellen hatte diesen Körper verlassen. Sie war woanders. Irgendwo, wo es keine Gewalt und keine Verdrängung gab. Zumindest hoffte er das inständig für sie.

Und nach all der Kraftanstrengung, die diese Verdrängung für ihre verletzte Psyche bedeutet haben musste, würde sie wahrscheinlich nicht so schnell von diesem jenseitigen Ort zurückkehren. Falls sie überhaupt jemals zurückkehrte.

Was ist die Persönlichkeit eines Menschen doch für ein fragiles Ding, dachte Mark, während er sich neben sie aufs Bett setzte und ihre schlaffe Hand ergriff. *So zerbrechlich wie Glas.* Eine Krankheit – er musste an seine Großmutter denken, von der aufgrund ihrer langjährigen Parkinson-Erkrankung ebenfalls nicht mehr als ein lebloses Gespenst geblieben war – und manchmal auch nur eine Erinnerung genügten, um das, was einen Menschen einzigartig macht, zu zerbrechen und eine leere Körperhülle zurückzulassen.

Aber war die Hülle, die einst Ellens Wesen beheimatet hatte, wirklich leer? Oder gab es da doch noch etwas hinter diesen in die Leere gerichteten Augen?

Er streichelte sanft ihren Kopf, ohne eine Reaktion darauf erkennen zu können.

»Was ist geschehen, Ellen?«, fragte er leise, eine Frage, die mehr an sich selbst als an sie gerichtet war. Ellen bewegte sich nicht.

So saßen sie da, für eine Stunde oder mehr, und sahen zum Fenster hinaus.

Und von da an jeden Tag.

Kapitel 46

Es war bereits später Nachmittag, als es an die Tür zum Arztzimmer von Station 9 klopfte. Schwester Marion steckte den Kopf herein.

»Entschuldigen Sie, Herr Doktor, ich weiß, Sie haben

gleich Dienstschluss. Aber da wäre noch jemand, der Sie sprechen möchte.«

Mark sah von seinen Unterlagen auf. »Wer ist es denn?« Er bewegte kurz den Kopf hin und her, was ein unangenehmes Knacken zur Folge hatte, dann rieb er sich den verspannten Nacken.

»Ein Herr Pohl. Er hat nach Dr. Lorch gefragt.«

»Pohl? Noch nie gehört.«

»Er meint, es sei wichtig.«

»Gut, sagen Sie ihm, ich bin gleich bei ihm.«

Mark musste ein Gähnen unterdrücken. Seit Ellens Zusammenbruch hatte er kaum noch richtig geschlafen. Viel zu viel ging ihm durch den Kopf – vor allem nachts, wenn es um ihn herum still war.

Tagsüber war er mehr als ausgelastet. Neben der Betreuung seiner eigenen Patienten hatte er auch noch die Vertretung auf Station 9 übernommen. Die Arbeit half ihm, mit dem Gefühlswirrwarr zurechtzukommen, der in ihm toste, doch allmählich gelangte er an seine physischen Grenzen.

Trotzdem würde er noch eine Weile durchhalten müssen. Zwar endete Chris' Urlaub in drei Tagen, aber Mark konnte sich nicht vorstellen, dass er gleich wieder zum Dienst erscheinen würde. Nicht, nachdem er die Wahrheit über Ellen erfahren hatte. Chris wusste ja noch nicht einmal, was geschehen war. Es würde ein Schock für ihn sein. Jeglicher Versuch, ihn zu erreichen, um ihm die schlimme Nachricht schonend beibringen zu können, war bisher gescheitert.

Mark streckte sich, nahm einen letzten Schluck von seinem Kaffee, der inzwischen kalt geworden war, und trat hinaus auf den Gang.

Im Eingangsbereich wartete ein Mann, den Mark auf Anfang dreißig schätzte.

Er war braungebrannt, trug ein lässiges Hemd, Markenjeans und teure Sportschuhe und machte nicht den Eindruck, einer von Chris' Patienten zu sein. Vielmehr sah er aus, als wolle er ihn zum Lauftraining oder für einen gemeinsamen Solariumsbesuch abholen.

»Herr Pohl?« Mark reichte ihm die Hand. »Ich bin Mark Behrendt. Kollege Lorch ist diese Woche noch in Urlaub. Wie kann ich Ihnen helfen?«

»Tag.« Pohl drückte ihm die Hand, und Mark glaubte, in einen Schraubstock zu fassen. »Tut mir leid, wenn ich hier so hereinplatze. Ich hätte auch einfach nur anrufen können, aber dann dachte ich mir, ich schaue besser mal persönlich vorbei.«

»Worum geht es denn?«

»Ich versuche seit gestern, Christoph zu erreichen. Zu Hause ist er nicht, und er geht auch nicht an sein Handy.«

»Chris ist irgendwo auf einer australischen Insel, auf der es keine Handyverbindung gibt«, erklärte Mark und rieb sich die gequetschte Hand. »Aber er müsste spätestens am Wochenende wieder zurück sein.«

Pohl sah ihn verwundert an. »Chris ist in Australien?«

»Ja, seit knapp drei Wochen. Soweit ich weiß, begleitet er einen Freund. Einen gewissen Axel. Mehr ist mir leider nicht bekannt.«

Nun schien Marks Gegenüber erst recht zu staunen. »Wie bitte? Aber das ... kann nicht sein.«

»Und wieso nicht?«

»Ich *bin* Axel.«

Wie vom Donner gerührt starrte Mark ihn an. Schlagartig waren Müdigkeit und Verspannungsgefühle vergessen.

»Was? Sagen Sie das noch einmal.«

»Mein Name ist Axel Pohl. Ich bin seit gestern zurück in Deutschland, aber Chris hat mich nicht begleitet. Ich hatte ihn zwar gefragt, doch er ...«

»Das verstehe ich nicht«, unterbrach ihn Mark. »Chris ist *nicht* in Australien?«

»Zumindest war er nicht mit mir dort«, versicherte Pohl, dann fügte er in eindringlichem Tonfall hinzu: »Herr Behrendt, was ist hier los? Ich kann Chris nirgends erreichen, und vorhin im Wohnheim erfahre ich, Ellen sei etwas zugestoßen. Diese Hausmeisterin ist zwar ziemlich redselig, aber so wirklich verstanden habe ich nicht, was sie mir da erzählt hat.«

»Das ... ist auch nicht so einfach zu erklären«, sagte Mark und rieb sich die Schläfen, während er versuchte, die überraschende Neuigkeit zu verarbeiten. »Und jetzt schon gar nicht mehr. Wenn Chris nicht mit Ihnen unterwegs war, wo steckt er dann?«

»Hat er etwa behauptet, er würde mit mir nach Hinchinbrook fliegen?«

»Wenigstens hat er das Ellen glauben lassen. Sie hat ihn zum Flughafen gebracht. Aber weshalb sollte er sie angelogen haben?«

»Na ja«, sagte Pohl zögernd und rieb sich das Kinn.

»Es könnte da vielleicht einen Grund geben. Glaube ich.«

Mark spürte, wie sich sein Puls beschleunigte. »Und welchen?«

»Chris war kurz vor meinem Urlaub ziemlich merkwürdig. Ich weiß nicht, warum, er wollte nicht darüber reden, aber ich hatte den Eindruck, es könnte etwas mit Ellen zu tun haben.«

»Hat er etwas in diese Richtung angedeutet?«

»Nicht direkt. Als ich ihn wegen des Urlaubs gefragt habe, meinte er nur, dass er sich noch um etwas Privates kümmern müsse und deswegen nicht mitfliegen könne. Dann hat er vom Thema abgelenkt, als sei es ihm unangenehm, überhaupt davon angefangen zu haben. Ich ... ich wollte nicht weiter nachbohren, fand es aber äußerst seltsam. Das passte so gar nicht zu ihm. Sie kennen ihn doch sicher ganz gut, denke ich mal. Dann wissen Sie selbst, dass Chris eigentlich kein Geheimniskrämer ist.«

Mark runzelte die Stirn. Sollte er sich getäuscht und mit seiner Theorie über Ellens Wahnvorstellungen falsch gelegen haben? Vielleicht spielte Chris bei alledem eine völlig andere Rolle, als er bisher angenommen hatte. Aber welche?

»Was denken Sie, könnte er gemeint haben? Hatte er Streit mit Ellen?«

Nun wirkte Axel Pohl unsicher. »Ich weiß es nicht. Es war nur so ein Gefühl, als ich die beiden zuletzt zusammen gesehen habe. Da hing etwas in der Luft, das konnte man spüren. Wie eine dunkle Wolke.«

Unversehens kam Mark der Schwarze Mann in den Sinn. Was hatte Ellen noch über ihn gesagt? *Es könnte praktisch jede Person aus meinem näheren Umfeld sein. Er weiß, wohin ich zum Joggen gehe, wo ich wohne, kennt meine Handynummer und wusste, wie sehr ich an Sigmund hing.*

Ein Schauer durchfuhr ihn. »Waren Sie heute noch einmal bei Chris zu Hause?«

Pohl schüttelte den Kopf. »Nein, ich dachte, er hätte seinen Urlaub vielleicht verschieben müssen und sei hier. Bitte, Herr Behrendt, Chris und ich kennen uns schon seit dem Wehrdienst. Wenn ihm oder Ellen etwas passiert ist, müssen Sie es mir sagen.«

»Bis gerade eben war ich noch fest davon überzeugt, er sei mit Ihnen unterwegs. Irgendetwas stimmt da nicht«, meinte Mark und rieb sich den Nacken.

»Diese Hausmeisterin«, begann Pohl und schluckte. »Es hatte sich so angehört, als ... Ist Ellen tot?«

»Nein«, sagte Mark. »Das heißt, nicht körperlich. Es ist, nun ja, es ist ziemlich kompliziert.«

»Und Chris hat etwas damit zu tun?«

Mark schauderte. »Ich fürchte schon. Aber was genau, kann ich nicht sagen. Am besten, er erklärt es uns selbst. Was halten Sie davon, wenn wir gemeinsam bei Chris nach dem Rechten sehen? Unterwegs erzähle ich Ihnen, was geschehen ist. Zumindest das, was ich bis jetzt darüber zu wissen glaubte.«

Für einen Augenblick schwieg Axel Pohl und starrte mit gerunzelter Stirn auf seine Schuhe. Dann nickte er. »Also gut. Fahren wir.«

Mark lief zurück ins Büro und holte seine Jacke. Als er die Schlüssel vom Tisch nahm, stieß er die Tasse mit dem Rest seines kalten Kaffees um. Die schwarze Flüssigkeit spritzte auf Tischplatte und Boden. Für einen aberwitzigen Moment musste Mark an das Blut des Katers denken, so wie Ellen es ihm beschrieben hatte. Ihm fiel ein weiterer Satz von ihr ein.

Ich war ja sogar schon so weit, Chris zu verdächtigen.

Kapitel 47

Die letzten Schatten der untergehenden Sonne klammerten sich an das Haus der Lorchs wie die Finger eines Ertrinkenden, glitten schließlich ab und verschmolzen mit der Dunkelheit.

Axel Pohl parkte auf der gegenüberliegenden Straßenseite und atmete tief durch. Im Schein der Straßenbeleuchtung wirkte es, als sei alle Sonnenbräune aus seinem Gesicht gewichen.

»Ist ja irre«, war das Erste, was er nach Marks Bericht hervorbrachte. »Vollkommen irre. Ich dachte immer, so was gibt es nur im Film. Und Ellen kann sich jetzt an nichts mehr erinnern?«

»Im Augenblick ist sie vollkommen apathisch«, erwiderte Mark. »Ich weiß, das alles hört sich unglaublich an.«

»Und Sie glauben, Chris könnte dieser Auslöser sein?«, fragte Axel Pohl und sah Mark eindringlich an. »Denken Sie, er hat irgendein Psychospielchen mit Ellen getrieben, weil er festgestellt hat, dass etwas mit ihr nicht stimmt?«

»Ich weiß es nicht. Aber es muss einen Grund dafür geben, warum er sie angelogen hat.«

»Das ist reichlich seltsam«, meinte Pohl und kratzte sich am Kopf. »Es hört sich so gar nicht nach dem Christoph Lorch an, den ich kenne. Er ist nicht der Typ, der sich geheimnisvoll gibt, und Lügen hat er noch nie ausstehen können. *Stell dich dem Problem, steh dazu und versteck dich nicht davor,* sagt er immer. Hat mir noch jedes Mal geholfen. Besonders, als es bei Sabine und mir auseinanderging. Dass Chris jetzt einen auf Psychopath macht, um Ellen mit einem Schock zu therapieren ... das kann ich mir beim besten Willen nicht vorstellen.«

»Solange wir nicht wissen, was geschehen ist, sollten wir die Möglichkeit in Betracht ziehen«, konterte Mark. »Er könnte versucht haben, sie mit ihrem schlimmsten Alptraum zu konfrontieren – und dann lief es aus dem Ruder. Vielleicht war es aber auch ganz anders. Irgendeinen Grund muss er auf jeden Fall gehabt haben, sie glauben zu machen, er sei mit Ihnen in Australien.«

Axel Pohl wog nachdenklich den Kopf, dann löste er den Sicherheitsgurt. »Sehen wir nach, ob er jetzt da ist.«

Sie stiegen aus und gingen auf das Haus zu, das den westlichen Abschluss des kleinen Dörfchens Ulfingen bildete. Diese schlichte Schönheit altschwäbischer Fachwerkkunst musste gut ein Jahrhundert im Angesicht des nahe gelegenen Mägdebergs erlebt haben. Nachdem Chris das Haus von seinem Vater geerbt hatte, war viel im Inneren, aber auch an der Außenfassade verändert worden. Mark erinnerte sich an Unterhaltungen über neuartige Wärmeisolierungen, Wasseraustauschsysteme, Solartechnik und umweltfreundliche Heizmethoden, die Chris mit Kollegen mittags in der Kantine geführt hatte. Doch trotz all dieser Neuerungen hatte das Haus nichts von seinem traditionellen Charme eingebüßt. Nur die Photovoltaikzellen auf dem Dach wirkten wie Fremdkörper.

Als sie durch die Gartentür schritten, spürte Mark auf einmal, wie sich seine Muskeln versteiften. Aus irgendeinem Grund kreischte beim Anblick der dunklen Fenster ein Alarmsignal in seinem Kopf. Ihm war, als würden sie beobachtet.

Auch nach dem dritten Läuten öffnete niemand. Im Haus blieb es dunkel.

»Zu wem wollen Sie?«

Die beiden Männer drehten sich ruckartig zu einem älteren Herrn um, der mit seinem Dackel an der Gartentür stand. Mit seiner Glatze, dem Kugelbauch und dem weißen Vollbart erinnerte er Mark an den Weihnachtsmann, der seine rote Mütze zu Hause vergessen hatte.

»Zu Herrn Lorch.«

»Der ist nicht da. Unter der Woche ist der Herr Doktor nie da. Und wer sind Sie?«

»Freunde«, sagte Axel Pohl, während Mark die Frage gleichzeitig mit »Kollegen« beantwortete.

»Was denn nun? Freunde oder Kollegen?«

Mark seufzte. »Ich bin ein Kollege, und Herr Pohl ein guter Freund von Herrn Lorch. Und wie es scheint, sind Sie ein wachsamer Mitbürger. Dann können Sie uns bestimmt sagen, wann Sie Herrn Lorch zuletzt gesehen haben?«

»Ist schon eine Weile her, mindestens drei Wochen«, sagte der mützenlose Weihnachtsmann. »Die beiden werden wohl in Urlaub gefahren sein, denk ich mal, aber mir sagt ja keiner was. Dabei ist doch jeder hier froh, wenn einer aufs Haus aufpasst. Nachbarschaftsschutzprogramm, verstehen Sie.«

Er deutete stolz auf seinen Dackel, als habe er einen zähnefletschenden Dobermann an der Leine.

Mark und Axel wechselten einen kurzen Blick, dann bedankten sie sich für die Auskunft und stiegen wieder in den Wagen.

»Irgendetwas stimmt hier nicht«, meinte Mark. »Das spüren Sie doch auch, oder?«

Axel Pohl nickte. »Warum sollte Chris mir gegenüber andeuten, er müsse sich um Ellen kümmern, nur um dann wochenlang von der Bildfläche zu verschwinden? Da ist etwas faul.«

»Und was jetzt?«, fragte Mark.

»Schätze, wir denken gerade dasselbe«, entgegnete Axel Pohl und nickte kurz in Richtung der anderen Straßenseite. Noch immer stand dort der Alte mit seinem Hund und blickte argwöhnisch zu ihnen herüber. »Drehen wir eine kleine Runde und versuchen dann, über die Rückseite ins Haus zu kommen. Sehen Sie mal im Handschuhfach nach, da müsste eine Taschenlampe liegen. Falls nicht, habe ich auf jeden Fall eine im Kofferraum.«

Sie hielten in einer Seitenstraße und gingen von dort zur Rückseite des Hauses – immer darauf bedacht, keinem weiteren Mitglied des Nachbarschaftsschutzprogramms in die Arme zu laufen.

Mark sah den Wintergarten, von dem Ellen – als sie noch Ellen gewesen war – so geschwärmt hatte. Er ging voran zur Terrassentür, die auf eine Terrakottafläche hinausführte.

»Ob es hier eine Alarmanlage gibt?«, flüsterte Mark.

Pohl schüttelte den Kopf. »Nein.«

»Was macht Sie da so sicher?«

»Ich habe ein Elektrofachgeschäft. Wenn, dann hätte Chris die Anlage bei mir gekauft.« Pohl grinste nervös. Trotz seines bisher recht selbstsicheren Auftretens schien ihn auf einmal der Mut zu verlassen. »Wenn ich ehrlich sein soll, ist mir nicht so ganz wohl bei dieser Aktion.«

»Da geht es Ihnen wie mir«, versicherte Mark. »Aber ich

wüsste nicht, wie wir sonst herausfinden sollten, wo Chris tatsächlich steckt. Vielleicht finden wir im Haus ja irgendeinen Hinweis.«

»Er wird nicht begeistert sein, wenn er uns dabei erwischt.«

»In dem Fall bekommen wir dann wenigstens Antworten.«

»Stimmt auch wieder.« Axel Pohl seufzte. »Also gut, und wenn wir schon gemeinsam hier einbrechen, dann können wir doch das formelle Sie lassen.«

»Geht in Ordnung, Axel.«

Mark untersuchte die Tür, fand jedoch keine Möglichkeit, sie von außen aufzubekommen. Er nickte Axel kurz zu, dann schlug er mit dem Ellenbogen eine der Kassettenscheiben der Tür ein. Das Klirren war lauter, als er erwartet hatte. Erschrocken warteten sie auf eine Reaktion. Doch um sie herum blieb es still. Wahrscheinlich taten Santa und Waldi inzwischen dasselbe wie die meisten anderen Ulfinger um diese Zeit und hatten es sich auf der Couch vor dem Fernseher gemütlich gemacht.

Vorsichtig griff Mark durch das Loch im Glas und öffnete die Tür. Sie stiegen über die Scherben hinweg, durchschritten den Wintergarten, der momentan eher wie eine Lagerstätte für Farbeimer, Tapetenrollen und den Tapeziertisch aussah, und gelangten ins Wohnzimmer. Im Licht ihrer Taschenlampen wirkte der Raum groß und irgendwie gespenstisch. Überall roch es nach frischer Farbe.

»Chris?«

Beim Klang seiner eigenen Stimme fuhr Mark zusammen.

»Chris, bist du da?«

Stille.

»War ja eigentlich nicht anders zu erwarten«, meinte Axel schulterzuckend.

Mark ging am Couchtisch vorbei und hielt inne. Auf einem Stapel alter Tageszeitungen und Werbekataloge lag ein aufgeschlagener Reiseprospekt. Er zeigte mit dem Rücken nach oben, und Mark las

INDIVIDUALREISEN ZU TIEFSTPREISEN
AUSTRALIEN, NEUSEELAND, COOK ISLANDS

Mark nahm den Prospekt und betrachtete die aufgeschlagene Seite. Sie zeigte die Abbildung eines makellosen Traumstrandes. Wie auf solchen Bildern üblich, lag im Vordergrund eine Riesenmuschel auf weißem Sand. Darunter stand

HINCHINBROOK ISLAND – URLAUB IM PARADIES

Marks Hände zitterten, als er den Prospekt zurück auf den Stapel legte.

»Was ist?«, wollte Axel wissen und beleuchtete ebenfalls das Titelbild. Er stieß einen leisen Pfiff durch die Zähne aus. »Also doch!«

»Sie müssen hier auf der Couch gesessen haben«, flüsterte Mark und hatte die Szene dabei deutlich vor Augen. Chris und Ellen, eng umschlungen und von einem *Urlaub im Paradies* träumend. Neben den Prospekten standen eine leere Flasche *Merlot* und zwei Gläser mit eingetrockneten Weinresten. Stumme Zeugen, die seine Vorstellung bestätigten.

»Sie haben Wein getrunken und über diese australische Insel gesprochen«, murmelte Mark, mehr zu sich selbst als zu Axel. »Aber Chris ist nie dorthin geflogen. Ich will jetzt endlich wissen, warum er es dann behauptet hat.«

Zögerlich gingen sie weiter in die Küche. Das Fenster neben dem Esstisch zeigte auf einen kleinen Garten hinaus, wo drei verwilderte Kräuterbeete im blassen Mondlicht auf pflegende Hände warteten.

»He«, zischte ihm Axel zu. »Riechst du das?«

»Ja, irgendwie süßlich und beißend.«

Mit angehaltenem Atem ließ Mark den Lichtkegel der Taschenlampe über die Küchenzeile wandern, entdeckte mehrere benutzte Teller und Tassen und hörte das Summen von Fliegen.

Mark folgte dem Geräusch. Der Lichtstrahl zitterte, als er ihn über die Spülmaschine zum Herd wandern ließ. Dort traf er auf einen Topf, dessen Inhalt von grünlich-weißem Schimmel überzogen war.

Mark entwich ein angeekeltes und gleichzeitig erleichtertes »Puh!«. Er trat einen Schritt zurück. »Müssen mal Ravioli gewesen sein.«

Axel blickte ihm über die Schulter. »Eher Maultaschen.«

»Wie kommst du darauf?«

»Chris liebt das Zeug. Ein richtiger Schwabe eben.«

Mark sah noch einmal kurz in den Topf. »Wie es scheint, hat er hier schon länger nicht mehr gekocht.« Er schüttelte sich und ging zurück durch das Wohnzimmer auf den Flur.

»Schauen wir oben nach«, schlug Axel vor.

Im Obergeschoss befanden sich das Schlafzimmer und

zwei Räume, deren Möbel verrieten, dass dies Ellens und Christophs Arbeitszimmer werden sollten. *Dr. Ellen Roth wird kein Arbeitszimmer mehr benötigen,* durchfuhr es Mark.

Daneben war das Bad.

Eternity.

Allein die Vorstellung von Ellens Parfum ließ Marks Herz schneller schlagen. Für einen Moment glaubte er sich ihr sehr, sehr nahe. Gleichzeitig schämte er sich, in das Haus eingedrungen zu sein. Hier war er ein Fremdkörper, wie ihm jeder dieser Räume zu verstehen gab. Sie hatten hier nichts verloren, und doch …

Ich fange selbst an zu verdrängen, mahnte er sich. *Ich rede mir lieber ein, wie ein Spanner durch ihr Haus zu gehen, obwohl ich genau weiß, dass es einen anderen Grund gibt, weshalb wir hier sind.*

Irgendetwas stimmt hier nicht.

Irgendetwas ist hier passiert.

Ich fühle es.

Ich fange an zu verdrängen, weil ich Angst davor habe, es herauszufinden.

Axel hatte sich im Schlafzimmer umgesehen. Nun kam er zu ihm zurück. »Hast du etwas entdeckt?«

»Nein, kein Hinweis auf Chris. Nichts, was darauf hindeutet, dass er vor Kurzem hier gewesen sein könnte.«

»Bei mir auch nicht«, entgegnete Axel. »Allerdings habe ich einen Beweis gefunden, dass Chris *nicht* verreist ist. Auf dem Schlafzimmerschrank liegt sein Rollkoffer.«

»Na und? Er könnte doch auch ein anderes Gepäckstück mitgenommen haben.«

»Nicht der gute Chris. Mit dem Koffer ist er schon um

die halbe Welt gereist. Bali, Hongkong, Irland, Italien, das Ding wird ja fast nur noch von den Aufklebern zusammengehalten. Er hätte den Koffer auf jeden Fall mitgenommen, sogar nach Australien. Den hätte ich niemals zu einem Rucksack überreden können, das kannst du mir glauben.«

Mark seufzte. »Okay, er ist also wahrscheinlich nicht verreist. Aber was bedeutet das? Hat es Streit zwischen den beiden gegeben? Ist er Hals über Kopf abgehauen?«

»Wäre für mich die wahrscheinlichste Erklärung«, meinte Axel. »Zumindest leuchtet mir das eher ein als irgendwelche Schwarzer-Mann-Spielchen.«

Axel ging zurück zur Treppe, und auch Mark stieg nachdenklich die Stufen hinunter.

»Tja, und was jetzt? Wir haben in allen Räumen nachgesehen.«

»Nicht ganz.« Axel öffnete eine Tapetentür unterhalb der Treppe. »Ich glaube zwar nicht, dass wir dort einen Anhaltspunkt finden, aber nachsehen sollten wir.«

Aus dem Keller drang säuerlicher Weingeruch empor. Hinzu kam noch ein zweiter Geruch, den Mark jedoch nicht wirklich einordnen konnte. Wie eine Mischung aus hochprozentigem Alkohol, fauligem Holz und verdorbenem Obst.

»Der Lichtschalter funktioniert nicht«, meldete Axel nach einigen erfolglosen Versuchen. »Ich schaue mal nach der Sicherung. Der Kasten ist da hinten neben der Garderobe.«

Während Axel zum Sicherungskasten ging, stieg Mark vorsichtig die Steintreppe hinunter. Wie es aussah, hatten Chris und Ellen mit den Renovierungsarbeiten im Keller noch nicht begonnen. Im Schein der Taschenlampe erkannte Mark einige Farbeimer am Rand der Treppe. Einer davon war umgestürzt und ausgelaufen.

Die getrocknete Flüssigkeit auf den Steinstufen hatte erschreckende Ähnlichkeit mit getrocknetem Blut.

HOLZLASUR, las Mark auf dem Etikett. Kein Wunder, dass es hier so streng roch.

Eine Stufe tiefer lehnte eine Aluleiter an der Wand, und noch eine Stufe weiter stand ein Werkzeugkasten, auf dem eine Bohrmaschine lag.

Am Ende der Treppe herrschte absolute Finsternis, die den schwachen Lichtstrahl nach wenigen Metern verschluckte.

Mark leuchtete auf zwei Kartons vor sich. Auf einem stand mit schwarzem Filzstift

BÜCHER CHRIS

und auf dem anderen, in einer Kinderschrift, die entfernt an Ellens Handschrift erinnerte, die Worte

DIES & DAS

neben die ein Smiley gemalt war.

Auch der Smiley erinnerte an einen, den ein Kind malen würde. Er streckte dem Betrachter die Zunge heraus, hatte Segelohren und drei Haare, die ihm wie Antennen vom Kopf abstanden.

Der DIES & DAS-Karton war deutlich älter als die anderen Umzugsschachteln, die er in den oberen Stockwerken gesehen hatte. Er stand offen.

Mark erkannte Puppen, Stofftiere und eine Vielzahl staubiger Kinderbücher, die meisten von Enid Blyton. Er sah mehrere Bände der *Fünf Freunde* und *Hanni und Nanni*. Außerdem fielen ihm zwei Bildbände auf, einer über Pferde, der andere über Katzen.

Mädchenbücher, dachte er. *Typische Mädchenbücher aus den Siebzigern und Achtzigern. Bücher, wie sie ein Kind namens Lara gelesen haben könnte.*

Mark musste an das Märchenbuch denken, an das Bild von Rotkäppchen, das voller Angst vor dem bösen Wolf zurückweicht. An das Pentagramm, das Lara mit roter Wachsmalkreide über das Bild gemalt hatte, um das Böse darin zu bannen.

Vor einigen Tagen hatte er sich an das erinnert, was Ellen ihm über das Buch erzählt hatte, nachdem er sie aus der Toilette im Parkhaus geholt hatte. Mark hatte Alexander Eschenbergs Antiquariat aufgesucht und ihm das Buch abgekauft – wobei Eschenberg so entgegenkommend gewesen war, nicht mehr als die zehn Euro zu verlangen, die er Chris dafür gezahlt hatte.

Der Kauf war eine Art Verzweiflungsakt gewesen, als verberge sich in diesem Buch die Antwort auf Laras Zustand. Seither hatte sich Mark immer wieder das Bild angesehen, es stundenlang studiert und gehofft, einen Anhaltspunkt für das Geschehene darin zu entdecken – irgendetwas, das über die Missbrauchssymbolik des Märchens hinausreichte.

Ellen war der Meinung gewesen, das Buch sei eine Botschaft des Schwarzen Mannes. In Wahrheit jedoch musste sie es unter diesen Büchern in der DIES & DAS-Kiste gefunden haben. Nachdenklich starrte Mark auf den Karton.

Was ist in dir vorgegangen, als du das Buch in dem alten Umzugskarton entdeckt hast? Bist du erschrocken? Ja, bestimmt. Aber du hast die Vergangenheit viel zu sehr in dir verdrängt, als dass du hättest wissen können, wer das Rotkäppchen auf dem Bild war.
Und so konnte auch der böse Wolf nicht mehr als ein schwarzer Hund in deinen Träumen für dich werden.
Nicht wahr, so ist es doch gewesen?

Chris musste aufgefallen sein, dass dieses Buch irgendetwas bei Ellen ausgelöst hatte. Mark versuchte sich vorzustellen, wie Ellens Reaktion ausgesehen haben mochte, und plötzlich erschrak er.

Natürlich! Warum habe ich daran nicht gleich gedacht? Jetzt weiß ich sogar, wann das passiert sein muss! Er erinnerte sich an Ellens blasses Gesicht und ihr ungewöhnlich gereiztes Verhalten, als er sie in der Kantine der Waldklinik getroffen und versucht hatte, einen Scherz zu machen. Das war am Montag vor vier Wochen gewesen. Genau eine Woche, bevor Chris zu seiner angeblichen Reise nach Australien aufgebrochen war. Damals hatte Mark gedacht, Ellen sei überarbeitet und müde, und dass die beiden höchstwahrscheinlich wieder das ganze Wochenende am Haus gewerkelt hatten, doch nun glaubte er, den wahren Grund für diese Gereiztheit zu verstehen. Ellen musste an jenem Wochenende das Buch entdeckt haben, und danach hatte es ihr keine Ruhe mehr gelassen. Zwar hatte ihr Verdrängungsmechanismus aller Wahrscheinlichkeit nach noch gut genug funktioniert, um die Ellen-Persönlichkeit aufrechtzuerhalten, aber tief in ihr hatte es bereits zu brodeln begonnen.

Und das hatte Chris wohl damit gemeint, als er zu Axel

gesagt hatte, er müsse etwas klären. Chris musste Ellens Verwirrung bemerkt haben, und sicherlich hatte er versucht, den Grund dafür herauszufinden. Noch in derselben Woche hatte er das Buch an Alexander Eschenberg verkauft. Daran hatte sich der Antiquar erinnert, als Mark ihn befragt hatte.

Chris hätte es auch einfach in die Mülltonne werfen können, aber Mark glaubte zu verstehen, warum er anders gehandelt hatte. Die Erklärung dazu hatte ihm eine Bemerkung des Antiquars geliefert. Eschenberg war nämlich wieder eingefallen, was Chris zu ihm gesagt hatte: Er wolle mit dem Erlös eine böse Erinnerung in eine schöne, neue Erinnerung verwandeln. Das sei Eschenberg ein wenig kryptisch vorgekommen, aber er habe dem keine weitere Bedeutung beigemessen. Eingefallen war es ihm erst wieder, als er den erschrockenen Ausdruck auf dem Gesicht der jungen Frau gesehen hatte, kurz bevor sie aus seinem Geschäft stürmte.

Mark musste an das denken, was man in der Psychiatrie als »Vertrag« zwischen Behandler und Klient bezeichnete. Immerhin war Chris Psychiater. Was, wenn er Ellen versprochen hatte, das Buch, das ihr Angst machte, aus ihrem Leben zu schaffen und es durch etwas Angenehmes zu ersetzen? Vielleicht hatte er geglaubt, ihr durch diesen symbolischen Akt genügend Erleichterung zu verschaffen, so dass sie in der Lage war, über den Grund ihrer Angst zu sprechen.

Zumindest hätte ich an seiner Stelle genau dasselbe versucht, dachte Mark. *Ich hätte das Buch verkauft, um mit dem Geld eine böse Erinnerung in eine neue, schöne zu verwandeln. Mit einem Geschenk vielleicht, oder einem romantischen Abendes-*

sen. Etwas, das Ellen gefallen hätte. Und dann hätte ich versucht, mit ihr den Grund für ihre Angst aufzudecken.

Bei diesem Gedanken erschrak Mark.

Waren Chris und er sich wirklich so ähnlich? Hätte sich Ellen dann vielleicht doch in ihn verliebt, wenn es Chris nicht gegeben hätte?

Mark spürte eine Gänsehaut und schüttelte die Frage ab. Viel wichtiger war jetzt, was danach geschehen war. Etwas musste schiefgegangen sein, und Chris war verschwunden. Aber warum und wohin?

Mark setzte seinen Erkundungsgang fort, als er hinter sich Axel die Treppe herunterkommen hörte.

»Die Sicherungen sind in Ordnung. Muss wohl an der Leitung liegen. Dafür habe ich auf der Garderobenablage etwas gefunden. Sieh mal.«

Axel beleuchtete das Objekt in seiner Hand, und Mark erstarrte. Es war eine schwarze Skimaske, eine Balaklava, wie sie der Schwarze Mann laut Ellens Erzählung im Therapiekeller getragen hatte.

Aber hatte nicht Ellen selbst gesagt, sie sei sich ziemlich sicher gewesen, dass der Mann hinter der Maske nicht Chris gewesen sei?

»Vielleicht trägt er sie ja beim Joggen«, kommentierte Axel seinen Fund. »Die Luft ist hier im Winter saukalt.«

Mark nickte nachdenklich. »Ja, schon möglich.«

»Glaubst du immer noch an die Theorie mit den Psychospielchen?«

»Ich weiß nicht so recht. Aber völlig abwegig scheint es für dich auch nicht mehr zu sein. Oder würdest du mir sonst die Skimütze zeigen?«

Axel zuckte mit den Schultern. »Inzwischen weiß ich

nicht mehr, was ich glauben soll und was nicht. Hast du hier unten sonst noch etwas entdeckt?«

»Nur die Schachtel, in der Ellen das Kinderbuch gefunden hat.« Kaum hatte Mark ausgesprochen, als er auf etwas Hartes trat. Ein Knirschen unter seinem Schuh. Er drehte sich um und richtete die Taschenlampe auf den Boden.

»Was ist?«, fragte Axel und kam zu ihm.

»Glassplitter. Müssen von einer Weinflasche stammen.«

Axel schwenkte den Lichtkegel höher zu einem Weinregal. Die rechte Hälfte der Flaschenreihen war von den staubigen Spinnweben befreit worden. Als er den Lichtstrahl weiter wandern ließ, stockte Mark das Blut in den Adern.

»Ach du Scheiße!«, keuchte Axel.

Da war Chris. Wie ein Betrunkener lehnte er an der Wand neben dem Regal, keine drei Schritte von Mark entfernt. Im Licht der Taschenlampe leuchtete sein blonder Kurzhaarschnitt fast weiß, so als sei er seit ihrer letzten Begegnung um Jahre gealtert. Wäre er von der Verwesung nicht so entstellt gewesen, hätte es fast so ausgesehen, als sei Chris stehend im Rausch eingeschlafen.

Wie gelähmt starrte Mark in das aufgedunsene Gesicht des Toten. Über die einstmals tiefblauen Augen hatte sich ein milchiger Schleier gelegt, der Kiefer hing herab, als schreie er lautlos, und unzählige Äderchen waren wie ein bläuliches Netz unter der von Fäulnisblasen deformierten Haut hervorgetreten.

Zu seinen Lebzeiten war Chris stets auf sein Äußeres bedacht gewesen, doch der Tod hatte ihn in eine grausige Parodie seiner selbst verwandelt. Das taillierte Hemd, das seinen durchtrainierten Körperbau zur Geltung gebracht hatte, spannte über dem aufgequollenen Brustkorb, als wolle es jeden Augenblick zerreißen, und auch die Designerjeans waren wie überdimensionale Wurstpellen aufgebläht und von Faulwasser durchtränkt, das durch die Stoffporen gequollen war. Chris stand nur noch deshalb, weil er mit dem Nacken in einem der hervorstehenden Pfennignägel steckte.

Mark würgte. Er hatte das Gefühl, als habe sich der Raum um ihn herum in Bewegung gesetzt. Hinter sich hörte er Axel die Treppe hinaufstürmen und gleich darauf ein nasses Geräusch, als er sich auf die Stufen erbrach.

Auch Mark war nach davonlaufen zumute, aber er konnte den Blick nicht von Chris abwenden. Er hatte ihm unrecht getan, ihn für einen Lügner gehalten, dabei war Chris' angebliche Reise ebenfalls nichts anderes als ein Wahnkonstrukt gewesen.

Mark begriff, dass er Ellen geglaubt hatte, weil er ihr einfach hatte glauben wollen. Dabei war es doch so offensichtlich gewesen.

Was sonst wäre schlimm genug für Lara gewesen, um ihr Alter Ego Ellen nicht mehr aufrechterhalten zu können? Sie hatte Chris getötet.

Mark war kein Pathologe, aber er war überzeugt, dass man zwei Hämatome auf Chris' Brust finden würde. Sie würden so weit wie Laras ausgestreckte Hände voneinander entfernt sein und waren entstanden, als sie ihn mit plötzlicher Wucht rücklings in den Nagel gerammt hatte.

Doch warum hatte sie das getan? War es im Affekt geschehen? Hatten die beiden ...

Mark stieß einen leisen Schrei aus, als ihm die Antwort in den Sinn kam. Er wirbelte herum und richtete den Lichtstrahl zur Decke. Schließlich fand er, wonach er suchte. Eine kahle, nackte Glühbirne, die an einem Stück Draht baumelte. Er schraubte sie aus der Fassung und hielt sie ins Licht seiner Taschenlampe.

Da sah er den durchgebrannten Glühdraht.

Bilder sausten durch seinen Kopf. Die Glühbirne. Der Karton. Die Weinflasche und die beiden Gläser auf dem Wohnzimmertisch. Die zerschmetterte Flasche am Boden. Das Regal. Chris' Leiche.

Er hat eine Flasche Wein vom Geld für das Buch gekauft und in einem Reisebüro den Prospekt mitgenommen. Ihr habt auf der Couch gesessen und davon geträumt, was ihr machen werdet, wenn ihr mit den Renovierungen am Haus fertig seid. Ihr habt gelacht und Wein getrunken und wolltet noch eine zweite Flasche. Zusammen seid ihr in den Keller gegangen.

Du hast dich hier nicht wohlgefühlt, Ellen, nicht wahr? Du musstest immer wieder an Rotkäppchens Bild denken, das du ein paar Tage zuvor wiederentdeckt hattest, doch die Erinnerung war noch zu weit verdrängt. Aber sie hat bereits auf dich gelauert.

Ihr habt die Spinnweben vom Regal entfernt, die Flasche herausgenommen, und dann ist es passiert. Etwas absolut Unerwartetes ist geschehen. Die Glühbirne brannte durch. Ihr wart im Dunkeln. Du *warst im Dunkeln. In einem Keller, wie einst im Wald. Und jemand hat dich berührt. Jemand, von dem du vor Angst nicht mehr wusstest, dass es Chris war.*

Vielleicht wollte er dich trösten, weil du in Panik geraten bist. Sicherlich hast du geschrien, wie damals im Eiskeller des Sallinger Hofs. Und dann hast du den Schwarzen Mann von dir gestoßen. Diesmal warst du stark genug, weil du jetzt groß bist.

Und als dir klar wurde, was du getan hast, bist du wieder

zu Ellen geworden. Ellen, die Starke. Ellen, die Kämpferin, für die es furchtbar ist, wenn man ihr die Kontrolle nimmt.

»Hat sie das getan?«, fragte Axel. Er kauerte seitwärts an der Treppe, während sein Erbrochenes über die Stufen herabtroff. »Hat Ellen ihn umgebracht?«

»Nein«, keuchte Mark. »Das war Lara. Danach wurde sie wieder zu Ellen, aber getötet hat ihn Lara. Nur hat ihre Kraft dieses Mal nicht mehr ausgereicht, um das Schlimme zu verdrängen.« In der Dunkelheit des Kellers klang seine Stimme stumpf und düster. »Der Keller ihres Verstandes, in dem Ellen Laras Geschichte vor sich selbst versteckt hatte, war bereits zu voll.«

Mark sackte in sich zusammen und ließ sich auf den staubigen Fliesenboden sinken. Schluchzend vergrub er das Gesicht in den Händen, während vor seinem geistigen Auge Ellens Bild schwebte.

Jetzt weißt du es, schien sie zu sagen. *Jetzt weißt du es, und das ist gut so.*

Heulend schlang Mark die Arme um die Knie. Die Taschenlampe lag vor seinen Schuhspitzen. Ihr Schein fiel auf die kaputte Glühbirne. *Diese gottverdammte, kaputte Glühbirne* – der Tropfen, der das Fass hatte überlaufen lassen.

Es war ein solch makaberer Zufall, dass Mark am liebsten laut darüber gelacht hätte. Er hatte den Auslöser gefunden. Dies war der Trigger. Ein winziges Stück Wolfram, das zur falschen Zeit am falschen Ort seinen Dienst versagt hatte.

Im nächsten Moment hörte er Poltern und Schritte aus dem Erdgeschoss.

»Auch das noch«, stöhnte Axel, und jemand rief: »Hierher! Sie sind da unten! Keine Bewegung, Polizei!«

Kapitel 48

Es war bereits früher Morgen, als Mark und Axel aus dem Polizeipräsidium ins Freie hinaustraten. Beinahe die ganze Nacht waren sie von einem Hauptkommissar namens Kronenberg zu den Vorfällen im Haus der Lorchs befragt worden. Anfangs hatte sie Kronenberg noch wie Verdächtige behandelt, doch schon bald hatte Mark den Polizisten über die tatsächlichen Umstände ins Bild gesetzt, die zu Chris' Tod geführt hatten.

Staunend hatte ihm Kronenberg zugehört und immer wieder Fragen gestellt, und als er das Gespräch mit Mark und Axel beendete, schienen sie alle drei das Gleiche zu empfinden: Müdigkeit, Fassungslosigkeit und Bedrückung.

Draußen angekommen, stützte sich Mark gegen einen Laternenmast und atmete die frische Morgenluft ein. Axel sah ihn aus rot unterlaufenen Augen an, wie man sie von Chirurgen nach einer Doppelschicht kannte.

»Ich kann es nur immer wieder sagen: Das ist die irrste Geschichte, die ich jemals gehört habe.«

Mark rieb sich die Schläfen. Er war erschöpft wie noch nie zuvor, aber gleichzeitig viel zu aufgewühlt, als dass er in den nächsten Stunden hätte schlafen können. Er durchsuchte seine Jacke nach Zigaretten, als Axel ihm ein Päckchen Marlboro hinhielt. Mark bediente sich. Axel gab ihm Feuer, steckte sich selbst eine an und sah zum Himmel.

Ein Bataillon Schäfchenwolken zog von Osten heran. Das Morgenrot tauchte es in unwirklich anmutendes Violett.

Unwirklich, dachte Mark. *Ja, das trifft es wohl am besten. So, wie nun alles unwirklich anmutet. Aber wer kann letztlich schon sagen, was wirklich ist und was nicht?*

Axel schien einen ähnlichen Gedanken gehabt zu haben. Das verriet sein Blick, als er fragte: »Hat sie eine Chance, jemals wieder ein normales Leben zu führen?«

»Eine Chance gibt es immer. Es ist nur eine Frage der Zeit. Wenn sie verstehen lernt, dass sie Lara und nicht Ellen ist, kann man ihr helfen. Dann gibt es die Aussicht auf einen Neuanfang.«

»Wirklich sicher bist du dir aber nicht, oder?«

Mark warf die Zigarette zu Boden und drückte sie mit der Schuhspitze aus, etwas heftiger als nötig. »Das beschäftigt mich schon seit ich weiß, was mit ihr geschehen ist. Natürlich kann ich mir nicht sicher sein. Im schlimmsten Fall wird sie zeitlebens verwirrt bleiben. Ganz unwahrscheinlich ist das nicht, bedenkt man die Dauer ihrer Fugue. Es kann durchaus sein, dass sie sich zu lange nicht mehr über ihr wahres Ich im Klaren war, um jemals wieder zu sich selbst zurückzufinden. Ich hoffe inständig, dass dem nicht so ist, aber ausschließen lässt es sich nicht.«

Axel nickte nachdenklich. »Und du selbst? Wie geht es jetzt für dich weiter?«

Schulterzuckend sah Mark auf die zerdrückte Kippe. »Keine Ahnung. Ich denke, ich brauche erst einmal Abstand von allem. Man hat mir vor einiger Zeit einen Posten an einer anderen Klinik angeboten. Schätze, ich werde nachfragen, ob die Stelle noch frei ist.«

»Warum willst du nicht hierbleiben und dich um sie kümmern? Bei dir wäre sie doch in besten Händen.«

»O nein.« Energisch schüttelte Mark den Kopf. »Ich wäre der denkbar schlechteste Therapeut für sie. Nicht aus gekränktem Stolz, weil ich mich von ihrer Störung habe täuschen lassen, sondern weil ich irgendwann versuchen würde, Lara wieder zu Ellen zu machen. Oder zumindest zu jemandem, den ich in ihr sehen möchte. Auch wenn ich dagegen ankämpfen würde, so würde ich dennoch versuchen, etwas Einmaliges zurückzuholen, und sei es nur unterbewusst. Dadurch würde ich Lara ihrer Chance berauben. Ich bin – wie heißt es doch so schön – befangen.«

Er stieß einen tiefen Seufzer aus. »Nein, ich denke, alles, was ich für sie tun konnte, habe ich bereits getan. Kannst du das verstehen?«

Axel sah ihn forschend an. »Du warst heimlich in sie verliebt, stimmt's?«

Inzwischen zeigte sich die Morgensonne am Horizont und verwandelte das surreale Violett in klares Tageslicht – das Unwirkliche wich der Realität.

Mark schob die Hände in die Hosentaschen und ging ein Stück, ohne sich nach Axel umzusehen. Als er die Straßenecke erreichte, blieb er stehen und beobachtete den Morgenverkehr. Hupend und dröhnend machte sich die Stadt für einen neuen Tag bereit.

In diesem Augenblick verspürte Mark tiefen Frieden. Plötzlich verstand er, dass es keine Rolle spielte, ob etwas unwiderruflich zu Ende war. Ganz gleich, was der neue Tag für ihn bereithalten mochte, eines war ihm geblieben. Etwas, das ihm niemand nehmen konnte. Eine kleine Erinnerung, die er fortan hüten würde wie einen Schatz. Ellens Lippen auf den seinen.

»Einen zweiten wird es niemals geben«, hatte sie gesagt, und nun, da es auch Ellen nicht mehr gab, waren diese Worte endgültig.

Dennoch hatte er sich ihr nie näher gefühlt als in diesem Augenblick.

Epilog

Mittagszeit auf der Privatstation der Waldklinik.

Schwester Elisabeth öffnet den Metallwagen, den kurz zuvor der Fahrer mit dem Aufzug aus dem Versorgungstunnel hochgebracht hat. Essensgeruch schlägt ihr entgegen. Ein Blick unter den Deckel eines Tellers verrät ihr, dass es sich um Frikadellen handelt. Dazu gibt es Bratensoße und Salzkartoffeln. Im Schälchen daneben leuchtet gelber Pudding mit einer Himbeere als Dekoration. Vanille- oder Mandelgeschmack, vermutet Elisabeth.

Sie nimmt ein Tablett mit Essen und Besteck aus dem Wagen. Als sie sich umdreht, steht ihre Kollegin Marion von Station 9 vor ihr. In einer Hand hält sie einen Blumenstrauß.

»Hallo, Marion«, sagt Elisabeth. »Was machst du denn hier?«

»Ich möchte zu Frau Roth«, antwortet Marion, stutzt und korrigiert sich: »Ich meine natürlich: zu Frau Baumann.«

»Das ist schön. Außer von ihrer Freundin bekommt sie kaum noch Besuch, seit sich Dr. Behrendt verabschiedet hat. Ich wollte ihr gerade das Essen bringen.«

»Das kann ich doch für dich machen«, bietet sich Marion an.

»Gern, aber du wirst sie füttern müssen. Sie ist noch immer apathisch.«

»Das geht schon in Ordnung.« Marion lächelt und nickt, woraufhin ihr Elisabeth anbietet, ihre Blumen in eine Vase zu stellen.

Mit dem Tablett geht Marion zu Lara Baumanns Zimmer am Ende des Ganges. Beim Eintreten zögert sie kurz. Es ist das erste Mal, dass sie sich wieder begegnen.

Der Anblick der Frau, die reglos am Tisch neben dem Fenster sitzt, ist für Marion befremdlich. Sie hat ihre Stationsärztin sehr gern gehabt und in den vergangenen Wochen viel für sie gebetet. Jetzt, da sie ihr gegenübersteht, hat sie das Gefühl, einer Fremden zu begegnen.

»Hallo«, sagt Marion, doch die Frau am Fenster scheint ihre Anwesenheit nicht wahrzunehmen.

Vorsichtig geht Marion zu ihr, stellt das Tablett ab, zieht einen Stuhl heran und setzt sich neben sie. Der Blick der Frau ist entrückt, aber Marion hat dennoch das Gefühl, als gehe hinter diesen Augen etwas vor sich. Möglicherweise eine Art Großreinemachen, wer weiß?

»Ich habe Ihnen Ihr Essen gebracht«, sagt Marion leise. »Bestimmt haben Sie Hunger. Seit wir uns das letzte Mal gesehen haben, sind Sie ja noch dünner geworden.«

Sie sticht mit der Gabel ein Stück Kartoffel ab und pustet darüber. Behutsam führt sie die Gabel an den Mund der Frau, die sie einst so gut gekannt zu haben glaubte und von der nun nicht viel mehr als ein stiller Schatten zurückgeblieben ist.

»Kommen Sie, Sie müssen doch etwas essen.« Liebevoll streichelt Marion ihr das strubbelige Haar. »Sonst kommen Sie nie zu Kräften.«

Die Frau bewegt sich nicht. Marion streicht ihr mit dem Kartoffelstück über die Lippen.

»Ich dachte, Sie mögen Kartoffeln, Ellen?«

Da, auf einmal wendet ihr die Frau den Kopf zu. Sie sieht Marion an, und zu ihrer Freude erkennt Marion, dass sie sie *wirklich* ansieht, nicht durch sie hindurch. Etwas in diesem Blick erinnert Marion an ein schüchternes Kind, das nach langem Schlaf erwacht.

Die Frau murmelt etwas.

»Was haben Sie gesagt? Ich habe Sie nicht verstanden.«

Marion geht mit dem Ohr noch näher an den Mund der Frau heran. Nun kann sie die geflüsterten Worte verstehen.

»Lara. Ich heiße Lara.«

Anmerkungen und Danksagungen

Die Figuren und Ereignisse in diesem Buch sind frei erfunden. Jedwede Ähnlichkeit mit lebenden oder verstorbenen Personen ist reiner Zufall und lag nicht in meiner Absicht. Einzige Ausnahme hiervon bilden vier Figuren, die ich lieben Freunden gewidmet habe. Um wen es sich dabei handelt, verrate ich nicht, aber die vier Jungs werden es bestimmt wissen.

Die *Waldklinik,* in der sich ein Teil der Geschichte abspielt, existiert nicht wirklich. Es gibt jedoch eine Klinik, die ihrer räumlichen Aufteilung Pate stand.

Auch die Stadt *Fahlenberg* und das Dorf *Ulfingen* sind auf deutschen Landkarten nicht zu finden. Aufgrund der heiklen Thematik dieses Romans hielt ich das für ratsam.

Den Ort Alpirsbach gibt es natürlich, aber hier habe ich mir einige Freiheiten erlaubt, wie Ortskundige schnell bemerkt haben werden.

Die Legende vom »Sallinger Hof« basiert auf einer wahren Begebenheit. Zum Schutz der Betroffenen wurden die Fakten ein wenig manipuliert und Namen und Ort verändert.

Ich danke allen, die geholfen haben, diesen Roman zu einem gedruckten Buch werden zu lassen. Allen voran meinem Freund Andreas Eschbach, dem ich mehr zu verdanken habe, als man mit ein paar Worten beschreiben könnte.

Weiterer Dank gilt meinen Literaturagenten Roman Hocke und Uwe Neumahr für ihren unermüdlichen Einsatz, das richtige Zuhause für meine Romane zu finden, und meinem Lektor Markus Naegele, für all seine Bemühungen, die tolle Zusammenarbeit und das Vertrauen, das er mir vom ersten Tag an entgegengebracht hat.

Angela Kuepper danke ich für ihre hilfreiche Kritik und zahlreiche Anregungen. Von ihr konnte ich lernen, dass man einer Geschichte gelegentlich Opfer bringen muss, wenn sie wirklich gut werden soll. Schreiben ist bisweilen harte Arbeit, aber auch der großartigste Job auf Erden.

Eine große Hilfe bei meinen Recherchen waren mir Frau Dipl.-Psych. Rana Kalkan, Frau Ost vom Passamt meines Heimatorts, »Mr. X« mit seinen Hacker-Infos und Reiner Sowa für die detaillierte Darstellung später Leichenerscheinungen. Sollte ich dennoch irgendwelchen Unsinn verzapft haben, liegt die Schuld allein bei mir.

Des Weiteren danke ich meinen Testlesern Marianne Eschbach, Ursula Poznanski, Kerstin Jakob, Rainer Wekwerth und Thomas Thiemeyer. Es ist großartig, solche Freunde zu haben!

Außerdem ein dickes Dankeschön an Mo Hayder. Besonders für das, was sie mir an einem regnerischen Londoner Aprilabend mit auf den Weg gegeben hat.

Mein größter Dank gilt meiner Frau Anita. Ohne ihre Geduld, ihr Verständnis und ihren unerschütterlichen Glauben in mich hätte ich es bestimmt nicht geschafft.

Wulf Dorn,
im Oktober 2008

Paul Cleave

»Der nächste Stephen King!« *NDR 2*

»Paul Cleave besitzt die Fähigkeit, den Leser immer wieder zu überraschen.« *Sunday Telegraph*

978-3-453-43598-8

Die Stunde des Todes
978-3-453-43307-6

Die Toten schweigen nicht
978-3-453-43308-3

Der Tod in mir
978-3-453-43511-7

Der siebte Tod
978-3-453-43247-5

Die Totensammler
978-3-453-43598-8

Leseproben unter: **www.heyne.de**

Charlie Huston

»Charlie Huston lässt Beavis und Butt-Head wie
Sonntagsschüler aussehen.« *Stephen King*

»Charlie Huston mixt extreme Gewalt, rasante Action und eine
Portion Melancholie zu mitreißenden Geschichten.« *Frank Goosen*

»Wer harte, schnelle, lakonisch geschriebene Krimis mag,
kommt an Charlie Huston definitiv nicht vorbei.« *Stern*

978-3-453-40731-2

Der Prügelknabe
978-3-453-87779-5

Der Gejagte
978-3-453-43100-3

Ein gefährlicher Mann
978-3-453-43205-5

Killing Game
978-3-453-43353-3

Clean Team.
978-3-453-43488-2

Die Plage
978-3-453-40731-2

Leseproben unter: **www.heyne.de**

HEYNE ‹